露卡
Lucca

Jens Christian Grøndahl

[丹麦] 耶斯·克里斯汀·格鲁达尔 著

任智群 译

中国国际广播出版社

图书在版编目（CIP）数据

露卡 /（丹）耶斯·克里斯汀·格鲁达尔著；任智群译. —北京：中国国际广播出版社，2022.1
（北欧文学译丛）
ISBN 978-7-5078-5048-2

Ⅰ.①露… Ⅱ.①耶…②任… Ⅲ.①长篇小说－丹麦－现代 Ⅳ.①I534.45

中国版本图书馆CIP数据核字（2021）第231112号

著作权合同登记号 01-2019-6455

© Jens Christian Grøndahl through Sebes & Bisseling Literary Agency
Simplified Chinese Translation Copyright©2021 by China International Radio Press Co.,Ltd.
All rights reserved

露卡

总 策 划	张宇清　田利平
策　　划	张娟平　凭　林
著　　者	［丹麦］耶斯·克里斯汀·格鲁达尔
译　　者	任智群
责任编辑	筴学婧
校　　对	张　娜
封面设计	赵冰波

出版发行	中国国际广播出版社有限公司 ［010-89508207（传真）］
社　　址	北京市丰台区榴乡路88号石榴中心2号楼1701
	邮编：100079
印　　刷	环球东方（北京）印务有限公司
开　　本	880×1230　1/32
字　　数	234千字
印　　张	14.25
版　　次	2022年1月 北京第一版
印　　次	2022年1月 第一次印刷
定　　价	72.00元

版权所有　盗版必究

"北欧文学译丛"
编委会

主　编

石琴娥（中国社会科学院外国文学研究所）

副主编

徐　昕（北京外国语大学欧洲语言文化学院）
张宇清（中国国际广播出版社有限公司）
田利平（中国国际广播出版社有限公司）

编　委

（以姓氏汉语拼音为序）

李　颖（北京外国语大学欧洲语言文化学院芬兰语专业）
王梦达（上海外国语大学德语系瑞典语专业）
王书慧（北京外国语大学欧洲语言文化学院冰岛语专业）
王宇辰（北京外国语大学欧洲语言文化学院丹麦语专业）
余韬洁（北京外国语大学欧洲语言文化学院挪威语专业）
赵　清（北京外国语大学欧洲语言文化学院瑞典语专业）
凭　林（知名学者）
张娟平（中国国际广播出版社有限公司）

绚丽多姿的"北极光"

——为"北欧文学译丛"作的序言

石琴娥

2017年的春天来得特别地早，刚进入3月没有几天，楼下院子里的白玉兰已经怒放，樱花树也已经含苞待放了。就在这样春光明媚、怡人的日子里，我收到中国国际广播出版社文史编辑部主任张娟平女士打来的电话，想让我来主编一套当代北欧五国的文学丛书，拟以长篇小说为主，兼选一些少量有代表性的短篇小说、诗歌等，篇目为50部左右。不久之后，中国国际广播出版社负责人和张娟平主任又郑重其事地来到寒舍，对我说，他们想做一套有规模、有品位的北欧文学丛书，希望能得到我的支持，帮助他们挑选书目、遴选译者，并担任该丛书的主编。

大家知道，随着电子阅读器和智能手机的普及，越来越多的人通过电子设备来阅读书籍。在目前的网络和数码时代，出现了网络文学、有声书和电子书，甚至还出现了人工智能创作的作品，纸质书籍受到极大冲击，出版纸质书籍遇到了很大困难。有的出版社也让我推荐过北欧作品，但大都是一本或两本而已，还有的出版社希望我推荐已经过版权期的作品，以此来节省一些成本。而中国国际广播出版社却希望出版以当代为主的作品，规模又如此之大，而且总编辑又亲临寒舍来说明他们的出版计划和缘由，我被他们的执着精神和认真态度所感动，更被他们追求精神品位的人文热情所感动。我佩服出版社的魄力和勇气。面对他们的热情和宝贵的执着精神，我怎能拒绝，当然应该义不容辞地和他们一起合作，高质量、高品位地出好这套丛书。

大家也许都注意到，在近二三十年世界各国现代化状况的各类排行榜上，无论是幸福指数，还是GDP或者是人均总收入，还是环境保护或者宜居程度，从受教育程度和质量、医疗保障到养老、失业等社会保障，还有从男女平等到无种族歧视，等等，北欧五国莫不居于世界最前列，或者轮流坐庄拿冠夺魁，或是统统包圆儿前三名，可以无须夸张地说，北欧五国在许多方面实际上超过了当今世界霸主美国，而居于当今世界发达国家最前列，成为世界现代化发展中的又一类模式。

大家一般喜欢把世界文学比作一座大花园，各个时期涌现出来的不同流派中的众多作家和作品犹如奇花异葩，争妍斗艳。北欧文学是这座大花园里的一部分，国际文学中，特别是西欧文学中的流派稍迟一些都会在北欧出现。北欧的大自然，由于地理位置、自然环境和气候条件，没有小桥流水般的婀娜多姿，而另有一种胜景情致，那就是挺拔参天、枝叶茂盛的大树，树木草地之间还有斑斓似锦的各色野花和大片鲜灵欲滴的浆果莓类。放眼望去，自有一股气魄粗犷、豪放、狂野、雄壮的美。北欧的文学大花园正如自然界的大花园一样，具有一股阳刚的气概、粗豪的风度。它的美在于刚直挺立、气势崴嵬。它并不以琴瑟和鸣般珠圆玉润和撩拨心弦的柔美乐声取胜，却是以黄钟大吕般雄浑洪亮而高亢激昂的震颤强音见长。前者婉转优雅、流畅明快，后者豪迈恢宏、气壮山河。如果说欧洲其余部分的文学是前者的话，那么北欧文学就是后者。正如鲁迅所说，北欧文学"刚健质朴"，它为欧洲文学大花园平添了苍劲挺拔的气魄。以笔者愚见，这就是北欧五国文学的出众特色，也是它们的长处所在。

文学反映社会现实。它对社会的发展其功虽不是急火猛药，其利却深广莫测。它对社会起着虽非立竿见影却又无处不在的潜移默化作用。那么，北欧各国的当代文学作品中是如何反映北欧当代社会的呢？它对北欧各国的现代化发展是不是起了推动促进作用了呢？也许我们能从这套丛书中看到一些端倪。

北欧五国除了丹麦以外，都有国土位于北极圈或接近北极圈。北极光是那里特有的景象。尤其到了冬天夜晚，常常能见到北极光在空中闪烁。最常见的是白色，当然有时也能见到五彩缤纷、绚丽多姿的北极光。北欧五国的文学流派众多，题材多样，写作手法奇异多姿，犹如缤纷绚丽的北极光在世界文坛上发光闪烁。

北欧包括5个国家：丹麦、芬兰、冰岛、挪威和瑞典。讲起当代的北欧文学，北欧文学史上一般是从丹麦文学评论家和文学史家勃朗兑斯（Georg Brandes，1842—1927）于1871年末在丹麦哥本哈根大学所作的《十九世纪文学主流》算起，被称为"现代突破"。从19世纪的1871年末到目前21世纪一二十年代的150年的时间里，一大批有才华的作家活跃在北欧文坛上。在群英荟萃之中，出现了几位旷世文豪，如挪威的"现代戏剧之父"亨利克·易卜生，瑞典文学巨匠——小说家、戏剧家斯特林堡和荣获诺贝尔文学奖的第一位女作家、新浪漫主义文学代表塞尔玛·拉格洛夫，丹麦1944年诺贝尔文学奖获得者约翰纳斯·维尔海姆·延森，芬兰批判现实主义作家尤哈尼·阿霍以及冰岛1955年诺贝尔文学奖获得者哈多尔·拉克斯内斯等。本系列以长篇小说为主，也有少量短篇和戏剧作品。就戏剧而言，在北欧剧作家中，挪威的亨利克·易卜生开创了融悲、喜剧于一体的"正剧"，被誉为"现代戏剧之父"，是莎士比亚去世三百年后最伟大的戏剧家。瑞典的奥古斯特·斯特林堡所开创的现代主义戏剧对世界戏剧产生了重大影响。戏剧是文学的一部分，所以我们在选编时也选了少量的戏剧作品。被选入本系列中的作家，有的是北欧当代文学的开创者，有的是北欧当代文学中各种流派的代表和领军人物，都是北欧当代文学中的重要作家，他们的作品经历了时间考验。

在北欧文坛中，拥有众多有成就有影响的工人作家是其一大特色。有的还获得了诺贝尔文学奖，成为世界级的大文豪。这些工人作家大多自身是农村雇工或工人，有过失业、饥饿或其他痛苦的经历，经过自学成为作家。他们用笔描写自己切身的悲惨遭遇，对地主、资产阶级的剥削和压榨写得既具体细腻又深刻生动。正是他们构成了北欧20世纪以来现实主义文学的主流。在这些工人作家中最突出的有丹麦的马丁·安德逊·尼克索和瑞典的伊瓦尔·洛-约翰松等。对这些在北欧文坛上占有重要地位的工人作家的作品，我们当然是不能忽略的，把他们的代表作选进了这套丛书之中。

除了以上这些久享盛誉的作家外，我们也选了新近崛起的、出生于1970和1980年代的作家，如出生于1980年的瑞典作家乔安娜·瑟戴尔和出生于1981年的挪威作家拉斯·彼得·斯维恩等。他们的作品在北欧受到很大欢迎，有的被拍成电影，有的被搬上舞台。这些作品，虽然没有经历过时间的考验，但却真实地反映了目前北欧的现状，值得收进本丛书之中。

从流派来看，我们既选了现实主义作品，也不忽略浪漫主义、超现实主义和意识流的作品,力求使读者对北欧当代文学有个较为全面的印象。从作家本人的情况看,我们既选了大家公认的声誉卓越的作家的作品,也选了个别有争议的作家的作品,如挪威作家克努特·汉姆生,他是现代挪威、北欧和世界文坛上最受争议的文学家。他从流浪打工开始,1920年成为诺贝尔文学奖得主,晚年沦为纳粹主义的应声虫和德国法西斯占领当局的支持者,从受人欢呼的云端跌入遭国人唾骂的泥潭,而他毕竟是现代主义文学和心理派小说的开创者和宗师,在20世纪现代文学中扮演了承上启下的转型角色。我们把他的"心理文学"代表作《神秘》收进本丛书。这部作品突破传统小说的诸多常规要素,着力于通过无目的、无意识的内心独白,以及运用思想流、意识流的手法来揭示个性心理活动,并探索一些更深层次的人生哲理。1978年诺贝尔文学奖得主、美国作家艾萨克·辛格说:"在我们这个世纪里,整个现代文学都能够追溯到汉姆生,因为从任何意义上他都是现代文学之父……20世纪所有现代小说均源出汉姆生。"我们把这位有争议的作家的作品选入我们的丛书,一方面是对北欧和世界文学在我国的译介起到补苴罅漏的作用,另一方面也可进一步了解现代文学的来龙去脉,以资参考借鉴。

20世纪60年代中期,瑞典出现了一种新兴的文学——报道文学。相当一批作家到亚非拉国家进行实地调查,写出了一批真实反映这些地区状况的报道文学作品。这批从事报道文学的作家大都是50和60年代在瑞典文坛上有建树的人物。如瑞典作家扬·米尔达尔是这种新兴文学——报道文学的代表人物之一,他的《来自中国农村的报告》(1963)成为当时许多国家研究中国问题的必读参考材料,被译成十几种文字多次出版。他的这本书材料详尽、内容真实、记载细腻而风靡一时。还有福尔盖·伊萨克松通过访问和实地采访写出了报道中国20世纪70年代真实状况的作品。这些文字优美、内容详尽的作品为西方读者了解中国起了很好的桥梁作用。他们的作品是在我国改革开放之前来中国写的，今天再来阅读他们当时写的作品，从中也能领略到时代的变化、改革开放的伟大成就。

总之，我们选材的宗旨是：尽量把北欧各国文学史中在各个时期占有重要地位的作家的代表作收进本丛书。本丛书虽有45部之多，是我国至今出版北欧丛书规模最大的一部，但是同150年的时间长河和各时期各流派的代表作家和作品之多比起来，45部作品远不能把所有重要作家的作品全部收入进来。

本丛书中的所有作品，除了极个别以外，基本都是直接从原文翻译，我们的目的是想让读者能够阅读到原汁原味的当代北欧文学。同英语、俄语、法语等大语种翻译比起来，我们直接从北欧语言翻译到中文的历史不长，译者亦不多，水平不高，经验也不足，译文中一定存在不少毛病和欠缺之处，望读者多多包涵，也请读者给我们提出宝贵的建议和意见，便于我们改进。

本丛书能够付梓问世，首先要感谢中国国际广播出版社执行董事张宇清先生和副总编田利平先生，田总编是在本丛书开始编译两年后参与进本丛书的领导工作的，他亲自召开全体编委会会议，使编委们拓宽思路，向更广泛的方向去取材选题。没有他们坚挺经典文化的执着精神和开拓进取的勇气，这部丛书是不可能跟读者见面的。我还要感谢本书所有的编委，是他们在成书过程中做了大量工作，从选材、物色译者到联系有关国家文化官员和机构，都付出了辛勤的劳动。不仅如此，他们还亲自翻译作品。没有他们的默默奉献和通力合作，这部丛书是难以完成的。在编选过程中，承蒙北欧五国对外文化委员会给予大力帮助和提供宝贵的意见，北欧五国驻华使馆的文化官员们也给予了热情关怀，谨向他们致以衷心的感谢。对编选工作中存在的疏漏和不足，还望读者们不吝指正。

2021 年 10 月
于北京潘家园寓所

石琴娥，1936年生于上海。中国社会科学院外国文学研究所北欧文学专家。曾任中国－北欧文学会副会长。长期在我国驻瑞典和冰岛使馆工作。曾是瑞典斯德哥尔摩大学、丹麦哥本哈根大学和挪威奥斯陆大学访问学者和教授。主编《北欧当代短篇小说》、冰岛《萨迦选集》等，为《中国大百科全书》及多种词典撰写北欧文学、历史、戏剧等词条。著有《北欧文学史》《欧洲文学史》(北欧五国部分)、"九五"重大项目《20世纪外国文学史》(北欧五国部分)等。主要译著有《埃达》《萨迦》《尼尔斯骑鹅旅行记》《安徒生童话与故事全集》等。曾获瑞典作家基金奖、2001年和2003年国家图书奖提名奖、第五届(2001)和第六届(2003)全国优秀外国文学图书奖一等奖、安徒生国际大奖(2006)。荣获中国翻译家协会资深荣誉证书(2007)、丹麦国旗骑士勋章(2010)、瑞典皇家北极星勋章(2017)等。

译　序

《露卡》（Lucca）一书，于原作者是一部蜚声丹麦乃至世界的名作，而对于我来说，却是艰难，甚至是难产之作。且不说它的中译文让我耗时三年，几经蹉跎，最终才在艰难困苦中呱呱坠地，单就一个简短的序言，也让我三易其稿，真可谓好事多磨。

耶斯·克里斯汀·格鲁达尔（Jens Christian Grøndahl），1959年生于哥本哈根北部的灵比（Lyngby）。1979年获哲学学士学位，1983年毕业于丹麦国立电影学院电影制片专业。他是丹麦著名的小说家、散文家和剧作家。1985年发表处女作《中间的女人》。其作品在全球30多个国家出版发行，尤其在法国、荷兰、比利时等国声名鹊起。其作品《另一种光》除2002年获丹麦国家银行文学奖之外，还在法国被拍成电视连续剧。

耶斯的早期小说因受20世纪60年代法国"新小说"风气的启示而具有紧密且抽象的散文风格。其后的作品因受他所学的电影制片专业的影响，在小说画面描写中注重时间和场景的舞台效果。他的作品大多以情感生活为主题，重在反映人类的生存矛盾与对生活的选择以及人与人之间的心理关系。其代表作有：散文集《在河口》《夜间邮件》，剧本《我们好幸福》《黑森林》，长篇小说《露卡》等。

小说《露卡》介绍的是青年女戏剧演员露卡与医院的外科大夫罗伯特因一起罕见的交通事故而发生交集的故事。在一场车祸中，露卡多处受伤乃至双目失明，罗伯特是她的主治医生。罗伯特对她术后的观察、关心与照顾，让露卡对他敞开心扉，进而讲述了她生命中的种种经历，包括从出生到她车祸前后的生活经历和情感经历。露卡出院后，罗伯特把她接到自己家里，不仅帮助露卡训练失明后的生活自理能力，更是从心理上、精神上帮助露卡树立自尊、自信的生活信念。最终露卡成为一名人格独立、乐观向上的坚强女性。书中也有医生罗伯特个人生活、情感经历及职业生涯的回忆。他们之间由普通的医患关系发展成为朋友关系乃至亲人关系，正当读者期待他们结为连理时，作品戛然而止。最终的结局有待读者自己去推理与猜测。

小说通过环境描写、人物对话、回忆等多种手法，艺术地再现了20世纪90年代丹麦人的社会关系、伦理观念、婚姻状况、情感生活以及对爱情的憧憬。

《露卡》为耶斯·克里斯汀·格鲁达尔的成名作，发表于1998年，同年获丹麦"金桂冠"奖。此书除首次印刷量巨大之外，且多次再版。作者也因为此书名列世界畅销书作家的行列。据作者亲言，这本书出版后，"立即在评论家和公众中获得巨大成功，同年因此书获得丹麦最重要的文学奖之一——'金桂冠'奖，这本书是如此受欢迎，以至于有父母给他们的新生女孩取名为露卡。此书先后在英国、美国、澳大利亚、德国、荷兰等国出版发行，且受到各地读者的好评和欢迎。"

如前所述，我在《露卡》的翻译之路上历经坎坷，除了原作精湛幽默的语言让我绞尽脑汁外，各类人物的悲欢离合，尤其是女主角露卡刻骨铭心的丰富情感经历更让我唏嘘不已。套用《红楼梦》开头的一句话，《露卡》称得上："满纸伤心言，一把辛酸泪。"

书中讲述的故事，揭示的是人类的硬伤。书中塑造的人物，是记忆深处的你我。我们生而为人，向往爱情，追求幸福，是我们的本能，也是我们的初衷，可为什么走着走着，我们爱没了，情淡了?! 我们不畏艰辛，上下求索，只为情有所系，心有所归，可是到最后，我们却两手空空，只能道，天凉好个秋。千百年的天问，无有最佳的解。而在《露卡》一书中，露卡如此，罗伯特何尝不是如此？他们二人，情同彼此，惺惺相惜，可是同住一个屋檐下，却只能属于"世界上最贞洁的同居关系"（本书中罗伯特语）。

　　问世间，情为何物，直教生死相许？书中的露卡，一朵最艳的花，凋谢在最美的年纪；一个最好的理想，触碰在最黯的险礁；一份最纯真的感情，抛掷成断壁残垣。露卡，露卡，何其无辜，何其不幸！

　　还好，天无绝人之路。用丹麦话说，一点点聊胜于无。毕竟，露卡在走进绝境之际，遇到了外科医生罗伯特，他不仅挽救了她的生命，也唤醒了她沉睡的灵魂，从而让她凤凰涅槃，重启人生。她用失明的双眼点亮了内心的明灯。

　　　　　　　　　　　　　　　任智群
　　　　　　　　　　　　　　　2021年9月于哥本哈根

　　任智群，1956年生于湖南省南县。1981年毕业于原益阳师专中文专业，1987年考入北京师范大学衡阳分院中文系，1989年毕业。长期在国内外从事教育工作。1991年移居丹麦，现为丹麦中文教师。其喜爱文学及写作，除在报刊发表文章外，还于2008年出版《麦地丹心》一书。

目　录

第一部 / 001

第二部 / 095

第三部 / 215

第四部 / 291

尾　声 / 401

译后记 / 434

第一部

四月里的一个晚上，一位由于重伤而昏迷的32岁女人被送进了位于哥本哈根南面的一所小城医院。她的伤情包括颅骨骨折和内出血，她的腿和手臂多处折断，她的脸也严重受伤。在通往哥本哈根方向的高速公路高架桥附近小镇加油站上的一个雇员，看到她的车从往南的出口开出后继续高速往北行驶。幸好首先与她迎面对开的三辆汽车巧妙地绕开了她，但她的车却在离出口约200米处与一辆卡车正面相撞。

那个荷兰籍的司机被送进医院进行观察，不过第二天就出院了。据陈述，他在离两车相撞处还有100米的地方就已经开始刹车，没想到对方的车在临近的最后一截路上突然对着他的车加速。结果，车身的前面完全卷了起来，冷却器的一部分夹在了路面和卡车的保险杠之间。最后这位女子是在她的车被割开后才脱险的。按救援人员的话说，她能活下来真是一个奇迹。

这位女子被送进医院时，身体里的酒精含量高达1.7‰。她在进院后一天一夜才脱离了生命危险，但不容乐观的是，她的伤情仍处于危急状态。她的双眼伤得那样厉害以至于失去了视力。她，叫露卡，全名是露卡·蒙塔莱。

从她驾照上的照片来看，尽管她的名字是意大利的，但其相貌却没有什么特别的意大利特征。她有着金红色的头发、绿眼珠，窄脸上颧骨高耸。再者，她身材苗条，个子也相当高。此外它还显示出来，她是出生在哥本哈根的丹麦人。

她的丈夫安德烈亚斯·巴格在她还躺在手术台上的时候就带着他们的小儿子赶到了医院。他们夫妇住在离车祸现场7公里处的森林边上一所偏僻的旧农舍里。面对警察，安德烈亚斯·巴格解释说，他曾试图阻止他的妻子开车。当听到汽车发动时，他以为她只是开车出去透透气而已。与此同时，他也到了外面，看到汽车已消失了。她喝过一些酒，喝了多少他也记不得了。他们在婚姻问题上发生了冲突。这些都是他使用的词语，对于事件的这一方面他没有被再问更多。

当露卡·蒙塔莱清晨被从手术室推到重症监护室时，她的丈夫与那个把头搁在他大腿上睡觉的男孩仍然坐在医院的大厅里。当罗伯特在他身边落座时，他正坐在那里望着天空和那些暗黑的树发呆。安德烈亚斯继续用疲惫不堪、魂不守舍的目光直视着灰色的晨光。他看上去要比罗伯特年轻一点，也就是不到40岁的样子。他有着一头深色的波浪形头发，下巴别具一格，眼睛小而深凹。他身上穿的是一件破旧的皮夹克。

罗伯特双手搭在套着绿色棉质长裤的膝盖上，低头瞅着脚上白色木鞋鞋面上的细孔。他想起来手术后忘记摘下塑料帽子。那层薄薄的塑料在他的双手间噼啪作响。对方看着他，他便坐直身子迎接安德烈亚斯的目光。这时小男孩也醒了，迷迷糊糊地问他在哪里。做父亲的一面在他的头发上慢慢地、机械地抚摸，一面听医生讲话。

罗伯特回家之后冲了个澡,在杯子里倒上一些威士忌,端着酒杯在房间里踱来踱去。此刻,除了屋外清脆的鸟声就只有他自己制造的声音,包括实木地板在他赤脚下发出的声音和杯子里碎冰块相互撞击的声音。他当班回家之后从不立即上床睡觉。屋外曙光初露时,他还坐在沙发上听新录制的勃拉姆斯第三交响曲。那是他上次在哥本哈根买的。突然一阵疲倦袭来,他便屈服了,并想象着自己在饱满的弦乐波浪上平静地漂浮。他凝望着那延伸到花园尽头的栅栏木条,看着白桦树的叶子在微风中旋转飘落,灰松鼠收拢细腿,犹豫着小步跳过宽阔落地窗外露台上桌椅间的水泥地。

房子实在是太大了。它适用于有两三个孩子的家庭,但他以优惠的价格得到了它。此外女儿莱亚每隔一个周末就会来看他一次。他给她布置了一个应有尽有的房间。她跟着一起去买的家具,颜色也是她自己选的。他给她买了一辆自行车放在车库里备着,他还在本应该做饭厅的地方放了一张乒乓球台子。这样一来,他就只好退到厨房吃饭了。莱亚打球开始厉害起来,渐渐地每隔一局她就会打败他。她刚刚满12岁。

他已经习惯了独居。也没有像他害怕的那样困难,他还能做更多的工作。两年前离婚后他就搬到了这里。那时他和莱亚的母亲在同一家医院上班。离婚半年后他的前妻莫妮卡就与他们之前一个共同的同事住到了一起。其实还在他们的婚姻期内她就已经开始跟那人有了关系。他不想不断地在走廊上遇到他们。

其实他搬到这座城市是偶然的,他也从未猜想过会在一个地方医院被聘用。但就目前来看他是相当满意他的工作的。尽管对他来说，这个由砖砌别墅、带有小凸窗和可笑的锌尖顶的、外省联排别墅构成的城市，看起来有些沉闷。但一段时间之后，他就学会了欣赏这些东西的美妙之处。有一座刷白石灰的中世纪教堂，夏天举行过管风琴音乐会，周围几幢老旧木质结构的商店与主街尽头相连，还有海角最外面的森林、沙滩与鸟类保护区，以及被浅水沁着的草地尽头。他喜欢去那里散步，置身于笼罩着广袤蓝天的萋萋荒草和树木，映照着白云的柔滑而平静的水面，与来往飞翔的鸟群之中。

他有时也曾私下见过几个同事。他们都是已婚人士，其中大多数还有孩子。虽说他们对他这个新搬来的单身汉不乏同情与接纳，但他一直感觉自己在这些人的世界中像个客人。而且他还注意到，特别是那些女人们怎样把他略带矜持的举止等同于傲慢。其实有一个比他年轻几岁的、做图书管理员的女人对他示好，他也觉得她颇有吸引力，继而跟她出去过几次，但当要真正有所行动的时候，他却拒绝了她的亲近。他这样做并不是因为思念莫妮卡。婚姻的最后几年他们像两个匿名的乘客在沉默中并肩生活，当这种沉默并没有因为那些突然爆发的、无意义的争吵而打破的时候。

他这样做也不是因为与图书管理员发生了什么问题。这个女子身材曼妙，而且有幽默感。有一天他去找她打听古斯塔夫·马勒的传记时，他甚至还采取了一些初步行动。尽管如此，他最终还是拒绝了她。她自然受到了伤害，自这件事情之后，他就不再去图书馆了。这让他很是烦恼，但是他既无法向她解释，也无法向自己解释，为什么他们在一次晚餐后坐在他家的沙发上，听马勒第五交响曲，听到慢板时他要请她回家。

那天晚上她穿着低胸短连衣裙和黑色丝袜。她脱掉鞋子，把双脚提到沙发上坐着。当他们品尝白兰地时，她用那双漂亮的大眼睛意味深长地看着他。非常明显，一切都可以不费一词地搞定，而他却失去了要跟她有些什么关系的兴致。她走后，他也曾自责没有至少跟她上床，因为她甚至直截了当地提出了要求。但当他早上醒来像往常一样独自一人时，却轻松了起来。他偶尔会在街上遇到她，在那样小的一座城市里，这是不可避免的事。他们礼貌地互相打招呼，在擦身而过的时候，她还试图捉住他的目光。

罗伯特是露卡·蒙塔莱的主治医师。是他，在车祸发生几天之后告诉她，她几乎不可能再看见了。她的双臂和双腿都裹在石膏里，头的大部分也被绷带覆盖着。只有脸的下面一截还清晰可见。听了罗伯特的讲述，她没有回答。在那一刻，罗伯特还以为她睡着了。就在此时，她的嘴唇动了动，却没有发出声音。他在病床边坐下，问她想说什么。于是，一些词语慢慢从她嘴里艰难地滑了出来。她的声音又尖又薄，而且好像随时会断掉，为了听清她在说什么，他不得不弓身把脸凑到她的嘴边。

她问，天气怎样。他告诉她，阴天多云，但看起来要放晴了。接着又说，已经下过雨了。是的，她答，她听到了。雨是夜间下的还是早上下的？是夜里下的，他答。之后的一段时间里，他们谁都没有再吱声。其实他是蛮想说几句鼓励的话的，但他却找不出任何话来说。因为无论怎样斟词酌句他都觉得自己不是傻就是不合适。

她又问安德烈亚斯在不在。她提起她丈夫时用的是名字，好像她知道罗伯特完全明白她提到的人是谁。罗伯特回答，安德烈亚斯大概今天晚一点会来。他谈到她丈夫时的方式让人感到不自然，好像他认识安德烈亚斯一样。他说，在她昏迷的时候，安德烈亚斯带着他们的儿子来过好几次。男孩叫劳里茨，她想见他。接着她又自己纠正。他一定得来。罗伯特建议她跟她丈夫约定这件事。接下来她说的话很让人吃惊。她不要安德烈亚斯来看她。只要劳里茨来。她能相信，她的这个想法会得到尊重吗？

　　罗伯特不知道应该怎么回答。他对此没有多加考虑地说，可以，如果这是她的愿望的话。这话听起来公事公办，近乎一本正经。他看着室外叶片正在舒展的树。她没有任何愿望。他再次看着她，她的声音是不带感情色彩的，没有痛苦或者自怜。他站了起来准备走，她请他再留一会儿。他一直站在窗户旁边，等待她还要说些什么。肯定了吗？他问，她是什么意思，他顿觉自己很愚蠢。她再也看不见了吗？他犹豫着。几乎可以肯定，他答道。他接着说，这让他很难受。但话一出口他就后悔了。她说，她想一个人独处。

　　他指导护士长怎样满足露卡·蒙塔莱的愿望，同时请她与病人的丈夫约定让他们的儿子来探视。几个小时之后，安德烈亚斯·巴格就坐在了罗伯特的办公室里。他面色苍白，没有刮胡子，深色的头发乱糟糟地竖着。他因屈服于疲劳而缩成一团。他问，可不可以抽烟。罗伯特稍稍做了一个手势后就把手平放在面前的一叠病历上。安德烈亚斯·巴格从夹克口袋中掏出一包烟，他抽的是吉塔尼斯牌的香烟。顿时，那深色烟草发出一股讨厌的辛辣气味。安德烈亚斯·巴格望着窗外。这时天气确实好起来了。罗伯特看着烟盒上那位吉卜赛舞女的剪影，她的一只手放在剧烈扭动的臀部，将铃鼓举在头上那袅娜的烟雾面纱中。

安德烈亚斯不得不道歉。罗伯特抬起头来遇到了对方的目光，说，没有什么可道歉的，他理解。其实，这样说是不对的，但是他已经说了。而那一位在缭绕烟雾后面用疲倦的眼睛，紧紧地注视着罗伯特平静的眼神。罗伯特不由得想起，他们应该几乎是同龄人。对方的眼神里有些东西以一种无声的、默契的方式，试图让他想起这一点。好像从某种意义上来说，他们是可以指望彼此有同理心的老同学。

她说过为什么不愿见他吗？他问道。罗伯特清了清嗓子，又拂去一根粘在白大褂上的头发。他想，不管他的病人有没有在这个方面说过些什么，他作为一个医生都不容许就这个问题继续谈下去。但实际上她并没有说过任何能够解释她决定的话。凭什么她要对他推心置腹呢？他立即就后悔自己提出的这个问题。这已经很夸张了。而此时的另一个在椅子里缩得更深了，他再一次望着窗外，苍白的日光让医院两翼之间的草坪随着云层的扩散和聚集发光，晦暗，然后再次发光。他把大拇指的指甲按在香烟末端松散的烟草中。他可以在医院下午的探视时间把劳里茨带来。罗伯特说，这些具体问题他得去跟护士长约定。但他是否愿意……一阵沉默，罗伯特忍不住再一次瞧着这个不幸的丈夫。嗯？当他和她说话的时候，他能不能说……安德烈亚斯突然打断他自己的话头，然后说，其实也无所谓。他们都伸出手来，握一握。然后他就走了。

到了下午，罗伯特并没有立即开车回家，而是把车开到了海边，就像他有时需要活动活动时所做的那样。他开到土路尽头，把车停在种植园里，然后继续步行通过沙道。海滩如平常般的荒凉。天空灰得像吹干的、带着小小气泡的海藻之间的沙。每当星期天他开车送莱亚去火车站之前，他们来到这里，坐在一起眺望大海时，莱亚常常会拿一小块那些带气泡的海藻，在手指间碾得沙沙作响。海水宁静，海面在海风中泛着涟漪，它光滑而显冰蓝色的表面之下，竖着的网桩像来自海岸的特殊标记，向着轮廓清晰的地平线延伸。罗伯特前倾着身子大步走着，漫不经心地看着沿途的景物，潮湿而碎裂的、带着生锈铁钉的鲱鱼箱、弯曲的海星、乳白色的水母以及那些空着的白色塑料容器，掠过他的视野。细浪在沙滩与海水的交界处疲倦地拍打着，让寂静看起来更近，更为亲密。

　　他一直走到了那个海角，那里的沙滩处在一片柔软而不规则的过渡中，被沙洲、荒草、芦苇丛和通往陆地的狭窄草地所取代，所有这一切都被海水的蓝白色镜面所分割。在水面所包围的宁静中，有个地方有一只小艇拴在一根杆子上，只有一个小小的轮廓衬托着大海和天空的空旷。罗伯特来此有一个固定的目标，那是一节被蛀虫蛀出无数小洞的树桩，在那里他一般都是坐在高高的芦苇之间，或者思考，或者只是倾听鸟们的叫声和翅膀有节奏的微弱扇动声，一边他还抠着那截腐烂的木头。

　　他本来可以对那个抽着香烟、绝望地坐在他办公室里的男人更友好一点的。他也确实为那个男人感到难过。这时，他发现了一只落在芦苇之间的鸟。它不停地前后左右摆动着它小小的脑袋，机械地点着。他不知道这只鸟的名字，他对鸟类不是特别了解。有好几次他都想去买一本带彩色插图的有关鸟类的书，那样的话他散步的时候就可以带上它。但他又觉得这个想法看起来有点滑稽。难道他还要去弄一个双筒的望远镜和一双绿色的套鞋，像一个狂热者一样在那里四处跋涉吗？

他又想到了接下来的这个周末莱亚的到来。如果雨不停的话，他们又只能在家里打乒乓球，外加租一些录像带来看了。他们也谈到要弄一个菜园。他已经在铁器店买了园林工具，到花园中心去找了种子。那些山毛榉木柄的红漆工具们立在杂物间的洗衣机旁。他甚至连工具上带磁条的商标都没有去掉。只要天气适合待在外面，也许他们就可以开始进行了。虽然他有足够的时间，但他还是不想独自一人开始。原本就是打算他们俩一起干的。

那个图书管理员向他打听过莱亚，他甚至还给她看了莱亚的照片。当他说起自己的女儿时，她总是面带微笑，并且用那双漂亮的眼睛注视着他，他还能感觉到，女儿的那些小小逸事怎样使得他得到更高的女性尊重。这种情形困扰着他，他这样坐在那里讲述时其实感到非常尴尬。她那鼓励的目光和关切的微笑让他有一丝不挂和可怜的感觉。

他点了一支烟，不由得又想起了安德烈亚斯·巴格那阳刚气十足，却又尴尬脆弱的面孔。他不知道应该对他说些什么。他的妻子毕竟没有死。运气好的话，通过几个月的康复训练，她就能够继续用两条腿站起来，虽然失明了，但依然活着。那个丈夫的悲剧性表情背后，涌动着的不为人知的婚姻戏剧，与她拒绝见他的决定，都远远地超出了他医学行动的半径。

在他做医生的这些年里，经常让他想到，他所从事的都是生命的背面，即接缝所在的一面。就像旧时的裁缝，只能间接地瞥见上流社会女士们闪闪发光的世界一样,他能够与他们分享的,都是在人们生活中的悲伤时刻,当某些功能故障或者事故,妨碍他们活跃在高潮迭出的或一成不变的平庸生活之中的时候。

他搬进小城以后,渐渐适应了这种新的、更为与世无争的生活,他不得不私下里承认,莫妮卡在指责他没有雄心壮志的方面是正确的。算了吧,他愿意优秀,也曾尝试变得更加优秀,但他并不梦想成为最优秀的那个。这种地方医院的任职,对于他的职业生涯来说,根本谈不上有任何裨益,他同时惊奇而轻易地发现,他并不在乎。医院是他的世界中最深的领地,在这里他度过了他大部分的时间,他也在这里看到其他人正在活动的世界。他们的世界有时要和他的世界发生交叉,但对于他们来说,这个过程是一个不舒服的括号,他们一旦逃脱后就要赶快忘记。

他们的生活不是他要关心的,他要关心的只有他们的身体。他已经习惯把人体当成从它活动的生活里剥离出的封闭循环系统来对待。有机体本身足够强大,不受住在它里面的梦想和幻想的制约。这是一个让他深受鼓舞的想法。他喜欢他的工作,喜欢沉浸于其中,全神贯注地发现人们的问题,以及该如何应对它。他喜欢观察,当人体自身不幸孤独生活,器官在脉搏柔软的、无意义的节奏中无所作为的时候,所有为美貌和社会地位设定的目标,是怎样变得无关紧要。在他眼里内部器官的匿名纯真弥补了外部的、社会所指定的身体破碎的幻觉,它的丑陋、肥胖和磨损的缺陷。但器官们的这种匿名性也是一种对其他更加幸运身体的宠爱,一种对要求苛刻的美丽的微妙评价。

有一天,他把一幅详细的彩色人体解剖图给莱亚看。

他为她描述她所看到的,并仔细讲解器官们的功能。但她皱起了鼻子,而且请他把书合起来。她认为那些彩图太恶心。他提醒她,她自己的内部也是这个样子,无论美丑都和其他人一样时,她还进行了抗议。令他惊讶的是,身体的内部与身体外部的诱惑功能一样可怕。也许,引起厌恶的并不是器官本身,而是那种解剖的、解析的,对于它们那么清醒而无情地毫不掩饰的观看,揭示出它们是多么脆弱。

对于患者来说,医院是一个令人不快的地方,那里有着油布、白大褂、酒精与不锈钢构成的临床氛围,他们的眼睛里都充满同样的恐惧,无论是试图隐藏它,还是让它自由发泄。医院提醒他们,无论如何,有朝一日他们必死无疑,无论你有多少技巧用于推迟这个不可避免的事情。当他们屈服于他的权威,并将所有希望都寄托在他的白大褂之上时,他有时不得不问自己,让他们那样虔诚的原因是否只是出于对住院的惧怕,而不是对再次出院的希望。

但是,惧怕和希望是连在一起的,他很清楚这一点,同时要把他吓倒可能也很难,因为他见过太多的病人,并且毕竟也治愈了其中的相当部分。即使是无法治愈的疾病,他也不再那么害怕,而只是原则上加以回避。他有时想,有一天他自己也会躺在那里害怕死亡,但是与那些垂死者打交道并没有使他比以前更加胆怯,而是相反。

害怕和希望,也许人们应该真正害怕的是知道什么是希望。也许他对于自己没有太多的希望,莱亚是他生命中唯一比自己重要的人,唯一让他害怕的是想到莱亚会得脑膜炎或者被卡车撞倒。

突然那只鸟猛烈地扇动着翅膀起飞,惹得芦苇哗哗作响,并左右摇摆。他扔掉烟蒂,听到了烟蒂的余烬在泥水中发出的哧哧响声。他又想起了那个伤势严重的露卡·蒙塔莱，他在她身上做了学到的最好缝合。她在黑暗的小路上行驶，路上的斑马线和沟渠边的草丛以及那些黑色的树木，在她的远光灯里一闪而过，可能有一只猫，或者一只狐狸，瞪着磷光闪闪的眼睛，抬起一条前腿，僵硬地看着她。即便调动最强的意识，她也无法想象12个小时之后会醒过来，并且像具木乃伊一样被包裹起来，而且被告知那是她最后一次看到阳光照耀在草丛和树叶上。她完全为这出戏剧着魔了，醉酒的状态把她送上车道，而在这激动中的她又忽略了，那些最大的改变通常都是由像情绪的激动，扭曲图画一样的愚蠢巧合引发的。

她不想见他，她那个不幸的、没刮胡子的丈夫，他正在等待着由她那残破的身体决定她的生与死。这也是一些经由她的冲动酒驾造成的所有外部破坏的后果。他一定是真正地伤害了她。罗伯特似乎又在那堆病历之间，看到了在烟雾中以激烈的姿态摇摆着臀部、举起铃鼓跳舞的吉卜赛女郎的剪影。他还记得另一个人那固执的眼光，以及他眼睛里收敛着的绝望。安德烈亚斯·巴格身上有一股汗味，罗伯特不得不在他离开后打开窗户，散掉他绝望的身体和法国香烟留下的气味。

他听到芦苇后面有声音，一个年轻的女人在笑。罗伯特站起身来。他不想蜷曲着身子一直坐在这芦苇丛中的树桩上，像一只坐着做梦的古怪蜗牛。他的腿发麻，而且感觉有些僵硬。他沿着一条狭窄的、通向外面的地峡继续走下去，地峡把被水淹没的草地与湖分开。那里看不到人，再往下看地峡延伸的地方，有一个很高的木棚。当人们经过的时候，天空和另一边如镜的水面在垂直的和刷上焦油的木板的间隙中闪烁。他能听到他们在里面,现在是那个男人在笑。那个年轻女子用微弱而亲切的声音在说着什么。那里又变得寂静无声了。罗伯特可以在木板之间狭窄而明亮的条纹中,辨别出他们的深色轮廓。他停住脚步,但他立刻就继续往前走,因为他想到,他们静下来可能是因为他们在小路上曾经看到过他。

第二天早晨查房之前护士长就告诉他，露卡·蒙塔莱晚上做过噩梦，随后哭了很长时间。有人给了她一些镇静剂。她的床头柜上有两大束鲜花。而前一天还只有安德烈亚斯·巴格请求送给她的那束花。这是欠考虑的举动，罗伯特想。鲜花对于她来说有什么用呢？它们是不是以此向四周的人发出信号，有人在想着她？护士问她怎么样，她把嘴巴扭向一边，那大概可以理解成一个反讽的微笑。事实上她就像一具包裹在石膏绷带中的木乃伊，她裸露的地方缩小到只有当人们跟她说话时一次用几个单词回答的苍白嘴唇。她的病情已经稳定下来，目前只是一个等待的问题。

等待什么？罗伯特正考虑要如何回答这个问题时，护士向他递来一个困惑的眼神。他坐到病人的床边，把手轻轻地放到她的右肩上。那是她身上除了下半截脸可见之外，唯一没有被包扎起来或者上夹板的地方。他说，他也不知道。他很吃惊自己的声音会那样温柔。她没有回答，她的嘴唇在她那些褶皱里毫无动静地歇息着，如睡着了一般。护士说，她的儿子每天下午都会来。护士说这句话时用了一种严肃而真诚的方式。也许这是能够给她的最好回答。露卡·蒙塔莱请她把花拿走，恶臭让她窒息。罗伯特和护士互相看了一眼。

当他们沿着走廊继续走下去时,她告诉他,前一天病人的母亲来过。但是在病房待了不到几分钟就出来了,看得出她在颤抖。护士请她喝咖啡,但是她却立刻开车回了哥本哈根。据护士说,她母亲看起来年轻得令人惊讶,护士认出了她的声音,却想不起来以前在什么地方听到过,那个美妙、清晰的女性嗓音。当天晚些时候她想起来了,露卡·蒙塔莱的母亲是广播电台的播音员。她还去问过病人是不是真的,但病人非常简短地回答,除了儿子,她既不想要她母亲的,也不想要其他任何人的探望。

其实他们也不必遵守她的这个决定了。母亲没有再来,也没有其他的人来过。劳里茨来看她的时候,安德烈亚斯·巴格就坐在外面等候,样子委顿而绝望。罗伯特经过时会向他打招呼,并简短地说一下她的病情,说的时候他抑制着自己的不耐烦,说完就继续沿着走廊走下去,以避免遇到对方的目光。安德烈亚斯·巴格一定意识到了罗伯特的不情愿,因为让罗伯特轻松的是,他没有再试图到办公室去找他。罗伯特自己也解释不清,这个男人让他反感的到底是什么。他也没有做任何努力尝试去弄明白这件事。他还有别的病人及病人家属需要顾及。露卡·蒙塔莱滑到了那些躺着的、穿着医院病员服的人们的行列,他们的面孔和病情以不同的速度交替变化,一切都取决于他们病情的严重程度和多快可以让他们出院。

在他日常的查房过程中,他一次只有几分钟的时间见到她。通常都是他在说,很大程度上是在重复前一天对她说过的话。根据目前的情况来看,一切都是按预期进行的。他自己认为,这听起来很虚伪,但究竟是为什么呢？如果人们无节制地喝酒,然后在高速公路上以每小时150公里的速度反向行驶,那么他事后能够创造的奇迹也是有限的。她应该庆幸自己居然还活着,除非她像疯了似的开车是为了要让事情过去而一了百了。让什么过去呢?只是简单的生命吗?抑或是在她的生活里有什么让她想死的东西?可能她自己都分辨不清了。

每次一想到她,他就不由得愈加认定,露卡·蒙塔莱在那个晚上跟她丈夫吵架后跳进汽车冲向高速公路时,她必定是决心要自杀的。但是这与他现在想什么并没有区别。他的任务是让她重新站起来。那样,她就能出院了,这就是那个现在在那里等待着她的事情。他对她的了解,与对其他患者的了解一样少。此外,他也只是偶尔在休息的时候想起她,那一刻他会心不在焉地坐在办公室里,一边手上拿着录音机,一边往下看着医院的设施。否则的话他不会想她。

他的日子都是相似的。在家的时候他就听音乐,勃拉姆斯、马勒、布鲁克纳、西贝柳斯,那些大型交响乐像大教堂一样宏大。它们具有相同的高顶下的阴影、相同的肋条拱顶,以及相同的、将石砌地板分割为锥体和花纹的神秘的彩色亮光。就像在那些位于南部的真正的大教堂里一样,那是他们的旅行中总是要进去的地方,他和莫妮卡,那时一切都好,或者至少看起来都好。她并没有分享他的音乐品位,在他们晚上单独相处的时候,他不得不戴着耳机听,如此一来她又责怪他自我封闭。如今情况有所改观,至少他可以让一个又一个的交响乐充满空荡荡的房子,而不用担心妨碍任何人。他听音乐的时候什么也不想。音乐作为一种非人格的能量,一种巨大的、能够改变的力量贯穿他的身心,直到它充满了他的时候,他是谁,或在哪里都无所谓了。他看着花园里白桦树后面的那片傍晚的天空、风中的草丛、骑着脚踏车的孩子们,以及木围栏后面的路上偶尔驶过的汽车,都像一部无声电影般悄无声息,他在感觉自己与这一切相连的同时,又与这一切切断开来。

每个月他都会去哥本哈根几次。用买碟片、听场音乐会或是去拜访一些他的老朋友来度过那些下午和晚上。他只和遇见莫妮卡之前的几个朋友保持联系。即便如此,自从他搬家之后也很少见他们了。有时他也去看看母亲。他母亲独自住在一间30年代建造的带阳台的小公寓里。她坐在那个阳台上,眺望港口,和供暖厂排成一排的细长烟囱,以及快速列车途经的路基。

罗伯特出生后不久,他的父亲就离开了他的母亲。自此以后罗伯特再也没有见过他。父亲搬去了日德兰半岛,很可能在那里又成了家。他是专理男发的理发师,一想起来就觉得很抽象,也有可能他已不在人世了。罗伯特15岁时决定去找他。幸运的是他找到了地址和电话号码。他还记得当他向那个陌生人介绍说他是谁时,电话那头的沉默。他们约好了在奥胡斯,一个中立的地方见面,按照他父亲用嘶哑而疲惫的声音气喘吁吁所说的那样。看来他也必定是个烟瘾很大的人。但是罗伯特在通过大贝尔特海峡的渡轮上时,就已经开始失去勇气,于是他中途在欧登塞下了火车。他问自己,为什么要去那里呢?

罗伯特的母亲没有再婚。她独自抚养着他。她先是做清洁工,然后在一家大企业的食堂做工,最终在那里晋升为厨房负责人。她经历的最好时光,是在一家孤儿院为那些有行为障碍的孩子工作。她很少出门。她退休以后，就退回到小说的世界里。罗伯特不确定她能否真正清楚地区分，小说中人物的虚构生活，与围绕在她自己身边的真实生活。尽管她只是一个观众，极为地谨小慎微，满足于从她允许自己占据的那个卑微角落，见证世界日新月异的变化发展。

她热爱狄更斯和俄国作家托尔斯泰与陀思妥耶夫斯基，此外她也偏爱马克·吐温，但她最喜欢的书是福楼拜的《包法利夫人》。当罗伯特又一次看到那本破旧的书，打开躺在阳台门旁母亲最喜欢坐的那把扶手椅的破旧扶手上时，他总是问这本书是否太悲惨了。她狡黠地笑笑说，不错，是很悲惨，但又是那么风趣。她这样说，好像二者当中的一个，以秘密的方式成为另一个的先决条件。

她通常都把她枯干的头发藏在围巾下面。随着岁月的流逝，她的背驼了，而且身形很瘦，但是她比同辈人中的大多数人都要高，高得像个男人，而且就他记忆所及，她戴的眼镜也有着同样硕大的、颇具男子气概的镜架。她每天可以抽到40支香烟，大概如同她的前夫所做的一样，罗伯特想。这是他们除了他之外唯一共同拥有的东西。但是，这是一个默契，他不应该对她的吸烟发表评论。他得到的印象几乎是，她是靠把香烟和小说当饮食而生存的。

她的日常生活一直很单调。她一生中发生的最大事件是罗伯特被大学录取。作为家庭中的第一个大学生，不是在他毕业的时候，而是在他入学的时候。就他所知，自从他的父亲离开之后，她就再也没有和男人在一起过。但是他想，这不可能，于是有一天他就问她。她没有回答，只是狡黠地笑了笑，那样他就看不出，她的微笑是为了保护其女性的骄傲，还是为了不让他听到，一些他无论如何不想听的故事。

偶尔她也会照看莱亚。她给莱亚做的所有饭食都是些既油腻又不健康的、带褐色酱料的食物。而这样的饭食正是莱亚热爱而莫妮卡和罗伯特拒绝做的。餐后她会高声给莱亚读《哈克贝利·费恩历险记》，而且永远只读这一本书。一旦是罗伯特单独来，她就会担心地问他过得怎么样。他不仅是她唯一的孩子，而且也是她和外部世界的唯一联系，并且40多年来，他对她来说也构成了生命的最深层的意义。

她提的许多问题都让他不耐烦和恼火，因此他通常只作简短的回答，同时他也为自己如此吝啬而感到内疚。但是其他时候，他来了之后她根本就不问，相反，他的到来似乎分散了她的注意力，好像在打扰她的阅读一样。直到他下楼走在水磨石地板和大理石墙的楼梯间，才想起来她可能只是出于礼貌和老习惯而问的。像一个试图退隐的人，她实际上早已对日常的废话和喧闹失去了兴趣，而全身心地沉浸在自己的白日梦中。

在莱亚12岁生日那天，她放学的时候，他正在她的学校门前等着。她很惊讶，他们并没有约定，他是带着一种突然的冲动去到城里的。她站在那里，被她的女友们簇拥着，她们害羞地偷看着他。莱亚甚至变得不好意思起来。女友们要和她一起去她家，莫妮卡正在等着她们。他给她买了一双旱冰鞋。也许更多的是为了让他高兴，莱亚当即在学校前面的人行道上试了起来。当她和女友们一起去公交站时，他站在原地挥手，尽管他也要朝同一个方向走。他不想让她们感到更多不必要的尴尬。他在那里等到公交车开走后才去坐下一趟车。12年。当年他们真的相信是有可能的,莫妮卡和他。他们两个都厌倦了盲目地寻找。他们大体尝试了自认为该尝试的。当莫妮卡怀孕时他们就已经认识对方很久了。应该说,他们都是睁着眼睛投入其中的。

他们之间就是这么说的。睁着眼睛。但是已经很难记起来,他当时是怎么想的了。如今莫妮卡又成了陌生人。她现在是友善的,也没有什么可吵的了。她的新丈夫也是那样友好。该发生的都发生了。长话短说就那么回事。她已经不再爱他转而开始爱上了别人。罗伯特也有很长时间不再去追究,是否其中的一个是另一个的起因,或者反过来。

如果说他有时候会独自将爱情与音乐作比较,不是因为他进步了或者变得富有诗意了,而是因为爱情就是那样不可见和难以理解,也许是因为没有什么可理解的。它是一种非人格的、能够改变的力量,它在与自己内部法则的协调之中自谋出路,它不在乎是谁,是什么把它撕成碎片,也不在乎是在平静还是动荡的急流之中被抛弃。音乐也是如此,无所谓谁在演奏,音符们也无法辨别它们被演奏得优美还是平庸,是在调准音的精美乐器上演奏的,还是在缺了一半琴弦的残破砧板上演奏的。

没有什么事能让他日日思考,也没有任何人能让他倾诉衷肠。当他独自一人时,几乎进入混沌状态。他思绪起伏,漫无边际,一如外面露台上迷茫的麻雀。到了晚上他不是很累的时候,就会阅读专业杂志,总是有一堆没来得及看的东西躺在那里。看报纸是浏览式的,当他让报纸滑到地板上时，他已经忘记了他所看过内容的细节。

医院之外，唯一他经常交谈的是雅各布，一个年轻的同事，他与妻子及两个小孩住在离他家不远的、一所类似他自己房子的别墅里。他们每周打几次网球，有时星期六雅各布还会邀请他过去。雅各布因其开朗、直爽的行为方式而备受欢迎。他是那些年轻护士与之调情的医生之一。他有着谷黄色的头发、男孩的外表、运动员的体型。罗伯特能感觉到雅各布高看他，因他年长一些，而且来自哥本哈根的一家大医院。这种身份弥补了他那渐涨的体重、渐差的健康状况所带来的恼火，当雅各布在网球场上再一次打败他的时候。

雅各布妻子的头发近似于黑色，且有着棕色的眼睛，总是把时髦的衣服穿成随意的样子。她身材匀称，但是在她完美的外在表现中，有某种过于实际的因素，这种因素妨碍罗伯特在她身上发现吸引力。也许这就是为什么她不喜欢他的原因，也许，一个离婚的单身男人活生生地提醒他们，环绕着他们家庭牧歌的那些威胁。但也有可能是她看穿了，罗伯特坐在他们的花园里，东拉西扯时压制着的不舒服，其时孩子们顾不上听他们的废话，只在他们的父亲身上爬来爬去。又或者仅仅是因为他吸烟？她照例会问，他要不要留下来一起吃饭。当雅各布系着围裙，站在烤架前翻动牛排时，罗伯特也尽量表现出很值得信任的样子，记得把扔在草坪上的烟蒂捡起来，并且总是能想办法找出一些事情来问她。

雅各布把他当朋友对待，这减轻了罗伯特的良心不安。罗伯特感到他充满信任的开放，就让自己表现得好像他们真的是好朋友一样。当雅各布对他倾诉心声时，罗伯特用认可自己的一桩秘密作为回报和例证，让对方能以他的经历作为借鉴，并能从中看到他现在需要的东西。渐渐地，他开始真的喜欢雅各布，尽管他从来没有完全超越那一点小小的距离来观察雅各布那表面上单纯而清洁卫生的幸福。网球之约和他们花园里的星期六聚会，已经成为他日常活动的一部分。无论是雅各布还是他的妻子似乎都不奇怪，他从未有过让自己邀请他们的打算。

有一次雅各布询问时，罗伯特讲述了他的离婚，以及是如何发现莫妮卡对他不忠的。那是在一年前一个夏天的晚上，他们坐在花园里。孩子们已经上了床，雅各布的妻子躺在客厅沙发上看电视。雅各布以庄重的表情倾听着，那表情根本不适合他那张幼稚的脸。他大概想表达他的同情心，并对这位谨慎的朋友向他展示的这种私密性表示尊重，但罗伯特也从对方那专注的眼神里，感觉到了一种窥探和好奇的期待。他讲述的时候看着雅各布，他坐在太阳伞下，脚蹬航海鞋，身着百慕大过膝短裤和一件来自希腊旅游岛的T恤。此时烤架里的余烬完全熄灭了，暮色之中可以听到其他来自周围花园的声音，看到树篱后面进进出出的邻居，穿过明亮的露台门时转瞬即逝的轮廓。

当他讲述这个故事时，他认为，它听上去像是巴西电视连续剧中的一集。那次他去奥斯陆参加一个会议，因最后一位演讲者请了病假，他决定比原定计划提前半日回家。他不知道在奥斯陆这个一月生冷的星期日里该做什么。在去机场前的那天清晨，他从酒店打电话回家。但那里只有电话留音。后来他问自己，为什么当他听到电话里他自己的声音和接下来的留音键时，不说话而是挂断了电话。几个小时之后他开锁进了公寓，莫妮卡正从卧室里走出来。

她一丝不挂,这让他很奇怪,平常她总是穿睡裙睡觉的。

他问,莱亚在哪里。她在一个女友家过夜。他想走过去亲吻她,但当她用僵硬的、几乎是敌意的目光看着他时,他便停了下来。最好他再出去一下,只用一刻钟的时间。讲到这个地方,罗伯特做了一些特别的细节描述,当他赤身裸体的妻子请他去外面小区转一圈散散步时,他是怎样身上穿着大衣,头上沾着雪花,站在自己的客厅里的,但是雅各布的严肃没有改变。莫妮卡一直站在那里,用陌生的眼光盯着他。虽然罗伯特开始渐渐明白了他在此时给她带来的不便,但他还是问了她,好像是为了要折磨她一下的样子,为什么他必须要走?这是为了他好,她答道。与此同时,透过虚掩着的、通往卧室的门,他听到了扣皮带的声音。

那又怎样呢?罗伯特笑笑。是的,那又怎样呢?雅各布变得不耐烦了。于是他就走了吗?没有,当莫妮卡走回卧室的时候,他在厨房的桌旁坐了下来。他能听到里面他们压低的声音。过了一会儿,客厅有了脚步声,愈来愈近,他看到医院里的那个同事,走过那扇通向厨房的开着的门。现在故事到了最精彩的时刻了。雅各布在花园的椅子里充满期待地向前倾着身子,他完全忘掉了要为对方做出看上去很难过的表情。罗伯特在继续之前停了一下。

仅仅只持续了所谓的一瞬间,也许不超过一秒钟,但是他那个忽然如此忙着要走掉的同事,却还是没能忍住要看看的欲望。也许他估计罗伯特会悲痛欲绝地坐在那里背对着那个方向,也许他想确定,罗伯特有没有攥着面包刀准备好向他扑过来。不管怎样,当他的同事经过厨房门时,并没有像人们预期的那样低着头,他看到罗伯特的眼睛时,变得那样困惑。他礼貌地点点头，那样子就像他们两人各自穿着白大褂，在医院的某个走廊擦肩而过时他想做的那样。听到这里，雅各布泄气地在椅子里坐了回去。罗伯特笑了起来。实际上这件事成了一种解脱。怎么说？雅各布不解地看着他。这很难解释。

  莱亚要在星期五下午晚些时候到达。像往常约定的那样，罗伯特要去火车站接她。几个小时之前，他离开医院开车去位于城边上的超市，采购周末要用的东西。他很累，他在星期五总是很累，好像一周以来所有的疲倦都集中在他身上，并且把他压倒在地。当他推着购物车，沿着冷藏柜台，在其他购物车之间往返穿行时，他看到了安德烈亚斯·巴格和他的小儿子。而他们却没有看到他。他推着车走过糕点货架背面，继续走向那些摆满奶制品的大冷藏柜，同时在试图回想，他平常买给莱亚的是黑醋栗酸奶还是草莓酸奶。

  他又想起了露卡·蒙塔莱，她的胳膊和腿都绑在石膏里，头上缠着纱布，在医院躺了将近一个星期了。有个护士多次给她提供耳机，好让她能听收音机，但每次她都拒绝了。她说，她只想这样躺着。事实上她除了躺着也不能做别的。眼睛看不见，身体移动一厘米都太困难，吃饭由护士喂食，此外就是如她所愿让她独自一人躺在那里。罗伯特给她开了足量的止痛药，想必她整天的大部分时间都是在昏睡中度过的。

  随着时间的流逝，她对他来说显得越来越神秘，不仅仅因为她的过激行为，还因为她的沉默和自我选择的隔离。面对伤情她似乎变得异常坚强。根据护士长的说法，罗伯特很难相信，她与那个整夜恸哭得令人心碎，直到注射的镇静剂开始起作用才停下来的她，竟然是同一个病人。

当他在日常的查房中到她那里时，也曾问过她，是否需要与心理医生谈谈。她等了一会儿才回答：谈什么呢？罗伯特忍不住微微一笑：关于你的情形呀。现在轮到她微笑了，或者说至少她试图扯动嘴角这样做，他已经学会了理解她的这种表情所传达的强烈反讽意味。也许心理医生能让她看见？他本来想用一种严肃的肯定来回答，但却控制住了自己。他突然想到，他甚至都不知道她长什么样子。他获得的唯一帮助，是记忆中那张在她驾照上的小照片上的一瞥。一张窄脸镶嵌在金红色头发之中，充满信任地对着摄影师微笑，好像任何邪恶都奈何她不得的样子。

他决定选黑醋栗酸奶，把它放到购物车里，在新西兰羊腿、摩洛哥土豆和智利红酒之间。当他再抬头时，安德烈亚斯·巴格已牵着劳里茨站到了他的面前。他说，他们已经看到了他，好像这就充分解释了他们的冒昧唐突一样。安德烈亚斯·巴格笑得有点傻，似乎很后悔停下了脚步。罗伯特不知道该说什么。面对对方祈求的目光，他感觉自己失去了保护。现在的他身着便装，他们推着各自的购物车在他的领地之外，平等地站在那里。沉默让双方都感到了尴尬，但是后来安德烈亚斯·巴格想起他还没有完全用尽机会。显然罗伯特还没有跟劳里茨打招呼，男孩很乖地伸出了手。

触到那柔软小手的感觉让他一震。这引发出他对于莱亚在同样年龄时她的手的意外而清晰的回忆。他已经忘了那小手没有重量的脆弱和洋娃娃般的比例。突然他想起，他怎样牵着莱亚那有点黏糊的小手，或单独，或跟莫妮卡一起穿过城里的街巷和公园的情景，当年他们还是一家人。随着莱亚的成长，他渐渐忘记了她孩提时期的那些交替阶段，直到他只剩下柯达照片上那些光滑的、不连贯的、已经失真的色彩。

罗伯特抱歉地说，要去火车站接女儿，随即就后悔了，他被迫打开了一扇通往他私人生活的门。他本来想紧急编一个谎言的。安德烈亚斯·巴格问，他女儿多大了。这个没有害处的问题的作用像一个过于亲密的触碰。罗伯特回答了，用微笑作为告别的信号，同时他轻轻地推着购物车通过拥挤的人群。他目不斜视，有条不紊地带着购物单，在红肉冷藏柜和摆满花花绿绿包装的货架之间继续向前走，经过烧烤设备、盛开的盆花和折叠室外家具的展台。在超市的穿行中，他总是感觉安德烈亚斯·巴格在监视着他的每个动作。

一整天都密布的阴云越来越暗了。那云层低低地压在城市上空，冷风撕扯着所到之处的一切，让人们以为是二月而不是四月。罗伯特推着购物车通过柜台闸栏时，停车场渐渐地在油腻的自动玻璃门后面发亮的雨雾中模糊起来，玻璃门每次打开时，他都会感觉到脖子和脚踝周围的冷空气。他付了款，把车推到顶棚下，人们都站在那里等待着，希望那只是阵雨。有几个人鼓起勇气，弓身推着装得满满的购物车向前跑，购物车轮子在前面摇晃着旋转，于是那些购物车弯弯扭扭地通过沥青路面。男人们穿着短裤或者运动裤，女人们穿着夏季裙衫，露出光腿。罗伯特想，一群顽强的乐观主义者。

一道水帘从顶棚檐槽上倾泻下来，在他的脚前形成微型爆炸。风吹得停车场上的雨水像毯子一样起伏，呆滞的光让雨毯在滚动的波浪中无力地闪动着。他在躲雨的人群中发现了安德烈亚斯·巴格。他站在那里傍着一辆旧的女式单车，同时望着雨水。男孩斜戴着头盔坐在单车后架的小孩座位上。那些装满了的购物袋沉重地挂在龙头上。罗伯特想起那辆完全报废了的汽车，当地报纸把车的照片登在了头版，尽管没有提及出事者的名字。一位32岁的女人，这可以是任何人，碰到了任何车祸，这样的车祸每天都充斥在世界各地的报纸栏目中。

这大概会是一场通宵表演……安德烈亚斯·巴格感激地笑笑，好像罗伯特和他说话，表达了一种他完全不配得到的同情。他的这种屈从的恐惧表情与他脸上显示出的特征很不相称。凭着这张脸就看得出，安德烈亚斯·巴格在平日里应该是一个有强烈自尊的男人。如今他崩溃了，而且更为严重的是，他甚至还不得不像个越南稻农一样，负重骑自行车冒雨回家。他的感激之情没有止境，当他们把购物袋互相挨着放在后备厢里时，他问了罗伯特好几次，是否来得及接女儿。

他们让自行车立在那里。罗伯特调整了后座的安全带，这样它就适合劳里茨的小身子了。车一开动，安德烈亚斯·巴格就问是否可以吸烟。好吧，当然……他把车窗摇下一点，然后点了一支他那猛烈的香烟，罗伯特几乎要后悔他人道主义的紧急救助了。他也不知道他们要谈些什么，落在车顶上的雨水，使得汽车里的默坐变得轻松了一些。安德烈亚斯·巴格的皮夹克有点窸窣作响，当罗伯特转弯时，它就会在仪表板上擦出声音。除此之外，就只有雨点的敲击声和刮雨器紧贴在汽车挡风玻璃上划过的声音。

他们在安德烈亚斯·巴格的指点下，开过铁轨，继续往前穿过工业区。

他突然讲述了起来，罗伯特认为完全是无来由的，他的作品刚刚在马尔默首演。他是个剧作家。这样啊……除了戏剧还写别的吗？他想，有些东西是不得不问的。一度曾经写过诗。但那是很久以前的事了，他带着高深莫测的微笑继续说道。那他的剧作是关于什么的呢？这个嘛，总是难以回答的。剧作家笑笑，那笑看起来同时带着羞涩与挑逗。这就是为什么你会去写的原因，就是为了找出为什么。如果他能明白的话。罗伯特不明白，但这是他自己的事。

沥青在那些黑色的田野之间泛着油光，田里的犁沟随着道路逐渐向远方的山脊上升。那里一座涂成褐色的变电站矗立在云层的灰色水彩色调前面。但是现在它被写出来了。不管怎么说他都必须有一点感觉。安德烈亚斯好像并不在意罗伯特的戏弄语气，要不就是他没有意识到这一点。这是一部心理剧。但并不是传统的心理剧，那样心理分析意义上的。毋宁是，怎么说呢——生存的。一股刺鼻的肥料气味钻入汽车。安德烈亚斯摇起车窗玻璃，熄灭了香烟。

可以说，它是关于谈论邪恶的，他继续说。现在他一发不可收了。关于情感方面的食人主义，关于我们内心那些压抑的黑暗，那些沉默而失调的东西，那些超越社会和语言秩序的东西。最后还有像所有其他故事一样要涉及的死亡。他沉默下来，看来是接近精疲力竭了，罗伯特想。就像一个在拍卖会上报价的人，最后不得不承认无法报出更高的价了一样。于是又只剩下刮雨器的声音和汽车顶上的雨声，同时，那些田野和被树木环绕着的庭院一闪而过，像一座座漂浮在一片巨大的黑色泥土海洋上的岛屿，那是农人们的谷仓与白粉墙面的马厩。

他们转了一个弯，然后沿着一条狭窄的碎石路继续向森林边缘开去。一匹马抬起头来在雨中目送着他们，淋湿的鬃毛粘到了脖颈上。罗伯特斜瞟了一眼车速表旁边的表盘。半小时后他就必须到火车站了。此刻也是送上下午茶的时间。护士可能给她一根吸管。护士走后，剧作家的妻子又要一动不动地躺在黑暗里，倾听拍打着面前百叶窗铝片的雨声。同样的雨也落在她家的周围。

这是一幢老旧的红砖农舍。茅草屋顶换成了混合着石棉与水泥的屋顶。院子里散布着玩具，一辆翻倒的三轮脚踏车躺在一台水泥搅拌机和一堆塑料布遮盖的口袋旁边。森林从房子的另一侧开始，风在湿漉漉的山毛榉树叶中迷茫地翻转着。他帮着安德烈亚斯把他买的东西提进屋去。但见厨房和客厅的墙被粉刷成白色，很像置身于时尚的城市公寓中，里面装饰着精美的意大利家具，墙上有艺术海报，以及挂成一直排的铸铁锅。

在厨房的墙上装了一块带磁铁的拉丝钢板，上面悬挂着记事贴、周报上的食谱，以及一些照片。那个出现在其中好几张照片上的，有着高颧骨的金红色头发的女人必定就是她。他想来一杯红酒吗？好的，谢谢，就一杯吧。罗伯特看了看表说。安德烈亚斯在他对面的记事板下面坐了下来，并往两个杯子里倒酒。他们一个月以前完成了房子的装修。安德烈亚斯又沉默了，看着趴在地板上玩乐高积木的男孩。然后他遇到了罗伯特的目光，并尝试性地微笑着。窗台上有一束枯萎了的郁金香，它们在对着窗户打哈欠，大部分的叶子都干掉了，卷曲地堆在花瓶周围。

他们搬进来时,房子已成了废墟。他们自己干了大部分的活,他们真是干得很辛苦。现在……他不知道。这一切都还那么新。罗伯特说起了有关的康复训练,包括训练的地方以及训练的方式,同时他交替地看着安德烈亚斯和他身后的记事板。记事板上大部分的照片都是在房子周围拍摄的,它们呈现了房子装修的不同阶段。一张是晒黑的安德烈亚斯戴着瓦工帽,赤裸着上身在搅拌水泥。一张是露卡在油漆窗框,她穿着工装裤,头发随意地扎在脑后,两边脸颊上还沾有涂料斑点。还有一张是露卡身着轻薄的夏裙站在快要落山的太阳前面,提着劳里茨旋转,男孩水平地悬在空中,裙子围绕着她的长腿,散开成一朵带褶皱的、明亮的花。

他一直问自己,她是否故意那样做的……安德烈亚斯在停顿中看着罗伯特,不确定他是否走神走得太远了。那上面还有一张照片是在巴黎拍的。罗伯特认出了咖啡桌上面的红色遮阳篷,以及背景中树皮脱落的梧桐树。他说,他也问过自己同样的问题。她脸色苍白,穿着一件紧腰的灰色外衣,脖子上系着一条深蓝色真丝围巾。她的头发扎成马尾,唇上还抹了口红。她有用这个来威胁过吗?彩色照片让那红色更加醒目,它把嘴的深色窄缝都框在里面,好像她正在说什么一样。不,没有直接地威胁过。她用那双绿色的眼睛直视着镜头。罗伯特告诉安德烈亚斯,她曾经有过可以得到心理帮助的机会。她有……安德烈亚斯犹豫着。她有说过一些关于……他们的什么吗?

没有,罗伯特回答。已经说过了,她没有向他吐露心事。男孩向安德烈亚斯走来,做父亲的把他抱起来放到大腿上，并吻着他的头发。他把鼻子埋在男孩的头发里一会儿，然后抬起头来。糟透了，他说，糟糕的正是那天晚上……他低头看着酒杯，然后一饮而尽。罗伯特再一次看着露卡·蒙塔莱在巴黎咖啡座的照片。刹那间仿佛他遇到了她的目光。他无法确定的是，那吃惊的目光是因为她没有准备好被拍照，还是她在突然的洞察中看到了什么他并不知道的一个关联。

墙壁上记事板的旁边挂着一面大钟。离莱亚乘坐的火车到达还有10分钟。男孩从父亲身上滑到地板上，然后跑进客厅。就在那天晚上……安德烈亚斯继续说下去，并把脸转了过去。罗伯特站了起来，对方迷茫地看着他。

莱亚站在月台上，旁边是她的大袋子。她一边在寒冷中瑟缩着，一边往下看着发光的铁轨。虽然他们上次在一起只不过是两个星期之前，他还是觉得女儿又长高了。莫妮卡给她买了新衣服。她穿着一件薄风衣、白色牛仔裤，脚上是白袜子、白球鞋。在他几乎完全要走到她那里之前，她都没有看到他。她微笑着，放松下来，并拥抱了他，可他还是看得出女儿掩饰的对他迟到的失望。他背着她的袋子穿过候车室。他为自己当场编造的超市排队借口感到羞愧。大厅出口处站着几个救济金领取者在喝啤酒。他们洗得褪色、发毛的牛仔夹克上布满雨水的肮脏印迹，他们当中的一个还牵着一条用绳子拴着的狗。当他们经过时，狗主人用他的啤酒瓶跟罗伯特快乐地干杯。莱亚在闻到啤酒和湿皮毛的臭味时皱起了鼻子。他们向着汽车走去时，莱亚说起暑假里有一个女友邀请她跟着女友的父母一起去乡下。他在停车场把车子退出来时，在座位上转动着身子。莱亚与后座上的安全带抗争了一下，之后将它伸展开来并固定。

她在假期里也可以来他这里，他说着，并换了挡。但是莫妮卡已经安排好他们去西班牙兰萨罗特岛了。那里夏天不是很热吗？我们总会有办法解决的，她说道，并在后视镜中对着他微笑。这是一句非常成人化的台词。听起来就像是莫妮卡会说的话。其实莱亚除了有着和他一样的栗棕色头发外,并不像他们之中的哪一个。她从一开始就是一个完整的自己,一个完全成型的人,只不过把他们当作她出现时的助手罢了。她问,他们晚餐吃什么。羊腿,他答,然后打听莫妮卡和扬好不好。他们都用名字称呼,自从离婚之后他们就一直是这样做的。莱亚将替他问候他们。

他在城里的时候,有时也会去他们家里吃饭,这对莱亚来说具有某种意义。他们相处得出奇地平和,他们三人都很文明,但他一般都是跟莱亚吻别之后就走了。他们有时也提到离婚,但总是抽象地一带而过,且不会涉及那个冬天的周日,因他的提早回家造成的小小不幸,而这个不幸又引发了改变。有时候罗伯特会想,如果他什么都没有发现的话,是否他和莫妮卡至今都还想生活在一起。他那天从奥斯陆打电话回家时应该在电话录音上留言的,那样的话,他的同事就来得及离开那个地方,那么也许所有的一切看起来就是另外的样子了。也许她将会厌倦她的情人,厌倦所有的情感骚动、秘密恐慌以及所有的实际谎言。况且把一个医生替换成另一个医生毕竟也算不上是一场革命。

她和扬在一起的时候表现得也不是特别富有激情,当然也有可能这只是他们的机智所为,假装让他们的关系看起来已经是如此平常,就像他和莫妮卡的婚姻最终成为的样子。他在场的时候,他们也免不了要愉快地互相噘嘴亲吻对方,就如已婚人士一样,像兄弟姐妹之间那样的亲吻。也许这实际上是一种精致的考量,罗伯特想,是为他们的色情飓风做的一种遮掩。除非人们无论如何,结局都是成为兄弟姐妹那样,因为组建新的家庭,其实不过是回归到人们以为已经离开了的家庭而已。

当他在厨房里把买的东西拿出来时，莱亚正坐在沙发上看电视。像往常一样，他买了太多配午餐面包的冷菜和曲奇饼干，好像只要她一来，无论怎样都永远不够奢华似的。可是他却找不到羊腿。他又走到外面打开汽车后备厢，里面却只有急救箱、换轮胎用的千斤顶和扳手。想必是他们搬他买的东西进去时，安德烈亚斯·巴格拿了那个装羊腿的袋子。但他不想一天之中第二次开车去那森林边上的房子，更不想对那个人的戏剧发表意见。

他忘了关上通到花园木围栏的园门。在朝向露台宽阔的落地窗后面，他看到了莱亚扭曲的身影和电视屏幕，那屏幕颤抖着，像点滴的水银在雨水的灰色斜线后面客厅的半黯中流动。她在看《海豚的故事》。他自己小时候也坐那里追随过勇敢的海豚的童话。如今这个连续剧重播，看的却是他半大的女儿。她坐在那里梦想着佛罗里达蔚蓝色的泻湖。它已经成了一个经典。这也算是一种文化传承！他曾试着仔细地给她介绍，像维瓦尔第的《四季》和德彪西的《儿童乐园》这样多样化的作品，但这些都无法真正地对抗辣妹和迈克尔·杰克逊。

他在雨中站了一会儿，看着那优美的海豚和那个晒成棕色的、运作良好的家庭成员，帮助避免了那么多破坏他们享受阳光幸福的犯罪计划，他不觉有点神思恍惚。随着岁月的流逝，画面上清晰的色彩模糊了，所有的一切也显得很幼稚，但他却清楚地记得，自己怎样在一个又一个的星期六，坐在那里沉醉于那只睿智而又顽皮的海豚的。当它竖起来，把那些闪闪发光的筋斗翻到珊瑚蓝的海水里时，它发出的嬉笑邀请，表达的是纯粹而未受破坏的喜悦。那种欢乐与欢呼，只有维瓦尔第小提琴拉出来的鸟鸣般的《春天》可以比拟。

他做了本来是他们应该在第二天才吃的肉碎牛排。所以到时候他们还得去买一个比萨。莱亚仍然坐在电视机前。他真的很想让她到厨房里来帮忙。她有时也会这样做，这是一种很开心的相处方式。但是此时她的纹丝不动与近乎忧郁的专注，让他不忍叫她。也许她也累了。

她在晚餐时没说太多的话。他说，如果天不刮风下雨的话，他们就可以开始在菜园里劳动了。他已经把买来的种子分列出来了。但她看起来似乎并不特别热衷于出去挖土。而上一次她却很热情，实际上那也是她的主意。他问了她关于学校的事，还问她最近都干了些什么。她回答了他的问题，他觉得有点尽义务的意思，但他自己并没有把它讲出来。她开始了骑马，在她的讲述中带出了一个小故事，一匹小公马如何把她的一个女友甩了下来，但是女友并没有受伤，而且自此之后那小公马就表现得很驯服了。她吃得很斯文，这正是莫妮卡所看重的。对了，她对旱冰鞋很满意，它们非常酷。

他忍不住对这个词笑了起来。这有点像半年之前，她在学校喜剧中扮演公主时，第一次穿尼龙长袜的样子，她眼睛上涂着睫毛膏，嘴唇上涂着深红色唇膏，脸颊上还有一个假的美人痣，所以他真的不知道该如何评价。是去西班牙的兰萨罗特岛吗？莫妮卡说过有关七月初的一些安排，以及她回家后要和女友去度假屋的事。他不想过多触及这个话题，但在暑假里见不到她的前景却有点刺伤了他。抑或他在关于莫妮卡和扬垄断她的方面想得太多？他问她是否要甜点，他买了冰激凌，也做了水果沙拉。她选了水果沙拉。他想了一下，这是否出于礼貌，因为他为此花费了力气。

她看起来有些不开心，但也许这只是他过分解读了她周期性出现的沉默与内向的目光。他总是害怕对女儿没有给予足够的关注。当她用勺子把最后一块香蕉片在碟子里转了一会儿的时候，他问她，是否有什么事情让她难过。她避开了他的目光。没，没有什么。他用食指轻轻地爱抚着她的手背。是学校里的事，还是家里的事？

她把手搁在那里，当他小心地抚着它的时候。她把目光移开，看着花园中的暮色。然后她说，雨已经停了。她说得对，耳语般的雨声停止了，傍晚的天空在桦树轮廓的后面明亮起来，在匆匆而过的、纤细的蓝色云丝下呈现出精致的黄色。她帮他收拾了桌子，把要洗的东西放进洗碗机。他问要不要打乒乓球。她看了看他，说，好吧。然后她笑了起来，这次，那笑容看起来是真挚的。他们打了20分钟，她很厉害，他打出了汗，气喘吁吁的。虽说他们刚吃完饭就打球有点傻，可是她看起来似乎很开心，对他来说，看着她快速而敏捷的动作，也是一种享受。

之后，他给自己煮了咖啡。他们坐在电视机前。她像往常一样，盖着毯子坐在沙发上靠着他。他们俩都没有说什么特别的话，她的目光又变得遥远而落寞了。有时他会问她一些事情，试图引发她开始一次真正的谈话。但她再一次地只用简短的句子回答，好像是为了应付谈话，她似乎正全神贯注地跟随着屏幕上发生的事情。她上床之后，他端着威士忌坐到客厅里，听着一张老唱片，是巴勃罗·卡萨尔斯演奏的巴赫大提琴组曲。他有点后悔在饭桌上对她说的话太直接了。古老的音乐在他周围编织出理性的网，他跟随着每一条清脆颤抖的线，并预感到它们的节点，直到他感觉到，他才是那只蜘蛛为止。

当他早上从浴室出来时，她已经仔细地把她的湿浴巾晾到了加热器上方的杆子上。他四处都看不到她的影子。她卧室的床已经整理好了，那样子就是女佣都无法做得更好。当年他们一起生活的时候，她离开浴室时总是把浴巾揉成一团，扔在瓷砖地上的角落里，她的房间更是乱得像地震了一般，但是当然也是因为她长大了一些。此刻她正站在花园里，指尖插在紧绷的牛仔裤前面的口袋里，抬起脸望着那些树。他看不到她发现了什么。也许是一只鸟，或者是一片云。他到厨房去煮咖啡。过了一会儿，她通过杂物间的门走进来，在门垫上擦脚，仔细得像个客人。

天在夜间就已经放晴了，太阳把草晒干了，如果不刮风，天气就几乎热了起来。她用了一个上午在厨房里做功课。他问，是否有什么地方需要他的帮助。她抬起头来笑笑说没有。午餐后他把新的园艺工具和装了一袋袋种子的筐子放到花园的一个小小的角落里。在那里，他用绳子和四根木桩围出了一块长方形的地。开始的时候她坐在旁边看他挖土，同时漫不经心地扯起一小把草，然后又松手把它扔掉。他弯着腰干活，累得满脸通红，他开始感觉自己的可笑。他根本就不是做园丁的料。

对于她来说，就这样坐在那里太无聊了。很快她就在他身边挖起土来，于是汗水也从她的额头上滚下来。这让她很开心，当她把一条蚯蚓从中间斩断，看到那粉红色的两半分别朝各自的方向扭动时,她妩媚地扮着鬼脸做出恶心的样子。他发现了一块动物头骨,吹掉那拱形骨膜上的尘土。他们蹲下来,把脑袋凑到一起。在它属于什么动物上,他们的意见难以统一。她说是一头驴子,他认为应该是一只獾。她亲热地推了一下他的肩膀,说他太笨了!他张开手掌轻轻地托着头骨走进屋里,他们找到了一个小盒子,她在盒子里垫上棉花,这样她就能把它带到学校去了。这东西是什么,就按她那学究式的态度定了下来,这表情让他忍不住笑了。

当他们再回到花园里时,安德烈亚斯和劳里茨正站在草坪上。安德烈亚斯把一个超市购物袋递过来,微笑着道歉,无论是关于现在做了不速之客,还是留下了罗伯特的羊腿,都得说声对不起。他从地址簿上查到了他的信息,他进一步补充道,好像是为了解释他的突然出现似的。莱亚狐疑地看看这一个,又看看那一个,劳里茨则躲到了他父亲的腿后面。

罗伯特看到自己有必要拿出些什么东西来招待客人了。拿出来的是瓶装啤酒。不用,谢谢,安德烈亚斯不需要杯子。孩子们得到了橙汁。他们坐到洒满阳光的露台上,谈话进行得漫不经心。安德烈亚斯仰着脖子从瓶子里喝啤酒,罗伯特想象着,他在整个别墅,以及被篱笆和木围栏围绕的园地,还有其他花园别墅的环境里,就像在他自己家里一样。他,与那个在森林里过着自由自在的生活、穿皮夹克、骑生锈女式单车的剧作家、拓荒者,竟然是同一个人。住在这样一座一切现成的房子里,一定是很惬意的吧。可不,正是这样的。罗伯特在这句平淡的台词里听出了弦外之音。对方接着说下去。你这里有桑拿浴室吗?没有,罗伯特回答。他不觉低头看着他印有鳄鱼图案的网球衫。既没有桑拿浴室,也没有按摩浴缸,甚至连卫星天线也没有。莱亚咯咯地笑了起来,安德烈亚斯也傻笑着。罗伯特最喜欢她的这种笑声。

莱亚牵着男孩让他看花园里的景致,而他也充满信任地跟着她。她看起来很成熟的样子,她照看着这个小家伙,允许他用一把铲子在新挖的土里乱捣,同时她还时时小心着不让他出事。她用友好的、鼓励的声音对这个男孩说话,为了达到能平着看他的高度,她跪蹲在他的旁边,同时她还注视着他,偶尔对他的表情和笨拙的动作发出微笑。她的头发从额头梳向脑后,扎成一束马尾。有时她会掠一掠垂到脸颊周围的一绺头发,还用女性化的手势在耳后把它压住。

他有一个漂亮的女儿。是的,罗伯特回答道。安德烈亚斯在啤酒瓶的标签上一点点地剥着。罗伯特必得原谅他,如果前一天他看起来有些冒昧的话,但是他没有人可以诉说,不是在这里,所有这些……他叹了口气。罗伯特等待着。莱亚在花园尽头逗得那男孩咯咯地笑。一切是那样的……他该怎么说呢?纠结……前一天,罗伯特要走的时候,他正要讲的事情是这样的。露卡开车出事的那个晚上,他对她说了,他想离婚。

地上的阴影开始拉长了。劳里茨跑过草地,安德烈亚斯起身把他提了起来在空中转圈,就像罗伯特在他们厨房里的照片上看到露卡做的那样。莱亚走到罗伯特面前,把一只手搭在他肩上。问问他们想不想留下来吃饭?她歪着头微笑着,好像她是他的小妻子一样。那会是很开心的,不是吗?她会帮忙做饭的。挖土的事他们可以明天接着干。

安德烈亚斯看起来对罗伯特的建议感到很惊讶。他们老远骑车来的！但是也没有必要给他添麻烦，安德烈亚斯坚持由他来负责做饭。当他走进屋子里，环顾四周的木工家具与墙上的石版画时，他说，罗伯特住得真精致。那些东西都是斯堪的纳维亚风格的和不会过时的，这让罗伯特想到了森林边上的农舍里那些流线型的意大利家具。他在对方的眼中可能是一个真正的城居动物。

安德烈亚斯显示出他是一个日常做饭的厨师。他一边在羊腿上扎洞，把蒜瓣塞进去，一边吩咐莱亚开始处理蔬菜。而罗伯特则没有什么事可做，那平常只有他一个人吃饭的厨房，突然显得狭小起来。劳里茨坐在桌旁，画着有平头与火柴棍身子的月亮人。罗伯特独自走来走去，倒红酒，端出盛在小碗里的橄榄让大家品尝，为他们放意大利歌剧片段。安德烈亚斯唱了几首来自马斯卡尼的《乡村骑士》里的咏叹调。同时他挤眉弄眼的样子惹得莱亚哈哈大笑。罗伯特不得不承认自己对安德烈亚斯的嫉妒，并惊异于他对意大利美声唱法的娴熟程度。他的半长直发、黑色T恤以及未刮脸的样子，看起来很像波普爵士乐里的一个具有魅力的角色。罗伯特有一种被入侵的感觉，但更多的是惊异于那种轻松的、近似于兴高采烈的气氛，那么快就突然散布在他那位刚刚还表现出自责的客人周围。

电话铃声在这一切的中间响了起来，是雅各布打来的。他让雅各布等一会儿，他走进客厅，调低音乐，拿起听筒。他能听到他们在厨房说话的声音，就对着莱亚喊，让她别出声。他一定有客人吧？罗伯特说，他们有一些朋友来访。他认为，这样听起来是很可信的，但还是有点尴尬，好像他在为自己辩护一样。他家几乎从来没有来过客人。他听得出雅各布感到失望。他想问，他们是否可以过来。也许是时候把他们介绍给他的女儿了。罗伯特说，那只能等下一次了，他很高兴刚好安德烈亚斯和劳里茨出现了。雅各布问，他们下星期一是否要去打网球。顺便说一句，他还有事想和他谈谈。谈什么？雅各布压低声音说，最好不要在电话里讲。罗伯特说，那就星期一吧。

他们在乒乓球台子上摆刀叉碗碟，那是安德烈亚斯的主意。厨房小桌子的位子不够。他们围坐在半张球桌周围用餐。当劳里茨一下一下专心地把碟子里的东西扒拉到大腿上时，莱亚问他的父亲要怎样才能成为演员。很显然，在学校喜剧中的公主角色已经让她想入非非了。安德烈亚斯耐心地回答了她天真的问题。她倾听着，大人似的把一只手撑在脸颊下微笑着，同时握住盛了可乐的酒杯杯杆。晚餐后她试着教劳里茨打乒乓球。她把他放到椅子上，她很有耐心，一直教到那男孩自己惊讶地发现，原来他会发球。

劳里茨在沙发上睡着了。莱亚像一个真正的家庭主妇般送上了咖啡。咖啡太淡了，但罗伯特什么也没说。当安德烈亚斯谈起意大利时，她坐下来倾听着。在劳里茨出生前他和露卡住在罗马。他谈起她时，好像什么都没有发生过。好像她从来不曾因为他提出离婚而在一星期以前的那个晚上，开车自杀撞个半死。他们住在意大利特拉斯提弗列的一所小公寓里，莱亚吞咽着他的奇闻逸事，那些老式的劳工阶级街区里古怪的居民们，怎样穿着拖鞋和浴袍，吊儿郎当地去购物，那些有着墙皮剥落的墙体与晾衣绳的弯曲小巷，面包师妻子的胡子以及铁匠的母鸡。是的，母鸡……想想看,那是在罗马的市中心!罗伯特认为这一切听起来都是非常真实的。莱亚说,这是一个奇怪的名字,露卡。安德烈亚斯解释说,实际上露卡是一个男孩的名字。她的父母相信那会是一个男孩。但是他们还是保留了这个名字。她的父亲是意大利人,她以他出生的托斯卡纳大区的这个城市的名字命名。莱亚认为这个故事听起来很美妙,并且望向罗伯特。但她还是很高兴,他和莫妮卡没有以她的出生地给她取名维兹奥勒。

她开始打哈欠,不情愿地屈服于她的疲劳。她道晚安的时候吻了罗伯特的脸颊,犹豫了一下之后,也给了客人一个脸颊之吻。两个男人对着咖啡杯和卡尔瓦多斯酒沉默地坐了片刻。轻松随着莱亚的离去消失了。他们能听到莱亚刷牙时水在喉咙里发出的声音,她卧室的门轻轻响了一声之后也关上了。劳里茨在沉睡中翻了一个身,罗伯特给他盖上毯子。他再一次惊奇于他的客人是怎样从这一刻到下一刻变换表情的。安德烈亚斯点了一支烟,身子缩进沙发,同时把烟雾吐出来。他的嘴角松弛地耷拉着,头发掉到他的一只眼睛上面。他无神的目光凝视着茶几下面地毯上的一个点。

很清楚,他是感到内疚的,但……他没有想到,她会……但也不是突然出现令她吃惊的事。就在他刚刚把那个意思说出来的时候,她平静得出奇地接受了它。那时,他们坐在桌旁,吃完了饭,劳里茨也被安顿在床上了。开始的时候,看起来他们是可以理性地谈论这件事的。罗伯特不难想象这一点,因为他现在已经在同一间厨房里的同一张桌子旁坐过,也知道她的长相。她问过他是否另外有人了。他深深地叹着气。他说了没有……

他可以来一杯卡尔瓦多斯吗？罗伯特做了个简短的手势，安德烈亚斯把两个酒杯都倒上了。到目前为止，一切都太过平淡，一个晚上在那个森林边上屋子里的婚姻舞台，那个不忠实的丈夫坐在他的沙发上，在卡尔瓦多斯里腌渍着他的内疚。罗伯特一点也不为他感到难过，但也不因为对方故事的平庸而让罗伯特看不起他。他只是突然感觉太累了。安德烈亚斯将杯中之物一饮而尽，然后透过从他手上香烟冒出来的波浪形烟幕看着罗伯特。他用手掌支撑着那张迷醉的脸，于是那边的脸颊把那只眼睛挤到了一起，使他看上去像一个悲伤的高加索人。那么，什么才是在他沉重目光后面舞蹈的那个激动的剪影？是她在摇那个铃鼓吗？

他随着他作品的排演到了马尔默。那个舞台设计师比他年轻10岁，来自斯德哥尔摩，是新出道的人才之一。人们对她给予很高的期望。安德烈亚斯透过落地窗，瞥了一眼树冠深色轮廓上方那片平滑的深蓝色夜空。他没有想到这样的事会再次发生在他的身上。他以为对于坠入爱河来说，自己年纪实在是太大了。他低头看着他的空酒杯。自从遇见露卡以后，他再也没有和别人在一起，尽管他从来都不缺少这样的机会。在他的世界里……他笑笑，又看着罗伯特。是的，人们都在到处偷鸡摸狗。也许在医院里也是这样的情况？罗伯特耸耸肩，什么也没说。

颇具讽刺意味的是，他和露卡的相遇大体上就是这同一种方式。她是演员。当时她和一个导演在一起，他年纪大很多。他到导演在西班牙的房子里拜访他们。这个老头要排演他的一个作品，他是大人物，享有崇高的地位，因而这是非常荣耀的事情。她也突然地出现在那里，露卡，于是一切都变得可怕地复杂起来。

他寻找着罗伯特的目光。他们的一切都发展得太快，突然她怀孕了。他点了一支新的烟，还从舌头上拿掉了一根烟丝。他最初投身其中时，他不敢面对自己的怀疑。露卡就应该是正确的人选，而且她也成了这样的人选，至少在一段时间里。还在罗马的时候他们就谈起要在乡下找一所房子。但是，他该怎么说呢？当有了孩子以后，就不能仅仅只有常规，那些不可避免的日常琐碎，还得有另一种更为深刻的东西。一种他无法用言语表达的需求，因此在很长一段时间里，他的这种渴望被一次次地忽略了。

他感觉不到，自己能跟露卡分享内心最深处的自我。她不懂他，所以她也不明白，怎样把他身上那个他很难解释的东西呼唤出来。他用手拍了一下，以至于他差点儿碰翻了酒瓶。罗伯特看了一眼那个熟睡的小男孩，他躺在毯子下面，小手还紧抓着乒乓球。露卡有了劳里茨以后就背弃了戏剧，全身心地投入到孩子身上，用瓦工刀和美好愿望建造他们的家。但是，那又有什么用处呢，当她不……他们之间的相互吸引主要是在肉体上。他们总是在床上行事，作为女人，她是对的……就是这样……他带着一声长叹，猛吸了一口烟又吐出来。但是缺少了一些东西。

在这种情形之下，马尔默就出现了。这不仅仅是一个情色迷恋的问题。顺便说一句，她很美，为小心起见他一笔带过。她的父母是波兰籍犹太人。她有着漆黑的头发、雪白的皮肤、冰蓝色的眼睛，这些形成了一种奇特的混合。罗伯特忍不住微笑了起来。吉卜赛人或是犹太女人，钱合适，铃鼓几乎是多余的。但是还有别的因素造成了这种差异，更多的……安德烈亚斯不知道该如何描述，那个犹太舞台设计师对他做了些什么。好像她触碰到了他内心深远的地方，好像她让一根弦振动起来了，一根他根本不知道自己拥有的弦。每次他坐最后一班飞船轮渡，都能感觉他的生活重心已经发生了转移，因此当他夜里从哥本哈根开车回家的时候，感觉他的心离家越来越远，而不是反过来。

他甚至没有和她上过床，这从某种意义上来说是疯狂的，但这只是向他证实，另一种更为严重的事情正在发生。首演之后她就回了斯德哥尔摩。他偷偷地给她打电话，他们还互相写信给对方，他已经很多年没有写过这样的信了。用这种方式过了好几个星期。他一直在水泥袋周围、犁过的田野里以及露卡紧张、审视的目光下和她联系。幸好他已计划去巴黎工作一个月。露卡应该觉察出，有什么地方不对劲，但她没有问过，在她去那里看望他的那些日子里也没有问过。最后他就这样自己做了决定。他刚从巴黎回来的那个晚上，就对她说了这个决定。他静了下来，给自己又倒了一杯卡尔瓦多斯，这一回他忘记了罗伯特。那个舞台设计师对他的决定一无所知。他把头仰起来，喝了一口酒。他本来想先清理桌子的，他说着，用手背擦了擦嘴。现在……现在他什么都不知道了。

罗伯特要去小便。并不是因为他不想听他讲话，他说道，然后他就去了浴室。当他冲完厕所洗完手后，他就站在那里，在洗手池上弯着腰，同时怀疑地看着自己的镜像。为什么他要让这个陌生男人侵入，讨他女儿的喜欢，不让他睡觉，而且喝光他屋子里的酒？他与安德烈亚斯·巴格的浪漫悔恨，和找到认可自己方式的可怜尝试有什么关系？他想要一瓶冰啤酒，但也只是想想而已。如果他们现在开始喝啤酒，他就永远也不会摆脱他了。

他走进客厅，安德烈亚斯已经穿上了他的皮夹克。他跪在劳里茨面前，劳里茨坐在那里，半睡半醒，自行车头盔滑落到了眼睛上，与此同时他的父亲正试着把他的脚塞进鞋子里。罗伯特问了他好几次，是否真的不要他开车送他们回家。无论如何都不要！此外，现在天气很好，安德烈亚斯笑笑，月亮会为他们指路。罗伯特想想变得非常不安，于是请他小心骑车，那样子近于乞求了。他送他们到路上。正是满月。他站在那里目送安德烈亚斯弯腰骑车的剪影。剧作家有点歪歪扭扭地消失在树下的阴影里，只剩下尾灯在闪亮。过了一会儿，他又出现了，在漆黑的屋影中间的银灰色沥青路面上变得越来越小。

火车启动的时候，他跟着车厢走了几步，对着车窗里的莱亚不停地挥手。于是她也微笑着挥手，从他身边滑了过去，她的脸在映照着苍白傍晚天空的窗子后面渐渐退去并消失了。他还站在站台上的顶棚下，看着火车逐渐缩小并最终消失在铁轨的尽头，铁轨在那里交错，在暮色中闪闪发亮。他周围的一切好像都凝固了。铁轨另一侧的荨麻在风中微微摆动，但是它们此时此刻的摇动只是更加凸显了其他一切的静止。铁锈色的货车上印着看不懂的白色数字和字母，空荡荡的站台上散落着蓝色霓虹灯、巧克力广告，以及由漂亮女人和意志坚定的男人做的人寿保险广告。他向车站大楼走回去，车站大楼看起来像一座沉睡的城堡，它装置着不明所以的凸窗，滑稽突兀的尖顶下安着发光的表盘。

火车站前的广场上没有人，但那些从世纪之交起就在那里的红砖住宅的窗户后面却有灯光，这些住宅的底层装饰着千篇一律的砂岩和水泥。一所驾驶学校开设在废弃的乳品店里，转角处是一个收音机电视商店。橱窗里的屏幕上同样的足球运动员在跑来跑去。草地和球衣的颜色从屏幕到屏幕略有不同，他从不同的地方看到了那些薄纱窗帘后面的，来自其他电视屏幕的蓝光，和叶片像皮革一样坚韧的热带盆栽植物。窗户后面那些蓝色的斑点有节奏地闪动着，一切视谁带着球而定。

也许他放弃得太快、太轻易了。他应该要抗争一下，试着把莫妮卡赢回来，但他忍不住对这一想法微笑起来。他并不真的相信能够扭转其他人的意愿，当那些人已经做了决定之后，无论是她们决定爱上一张新面孔，还是决定死在方向盘后面，在荷兰卡车之下粉身碎骨。此外他本来就缺乏说服另一个人所必需的、无懈可击的热忱信念。现在不再有人来提醒他那些未偿的债务，他的生活变得简单起来，当他把含意丰富的爱抚和含糊承诺之间的秘密交易抛到脑后时，他其实已经轻松下来了。但是，当他在车窗里看到莱亚独自带着她所有勇敢的12岁的微笑挥手时，仿佛还是有一只愤怒的、露出白骨的手从里面把他的肚子紧紧抓住。

回到家，他做了一个煎蛋卷，像平常一样坐在厨房里吃。然后他没有开灯就躺在沙发上，听那著名的录制版本，卡拉扬指挥柏林爱乐乐团演奏的理查德·施特劳斯《变形》。他闭上眼睛，让自己沉浸在弦乐那宽广而密实的表面之下，那些表面在柔软的、幽暗的、难以穿透的滑坡中，像一层层的泥土和黑暗一样互相滑过。他感觉后背碰到了硬东西，伸手一摸，原来是劳里茨前一天晚上躺在那里睡着后一直握在手里的乒乓球。他走过去关掉音乐，再打开通往露台的拉门。他拿着香烟坐在门槛上。夜很凉，但他还是坐着没有动。

他和莱亚睡到很晚才起来。下午他们像往常一样开车去海滩。她收集海鸥的羽毛，有整整一束，他掏出折叠小刀，向她展示怎样把它们斜着削到末端，于是尖子上就会有一个直向的切口,这样她就能拿它们当羽毛笔用了。她比前一天健谈多了,显然是那两个不速之客让她活跃起来的。她谈到当演员,他便鼓励她。她把那个公主就演得很好。阳光普照,虽说还是有点风,但沙子温暖得可以坐上去。莱亚拾起一串干枯的海藻,然后用手指把气泡捏碎。风从陆地吹来,平静的水面上闪闪烁烁,细浪在那里生长,开始时像长线,之后慢慢变粗,最后翻滚成一排狭窄泡沫的梳子,在海滩边缘的砾石上划出细筛般的痕迹。

他们成为朋友有多久了,他和安德烈亚斯?她问道。她很喜欢他,劳里茨也很可爱。罗伯特微笑着,目送一只海鸥从他们面前摇摇摆摆地走过。突然它开始扇动翅膀,它的动作映照在水面上像一块白色的亚麻布。没多久……安德烈亚斯和那个有着奇怪名字的她离婚了吗?她以轻松的语调随意地问道。她的女友们半数父母都离了婚,不过就是那么回事,孩子们也都适应了。是的,他说道。

他们告诉莱亚离婚这件事是在一个星期天的上午,他和莫妮卡,他们仍然坐在厨房里,那里有早餐面包和厚厚的一叠报纸。她只是看着他们,先看看这一个,再看看那一个,然后走进自己的房间关上了门。他走进去,见她坐在床上用画笔在手上画来画去。她有时和女友们互相在对方的手臂上画花。但此刻她画的不是花,什么都不是,只是一些越来越多、越来越复杂的湍流线,它们在她窄小的手背上相互交错。他坐在她旁边用手臂揽着她。她挣脱他向另一边倒过去,同时低头看着有彩色非洲风格图案的被套。他把手臂收回去,在那里坐了一会儿,然后试图跟她说话。他们俩都是爱她的。他看着她转向那些友好地彼此靠在一起的毛绒动物。他们俩仍然都在。他们只是不再在一起了。她让他走开。

突然之间，他们，莫妮卡和他，停止了争吵或者咬牙切齿地对对方说话。把她当场抓获并非有意为之，但这却一举把所有争吵都变成了多余。当她的新男人经过打开的厨房门对他同事般点头，然后小心翼翼地轻轻打开前门时，他们之间发生的一切都昭然若揭、一览无余了。莫妮卡睡在客厅的沙发上直到她搬走。她甚至承担了所有的文书工作。显然他们也没有太多的东西需要讨论，而且他们俩都表现出要尽量让这件事无痛过去的良好意愿。为了莱亚，就像他们说的那样，他们几乎串通一气，好像他们突然有了一些共同点。

他没有疑心过。他以为，经历了十年后的婚姻有这些波谷是正常的。他没有注意到这些波谷会变得越来越长和越来越深，直到日常生活成为骗人平静中的一面水镜，鲨鱼鳍会在最意想不到的时候冒出来。一个有关晚餐准备的无辜言语交流，会突然引出一番怒发冲冠的指控，而一点小小的遗漏或者粗心的错误，可以作为假想法庭漫长的审理过程中的呈堂证供。但是由谁来将一个判罪而将另一个开释呢？有一段时间，他们都垂头丧气地回到一天中琐碎的重复节奏中，直到其中的一个再次屈服于累积起来的无聊或者绝望，并以最微小的触碰擦出火花。

他后来才明白，她的喜怒无常和急躁的爆发，是怎样用来掩盖她所夹带的良心的，回顾往昔他会为她感到难过。这必定是一场噩梦，对他来说这只是一种被麻醉的、毫无生气的共同生活。当尘埃落定，他们都适应了各自新的现实时，他差不多想要告诉她，她大可不必让自己被良心谴责撕成碎片。其实他也有一个秘密，但是这是一个老故事，他从来没有告诉过她,那为什么要现在来说,在各方面的问题一次性集中爆发的时候呢?

他们继续沿着海滩朝海角走去。急风强劲地掠过水面。莱亚牵着他的手,边走边谈论那些他们随时想到的话题。令他伤感的是,他们到现在才彼此靠近,而此时离她坐火车回家只有几个小时了。因为那里才是她的家,那所扬和莫妮卡在城北郊区买的、在罗伯特看来有点过于华丽的别墅。她来他这里只是拜访罢了。她说,下次她来的时候,他们一定要在菜园里做更多的事情,也许他们还可以种一棵苹果树,她看着他,并微笑着,好似已经读出了他的想法。

在海角的尽头,海滩分成地峡和湖泊的地方,他看到两个身影正在走近。一群鸟从芦苇丛中飞出来在空中盘旋,越盘旋鸟群越大,鸟和鸟之间也分散开来。当他们走近的时候,他认出了图书管理员。她和一个戴棒球帽的男人走在一起,那个男人看上去要年轻一些。她穿一件旧毛衣,把鞋提在手上,光脚走在水边。她有一双美腿。他记得它们,曾在沙发旁边的黑色丝袜里。那件事完全取决于他。他们都带着矜持的微笑,互相致以礼节性的点头,擦肩而过,她看着莱亚。莱亚问,那是谁。一个从城里来的人,他回答说。

星期一一上班护士长就告诉罗伯特,露卡·蒙塔莱在星期六的后半夜又崩溃了一次。有人给她注射了和第一次相同的镇静剂。罗伯特面前出现了一幅画面,那是安德烈亚斯坐在他家的沙发上,在讲他不忠故事的间歇里,一杯接一杯地灌卡尔瓦多斯。星期日她曾抱怨疼痛,并要求得到更多的酮基药物，但值班医生拒绝给她加大剂量。他进来向她走过去的时候，她像平日一样躺着，包在石膏和绷带里的腿高高举起。她的下半张脸依然因肿胀和深色的淤血而变形。他问她疼不疼。疼，她无力地回答道。他能够理解她在周末很难过。难过……听起来太吝啬了。他一点都不理解，她轻蔑地回答。

他站在床脚边犹豫不决，看着她紫胀的下半张脸，他隐隐感到一种内疚，他不由自主地得知了她生活的一鳞半爪。她其实比看上去更需要帮助，可是他却无能为力。他小心翼翼地坐在她的床边上，问她是否肯定不需要和人谈谈。她必须接受现实，他说，为了继续活下去。这些话就像嘴里的面团。继续活下去。她没有回应。他尽其所能地增加了酮基药物的日用剂量。护士一边向他投去怀疑的一瞥，一边做着记录。当他向门口走去时，露卡转过脸对着他。谢谢，她说。他快步走了出去。

当天晚些的时候他很奇怪，安德烈亚斯没有像往常那样，每天劳里茨进去和母亲在一起的时候，就坐在大厅抽他那冲鼻的香烟。他问护士长有没有看见过他们。她没有看见过他们，病人已经问了好几遍她儿子了。罗伯特下午要离开医院时，他们还没有现身。离他和雅各布去打网球还有一个小时，他不知道该做什么。于是他开车出城，经过工业区，继续往前开到了上次转弯的那条碎石路上。那匹马还站在同一个地方吃草。当马抬起头目送他的时候，阳光勾勒出它的侧影。他继续向森林边缘开去，把车停在房子前面。

院子里没有了玩具，水泥搅拌机也移走了，但那辆有孩子座椅的旧女式单车还靠在屋墙上。他敲了几下门。等开门时，他的目光落到装在前门旁边墙上的电表上。表盘静止不动。他走到厨房的窗户前，手搭凉棚向里面看。厨房已经收拾好了，一束阳光正照在地板和桌面上。冰箱的门敞开着，电线扭曲在地板上的阳光里，格子上空空如也。

天气热了起来，阳光照在球网的绿色网线上闪闪发光，也让红土细石上方的空气抖动着。他们打完之后，罗伯特和雅各布坐在长凳上靠着分隔球场的铁丝围栏喘气。雅各布友好地推推他，反手球还要加把劲啊。罗伯特只是笑了笑，对着强烈的光线眯起眼睛。他们背后是反复猛烈的撞击声，当一个或者另一个打球的人用球拍击球时，便能听到忽左忽右的撞击声，当球碰到细石地面时，也会发出沉闷的撞击声。几个球场都同时在打，那些声音此起彼伏，偶尔会集中起来形成急速的切分音，但马上又分解开来。

说吧，什么事？雅各布困惑地看着他。他们要谈论的是什么？哦，是……雅各布坐了一会儿，用他的球拍在细石地面上划来划去。这有点困难。但是他觉得可以指望这事儿只限于他们俩知道。他当然可以做到。他羞涩地笑笑，有时他还有点嫉妒罗伯特。嫉妒什么呢？雅各布看着罗伯特。毕竟他有自由。哦，这个。罗伯特靠回到铁丝围栏上，把腿朝前伸直。雅各布俯身看着他的球拍。你一旦有了老婆孩子，就是另一回事了，就变得有点……是的，这一切他都懂的。罗伯特微微一笑。是一个他认识的人吗？雅各布显出很吃惊的样子，好像罗伯特忽然透露出自己是个千里眼似的。她是最高年级的体育老师。

罗伯特想起了和图书管理员并肩走在海滩水沙交界处的那个戴棒球帽的年轻男人，想到斯德哥尔摩那个无意中把露卡·蒙塔莱的生活弄得底朝天的、黑头发、蓝眼珠的舞台设计师。每个人都在四处活动并坠入爱河。但是那又怎样呢，雅各布一定要离婚吗？对方再一次吃惊地望着他。他现在还没有想到这一点。也没必要非此即彼。此外，她自己也结婚了，他笑了，那样更会弄得一团糟。但是他该怎么办呢？他对她着迷，她……也是一样。他们第一次见面时就一下对上了眼。

她刚开始在学校给一个休产假的老师代课。他是在一次家长活动上见到她的。他是一个人去的，她的身材妙不可言。在开车送她回家的路上，他们在汽车里就把那事给办了。她有两只那样的坚果……雅各布用双手比画着以显示那东西有多大，但是这个词在他嘴里很不自然，坚果，两只手无力地垂下，好像已经被所有那些勉为其难的表演弄得筋疲力尽了。当他送孩子们上学时，他的膝盖还完全是软的。他感觉跟当年他年轻的时候一样。

罗伯特看着他。雅各布有着浅色头发和健康的面颊，看上去依然很年轻。他脸红了，一想到自己仍然还有无法控制、不顾一切的情欲，就感到既尴尬又自豪。现在正是他问罗伯特今晚能不能替他值夜班的时候了。她的丈夫正在参加课程学习。罗伯特犹豫了一下，不是要为难对方，更不是要让他为自己的姿态显得毫无意义而失望。这不是什么巨大的牺牲，他也没有什么要做的事。雅各布看起来一副很感动的样子，他知道罗伯特可以靠得住。罗伯特想到雅各布的妻子，她对他微笑时的眼神总是冷冷的、不情愿的。如今她漂亮的脸蛋和训练有素的身材有错吗？肯定只是错在，它们总是在触手可及的地方。

那是很多年以前，他还是个年轻医生的时候，他一直有固定的值班时间，但是由于人员短缺，罗伯特和他那个科的同事，在一个时期内不得不轮流值夜班。他喜欢夜晚的寂静被传来的声音所打断，那是电话铃响起或是护士穿着木鞋沿着走廊走过的时候。这是和家里他吃完饭就独自坐在客厅的不同的另一种寂静，这寂静不会让他感到同样的孤独。对，是一个人，但却不是与世隔绝的。他值夜班时，有时会想象自己身处一艘大型客轮的驾驶舱中。地下室里巨大的燃油炉是船上的机舱，那些熟睡的病人是躺在铺位上的乘客，外面的黑暗就是那看不见的海面上的黑暗。对于一些人来说，这是一次通往新童话的冒险，而对于另一些人来说，则是最后一次的旅行，但是这一点既不会改变船的速度，也不会改变船的航向。

他坐在那里跟一个五十八九岁、瘦骨嶙峋的夜班护士聊天。她讲述着关于她儿子正在跟一位同学驾车穿越美国的经历。上一次她儿子从拉斯维加斯打来了电话。她看起来好担心的样子。她有两块手表，两只手腕各戴一块。其中一块显示美国时间，她计算出儿子大约每天开了多少英里，还要及时更新美国时钟上的时间，与此同时每间隔一段就要把指针拨回一个小时。她从来没去过美国，可她依然能讲述她儿子旅行中经历的种种细节。他儿子通常是当地时间的下午给她打电话，在此地正好是半夜她值班的时候。他打的是受付电话。护士带着一点惊恐望着他。他不会说出去的，对吧？

罗伯特笑笑,一边温和地在她突起的肩胛骨之间的背上抚摸着,一边在想,雅各布现在一定正开着他的车,伴着心跳,在去和体育老师幽会的路上。他和她经常一起值班。自从她的丈夫十年前死于胃癌,她一直独居至今。他曾是一个泥瓦工师傅,在他最后的几个月里是她亲自照顾的。那不是一段幸福的婚姻,但她讲述的时候并没有辛酸和怨恨,好像在讲述一桩意外事故一样。她碰巧在抽人生这局大签时运气不好而已。但是她的孩子们却都有很好的前程,女儿在格陵兰当医生,最小的儿子当他不穿越美国的时候,就在哥本哈根农业大学读书。

她年轻的时候曾在苏丹的一所儿童医院做过义工。他有时让她讲述在非洲度过的那段时间,讲她当年怎样正准备和一个非洲人结婚,却发现他当时已经有了两个老婆。否则她还以为,她终于在和那个又高又帅的苏丹人相遇中得到了伟大的爱情。每次她讲述这个故事的时候,都带着同样惊讶而自嘲的微笑,罗伯特突然可以看到她年轻时候应该是什么样子的。一个高雅的年轻女子,在非洲中部惊异不止。其他的时候她也会问起莱亚,并用一种有些过分热心的方式,给他提供儿童教育的好建议,但罗伯特只限于倾听而没有表示不同意见。

当她被一位病人叫走后,罗伯特拿出随身听,把海顿的弦乐四重奏磁带放进去。他快进到慢板,这一乐章在海顿去世多年后被滥用为德国国歌。他哼着开头的几个小节"德国,德国,至高无上",然后他就笑了起来。他不得不再一次惊奇于音乐家们是如何度过主题最初迟滞的节奏,摆脱那些丑陋联想的死壳,从而解放音乐的。他向后靠去,倾听着海顿在耳机里耳语,用那从几乎和作曲家一样古老的乐器中发出的温暖、清脆的颤音，对他进行教化。

最终雅各布一定到达了那里。罗伯特想象着他怎样像一个红脸的调皮男生一样，在一座陌生的房子里，躺在一个陌生女人的两腿之间，抓捏着她的坚果。那所房子可能像他自己的房子一样，是一栋独立的别墅，那个女人可能和他自己妩媚窈窕的妻子也没有太大的区别。一个看起来像她们当年一样的女性身体，在一间大概像大多数房间一样布置的卧室里，那里的家具是松木的，刨花板上覆盖着白色层压板。然而那仍然还是一出在他们之间上演的戏剧，以一种完全不可抗拒的方式被禁止的戏剧。

当体育老师为雅各布展开双腿时，他也许会停顿片刻，双膝跪下，像是在虔诚献祭似的看着她的阴户。它也许和所有别的阴户并无不同，包括现实中的它们、全世界色情杂志上的它们，以及世界上所有解剖学参考书上彩色插图上的它们。当罗伯特还只是个大男孩的时候，他认为女性生殖器是残酷无聊的，远比不上等待着他长大成人的那些模糊的白日梦。另外，也正是它们略为令人生畏的现实，使得想到它们会是如此的刺激，那些裂开的阴唇，以及从棕红到粉红的色阶。

当他想象着雅各布落在体育教师阴户上的目光时，也许那个阴唇在那些功能主义的、压力浸渍的家具包围中向他打开，阴唇自然裂开的形状也让人产生时代错乱的感觉，就像一件古董，放在有红丝绒内衬的、式样标新立异的盒子里一样。只不过在别墅中，那些摆放井然有序的、用廉价原材料批量生产的家具中间更加触目而已。如果你在这样一个中等外省城市，像一个医生或者体育教师一样循规蹈矩地生活的话，那么这个女性性器官的开口也将成为最后的童话洞穴，疲惫想象的最后一个避难所。

早先，罗伯特第一次和女人上床的时候，他垂涎的不仅是她的身体，还垂涎这个身体的陌生感。当他们躺在一起时，他是和完全陌生的另一个在一起，而他的触摸仿佛也是在另一个陌生的世界里笨拙地、小心翼翼地探索。更确切地说，当他的双手研究身边那个温暖而未知的身体时，他最终得出的乃是现实。好像他生活在一个梦中，最终醒来了一样。直到这件事过去了，他坐在床边，看着他爱抚过的陌生情妇，然后问自己，这是否就是他想要的全部。坐在那里看到的，与现实再次让人感到失望的，是否是同一个身体。

再过几个小时，雅各布就要站在那个陌生的，但又毫无特色、毫不新鲜的卧房里穿上衣服，面前是那个美人儿，她躺在那里如此温柔地看着他，红润的，汗津津的。也许她就像一个谜，他试图拼尽全力进入她身体的最深处，来破解它。但完事之后的她依然只是那个体育老师，挺着硕大的坚果躺在那里问，什么时候他们能够再见。也许雅各布不是那种让自己受困于万物无常的人，也许他正带着笑意，将心满意足的身子仰靠在座位上，开车回到家里那个可爱的、毫不知情的妻子那里。否则又能怎样呢？难道他也一定要像罗伯特那样，仅仅为了找出他在来路上，为什么被期望弄得如此紧张和眩晕的宝贵原因，就要在回忆中反复翻腾吗？

这没有什么好说的，再说也有可能是没有关系的，罗伯特这样想着，海顿那充满激情的弦乐在他的颅骨里颤抖。情欲就像音乐，一样如此的抽象，一样如此的毫无意义，却又一样如此的排山倒海。一旦在那些古旧的乐器上再次奏响，音乐也能重新苏醒并发扬光大。黑暗中的远处，可以看到一根闪亮的黄色带子弯曲着消失在医院对面的建筑物后面。那就是通往哥本哈根的高速公路。那些红色与白色的成对的车灯沿着那根发亮的曲线彼此通过，一如它们每个晚上那样，露卡·蒙塔莱企图自杀的那个夜晚，它们也是这样。除非她只是在醉酒状态中犯下错误，并且因为纯粹的巧合进入了错误的车道。如果是这样的情况，她想要去哪里呢？这时，他通过弦乐的优美干扰听到了电话铃声，他关掉海顿，拿起听筒。

一个女声用英语问，是否接受通话。她说话带着美国口音。罗伯特说，可以。过了一会儿，他听到了一个年轻男子在电话另一端的声音。罗伯特问，他在哪里。亚利桑那。那里看起来是什么样子？那个年轻男子笑了起来，卫星连接的原因，笑声有点晚到。那里是什么样子？他是从休息区打过来的。那里有一个加油站和一个自助餐厅，外面四周都是高大的仙人掌和陡峭的红色岩石，还有一条长长的、弯弯曲曲的路，就像在电影里！罗伯特微笑着。他能听到背景里说话的声音，好像他们嘴里含着土豆一样。他看见走廊尽头夜班护士的瘦小身影。他举起听筒，向她挥了挥。她脱掉木鞋，双手提着它们跑来，狂热得像个年轻女孩子。他觉得有一种温暖的感觉在肚子里扩散开来。亚利桑那，他说着接过一只木鞋，同时把听筒递给她。

他把鞋放到地板上，她抱歉地笑笑，并转过背去。他走到大厅，在平时安德烈亚斯坐的沙发上坐下来。他点了一支烟，当他在水泥缸中弹烟灰时，看到从沙子里竖起来的、带过滤嘴的烟蒂之间，有一些不带过滤嘴，那些烟蒂的末端露出烧焦的烟丝。现在安德烈亚斯一定是去斯德哥尔摩开始新生活了，因为他的旧生活无论怎样都躺到了废墟之中。

他看了看表，两点一刻。雅各布在夜班结束之前必定不会回家，体育老师的丈夫因上课而提供了那样的便利。也许他们正像试婚配偶那样，躺在那里，互相拥抱着睡着了。也许他醒着躺在那里，也许她会打呼噜。为了她的那对坚果，或者出于从头再来的激情，他都会爱上体育老师吗？罗伯特想象着，在露台上的某个晚上，当烧烤炉中的余烬熄灭了，他们亲吻了孩子们并道了晚安之后，经过深思熟虑的雅各布，怎样把这个悲伤的消息告知他的妻子；他怎样心存内疚，但又以充满欢快的敬畏，屈从于情感的法则，从一所别墅搬到另一所别墅。

显然这是不太可能的。雅各布不像安德烈亚斯那样富有戏剧性，罗伯特也无法想象他那现实的、运动型的妻子具有足够的想象力，在通往哥本哈根的高速公路上逆行，将自己撞得粉身碎骨。也许她也有自己的小秘密。罗伯特拂掉白大褂上的烟灰。门厅尽头从天花板到地板的窗户上，映照出长长的油毡地板和空荡荡的沙发摆设，他能从中隐约瞥见自己的白大褂和跷起的二郎腿。可以是任何一个坐在那里抽烟的夜班医生。雅各布说什么来着？不必一定要非此即彼。他又看到了一张个性鲜明的脸。那是很久以前的事。

他们刚买了一套大公寓。他们在那里一直住到三年后，那个他回家稍微早了一点的冬日。这套公寓实际上太贵了。它很大，有很多的地方要粉刷，但他们认为负担不起请人来粉刷的费用。公寓在离市中心不远处的港口附近的一座老房子里。院子里有供小孩玩的操场，那是把后排房子拆掉后建成的。莫妮卡带着莱亚在她父母家度暑假，他则去粉刷公寓。周末时他就去他们那里。莱亚暑假后开始上一年级。他把自己安置在应该属于她的房间里，和她的床垫、一盏灯、立体音响以及一些精选的唱片在一起。家具和纸箱都挤在其中一个厅的一块塑料布下面。

莫妮卡每天都给他打电话。她对于他在城里辛苦干活时，她却躺着晒太阳而觉得良心上很过意不去，但事实上他很享受一个人的独处。同一个入口的大多数住户都出去旅行了，他可以随心所欲地播放音乐，音量多大都行。当威尔第的《安魂曲》在那些空荡荡的房间里飘荡的时候，他忘记了时间，全神贯注于那单调的劳动。当他晚上躺在莱亚的床垫上看报纸的时候，他觉得自己像一个随机找个地方临时安营扎寨的游牧人。这种非常状态的感觉让他很受鼓舞，有那么一刻，他真的希望这种状态，在打包的日子和完成粉刷后重新开始之间的停顿中能够持续下去。

有时候他跟莫妮卡开玩笑说，等到莱亚长大成人了，他们就可以离开她的家搬到酒店去。这是一个古老的白日梦，住在一个酒店房间里，只拥有最必需的东西，随时准备出发。当他走动着，搬一处粉刷一处时，就像实现了梦想。每天晚上他都去餐馆吃饭，或单独，或和一个朋友。吃完饭他骑着自行车穿城而过，就像他当年做学生时一样。夜晚很明亮，屋墙和柏油路面散发出太阳的余热，他坐在路边咖啡座上，看着那些晒黑的、衣着轻薄的路人，好像这里是一个南欧的城市一样。

一天晚上，他和一个老同学一起糊里糊涂地走进一家迪斯科舞厅。他去这样的地方已经是很久以前的事了，他认为音乐变成了另外的样子，显得更笨拙、更虚张声势了。女孩们的穿着就像那些70年代初的大女孩一样，那时他自己还只是处在青春期。那个时代的衣着又变得时髦起来了，但这只让他感觉自己更加不合时宜。新的一代已经接管了这座城市，而他喜欢站在酒吧旁，有点凄凉地想起当年自己汗流浃背、醉醺醺的，独自或者和一些不认识的美人摇摇摆摆地跳舞，在闪烁的灯光下，在弗利特伍德·麦克乐队或老鹰乐队的音乐伴奏下。他微笑了，对，《加州旅馆》，那里是你可以在那些麻醉和失重的清晨，幻想着有朝一日能够住进去的地方。

那些年轻女孩子看着他时，他可以感觉到在她们眼里，他不过是个不幸误入歧途的大叔。她们是那样的难以接近和不确定，那样的透明，同时又那样的专制，漂亮的女孩向来都是如此。她们只有自己的梦想、亮丽的脸庞和年轻的身体，但是只要音乐还在演奏着，缺乏先决条件就成了强项，而不是弱点。他一边偷偷地看着她们，一边喝着啤酒，并安慰自己，所幸他已经不再需要去证明什么了。他从没有对莫妮卡不忠，单这一想法就显得很荒唐。

他二十八九岁的时候，和她走到了一起，那时他们都在上大学。在那之前，他已经有过四个，也许是五个女朋友，究竟是四个还是五个，要看这个名称的严格程度，在她们之外，还有过几次单身交往，没有带来任何后续影响。他几乎记不住她们的名字，或者把她们的脸互相分别开来。他小时候很害羞，连玩游戏都感觉困难，与陌生的女孩说话更是如此，至少在他来说很难，而所有这一切当中最难的，是由他来试着开始谈话。所以，当其中的一个主动和他搭话时，他就会大吃一惊，像是突然被魔鬼抓住，他除了把女士放倒之外从来就没有做过别的。

当莫妮卡和他成为一对的时候，他们彼此已经认识几年了。他们进入同一个朋友圈，他们互相也就成了朋友，他们俩谁都没有想过除了做朋友外还能成为别的。也许是因为他们双方都有所保留的态度，使他们在彼此的陪伴中感到自在，同时也阻止了他们坠入爱河。但也正是那种干巴巴的幽默感为他们所共有。他们被称为朋友圈中具有反讽意味的观察者，他们以远距离观赏别人的放荡为乐。除此之外他们是大不相同的，罗伯特矜持，偏执地热爱古典音乐，莫妮卡的外形高冷，棱角分明，说话直截了当，从不拐弯抹角。

她的个性如此清晰明快，以至于使她几近神秘。讨论中，她的论点尖锐得像电锯一样，她游泳时像海豹，而打网球时，她发球的攻势凌厉，比最厉害的小伙子还狠。从来没有人见她跳过舞，参加聚会或者晚餐她总是一人前往。离开的时候也是单独行动，据此有人还说她也许是个女同性恋者。她从不化妆，打扮得像个男孩子，一年到头穿着牛仔裤和高领衫，但实际上她长得还算好看。她金发碧眼，侧面轮廓近乎古典，有着高鼻梁和小小的方形下巴。人们只是不去想，她实际上非常美。人们想不到那么远，因为她精力旺盛的男性化动作和她抵抗性的蓝灰色眼睛，妨碍了人们平心静气地去看待她。

罗伯特一直很怕她，直到发现，他可以让她笑。从此他们就形影不离地去西兰岛北部的一个又一个度假屋参加派对，直到夜深人静，人们开始慢慢地两个两个地进入卧房或者去海滩。最后总是只剩他们二人，面对半空的酒瓶和晃动的花园火炬坐着，但他们两人的对答都是那样的出自深思熟虑，那样的机智俏皮，以至于相互触碰的想法都马上会让他们觉得可笑之至。除此之外，好几个人都问过他，是不是很快就会成其好事。他自己却从来没有想到过。

当时，他正与一名建筑系的大学生有关系，她总是穿一身黑，妆容苍白，像一个嘴唇血红的洋娃娃。他一直都没搞清，他们到底是不是情人，她相当的喜怒无常，并且像她说的那样不喜欢抛头露面。她要求他一起上床的时候给她戴上手铐，这种玩法是他以前从没有尝试过的。不然她会很难坚持住，但她是那样飘忽不定，突然之间她又想起来要向他屈服。他一而再、再而三地发现自己处在她的疯狂之中，当她达到高潮时，他只是再一次听到她像疯子一样尖叫，并能感觉她那长长的红指甲刺进了他的肩膀。他已经沉迷于她神经质而苗条的身体，以及她对于仪式性服从的渴望。当他听到手铐在她纤细的手腕上咔嗒作响时，他无法确定，到底是谁铐着谁。总的来说，关于她的事他都不能十分确定。他怀疑她仍然去见她的前男友，一个根本没有勇气离开妻子和孩子的建筑师。但直到她最终从他的生活中消失,他从来都没有搞清楚过。

这让他非常沮丧,当一群朋友要去法国参加一年一度的滑雪时,他也不想和他们一起去。他和那个喜怒无常的女奴隶的关系是那样紧张而忙碌,以至于他从来没有时间问自己,除了强烈而困惑的欲望之外,他是否对她还有别的感情。但是,当她消失后,他又完全被悲伤所笼罩,并且突然确定,那个戴手铐的女孩身上蕴含着一些深刻而不可思议的东西,而他却不是那个能够将其诱导到光明之处的男人。此外,他也不会滑雪,但最终他还是被莫妮卡说服了,他曾用拒人千里之外的深思熟虑来把她逗乐,并感激她愿意听他说话。她承诺一定教会他滑雪,几天之后她把他带到了滑雪缆车上。过了几个小时他就拖着骨折的脚踝躺在了当地的急诊室里。

莫妮卡则认为,他完全可以轻松地应对,所以一开始他以为仅只是不安的良心让她花那样多的时间在他身上。现在她上午享受滑雪的快乐,下午就和他一起待在那栋丑陋的混凝土建筑的度假公寓里,朋友们四散地睡在那里的睡袋里,所有的暖气片上都搭着冒着臭味和蒸汽的湿袜子。她打理午餐,还做法国甜酒,当她问他疼不疼,或者扶着他一瘸一拐去浴室的时候,他都惊讶地发现,原来她也会很温柔。当他的脚被打上石膏时,她在急诊室里坐在他的旁边,那是他第一次感觉到了这种温柔。她看着他微笑,突然伸出一只手来,用一个干脆利落的动作把他搭落在额上的头发拂开。

黄昏到来时,她会点上蜡烛。他们坐在那里喝红酒,身上裹着毯子,眺望滑雪酒店混凝土公寓楼群之间那些白雪皑皑的山峰。他们天上地下无所不谈，交流童年的回忆，谈他们读过的书籍。他们并不是特别的严肃，但是在这种异常情况下，他们之间也不再有那种完全警惕的、反讽的距离，这种距离曾经把他们聚到一起，同时又严格地控制着他们。一天下午，在一段长长的、他们谁都没有说话的停顿之后，她问，他是否会认为这很尴尬，如果她吻他的话。

这是另外的一种情形，与手铐、尖叫和尖锐的红指甲相距甚远。所有过渡都是越来越柔和且不易觉察的，从说话到停顿，从停顿到爱抚，从双手慵懒的、开玩笑的交握，到她第一次斜着眼看他，再到把她那羞红的脸沉到毯子之下对着他的脸，她拉过像贝都因人的帐篷一样的毛毯，眼睛轻轻地合在一起，伴着一种他以前曾未见过的谦卑笑容。

在开始的时候他们保守着秘密。其他的人都离得太近，这件事又太娇嫩、太新了。当他们装作什么事都没有发生的时候，他惊讶于她可以成为不同的样子，而她又多么善于把不同的面孔分别开来。在接下来的那些年中，他一直对此感到惊奇。当她给他看那张冷冰冰而遥远的脸时，他会变得更加被她吸引，因为他想到了那另一张脸，而当她向他展示她温柔、脆弱的一面时，他的柔情会因为想到这张脸只能在隐蔽之处秘密地显示而更加强烈，就像第一次在法国阿尔卑斯山的羊毛毯子下一样。

一个炎热的星期六上午，罗伯特坐火车去往北部。车厢里满是衣着轻薄的孩子和大人，他们坐在那里，急切地看着闪亮的水面和快速闪过窗口的绿色后面，那些游艇上被风吹得倾斜的白色三角小帆。莫妮卡有车，她到火车站来接他。她游泳衣上套着短裤，站在那里斜倚在散热器上，一边叮叮当当地甩动着汽车钥匙。看到她时，他才发觉自己已经在想念她。平常他们总是在一起，一个星期也很长。她酷酷地微笑着，给他送过来一个不祥的目光，她发动了汽车。他会很高兴她的父亲处在最佳状态。但是她的妹妹从纽约回家了，这一次情况有所缓和。她们在一起相处得很好，莫妮卡说，但重点是她似乎不能完全确定。罗伯特只见过索尼娅几次。

莫妮卡的父亲是最高法院的律师，她继承了他的鹰鼻和下颌，虽然是修正过的版本。她还继承了他的冷漠、尖刻的讽刺和语气里的一点贵族气。在城里时他总是穿着灰色套装，打着蝴蝶领结，但是他也是那样马虎，一如他的优雅，他不止一次在最高法庭提起诉讼时，裤腿上还绑着自行车箍带。当他在度假屋时，他不得不适应乡下人更为休闲的装束，穿一条卡其布短裤，但是在那双白腿的末端却是一双擦得铮亮的棕色皮鞋，衬衫也总是像刚熨烫过的样子。

他牢骚满腹，总是喋喋不休地抱怨，在花园里午餐时，他每天都会指责，鲱鱼太甜了。年复一年它们变得不容置疑地越来越甜，就像这是要给孩子们的糖果一样！除了甜的鲱鱼之外，他还到处都能看到共产主义者，柏林墙的倒塌并没有治愈他的恐惧。相反，他不断抱怨德国的统一，以及出现在他的世界图景里的不可容忍的混乱。他几乎认为，铁幕的作用是把成群结队的亚洲人挡在西方之外，而不是把他们锁在东方的里面。罗伯特不再对他的话提出异议，这明显让他很失望。

莫妮卡的母亲是一个身材丰满、衣着古板的女人，总是穿着百褶裙或者格子花裙，真丝衬衫的扣子一直扣到颈部。她是一个影子，她的每一个动作和说的每一个词都与最高法院律师做的或者说的一致。她忍受着他恶毒的傲慢自大与暴躁冲动的发作，用甜蜜的笑容与母性的慰藉声调抢在他最小的愿望之前。而她唯一的违逆似乎只是那些偏头痛的发作，能让她一次又一次地到放下卷帘的卧室里去度过一个下午。据莫妮卡说，她采取的报复行动是多年与一个精神科主治医生有染。莫妮卡说，这件事人人都知道，但谁都不说。有点神秘，罗伯特想。至少总有人会窃窃私语。顺便说一句，那位主治医生与她父亲一模一样，她告诉他，都是银灰色头发和强硬的观点，只不过他脖子上戴的是丝巾而不是蝴蝶结。

当汽车声音可以在车道上听到时，莱亚就快速过来了。她只穿着内裤，她细长的腿和手臂都晒黑了，肚脐眼在她鼓起的小肚皮上很显眼。她跳到罗伯特的怀里，几乎把他压倒。花园在长满希瑟花和杜松灌木丛的小山脚下，遮阳伞下的午餐桌已经摆好。他们围桌坐下，莫妮卡的母亲徒劳地连着叫了她妹妹好几遍，不耐烦地抱怨说，像叫一个不愿中断玩耍的孩子一样。直到最高法院律师用低沉的嗓音高声叫着她的名字，并对着房子半转着头，抑制着烦躁，弯腰等着时，她才出现。

她应该是二十几岁的年纪。当她在罗伯特和莫妮卡中间坐下来时，罗伯特很奇怪她们俩竟然会是姐妹。莫妮卡的动作干脆利落，而索尼娅则是懒散的。她的动作速度缓慢，每做一件事情都要犹疑，好像都得问问自己到底要做什么一样，即便是在薄脆饼干上抹干酪，或者从她柔软的心形脸上拂掉那没整理好的头发之类的小事。她的深色头发满满地打着卷,而且比莫妮卡的要长,莫妮卡的头发光滑平顺,剪的是实用的发型。她的大脚趾上戴一个银戒指,她拉长了声音说话,而且嗲声嗲气地停顿在那些S音上,让罗伯特恼火。她身上松松垮垮地吊着一件洗得褪了色的蜡染长连衣裙。而莫妮卡从来不穿连衣裙。

她是家里的野人。小野人,当她还是孩子的时候他们就这样叫她。他们,最高法院律师和他的格子花裙太太,无法驾驭她,所以她14岁时就被送进了寄宿学校。毕业之后她去了以色列,在那里的一个农业基地待了半年,她厌倦了采摘橙子,然后去了耶路撒冷学习舞蹈,在那里爱上了一个美国人。当他回家前往纽约时,她跟随着他,现在他们之间也许成了过去,但令所有人都惊讶的是,她居然被玛莎·葛兰姆的学校录取了。最高法院律师没有抗议就为她付了款。为的是让她离开,莫妮卡曾经笑着说。

午饭后索尼娅把连衣裙卷起来包在头上,开始像莱亚一样只穿内裤,在草坪上打太极拳,莱亚瞪着眼睛看她。最高法院律师脱掉那双棕色的皮鞋,换上一双民间的木鞋,开始给玫瑰花床除草,同时用力将板牙咬紧烟斗。母亲走进去躺下。罗伯特和莫妮卡坐在各自的躺椅上看书。他时不时地瞟一眼索尼娅,她正带着自得其乐、内向的表情持续进行着中国式比画。她的身躯有些细弱,与她强壮的手臂和肌肉发达的小腿不成比例。她的乳房小而水嫩,好像它们还没有完全长大。她的臀部像男孩子一样窄。

这一天快结束的时候,罗伯特和莫妮卡开车带着索尼娅和莱亚去海滩。索尼娅坐在后座,用一只手胳肢莱亚的背,还在莱亚的后脖颈和下巴下边挠痒痒。她们咯咯地笑着,好像她们俩才是姐妹一样。当索尼娅在莱亚的一侧挠痒痒时，莱亚笑成一团，同时踢到了驾驶座，这对莫妮卡来说太过分了，于是她严厉地问，她们是否想翻到沟里去。罗伯特也转过身来。她们这才静静地坐到各自的角落去。她们互相斜视着，被压制着的笑声弄得面红耳赤。莫妮卡咬着下嘴唇，直视着她前面的路。罗伯特伸出一只和解的手放在她的膝上，她把膝盖移到一边，他便把手拿开了。

莫妮卡很少谈起索尼娅。她的妹妹才5岁时，她就从家里搬了出去，但是，虽然这个小野人让父母为她一人所有，她还是对她的姐姐滋生出一种不可调和的嫉妒。有一次莫妮卡带了男朋友来家里，索尼娅在小伙子的手指上狠狠地咬了一口，让他不得不去急诊室。那时父亲正值50多岁，比以往任何时候都更加心不在焉，而比父亲年轻15岁的母亲对重新开始的前景并不积极。她也有自己的生活，偶尔她也会向已经成年的女儿这样表达。莫妮卡问，到底为了什么她还要再生一个孩子，但她的母亲只是移开了目光。这是一个意外。

罗伯特渐渐知道了索尼娅的那些故事，她如何用厨房剪刀剪碎母亲的内裤，往最高法院律师书房写字台的文件上倒墨水，把一袋白砂糖倒进他新沃尔沃汽车的油箱里。最离谱的是，她14岁时让她班上的一个男孩子把炸弹威胁的电话打进最高法院，那一天她的父亲正要提起诉讼。莫妮卡记得，当父亲问她为什么如此恨他们时，她是怎样抱着双臂坐着，低头看着地毯。她没有回答，但是当问她，是否不再想和他们住在一起时，她抬起头来，说，是的，不想。

她的意见被采纳了。根据莫妮卡的说法，她曾试图说服父母不要送她去寄宿学校。那些让她害怕的事情也消失了。但索尼娅对她的仇恨却变得越来越深，越来越恐怖。当她回家来的时候，她的沉默和勉为其难的礼貌比她所有的恐怖发明还要糟糕。莫妮卡说，直到索尼娅上了高中，她们才成为朋友。但罗伯特还是认为，当索尼娅打完太极拳，微笑着坐到莫妮卡的躺椅旁边的草地上时，她脸上的表情还是有些不自然。午饭时，他就注意到了她那停在姐姐身上短暂的、审视的目光。其时姐姐正在专心听父亲说话，并且用柔和一点的、像是他苍老声音的稀释版的声音，来回答他的问题。

阳光低低地照在沙丘和骨科医院后面的松树上。那里是一家20年代的老浴场酒店，罗伯特听不到亲昵的萨克斯遥远的回响，也看不见那粉刷过的功能派建筑。莫妮卡的母亲不止一次讲过，最高法院律师怎样身着白色燕尾服在那里面的舞池里向她求婚的。他每次都纠正她，燕尾服是黑色的。尽管她极少会反抗，但她还说那是白色的。毕竟这是唯一一次有人真正向她求婚。波浪的泡沫在快要落下去的太阳照耀下闪闪发光。厄勒海峡是深蓝色的，并与瑞典海岸后面朦胧的天空融为一体。库伦半岛只不过是一根细瘦的灰色手指，指向那片蓝色。罗伯特抓住莱亚的双手，拉着她穿过波浪时，她尖叫着。索尼娅和莫妮卡走进海浪，太阳在她们裸露的背上涂上一层红光。莫妮卡比她妹妹高一点点，但是从后面看过去，他觉得，她们长得很像，那弯着的脊背和纤细的腰肢。她们笑着跳进各自的浪花泡沫中，一会儿又出现在更远的泡沫中。

索尼娅先从水里出来，她认为水太冷了。她的嘴唇发紫并颤抖着。大腿和乳房上的皮肤起了一层鸡皮疙瘩，她深色的乳头冷得立起来颤抖。他把浴巾递给她。她微笑着，转过背去擦身子。莫妮卡用平稳的、大幅度的划动沿着最外边的礁石俯泳。每当她向他们转过脸来时，她的额头和脸颊就捕捉到了阳光。他对索尼娅说，自从上次见到她以来，她变样了。她也真心希望是这样。她又微笑了一下，把浴巾围在身上，在他身边坐了下来。他看着他们落在沙上拉长的影子。莱亚蹲在离他们有一段距离的地方，她堆起一小堆湿沙，上面用贝壳做了装饰。

他递给索尼娅一支烟，她不抽，他给自己点了一支。她要待多久呢？一个月，然后就回去了。她谈起了纽约。她在一个叫小意大利的地方与一个比利时女孩合租一套公寓。渐渐地小意大利已经没有什么意大利的含义了，中国人已经全部接管了它。是啊……莫妮卡和他在同一家医院上班是否很辛苦，她问道。辛苦？是的……她朝他不解的表情笑了笑。他说，这实际上有很多方便之处。但是这样彼此不得时时刻刻都在一起吗？这时莱亚抬起头朝他们看，他对莱亚挥了挥手。她的一边脸颊上有一抹湿沙的阴影。他回答说，事实上他们现在没有多少工夫坐下来。再说，他们是在各自的科室上班。她肯定地点点头，但还是用过分关注的眼神看着他，好似她根本就没有听他说话一样。

他也变了。她把脚趾头钻进沙子里。他则微笑着，瞅着他的香烟。风把烟灰从余烬上吹起，飞走了。他说，他最多只是胖了一点。她看了看他，是的，但这很适合他。为了转移话题他开始问起她跳舞的情况。莫妮卡从水里出来，向他们跑过去，身上带着闪闪的水光。索尼娅打断自己的话头，又看着他。为什么他要问这个呢？他对此又没有兴趣。她笑着说，丝毫没有要冒犯他的意思。莫妮卡微微喘着气，用两只手把湿头发从额上拂开。她穿上他的浴袍，在腰上把它紧紧地绑在一起，然后点了一支烟，同时望着水面。袖子太长，遮住了手指最上面的关节。她伸出下嘴唇吹着烟雾。她那个样子是如此美丽，那湿着的、向后拂去的头发，还有那些在平静的灰色眼睛周围睫毛间闪烁的水滴。

他们面对着西边山坡的景色在露台上用餐。最后的阳光水平地穿过草地和桌上盛着白葡萄酒的酒杯，也在刀叉和最高法院律师那晒黑的鹰鼻鼻尖的无框眼镜上闪闪发光。人们谈着天气和酒。酒是南非的，这是一次小小的实验，可在当地的杂货店里也没有多少选择，好在这酒还不差。莫妮卡悄悄打了一个哈欠。莱亚把椅子当木马，前仰后合，尽管大人们反复叫她不要这样。索尼娅做给她看，怎样把餐巾折成白鸽子和白兔子。他们每人都有一个固定的镀银餐巾环。罗伯特也有一个。餐巾要连着用好几天，要知道，他们这是在乡下。

其他人都上床之后，罗伯特和最高法院律师留在外面的暮色中，主要是出于礼貌。他们都吸着细长的意大利雪茄。有些爱好，他们两人都是一样的。他们现在不应该喝一点威士忌吗？最高法院律师有一瓶相当不错的单一麦芽，是当事人送的礼物。他走了进去。此时，在松树和杜松灌木丛轮廓之间的希瑟花和高草中还有紫蓝色的余烬。他拿着酒瓶和两个杯子回来，弓着腰，晒黑了的皮肤在半明半暗的蓝色中成为完全的黑色。他很喜欢罗伯特送的生日礼物，西贝柳斯交响曲，那不是第六交响曲吗？他随意坐了下来，手指夹着雪茄举起来。通常音乐可以说都要带出关于主题、变奏以及诸如此类的话题。罗伯特一定要拦住他，不然他会变得纠缠不清。但就西贝柳斯而言，情况恰恰相反。它好像是在广阔的风景中四处移动。不是因为在音乐中确实发生了某些特定的事情，它就是发生了。他摇摇头，这大概是一些危险的胡说。罗伯特笑了起来。完全不是。但是他喜欢，他就是喜欢。

他又斟上酒。它很好，你说什么？不是普通的酒精垃圾。他们坐了一会儿，倾听着蚱蜢和布谷鸟的声音。一个轮廓从阴影中脱离出来，越来越近。客厅里的灯光照在索尼娅散发环绕的圆脸和尖尖的下巴上。她去散步了。睡觉前来一点点？不用，谢谢。她宽容地笑笑。她道了晚安，转身跨过门槛。罗伯特能听到地板发出的吱吱声、她赤脚走在干燥的楼梯上的声音和远远的关门声。最高法院律师用打火机点燃雪茄，又吸了一口，脸颊往里面吸了进去。他突然显出很苍老的样子。

成为舞者可能是一条不确定的人生之路。他把雪茄竖着夹在两根手指之间，看着那些薄薄的烟圈。但他还是很高兴，她终于搞清楚了自己想要什么。他停顿了一下。不容易啊，有这个索尼娅。罗伯特能够感觉到对方在暮色中看着他，但他看不见后者的眼睛。好吧，他们终于理解了彼此，他可以肯定这件事只限于他们两人之间。他从来没有对任何人说过。他扔掉雪茄烟头，一个小红点就落到了草叶之间。索尼娅不是他的女儿。在她很小的时候，他就发现了这一点，在另一个场合，在他们的医生，也是一位老朋友那里验了一次血。他请这位朋友在完全保密的情况下进行了必要的分析。无论是女孩们还是她们的母亲都一无所知。但是，这是一个长久以来的怀疑在医生那里得到了确认而已。他自己掰着手指头也能算出来。

罗伯特脱衣服的时候没有开灯。莱亚睡在对面靠墙的沙发床上。当他在莫妮卡身边躺下来时，她其实是醒着的。她向他压过去，吻着他的脖子，同时把手伸进他内裤的松紧带下面。他们听到楼梯上最高法院律师沉重的脚步声，他们安静地躺着一动不动，罗伯特认为就像野营学校的青少年一样。他感觉知道了她父亲硬塞给他的那件事是一种沉重的负担，他还不得不躺在这里，尽义务地独自保守这个秘密。莫妮卡把舌头伸进他的耳朵，还抓住他的两个软蛋。实际上，他感觉太累了，但他明白她在想什么。那件事已经是一个星期以前做过的，而明天晚上他就又要走了。每次之间的时间越长，那件事的意义就越大，好像有一些他们必须证明的东西似的。关于这一点他们并没有直接谈过，这件事越多越好。如果让它耽搁太久，他就能在她那里感觉到，她变得非常担心。

有太多的东西他都能心领神会，无须她说什么。一个眼神或者一次停顿就足够了，之后，她会精力非常充沛地开始整理客厅，或者把脏衣服塞进洗衣机。但也有可能是一个贯穿谈话始终的、反讽的微笑，或者社交的表情，如果他们出门在外，周围还有别人的话。每当此时，他立即就意识到她在想什么。此外，当他们中的一个说起对方在前一刻所想的东西时，他们经常会为彼此近乎心灵感应的能力来娱乐自己，不管是对周围发生事情的反应还是几天前他们所谈论的事情。

如果说是互相之间无言的理解把他们绑在一起，那么，他们就在某种程度上注定了彼此的命运，甚至他们早在阿尔卑斯山的毛毯下面，就以这种方式看到了这样的前景。是这种反讽，长期以来妨碍了他们变得现实，并限制了他们同舟共济的真正激情，这反讽同时也是一种密码，一个关于后来信任危机的警告。但是在所有这些他们充满信任的安全中，他们让太多的东西没有说出来，他们当年就是这样做的，他们就这样慢慢地、小心翼翼地走进了彼此，而自己并不明白。

他们彼此都太了解对方了。他了解她冷漠表面背后的激情，了解她不愿意充当那个首先伸出和解之手的人。她也了解他尴尬的漫不经心，了解他经常被人混同于傲慢的矜持。他们都拿捏着对方的软肋，从表面看他们几乎都是不可战胜的，他们彼此都利用自己的所知去取悦或惩罚对方。一次关于莱亚该买双鞋了，或者哪里能弄到最好的番茄的谈话，下面都潜藏着一片温情的海洋，就像一句关于烤箱必须清洗的评论，会让人为一些毫不相干的事情气得发抖一样。很明显，买到一双小小的白色童鞋，或是一些结实的深红色番茄可以被理解成爱情行为的同时，清洗烤箱凝固的油脂也赎回了所有违规行为的罪过。

没有必要讲太多的话，就能因理解和被理解而幸福快乐，罗伯特曾经这样想过，但是久而久之，也许有些事情就根本无法说了。当莫妮卡躺在他身边，固执地修理着他时，他一直在想这件事，直到他最终几乎以自动反射的方式服从了她，他的那个器官也在她那只能干的手上开始长大并且硬了起来。经过一周的强迫戒断之后，现在它成了应该的样子。当她坐到他的身上开始上下滑动的时候，那床也有节奏地嘎吱嘎吱响了起来。莱亚在沉睡中喃喃自语，翻了一个身。莫妮卡停止动作，轻轻地笑了起来。接下来她继续慢慢地操作着，每次他触到她的子宫颈时，那嘎吱作响的声音就会变成干燥的咔咔声。

他试着打起精神用双手从下面握住她的乳房，形成两个小杯子。它们开始有点下垂了，不是很厉害，只是一点点。她依然有着美丽的身材。但是她好像觉察到了他双手的犹豫和体贴的轻轻触摸，她捉住他的手腕用力向枕头两边的床垫使劲压下去，同时她呻吟着，并用耻骨向着他的大腿根更加猛烈地撞击。当她鼓励似的喃喃低语他的那个玩意儿多直多硬时，表扬立见成效，他顿感血脉偾张，热流开始从下面慢煨细滚，接着喷涌而出。刹那间，他看到了面前的索尼娅，看到了她那因冰冷的海水而不那么平滑、坚挺的乳房上带盐的水滴，同时他递给她浴巾。他赶走那个图景，就像有人残忍地拉下窗帘一样。然后，他们终于先后达到高潮。之后她微微喘息着，弓起身子把脸埋进他的脖子与肩膀之间。

她再一次把脸颊靠在他的胸前躺下来。他吻着她的额头，同时让手指滑过她的头发。她喃喃自语，太舒服了。他也说着同样的话。她不知道他在想什么，但他还是害怕她能感觉出他想的东西。狭窄的房间里很热，他把一条腿搁在被子上面。莫妮卡的呼吸喷到了他的脸上。她的气息是甜的，有点像热牛奶的气味。他又吻了她一次，然后就翻身背朝着她。她则把一条手臂搭在他的肚子上，再把身子压到他的背上。熟悉……他又一次想到了这一点。此刻的感觉除了一起囚禁在一个小房间里之外没有别的。他认为这是一个氧气最终耗尽了的封闭空间。当然，只是指现在这一刻。

第二天晚上罗伯特陪索尼娅进城。莫妮卡开车送他们去火车站。他带了星期日的报纸，但她却不想看。他坐在那里想,那个打高尔夫球的精神科主治医生是否就是她的亲生父亲。看来此事除了自私、自怜到足以将自己带进他狭小的私人地狱的最高法院律师外,其他的人都不可能无所谓。他试着想象了一下,如果他把这个事实告诉她,她该如何反应。她会崩溃吗?她会变得轻松吗?她这个已经习惯了家里不受欢迎的叛乱者角色的人。他的秘密知情加大了他们之间的距离,也加深了他对面前坐着的那个孤独的、楚楚可怜的孩子的印象。

他们随意地交换了一些评论,中间夹着一些长时间的停顿,在停顿时他们就看着那些别墅区里被照亮的窗户、铁路沿线小路上的树叶,以及消失后又重新出现的厄勒海峡蓝色的带子。路灯们在暮色中发出紫罗兰色的光,闪耀着穿过树叶。他们彼此并不是很熟悉,虽然她是他的小姨子。这个词完全不对,就像一个傻帽。她说,如果他没有兴致谈话,只管看报纸好了。他打开一个专栏,随意地浏览着。他无法集中精力,当他抬起头来的时候,她正坐在那里看着他。她并没有移开目光,只是笑笑。他看着外面的火车站,正好火车停下来,他便伸出脖子看站台上的牌子,好似他不过想看看他们到了哪里一样。

他谴责自己在和莫妮卡上床时想着她。其实那不过是一个图像而已,就好像有一张幻灯片在播放中跑掉了,因此,那个夏日乡村的闪回片段系列突然被穿着黄色雨衣、站在那里伸出双手做着要推倒比萨斜塔样子的莱亚打断了。而人们并不知道它怎么到的那里,就急忙往下点击。此外,她也根本不吸引人。索尼娅在车厢里坐在他对面,穿着宽松的亚麻裤和带帽的运动衫。他再一次注意到她那略带小狗样的特征,她把衣袖拉过双手的习惯以及她幼稚的、好像要在辅音上搔痒一样的吐词方式。其实他们并没有什么可以交谈的。

第二天开始下雨了。他让窗子开着,并深吸着混合了新鲜树叶、潮湿沥青和涂料味道的气味,同时让《茶花女》响彻空荡荡的公寓房间。当他想到莫妮卡时,浮现出来的并不是那一成不变的、在那嘎吱作响的床上行事的情景,他看到的是她在午后斜阳里的侧影、她灰色眼睛里的幽深,她穿着他的浴袍远眺厄勒海峡,好像她凝视的是她整个的一生。他们整个的一生。她的一生与他们的一生没有任何区别,那已经合二为一了。他有一种突如其来的对她的思念。他想要起身向她走去,解开她系得如此紧的浴袍,把她拉过来,然后把双手放到她的臀部上。虽然这只是一幅画面而已。

他不得不调低音乐,他不确定是否真的听到了门铃声。他在突如其来的寂静里一动不动地站着。门铃再一次响了起来。他走出去拿起开门电话,是索尼娅。过了一会儿,带着淋湿的头发与不确定的试探性微笑的她,就出现在楼梯之间的平台上了。她穿着高跟鞋,薄薄的丝质半截裙黏贴在腿上,湿漉漉的羊毛开衫有点窄小,她的肚皮在扣子间露了出来。她的怀里抱着一瓶白葡萄酒。她到了附近,没想到下雨了,她想,他可能口渴了……一大堆的解释接二连三地吐出来,而且争先恐后。他找出一条毛巾递给她,她用毛巾擦着头发,于是那头发就向四周撑了开来。

他把酒瓶拿进厨房,但随即想起开瓶器在其中一个纸箱的箱底。厨房的台面上有一把螺丝刀,他就用它把瓶塞压了下去。酒杯也没有,他们不得不用茶杯喝。当他走进转角客厅时,她站在窗户旁边,身上只有胸罩与半截裙。

她的羊毛开衫晾挂在地板刨平机上。她转过身来，他给了她一件毛衣。没关系，天又很暖和。黑色的胸罩把她的乳房向上推成两个柔软的半球，这让它们看起来比实际的要大一些。他坐在窗台上，她则坐在人字梯的最上面一级。他们举起茶杯，有点隆重的样子，这让他们两个都笑了起来。道旁的树正在发光的沥青路面上照镜子。他不知道该说些什么。

她说，这是一套可爱的公寓。他讲了一点他们装修的打算。她点点头，以一种挑逗的微笑看着他，而他则又一次怀疑她并没有听他讲话。她把茶杯放到其中的一级梯子上，然后在房间里散步。鞋跟使她增高了一些，也让她那肌肉发达的双腿更显优雅。她转过身慢慢地向他走过去。她的双臂慵懒地从一边摆到另一边，她的头稍往前倾，同时她在潮湿、擦过的卷发下，风情万种地斜睨着他。

夜班护士还坐在那里和她在亚利桑那的儿子通话。他在走廊上散步，同时想象着一条阳光普照的、在岩石间没有尽头的、蜿蜒曲折的乡间小路。整条走廊除了开窗户的地方以外，都沿墙安放着铺好了的床。窗外是路灯的风景，路灯的光点排列成行，向着市中心变得越聚越密。消毒间的门微微开着，水滴从龙头下带着一种空洞的、有节奏的鼓声滴在不锈钢水池里。他拧紧水龙头继续往前走。

他经过露卡躺着的病房。他犹豫了一下，然后轻轻地打开门。她正在低声地哭泣。他向着病床走过去。她问，是谁？她的声音很微弱，已经哭得筋疲力尽，鼻子被塞住了，所以每说一句话她都要喘粗气。她问，几点了，他做了回答。他通常夜里都不在医院。有时，他说，有时夜里他也在那里的。他从洗手池的架子上拿了纸巾，帮助她擤鼻涕。谢谢，她说着，嘶哑地呻吟着。她不能入睡。他在床边的椅子上坐了下来。

她问，劳里茨为什么没有像平常那样在下午来看她。她想他。最后的几个单词颤抖着，溶解在堵塞的气管中，同时她的嘴抽动起来。她颈上的肌肉从皮下突出来，因紧张而颤抖着，她的肩膀也在抽动，她在抽搐的喘息中交替地吸气和吐气，一直到开始哭泣起来。他把手放到她的一只肩膀上，轻轻地抚摸着，好像他能止住抽搐一样。她哭了很长时间，他一直都没有松手。有时哭声弱了下去，然后从她的嗓子里又爆发出新的哭声。

当她完全止住哭泣后，他告诉她，安德烈亚斯和劳里茨走了。去了哪里？他不知道。他告诉她，他到过他们的房子外面。她说，他们一定是去了哥本哈根。他们有可能住在他的朋友家里。她突然变得明白和清楚了。他又拿了一次纸巾帮她擤鼻涕。这让她自顾自地微微笑了起来。为什么他会去她的房子？罗伯特讲述了他在超市遇见了安德烈亚斯和劳里茨，关于下雨，以及错拿了放了羊腿的购物袋，还有那天晚上莱亚和他们的交往，那个下午他怎样奇怪安德烈亚斯没有像平常一样坐在前厅。但是，他并没有提及安德烈亚斯告诉他的，有关马尔默和斯德哥尔摩的事情。

你有很好的嗓音。当罗伯特讲到一半的时候，她说道。他说，谢谢。之后，他们两个都沉默了下来。他走进来时没有开灯。只有来自走廊的微弱亮光通过半开着的门照进病房。现在他能听到，她通过鼻子呼吸时，她的呼吸更为平静了。她请他再把手放到她的肩膀上。为什么他不告诉她，他们拜访过他？那不是计划好的，他说，他自己也感到如此的惊讶。通常，他不会卷入病人的生活，他不会操这个闲心。不会的，你当然不会。她停了一会儿说道。

他问，为什么她不想要安德烈亚斯的探望？起初她不回答。这是一个很长的故事，最后她终于说了。但是，也许他已经知道了其中的一些？一些……他说。又有一段时间，他们都没有说话，直到他终于鼓起勇气问她。她已经决定，那个晚上要发生事故……她想死吗？她没有立即回答，好像她在试着回忆一样。不，她不想死。当她到达高速公路的高架桥时，她搞错了方向。她想开车进城，她想去哥本哈根。她沉默了下来。他一直坐在她那里，把手放在她的肩膀上，尽管这让他不得不笨拙而费力地举着手臂。他问，她是不是口渴了？她没有回答，她睡着了。

当他早上来上班时，护士长对着他发笑。他这个样子就是圣诞老人了！他不解地望着她，她指指他的下巴。他才发觉那块小小的棉绒还沾在已经凝固的血斑上，那是他刮胡子时不小心割破的。因为只睡了两个小时，他醒来时发蒙，而且下床时几乎因晕眩而摔倒。他清晨开车回家，几个小时后又回到医院是有点奇怪。在他打开办公室门的同时，电话铃就响了起来，是雅各布打来的。他妻子刚开车带着孩子们走了。他只是想说声谢谢，那事进行得太棒了。罗伯特查房时来到了露卡这里，他问了她一些例行的问题，她也照例用一个音节的单词回答，好像他夜里并没有坐在她床边，为她擦鼻涕，扶着她的肩膀一样。

他下午回家之前又到了她那里。她脸朝窗户躺着。百叶窗外的阳光呈斜条纹状照进来，其中的一条光带正碰到她的下半截脸上。她一定感到了阳光照在皮肤上的温暖。他在床边坐下来。她问，几点钟了？他说了。谢谢，她说道。谢什么？谢谢他留在她这里。他问，她怎么知道刚刚进来的就是他？她虚弱地笑了一下，她听出了他的脚步声。这就是她这样躺着，变得厉害了的地方。他压制着一个哈欠，但他还是带出了一点点声音。她说，他一定是累了。他说，是的。接下来他不知道该说什么。她想听收音机吗？不想，那样她就会有可能听到她母亲的声音。这是她不敢冒的风险吗？他注视着那沐浴在光带里的、毫无特色的嘴和下巴，覆盖在纱布下面的眼睛、额头和头顶。为什么？她把脸转过去，于是，那脸就陷到枕头里去了。

他就那样坐着，他们谁也没有说话。他不知道她是否还醒着。他坐在那里听着来自园丁的小型拖拉机的吼叫声，那声音交替地变换着远近和强度，拖拉机经过窗户下面，在医院两翼之间的草坪上来回穿梭。她又向他转过脸来。他抽烟吗？抽，他茫然地回答。他愿意帮忙点支烟吗？她想抽烟。他点了一支烟，然后小心翼翼地把烟放到她的双唇之间，她的嘴唇在烟的过滤嘴周围夹紧了。她深深地吸了一口，烟雾从她的唇间吐出来，抓住了光线之网中的条状阳光。他打开窗子。青草，她说。他通过百叶窗的板条望向下面的草坪，园丁的拖拉机在草坪上分出了长长的、平行的割草痕迹。他甚至感觉不到青草的气味。他在床边上坐下来，当她间或用嘴做出信号时，他就把香烟再次放到她的唇间。

他一回家就在沙发上睡着了。等到他醒来，太阳已经在白桦树和木围栏后面消失了。他饿了，但他却没来得及去买东西。客厅里已经半明半暗了。外面露台上，花园椅子随意地摆在那里，那还是安德烈亚斯、莱亚和他在星期六离开时的样子。但它给人的感觉好像已经是好几个星期以前似的。椅子们在黄昏里同时发着蠢笨和神秘的白光。他考虑开车去买一个比萨，但他又不想去。他想到了露卡。也许今天夜里她又醒着躺在那里，伴着独自的哭泣和思考。她甚至不想听收音机。但也许她愿意听音乐。她可以借他的随身听，他也可以录一盒磁带给她。他决定录钢琴曲后，就开始把磁带找出来。他选了几首格伦·古尔德的巴赫录音作为录制磁带的开始，然后组合了德彪西、拉威尔和萨蒂的作品。这件事让他觉得很有趣，以至于完全忘记了要弄点东西吃。他在磁带另一面想尽可能多地录一些肖邦的夜曲。当肖邦录到中间的时候，电话铃响起来了。

他已经有好几个星期没有和莫妮卡通话了。莱亚是他们之间唯一的牵扯，她早就学会了收拾行囊每14天坐火车往返一次。电话里的莫妮卡和往常一样直截了当。她听起来不是不友好，但是她的声音里没有丝毫他们曾经一度属于彼此的暗示，语气里既没有痛苦，也没有和解的怀旧之情。她一如既往地务实而直接，她打电话是为了谈论有关暑假的事情。扬和她考虑带莱亚到兰萨罗特岛去，也许莱亚已经说过这件事？他问什么时候。日期马上说了出来。它正和他自己的假期是同一个时候。他试图掩饰自己的失望，但她还是听出来了，毕竟她熟悉他的一切。他可以在秋假里得到莱亚嘛。

他并没有抗议，他也从来没有抗议过。自从那个冬天的早上他的接班人在快速出门的途中对着他不知所措地点头以来，或者实话实说他们的事情败露以来，罗伯特就决定避免吵架。有时他怀疑莫妮卡会对他的随和产生挫败感。任何一点点来自他这一方面的攻击性都会减轻她良心上的不安。她可以保留所有的家具。总之她得到了想要的一切，包括莱亚和所有其他的东西，而且让她惊讶的是，她还可以选择得寸进尺，只要坚持某种不容争辩的论点，就总是能够实现。每次她宣称是为了莱亚时，他就会继续退让，就像他经常对自己说的那样，但是，他也不得不承认，他也是为了他自己。因为这样能减轻他闷烧的内疚感，而且当她意识到自己做得太过分的时候，他几乎要遗憾了。好像是她阻止他去偿还一笔她不知道的债务一样。

他确信她从未发现过他与索尼娅的恋情，无论是它发生的当时，还是事情过去之后。他坚信她会问的，像她这样一个无所畏惧、直截了当的人。现在，这件事也无关紧要了，但是多年来，他的那个秘密同他非自愿知道的、有关索尼娅只是她同母异父妹妹的那件事，都存放在他的意识一角，并且已经烂掉了。当他在事后的那个周末去她父母的度假屋时，似乎没有人注意到他和索尼娅第一次在那个空荡荡的、新粉刷的公寓里过过夜。他想，事情就是那样的简单，当他在莱亚的床垫上看到索尼娅那烛光下的裸体时，就像他把瓶塞捅到了酒瓶中一样。

当最高法院律师透过他的无框眼镜看着他的时候，仿佛他们共享的不是一个，而是两个秘密。除此之外的一切都像往常一样，鲱鱼一如既往的太甜，那些已经发生的事情逐渐消失，成为人们梦寐以求的透明回忆。庆幸他晚上表现出那样得体的激情，以至于在第二天让莫妮卡熟悉的温柔眼神，对于他回避与躁动不安的情绪视而不见。当索尼娅躺在沙滩上与莫妮卡嬉笑或者和莱亚追逐的时候，他惊奇于索尼娅的若无其事。即使他们偶尔单独相处，她也表现得看不出痕迹。她随便地谈一些无关紧要的事，回答他说过的话时也是那样的漫不经心。看上去她已经忘掉了发生的一切，或者说她对此并不看重。

他们的恋情持续了几个星期。有时她在他那里过夜，其他时候她下午过来晚上再离开。她留在那里睡觉的时候，他醒来时总是一半身子躺在地板上，因为那个狭窄的床垫地方不够。有那么几次他们会一起去散步。他们在皇家公园里躺在那些脱光衣服的人中间晒日光浴，有时她会突然伏到他身上去吻他,就像其他情侣常做的那样。他害怕他们会遇到他和莫妮卡认识的人,如果她深情地把手臂放到他的肩上,他总是害羞地把它推开。她嘲笑他的这个动作,他不止一次地问过自己,她是不是其实希望有人能认出他们。当他和她像情侣那样并肩走着的时候,感觉怪怪的。而当她在公园的栏杆上做平衡动作,或者充满爱意地扑过去和一只小狗亲昵,让狗主人都为之感动时,他的心情又会随着她兴高采烈的主意交替着高兴和烦恼。

当她要返回纽约时,他送她去机场。她走了,他也轻松了一些,但是在机场的离境大厅里,他还是变得心有所动,即便只是出于礼貌。他没有一秒钟爱上过她,但他的欲望却变得更为强烈,好像是因为对她产生欲望而惩罚她似的。当看到她在父母乡下的花园里打庄严的太极拳时,他还没想到会和她有外遇,当他在空荡荡的公寓里等她的时候,有时他还希望,她根本就不要来。可是每次他站在门口,看到她带着微妙的表情出现在楼梯口时,他还是会再一次地被她的身体,被这个身体的力量与脆弱的不和谐混合所淹没。

也许并不是她的身体本身让他如此着迷。也许只是出于这身体的真实存在与毕竟不可能的亲近。它的挑战性和令人眩晕的行为竟然让它成为可能,他只需要跨几步走向莱亚的床垫,而她正裸躺在那里等着他。后来,当他坐在一堆绒毛动物玩具之间给莱亚读睡前故事的时候,有时会让他想起在同一个房间的同一个床垫上,他和索尼娅曾经躺在一起流汗和呻吟。这也完全有可能只是一个梦。

他们没有认真地一起交谈过,他们胡言乱语、想入非非,他还在她耳边喃喃地甜言蜜语,说她是多么神奇与独特。他知道，自己在撒谎。她既不神奇，也不独特，她只是在那里，他正好有需要，而他又碰巧不是她的父亲。他想起那次他正坐在窗台上，感受外面的雨通过开着的窗户凉凉地吹洒在他的背上时，她身着短裙，戴着胸罩，脚蹬高跟鞋，漫不经心地甩着双臂向他走过来。当她置身于他的双膝间，让他从那黑色的女性用品中掏出她那对年轻的、还有点不成熟的乳房时，他顿时觉得自己老了。另一方面，稍后他伏在她的大腿之间，她用一种熟练的抓握引导他进入她的身体，好像他自己不认识路似的，他又感到恐惧和迫不及待，一如他年轻时那样。

他压抑着的情欲变成了愤怒。当他像一枚过热的活塞一样努力运作时，他感到奇怪的孤独，好像被遗弃在他失去的青春和悠然自在的成熟之间。完事之后，她盘腿坐着严肃地看着他，弓着背，那装饰过的头发垂到一只乳房上面。她问，他爱不爱莫妮卡。他不知道该说什么。她世故地说起有关倾听自己的感受，以及诸如此类人在年轻而盲目的时候说的话。他试图像成年人那样微笑，但微笑其实无济于事，他是那么乐意屈服于她的诱惑艺术。

也许她是对的。也许慵懒的日常生活让他变得近视和重听。他渐渐不是生活在一种永久性的局部麻醉之下吗？色彩似乎只是在褪去，他看到的就只是与莫妮卡关系中的那些磨损的污渍，那种狡猾的摩擦以及那些碰撞的、脱皮的角落。对她以前如此吸引人的一切，他都感觉乏味和迟钝。他隐约地梦想着一些巨大的变化。

但这些梦想又那样快地消失了，他那里的一切都是那么短暂、那么多变。就像天气一样，他想，他甚至不能确定，一个小时或者一个星期之后，他到底想要什么。这种情形折磨着他。如果他能在新家睡他妻子同母异父的妹妹，对他没有什么特别意义的话，那么他睡的人是莫妮卡时又有多大的意义呢？但是还有什么要问的呢？毕竟生活中除了性还有别的！索尼娅一定是把她对生活哲学的年轻需要传染给了他，你大可不必那么认真地对待它。他不把它当回事，而这个问题也仍然没有答案。很快他就不再去考虑它了。她走了之后他很快就忘掉了她，一旦想起她的时候，他就奇怪自己曾经对她会如此疯狂。他想起了她幼稚的说话方式，想起她傻乎乎的习惯，在他刷涂料的时候，她就坐在地板上扯着衣服盖住膝盖。

让他恼火的是，当她自命不凡地分析他的情感生活时，他曾经那样虔诚地去倾听，而且是在他们甜蜜的艰辛流汗之后。直到后来他才猛然惊觉，他一定是在他所不知道的家庭戏剧中，充当过一个可用的配角。他为莫妮卡感到羞愧，她不知道当她们坐在沙滩上远眺厄勒海峡对面蓝色的带状海岸时，为何她的妹妹会变得如此亲热，索尼娅还梦幻般地把她满是卷发的头靠在她的肩膀上。

第二天早上他查房去露卡那里时带着他的随身听。他把它放在被子上，然后在她头部绷带之外的地方放好耳机。她期待地微笑着。他轻轻拿起从她手臂上的石膏中伸出来的手指，然后向她示范如何打开和关闭磁带，以及让磁带前进或者后退。她一学就会了。谢谢，她说。这让他再一次注意到她是如何能够突出这个小词，以至于让它变得既不是太轻也不是太重。护士看着他，但他看不出他的发明究竟是令她感动还是只不过惊讶而已。

他在下午回家之前去了她那里，就像他前一天做的一样。她还戴着耳机躺在那里，那耳机紧夹在她的纱布头巾上。他能听出那个钢琴演奏微弱遥远的声音。他在她床边的椅子上坐下来，把窗户打开一条缝，再点燃一支烟。好的，谢谢，她说道。他把香烟放在她的嘴唇之间，她贪婪地吸着它。4点半，她一边说，一边让烟雾从她的嘴唇间吐出来。4点半？是的，应该是4点半。她是怎么知道的呢？太阳，她说。

一缕阳光穿过百叶窗的板条，在她的下半截脸上拉出一条温暖的痕迹。就像前一天一样。她问，她听的是什么？他向着她的脸弯下身去，并让耳朵贴向其中的一个耳机。拉威尔，他说，《库普兰之墓》。她再一次笑了。说，帕科·拉班，对吗？对，他说，特别注意到，她对剃须乳液的博学程度和对音乐的无知是一样的。他去摸下巴。那片小小的棉花已经在白天掉下来了。那个他刮胡须时割破的地方只剩下了一块凝固的粗糙血迹。

她停了磁带，把嘴唇往前伸出来。他给她吸了一口烟，自己也吸了一口。她长长地叹了一口气，把烟吐出来。他把香烟伸到窗外弹掉烟灰。灰片袅袅上升，散开了。她的声音几乎只是一种耳语。她说，也许我真的很爱他。他再次看着她。她向他转过脸来。现在她什么也感觉不到了。现在它只是一个词语。好像她已经把那些词语都用完了一样。他掐灭香烟，把烟头扔到窗外。怎样用完的呢？不仅仅是安德烈亚斯，她继续说道。也许在遇到他很久之前，它们就已经用完了。她的手指摸索着他的随身听的按钮。这都是些同样的词语，它们总是一样的。每次她都以为自己终于明白了它们的含义。

他起身准备离开，太阳已经消失在医院对面一翼的后面。他说，他想第二天下午再来看她。他穿的是白大褂吗，她问道。他低头看看自己，好像不完全确定一样。是的，他有点困惑地说。他来之前不想把它脱掉吗？他是一下班就先来了这里，还是怎样的呢？她歉意地微笑着。他在她搁脚的那一头站住。她继续说，她并不知道他长什么样子。她只知道他是穿着白大褂的。与其这样，她宁愿什么都不知道。好吧，他说。不穿白大褂。她再一次微笑了。4点半？对，4点半。

回到家，他破例地没有听音乐。他让通向露台的门开着，在沙发上躺下来。他闭着眼睛，记起露卡坐在巴黎的一家露天咖啡座的照片，照片上的她带着惊异的表情看着镜头，好似她还没有准备好要照相，或者是突然意识到一个至今未知的联系一样。

他想着她说过的话以及安德烈亚斯告诉他的话。他试图想象着，那些零散的句子属于一个怎样的故事。句子们仍然像外面传来的声音一样短促而不连贯。那些声音在寂静中都留下了它们的记号和踪迹，黑鸟和树叶，一辆经过的汽车，孩子们的叫喊，还有一个打到沥青路面上的球。他就那样闭着眼睛躺了很长时间。一只苍蝇在客厅兜着圈子，用柔软的碰触撞击着窗玻璃，终于从开着的门找到出路，消失了。手表上的秒针在玻璃下发出微弱的嘀嗒声，贴近他的耳朵。

第二部

露卡在海底高低不平的沙子上方盘旋了片刻。水压压在她的耳膜上，在她的脑子里嗡嗡作响。她浮上水面，快速穿过那移动的银色镜面，然后喘着粗气。她迎着光游泳时，阳光会刺进她睫毛之间的水滴中，那些细小的波浪也在闪烁着。最远处的天空呈现出白色，她能看到城市的塔楼、高层建筑、供热厂细高的烟囱和港口起重机，这一切都是黑色的，那么小。她转过身往回游。这是六月初一个星期四的下午，浴场只有几个客人。奥托靠在绿色的木板墙上，两条腿向前面伸出去，一条浴巾缠在腰际。他离她太远了，她看他的脸和别的东西一样，只是一个盲点而已。他好像在看着她，但她此刻还不能确定。她游得愈来愈近了。他正在看着她向他游来。

有一瞬间她精疲力竭地划动着，当她从水里出来时突然轻松了。奥托在看报纸。她坐在他身边的浴巾上，问他要一支烟。他把烟盒和打火机递给她，同时继续看报纸。她吸进一口烟，享受着那种轻微的头晕。他问她，水里冷不冷？她透过打火机上的蓝色塑料看着他扭曲的轮廓。下了水就不冷了。她把游泳衣往下卷至肚脐处，然后躺下来，闭上眼睛，阳光在她眼皮上罩上一层橙色的雾。

水滴在她皮肤上缩小，水分蒸发时能感到轻微的刺痛。

她舔了舔下嘴唇，去掉一根烟丝，尝着咸味和烟味混合在一起的味道。阳光咬着皮肤，但阵阵的微风却很凉爽。她的指尖沿着他的腰部，在浴巾边缘下慵懒地滑动，并且继续朝着大腿滑下去。她的手指认出了他的肌肉轮廓，她想象着，她的指甲在他细小卷毛之间给他的感觉，怎样让他的欲望一点点地膨胀起来。她因想着浴巾下对他有可能产生的影响而微笑着，同时她反复地做着扩散的爱抚动作。

那天晚上她被人看见了……他的声音透过橙色雾穿透她，那是其他声音和远处汽车的声音，波浪拍打他们身下木桩的声音。那些木桩，在游久了之后，她会一边让自己在波浪中沉浮，一边扶着它们，尽管它们摸起来黏糊糊的让她有点犹豫。是吗？她看着那些木桩，它们是黑色的，上面缠绕着贝壳和海藻的绿色丝绦，那些丝绦交替地紧贴着木桩，并且像散开的头发一样在水中飘动。

他的一个朋友看见她和哈里·维纳一起坐上了他的汽车。奥托的声音听起来像他的身体一样紧实而柔韧。它适用于事实，所有一切都是确凿的和不能回避的。这种声音以同样的自以为是来处理词语，就像用他宽阔的双手抓住东西或者她，压缩空气一声响就可以打开一杯刺山柑，或者在床上时他弯腰扣住她的手腕。他不知道他们彼此认识，她和维纳。

她把烟蒂揿在两块木板之间。木板们没有夹住它。她看着烟蒂通过阴影掉下去了，并且伴随着"嘶"的一声碰到水面上。老实说，她说……那个老东西！她用一只手打着眼罩，他翻着报纸，弯着腰，同时看着报纸标题，好像他是近视眼一样。他真的以为……？

他不知道自己以为什么。太阳在报纸上闪光，于是她不得不眯起眼睛。并不是为了看报纸上印的东西。他转过身来面对着她，她笑了。他躺下来，闭上眼睛。她也翻身，肚皮朝下，靠在他身上，让她打湿的发尖抚摸着他的胸膛。他捧住她的脖子，用拇指在她的颈椎之间摩挲着。他只是奇怪，她没有说起过这件事……她去见过他。她看着她手指上的螺纹，它们仍然像海底的沙子一样高低不平。奥托躺下来，他的声音听起来有些不一样，平展一些，她觉得。她戴上墨镜在他身边躺下，然后她就感觉到了他的肩膀正对着她的。她一定是已经忘掉了那件事。

她已经差不多忘记了那件事。至少在奥托提醒她时，她已经有好几天没有想过它了。事实上也没有发生什么事，没发生那样的事。他们最后几次演出的一个晚上，剧场里的排座有一半都是空着的。不过那些评论都是正面的，其中好些评论都突出了她。但是今年春天的天气太好了。有太多的晚上，人们都只想穿城而过，或是坐在黄昏里感受已经在路上的夏天。只有极少人自愿在市中心外一条无趣的街上，一个尘土飞扬的电影院改建的地下剧场里，度过一些这样的夜晚。此外，他们之中没有一个人是特别著名的，更不是戏剧家，一个目中无人的、和他们相同年纪的、二十多岁的瑞典人，穿的自然是黑色衣服。他们除了模仿他傲慢的斯德哥尔摩口音之外不会干别的事情。

她知道那个晚上她的状态很好，比以往任何时候都要好。词语是自己出来的，好像它们是在自己的帮助下孵化出来的一样，它们毫不费力就离开了她的嘴巴，甚至都不用她去想。她忘记了自己，只是跟随角色的行动，全神贯注地服从它们。这都是他谈及的，哈里·维纳，她在舞台上的关注。她在演出进行中看见了他,但奇怪的是,她并不紧张。她知道自己不能演成另外的样子,而且暴露自己的感觉一点也不可怕。就像当一个人承认尴尬时,想到的就是现在再也没有什么可以失去的了。那种同样奇怪的平静。

之前她从没有和他讲过话。她只在照片上见过或者首演式上远距离地看到过他。他的灰发总是从晒黑的额头往后梳,它们长长的并且卷曲在脖子上。他那有着深刻竖纹和薄薄嘴唇的脸上有些许的无奈,仿佛他是通过代价高昂的生活经历换来的痛苦智慧来看世界的。但是,也许人们许多年后都只能变成这个样子,无论是变得更聪明还是更愚蠢。他总是很优雅,无论他是身着骆驼毛外套、意大利套装出现在舞台上,还是排练时穿T恤和宽松的亚麻裤子让人照相,外加用绳子吊在脖子上的眼镜和瞄准舞台的小眼睛,都是如此。他已经第四次结婚了,这并没有阻止他成为那个左顾右盼的诱惑者角色。一年有几个月他都要退到他在西班牙安达卢西亚山坡上的房子里,据说是在那里写他的回忆录。

吉卜赛国王。这是奥托想出来的,从此他没有叫过别的名字。这里没有友善的意思,但他是国王。没有人能超越哈里·维纳。奥托曾在他执导的易卜生剧目里出演一个角色,他的娱乐就是讲在吉卜赛国王挥动的无形鞭子下,遭受无情羞辱和歇斯底里哭喊的故事。演员们都怕他,除了能在他那里得到一个角色外没有别的梦想。受到哈里·维纳的指导就像把脚趾头伸到了永恒之中。

奥托并不佩服,但现在更像是他下定决心不佩服了。在他看来,吉卜赛国王导演的作品,只不过是心理迷象征主义重压下，符合资产阶级文化品位的豪华版戏剧美食。心理迷，是奥托自我创造的又一个表达。而且吉卜赛国王怎能只沉醉于那些镶着金边的经典？他最后一次搞出不能事先指望，观众会合起祈祷的双手奉献光顾的现代剧，已经是多久以前的事了？奥托宁愿去拍电影，他已经担任过多个主角，而且即将赢得博迪尔奖。

露卡并不完全明白。她能看懂他的意思，她还曾经因为他模仿吉卜赛国王示范如何演夏洛克一角时，笑得把满口的红葡萄酒都喷到了他身上。就像奥托说的那样，把箱底的存货全翻出来，这个犹太人的形象就演活了。尽管如此，当她和奥托进去看一场吉卜赛国王执导的戏时还是被抓住了，几乎是不知不觉地。她想起那个春天的晚上，演出结束后她坐在镜子前卸妆时，在化妆室的门口看到了哈里·维纳。

他是与众不同的，她首先想到的就是这一点，与她曾经想象的不一样。他站在门口迟疑着，似乎有点害羞的样子。他看起来好像是为自己和自己的绯闻而抱歉。他可不可以打扰大家一下？其他演员像牧羊人发现了他们的指路星一般目瞪口呆，是露卡首先反应过来，沉稳地微笑着找到一把椅子。他只想跟大家打个招呼，说一句，他认为他们多么出色。是的，他用了出色一词来表达。当他看着她，并对她的诠释说了一些话的时候，露卡感到双颊发热，这类词语她以前从未听别人用过。

当哈里·维纳评论他们的演出时，他们围着他坐成半圆形倾听着。露卡到现在才明白，最近几个星期她在舞台上到底做了些什么。他对台词本身有一些批评性的评论，但他们的处理不仅释放了其中最好的东西，而且他们还尽可能地给它增加了一种更为深刻的心理共鸣。

哈里·维纳的话听起来古朴而生动,就像一些古老的银质鱼刀,用苔绿色天鹅绒包裹着平放在完美界定的格子里。他还穿着那件骆驼毛外套,也许是因为他们当中没有人提议他脱下来。外套里面他穿着深蓝色的T恤和黑色牛仔裤,但是他的硬底软面拖鞋却是鳄鱼皮的。当他现在出来看看,他们这些年轻人任务完成得怎么样的时候,这正是一种优雅与非正式恰到好处的混合。她正要听听奥托的声音。

她环顾着她的伙伴们。他们都在全神贯注地倾听。差一点他们就忘了合拢嘴巴,她很高兴奥托不在这里。否则他又要嘲笑他们,因为这位贵客的光临和赞美是多么地深感荣幸。就像一群童子军得到创始人巴登·鲍威尔本人的接见一样。那么他自己呢?谈话一旦进入某件事的情感方面,他怎么就会变得如此惊恐而讽刺?也许实际上他为当演员而感到有点羞愧。也许这就是为什么他总是用模仿老式的戏剧界同性恋,他们的丝巾和煤气灯时代的舞台腔来取笑人家,把别人气得泪水在眼眶里打转。他可能在内心最深处梦想着,出现在某一部裸露着上身,带有很多小型武器的美国格斗电影中。

有那么一瞬间,哈里·维纳在其中的一面镜子里捕捉到了她的目光,她用带一点讽刺的笑容微笑着,那里面包含着一种不可接近的高傲和意味深长的性感。好像是她想保持一定距离却又正要开始去认识他一样。也许在他移开视线之前,她已经注意到在他短暂的一瞥里有一种特别的兴趣,而且认为她现在已经读到了。也许她有一点点挑逗的意思。它太短暂了,以至于无法进一步考虑,只是一瞥,而且他把它删除得太快了。他有些羞惭之意，她紧了紧浴衣的腰带，突然意识到里面没有穿别的。当他出现的时候，她刚从淋浴间出来，但是他应该习惯了这种场面。

她发现他有点笨拙，他环顾四周要找烟灰缸时，竟然把一盒粉碰翻在他的优质外套上。他微笑着继续讲下去，同时他用手背刷掉粉。在这杂乱的化妆间里他并不太像一个吉卜赛国王。他压低了深沉、沙哑的声音，严肃地谈到，舞台是我们与内心深处的恶魔约会的精神空间。当他讲话的时候，露卡享受地听着他的声音，并看着他。听起来他像是一个知道自己在说什么的人，一个为自己的每一个见解都付出过代价的人。

她现在更好地理解了，为什么所有跟他在一起工作过的演员都会那样谈起他。除了奥托。当哈里·维纳偶尔看着她的时候，她感觉他看到了一些她自己都不知道的东西，好像她内心所容纳的，要比她自己知道的还要多。他小心而又犹豫地讲着，因为他在寻找词语，几乎好像在高度地思索一样，同时他低头看着他的鞋带或者晒黑的手指间的香烟。他的双手出奇地单薄。他突然在一个句子中间打断了自己，抱歉地微笑着，同时问他们，是不是口渴了。

他们走去附近的一个咖啡厅，他点了香槟，他那夸张的手势颇让他们感到尴尬。他说起那些知名演员的奇闻逸事，包括活着的和已死的。他让他们笑了起来，甚至还带着自嘲，但看起来并不做作。当他们壮着胆子说出自己的想法和感觉的时候，他也倾听着，给出了很好的建议而没有教训人的意思，仿佛他只是想与他们分享自己的经验和所有那些他一度产生疑问却还没有找到答案的问题。第二天他们彼此询问，为什么他会愿意把整个晚上都用在他们身上。也许他只是放松一下，以摆脱那种环绕着他的神话角色。也许他享受着他们的热情，因为这使他想起了自己年复一年继续努力，而不是躺在桂冠上的深层原因。

当咖啡厅打烊的时候，就只剩下露卡和她的女友米利亚姆以及哈里·维纳了。他们站在人行道上聊了一会儿，一个跑堂正在那里堆放桌椅。米利亚姆打开自行车锁，吻了露卡的脸颊，她认为相当的夸张，然后女友挥挥手，在拐角处消失了。突然之间只有吉卜赛国王还在，和她一起站在午夜过后市中心边缘广场上，一个关了门的咖啡厅外面。他把外套的领子竖起来，给了她一支烟。她接了过来，却并没有考虑她是否想抽烟，他揿燃了他的银质打火机，同时好奇地看着她，好像现在的局面是她一个人的倡议一样。

后来她不得不对自己承认，他行事的简单与直接给她留下了深刻的印象。再也没有什么会让人对他害羞了。他问她，是否饿了。他在城里有一套工作公寓，他们可以去他那里吃夜宵。他说得很纯真、很得体，却还是带了狡黠的眼神，露卡忍不住微笑了起来。她累了，她说。但他至少可以开车送她回家！他离那里只有几条街。

当他们走在寂静的小街上的时候，她有点奇怪他们居然会走在一起，她和哈里·维纳。他说，他早就想在舞台上看到她。他见过她的照片。那些照片让他很感兴趣，她有一张很独特的脸。他看着她，她不要因此而难过！接着，他谈起摄影，说照片如何揭示我们用肉眼从来没有看到的东西，因为我们的目光总是在为我们的感知寻找镜子。摄影如何揭示我们原本无法接近的现实，在那里，面孔中所有恐怖和迷人的陌生感都会显现出来。这些她以前都从来没有想到过。

那是一辆旧的梅赛德斯敞篷跑车,银灰色,里面是米色的真皮装饰。她想,他选择这种颜色是否为了与他的灰发相衬。哈里·维纳的一切都有一些银的因素。她坐在车里,双手放在薄裙衫的两条大腿之间。有时他会瞟一眼她那裙衫下摆下黑色丝袜里的膝盖。旁边的那只手搭在变速杆上。她想,要是把它们遮起来的话会显得很可笑。她听着引擎的轰鸣,看着灯光下围绕她转动的城市。从他的车里看出去,这座城市显得有点陌生。在他要转弯的时候,她请他把车停在离她住的公寓进门处有几个门牌的地方。他关了发动机向她转过身来。她再一次为他的诚实感到惊讶。他想吻她,可以吗?她微笑着,摇了摇头。她很有才华,又很有魅力,他说,如果她以为二者之间毫不相关,那她就错了。

她下了车,弯腰再一次微笑着。他希望他们还能再见面。她道谢之后关上了车门。当他经过时,汽车的前灯在人行道的地砖上射出强烈的光芒,靠墙立着的一排自行车的尾灯闪动着红光,她长长的影子迅速升起来在地面上摆动。她瞥了一眼他在后窗中的身影,他就转弯从视野中消失了。奥托已经上床了。她在过道脱了鞋,脱衣服时也没有开灯。她想象着哈里·维纳开着车穿城而过时还想着她的样子。一个很奇怪的想法。她靠着奥托的背躺下,这样他们就能在被子下面贴身地躺着,她对自己很满意。

第二天上午米利亚姆打电话来的时候奥托正在洗澡。发生什么事了吗?这让露卡很是恼火。发生了什么?米利亚姆在电话里笑了起来,它已然是足够清楚的了。露卡抗议道，他和其他人也进行了同样的交谈。米利亚姆又笑了起来。露卡坐在一把扶手椅上，丝质椅套磨得发光，咖喱黄的底子上有着粉红色的花。这把椅子是他们在一个垃圾箱里找到的。她身上只套了奥托的一件起皱的衬衫，没有别的东西，她刚刚醒来。她把双腿抬到椅子上，在床边靠墙竖着的一面镜子里看着自己。她把听筒夹在下巴与肩膀之间，双手把头发拢起来打成一个松散的髻。头发太长，其中的一半又掉下来围住了她的脸颊。当她偶然把头发弄成这个样子时，发现奥托很喜欢。米利亚姆谈起她的情人，谈起她想要一个孩子而他不愿意。她害怕他不再爱她了。露卡任凭她讲下去。一个孩子，这几乎是不可想象的。

她看着自己的腿。她有一双漂亮的腿，它们是修长的，匀称而紧实。她的阴唇也很漂亮，她曾经给它剃过毛，所以那里只剩下了小小的一片阴毛。这里就是吉卜赛国王最想上去的地方。想起他所做的那些准备，就觉得颇有喜剧性，香槟酒、奇闻逸事和得自漫长人生经历的深刻建议，等等，所有这一切都于事无补。而这一切只是因为他见过她的照片，他对这样一个年轻的、天才的阴唇产生了欲念。

她叉开双腿，让两个膝弯搭在椅子的扶手上，听着米利亚姆翻来覆去地讲着那个特别想要孩子的想法。此刻的她看起来像一本色情杂志的封面，她有时会看到奥托在24小时营业的报亭里斜眼瞅它们。想想，如果此刻吉卜赛国王能看到她，他一定会扔掉画皮，迫不及待地扑上来。他那张又老又松，还起着皱的皮。她差一点就让他得手了，仅仅是为了欣赏他那张泄气的脸。就这些吗？就这些，我的主王，真的没有啦！想到这里，她决定不对奥托说什么。即使她是坚定不移的，但他可能仍然会想到那上面去。此外，她还是很恼火，她竟然坐在那里聆听吉卜赛国王的深刻见解，还让他开着那炫耀的梅赛德斯车送她回家。

她搁下听筒，站起身来，在镜子前站了一会儿。她解开衬衫的扣子，她的体重已经减下来了，肚子完全是平坦的。她才不要什么孩子，到目前为止她只想为了自己要肚皮。奥托已经关掉淋浴，她能听到他在用橡皮刮往下水道刮水。她把被子推到地板上，然后闭着眼睛躺到床上。她能感觉到从敞开的窗户进来的空气吹到她的脸、肚子和大腿上。有音乐从另一层楼上传来，是一种单调、低沉的贝斯声。一条狗在下面的街上狂吠。

奥托打开了浴室的门。过一会儿他就会来找她。这是一种游戏。她会闭着眼睛躺着，纹丝不动，他会走来走去，好像在寻找东西而根本没有看见她。他要让她等待，此时卧室里很安静，寂静中她完全裸露在他的注视下，她一动不动，紧张到极点，同时试图猜想她身体的哪一部分会最先感受到他的触碰。

露卡从戏剧学校毕业一年半后遇到了奥托。之前她听说过他,当她和女友外出时还在咖啡厅和酒吧见过他。那时他已经是一颗襁褓中的明星,一颗地下的明星,如果有这种说法的话。他曾经接受一家女性杂志的采访,讲他在一部青春片中扮演不屈莽汉的体会,如果他出现在一个聚会上,人们可能也会因他而去参加。他之前与一位知名的摇滚歌手有过关系,他总的来说是这样一个人,女孩子们的眼角瞄着镜子中的他,一边照料着她们的卡布奇诺咖啡,一边用冷漠的、高不可攀的表情看着他那边。如果她们当中有一个女友过于投入,并天真地屈服于自己的好奇心,她们就会用反讽的口气对他加以评论。在她们眼里,他已经功成名就,虽然用他周围人的标准来衡量,他仍然只是一个很有前途的人才。露卡也认为,无论他是身穿足球服、戴着针织帽、脚蹬人字拖鞋现身,还是像现在这样发现在酒吧被人扫描时,都是理所当然的自负而又自得其乐的样子。

当她获得一个角色,和奥托在同一部电视连续剧里演出时,她一开始很吃惊,他居然会愿意参演这样的东西,但她当然是同意接受的。他从监狱里逃出来,她是他的女孩,当他坐在牢里的时候,她自然而然爱上了那个打他的警察。剧本编得很弱智,但奥托很会演,因此她也演得比原来预期的要好。他对她很友善,当她紧张的时候,他就会以微笑或者诙谐的关注来安抚她。此外,她对他的行事准则也感到惊讶。他能够坐下来看报纸或者讲故事,直到他们上场,然后他可以直接进入角色而把自己藏起来,就好像他只要打一个响指就与所演的角色合为一体了一样。

其实他不是在演戏。他始终是他自己,是他自己的虚构版本。如果恰好剧本的规定是按照这个方向塑造他的生活的话,那正好符合他的愿望,成为他想要的样子。这样,他就能够毫不费力地找出角色所要求的那些方面,并且用他慢条斯理的语音和敏捷而肌肉发达的肢体,去完全填充这个角色。当摄影师打光的时候,他们就坐在摄影棚一角的灯架和电缆盘之间聊天。奥托从来没有上过戏剧学校,也没有这方面的计划。他不想躺在地板上,用互相抚摸和深呼吸来打发三年的时间。对此她完全可以提出抗议,但她并没有这样去做。

他们之间是如何开始的呢?那些最初的开始,是只要坐在他的旁边,听着他的声音,感觉着他的目光,就会产生一种异样的感觉,一些子虚乌有的模糊想象和幻想。她所有的动作和言语都会考虑到他的存在,即使她转过身来,背对着他跟另一个人交谈也是如此。她可以前一秒钟对自己、自己的外貌、声音以及她说过的话非常不满意,后一秒钟她又会隐隐约约地感觉到,自己不完全像她想的那样糟糕。仿佛她进入并隐藏在自己的一个秘密版本里,秘密得连她自己都无法看清自己究竟是谁,那藏在她不信任的镜像背后的另一个自我。

他用自信与冷淡的平静来挑战她。她能感觉到他是怎样跨越她的反讽距离来看待她的。当她尝试用尖刻的言辞反击时，他只是简单地假装没有听见她的话，而此时他若是没有直视她的眼睛，那他的沉默会比最侮辱性的回答更让她难堪。她佩服他居然可以如此无礼，但她一直戴着面具。她要等着他开出一条缝隙来。

有一天，她去摄影棚，看到他坐在太阳下看剧本。他的旁边放着一个玩具店的塑料袋。她未经允许就看了袋子，发现里面有一个用透明盒子装着的红色玩具汽车。他还玩汽车呀，她问。这是给他儿子的，他答。她在他旁边坐下来，小心地问，他儿子多大了。6岁，他答，放下剧本。他靠着摄影棚油漆成红色的隔板闭上了眼睛。那他一定很早就做了父亲。他耸耸肩，她觉得自己很蠢。小家伙叫什么名字？莱斯特……一个很特别的名字。他望着庭院。自从儿子出生就没见过他。他住在美国时遇到了他的母亲，她因意外而怀孕。对此他们也不知道要怎么处理。他干巴巴地说着这些，好像只是在讲述他怎样度过了一个星期日一样。

在下一个星期里，露卡和奥托要到一个游艇码头去拍摄夜景。这是他们在一起拍摄的最后一场戏。他们等了很长时间，灯光才装好。他将在快艇上搏斗时掉到水中，他一次又一次地掉下去。但是怕冷的却是她，虽然此时是7月中旬。于是他把他的夹克借给了她。后来他们合租了一辆出租车去城里。在路上他们谈起拍电影与舞台剧的区别，还说起他们的一个年迈的同事，即便在拍特写镜头时也像是个默片明星。分别时他向她伸出手，她认为有点太正式了。他说，在一起工作得很好。彼此彼此。她站在街上，等出租车开走后，她才发觉身上还穿着他的夹克。这是一件带拉链的摩托车外套,两只袖子很短。这让她微笑了起来,好像令她有所触动一样。她压根儿就没有想到她比他要高。她把鼻子伸到衣领下面,嗅到了一点点他的陌生气味。

第二天她就夹克一事打电话给他。他听起来好像是被吵醒的。她向他表示歉意。她来就是了。他的公寓在一条小街上。她按了几次门铃,正打算离开时,他终于来开了门。他身着一件酒红色条纹的破旧浴袍,只有老男人去海滩时才会穿的那种。她忍不住笑了起来。他也笑笑,说,很时髦,不是吗?她搞不清他认为的时髦是指他穿着的浴袍呢,还是指他留给她的夹克。他接过夹克,他们彼此面对面地站了一会儿。之后他把她拉进来,推上门,再吻她。她闭上眼睛,而后突然迫不及待地扑到他的身上,这使她感到很惊讶,好像是为了不被这种场景的奇怪吓傻,她必须要赶快一样。

从窗口往下看,有一片杂草丛生、遍布碎砖断瓦的建筑空地,冬天的时候,一些街头的妓女和本地的吸大麻者,就会在这里围着一个生锈的石油桶里的篝火取暖。公寓里稀稀拉拉地摆着几件从旧货商那儿买来的家具,很可能是从某个死了主人的屋子里弄来的。它们曾经在50年代带着勃勃的野心,站在一个工人的家中,现在,因了奥托略显古怪而非常别致的感觉,这些柚木和整块厚毛毡又复活了。一面墙上挂着一幅巨大的手绘海报,是赛尔乔·莱昂内的电影,窗口是霓虹灯广告反转的镜面,上面用火红的美术字写着:吃鱼有益健康。她有时会想象下面建筑空地上的那些瘾君子,怎样撩开额头上油腻腻的刘海,抬起他们蒙眬的双眼仰视奥托窗子的样子。她在想,那些在他们已然麻醉了的脑子里出现的信息,到底是启示呢,还是精致的嘲弄?

街上有一家土耳其蔬菜店、一家有肚皮舞表演的埃及餐馆、一家石油销售店、一家清真肉店和几个按摩诊所。楼道黑暗而肮脏,充斥着煤气、油烟和湿狗毛皮的气味。有时候她还会吃惊地看到一个拱起的身影坐在楼梯上注射毒品。但她喜欢那种怪异的性爱和可疑行为的氛围,异国情调的气味,有着黑色络腮胡子和小编织帽,讲着土耳其语和阿拉伯语的男人们,以及包着头巾、穿着长袍的女人们。甚至对于那些吸毒者和娼妓她也习以为常了。他们都认识她,并向她讨烟抽,这让她感觉自己和他们是一样的。但在他们眼里她可能仍然像个自命不凡的上等洋葱,在城里走错路来到这里,正昂首阔步,高傲地离开。

当她穿高跟鞋的时候,她差不多要比奥托高出一个头,但他似乎并不介意。否则他们也成不了情人。她本来就很高,还总是穿高跟鞋。她走在人行道上时,喜欢一边走路,一边斜视着她那双映照在商店橱窗玻璃上的腿。她感觉自己还是一个扮演女士的小女孩,她甚至都不甚明白,她应该把自己想象成成年人,虽然她很早就已经学会了不显笨拙地穿高跟鞋走路。在青春期,她笨拙得不知如何安放她的长腿和长臂。她会时不时地撞到家具上,把杯子和瓷器都打翻到地板上。她依然像一根豆杆一样又高又瘦,脸长而窄,甚至她的鼻子也细长窄瘦。心情不好的时候,她觉得自己就像一匹马一样。但是作为一匹马,她毕竟还不是最糟糕的。她的头发很硬,发色很浅,活像略带红色的稻草,她的眼睛是绿色的,她的嘴唇丰满,像正要去亲吻的样子。至少在奥托偶尔很绅士的时候就这样说过。

他们完全不一样，再不能更不一样了。奥托的身上有一些紧凑的、四方形的东西。他的双肩和双手都很宽，下颚以至于大腿也都很宽。但他的屁股却很小，他的眼睛是纯真得让人心生信赖的一种蓝色，与他所拥有的一切力量相抵触。他走路的时候，把全身的重量都放到迈出的那一步上。他的动作坚定而精确，他看人总是直视对方的眼睛，一眨也不眨。他的一条胳膊上文着一条龙，他还航过海。也许他就是这样变得对自己和他周围的环境一丝不苟的。他总是把下巴刮得溜光，他的衣服总是刚刚洗过的样子。公寓里是他做卫生，做的时候，他嘴巴紧闭，双臂大幅摆动，好似他是在一艘货船的甲板上刷洗和擦干一样。

当他拥抱她的时候，有时会让她想起小时候在一块招牌上看过的一幅画。她忘了那招牌是替什么做广告的了，但她依然记得那幅画上的一个裸身男人，叉开双腿站着，捏着一条蛇的头和尾巴。那蛇比那个男人长很多，它盘绕在他肌肉发达的身形周围，并用分叉的舌头嘶嘶地在他的脸上吐着信子，但蛇被他抓在手里。她有点像那条蛇。她喜欢挑逗他，并与之对抗，她也喜欢他对她稍微地强硬。等到她终于不情愿地投降的时候，他就不得不抱紧她，仿佛她同时在诱使他暴露，他到底是谁一样。现在她和他在一起差不多有两年了。之前她从来没有与其他男人在一起那么长时间，自从她搬进他的家里，也没有和别的男人在一起过。有时她也会思量，她到底还能与他继续多久。她很难想象，这种局面可以就这样继续下去，但她还是喜欢这样想。

其实也没有太多的想法，这几乎只是一幅画面，比如在餐馆的时候,看到一位中年的丈夫帮太太穿上外套,把太太的头发从衣领里拉出来,微笑着为太太把门等。她想,他们在一起有多久了呢?有那么一瞬间,当她透过餐馆的窗户,目送那对夫妻的时候,画面会幻化成自己和奥托。两个有点发福的、稍带皱纹的成年人并排走在一起,一边看着橱窗里展示的时髦炊具,一边随意地聊着家常。两个人互相熟悉彼此的习惯、弱点甚至那些尴尬的小秘密。也许他们是幸福的、知足的,也许这是一个舒适的、充满无可奈何和解释不清的痛苦的无声地狱。也许各方面都有一点。

她没有和奥托谈起过这方面的话题。这些并不在他们的议事日程上。她认为渐渐地自己对奥托了解得多一些了,总的来说,他们还能彼此讲述他们以前各自的情人,以及他们生活中发生过的事情。她仍然能感觉到,他有一些关着的门和藏着的角落,但是即使她敢问,她也不知道该问些什么。据她所知,自从他们相遇后他再也没和别的人在一起了,当然她也一直都在。找她比跑到城里去找陌生人容易得多。此外,奥托根本不是像她曾经想过的和所有人都说过的那样,是个万人迷。他很清楚自己对女人的所作所为,但不会让人注意到这一点。相反他似乎很害羞,而且根本不像她想的那样认识很多人。他也没有追过她,是她自己跑来的。

当她和女友们在一起的时候,她能感觉跨越了一道看不见的门槛。她们的举止还是像往常一样,一如既往地近乎抢眼,但是她能从她们的眼神里看出这一点。如果她好像是随意地讲到奥托的时候,她必须费事才能让他听起来像是一个完全普通的家伙。好像他实际上只是一个怪物,而不是她们极端嫉妒却无法企及的对象。一切都不再像往常一样，她突然变得显眼了。当她和奥托在城里现身时，人们对她超乎寻常地友好，虽然她以前从未见过他们。他们之中甚至还有人问及她的计划，并作出一些泛泛的、含含糊糊的承诺。她曾经向奥托提起过一次，但他却不理解她。如果人们很友好，那可能是因为他们喜欢她罢了。她想，也许要有一点天真才会相信自己如此出类拔萃。

他的平静让她着迷。不管是只有他们俩还是和别人在一起，他都是一个样子。她经常感觉到，无论她在不在那里都没有什么太大的区别。就像他的身体能按照其完美的比例紧密地闭合一样，他的内心显然也是能自我打理的。无论把他放到一个荒岛上，还是一个他语言不通的外国大城市里，其结果都是一样的。他看起来像一个无论在何地，以何种方式都能按要求应付自如的人。他可以一言不发地度过几个小时，而这并不是因为他生气了。但这并不妨碍他在经过的时候突然摸一下她的屁股，或者给她端进来一杯咖啡，尽管她并没有请求。

她一点一点地带着塑料袋和手提包搬进了他的家里。他们并没有进一步谈这个问题。她的化妆品散布在浴室里，她的衣服在衣柜里挤走了他的，她的平装本英国和美国剧本堆积在他的侦探小说与录像带之间的地板上。看起来这一切并没有打扰到他，也没有让他考虑过这是怎么回事，以及会把他们带向何处。他们也应该去一些地方吗？当他在两个电影角色之间休息时，春天他们去了伦敦，冬天他们去了摩洛哥。看起来他们是很亲密的一对。

他们出门时，有时她会问他，她要穿什么衣服，但对于他来说，只归结为一点，就是将毛衣套在头上，或者是穿齐大腿的低胸连衣裙。他从不吃醋,尽管她也没有给他吃醋的理由,但这还是让她感到惊讶。小伙子多的是,如果她感兴趣的话。对于她来说,从来就不缺他们。她几次让自己处在有某个纠缠她的混蛋的处境里,只为了看看他的反应。但是奥托只顾和他的朋友们聊天,丝毫不受影响,也没有朝她的方向看,于是她看出来,她不得不自己找台阶下,结束这种实验性的调情。

他也不是对她就那样无所谓。他主要是对她很体贴,有时还会直接地表达爱意,但更多的时候则是他不去打扰她,她可以感觉到他对她也有同样的期望。有时她会问,他是否更愿意一个人独处,但他只是吃惊地看着她,微笑着,好像她说了什么奇怪的话一样。他想独自一人时就会走开。在转角处有一个酒吧,他会去那里打台球,这是一个简陋而阴暗的地方,窗户上挂着被烟熏黄的钩织窗帘,这种地方,她的朋友中是没有人敢进去的。

当他全神贯注地洗碗、看电视、擦鞋子,或者举重的时候,他会让她感觉自己如同隐形。好像她没有在那里一样。她有时会觉得自己只不过是一双紧贴着他那心不在焉的表情和完美身体的饥饿眼睛。他内向、自足的举动对她会产生挑逗的作用,一如她躺在床上沉湎于他的绕行、戏弄爱抚时的那种焦灼而享受的期待。他的沉默使得公寓里充满一种氛围,令人难以忍受,也同样使人兴奋,它完全占据了她,直到她的身体和凝视合而为一,成为一种极为膨胀的、颤抖的接受力。

只要他们当中谁都没有必须要做的事情,他们就会睡很久。一个春日的上午,她一觉醒来,看到只穿短裤的他,坐在打开的窗前,一边晒日光浴,一边看报纸。她叫他,他不应声。她躺在床上看了他很久。强烈的光线照在他的胸毛上，照在飘荡在空气中的尘埃里。她悄悄走到他的身后，双手放在他的胸口上，弯腰去吻他，她的头发垂到了他的脸上。他掉开头，一边漫不经心地捏着她的下巴，一边继续看报纸，那样子就像抓着小狗嘴巴周围松软的皮肤。

她坐在窗户下面的地板上，把双脚撑在他两膝间的椅子边上。他的脸藏在报纸后面。她用大脚趾拨拉他的大腿内侧，并在他的裆部轻轻按摩。他不为所动，但她能感觉到此举在奏效。于是她弯腰从他短裤前面的开口处掏出他的小弟弟。那玩意儿在春日的阳光下放着紫罗兰色的光。她握住它放进嘴里。他移开报纸，若无其事地看着她，像一个旁观者一样等待着。她迎着他的目光，同时试图想象着，她像一个他白日梦中的妓女一样，把那玩意儿含在嘴里时是何等模样。

过了一会儿，她就俯身躺到了他的身下。他把全身的重量都压到她身上，使她几乎无法呼吸，然后进入她的身体，同时把她的脸按向满是灰尘的地板。她享受着他突然的爆发，像一种强压着的愤怒一下被释放出来一样。她被弄疼了，而且没等到她获得机会他就达到了高潮，不过之后她站在淋浴下，感觉他那温热的精液顺着大腿流下来时，她就忍不住微笑着想，他那突发的激情之中，必定包容了某种他显然无法用词语来表达的东西。所有这一切，都藏在他沉默和空远目光的背后。

天气热起来了。汗滴缓慢地从她的发根爬到鼻梁。她俯身躺在那里，闻着手臂上的汗味和防晒霜味，闻着夏天的气味。细小的波浪在一个眨着眼的反射场中融为一体，在空阔的天幕上,她看到从一架飞机上喷出来像发着白光的针一样的急流。她翻过身来,用一只手打着眼罩。那条白色的条纹背面变厚了,然后融化在像脊椎骨一样的小片云彩之中。

她闭上眼睛。来了更多的人,孩子们尖叫着跳进水里,大人们的声音互相交织在一起,因此她听不清他们在说什么。每当有人经过,她身下的木板就发出一阵吱吱的颤动。她伸出手臂,把手背搭在奥托的肚皮上。她看着他。他纹丝不动地躺在那里似睡着了一般。事情发生的第二天,他们在一起吃早餐的时候,她完全可以把她和哈里·维纳的会面告诉奥托。他们本可以一起嘲笑吉卜赛国王那不成功的引诱。他做那件事实在太愚蠢了,此刻奥托还要怀疑他们之间发生了什么就更加愚蠢。

奥托坐了起来,她的手从他的肚皮上滑下来。他看着海峡。她很想说点什么,不管是什么。他起身得如此之快,以至于她还没来得及捕捉他的目光。他走到游泳桥的尽头,背对着她站了一会儿,然后跳到水里不见了。几秒钟后他又出现了,然后开始往外游。

他看着她,好像对她讲述的事情没有兴趣,当她描述哈里·维纳怎样不期而至,突然出现在化妆室,怎样邀请他们全体去喝香槟的时候。她慢慢地、仔细地擦着防晒霜,这样她在提到他对演出所说的话时就不必直视他的眼睛。她讲述当时她有多开心,强调在汽车里接近他时的惊讶。她真诚地相信,她从未想过吉卜赛国王会如此谦恭。她甚至夸张一点,费事去描述他那苍老的、女性化的双手,以及他表现出的对欲望垂涎三尺的样子有多么可悲。她说的越多,她自己就越觉得听起来像是在掩盖着什么。

奥托歪嘴笑笑说，这下她马上就会得到饰演奥菲莉亚或者朱丽叶的邀约了，不用等太久。她能不能也去替他求情，让他得到罗密欧或者哈姆雷特的角色？还是这样做会干扰她的计划？他以轻松的语气说这些，她故作生气地在他的肩上打了一拳，像是给他反讽的微笑打的感激收条一样。

人们沿着游泳桥躺成一排，一直延续到沙滩，到最后人太多了，以至于都看不清谁和谁在一起。她的附近躺着一群瘦削的青春期女孩，她们的乳房刚开始发育，肩膀上瘦骨突起。她们窃窃私语，并咯咯地笑着，间或其中的一个会抬起半个身子，用一只手遮阴，好像她在等人一样。水边上一个秃顶的胖男人背着一个戴游泳翅膀的小男孩。胖男人的肚皮上覆满黑毛，小男孩的胳膊太细了，以至于那游泳翅膀老是滑到他的手腕上。

开始起风了，风使得海水上升，形成迷乱的金色浪尖。岸边躺着一只向着湿沙一侧倾斜的小帆船，风用细绳鞭打着船上的桅杆，波浪朝着湿沙一齐涌过去又退回来。声音一直传到她那里，尖锐而有节奏，阵风在太阳前面撕扯着那些高高的山毛榉树的树干。最上面的树枝带着树叶摇晃着，并且紧张地眨着眼睛，树叶在袅袅上升的烟的黏带吸力中颤抖着，那烟带来自她手指间的香烟。

她转过身来，看到奥托正大幅地划动着朝着游泳桥游去。她又躺了下来。过了一会儿她就感觉到了，他在木板上踩得像一架上升的秋千似的沉重脚步。他把水珠滴落到她身上，冰冷的水珠将她灼热的皮肤从休眠状态中唤醒。其中一滴正好落到她墨镜的一块镜片上，同时他叹了一口气，在她身边坐下来。这滴水让墨镜上的天空颤抖和融化了。他点了一支烟,还把一只手放到她的膝盖上。她的膝盖骨在他的手下就像在山洞里一样。她问他饿不饿。她的口气听起来像一个年轻的家庭主妇在担心她丈夫的营养。他把手从她膝盖上移开。不是很饿……她饿吗?顺便说一下,他的吃相很难看。这是他唯一让人反感的地方。她也从来没有更多地去想它,只是注意到了。除了吧唧嘴,他还老是弓着腰,用手臂保护性地圈住盘子,同时贪婪地用右手把食物铲进嘴里,眼睛四下里偷偷看着,好像害怕有人来偷他的食物一样。

他问,他们是否该走了。很显然他也不知道,他们要聊什么。在他们骑自行车去城里的路上,她在琢磨,是不是她自己邀请吉卜赛国王进行尝试的,当她坐在化妆室里,在镜子里遇到他的目光时。也许她等了太久才将目光移开,或者她把眼睛移开得太快了,仿佛她感觉自己被看穿了一样。她恼火地咬着下嘴唇。你到底还能不能马上被允许用眼睛看某个地方?也许有那么一秒钟,她确实想过自己对他的印象如何,那又怎么样呢?她的想法严格地讲应该属于她的私人所有。此外,看起来他对她的表现做出的评价是真诚的。难道这一切都只是一场演习,是那个引诱的狡猾策略的一个环节吗?

这是她第一次演主角,她也曾特别紧张。当奥托回家的时候,正是首演式之前的下午,她正站在客厅做嗓音训练。他买了一张伊基·波普的碟片回来,他一进门就放碟片,然后把自己丢到沙发上,开始卷一根大麻。她捉住了他的目光,还让她的嘴唇噘了起来。他故作无辜地问,是不是音乐妨碍了她。她转身走进卧室,在身后"砰"的一声关上了门。伊基·波普布道一样的嗓音,和着单调的贝斯声、低沉的鼓声透过门缝冲击着她。在狭窄后院的另一边,她可以看到一个厨房里面去,一个裸露的灯泡在肮脏的窗玻璃后面发光,炉灶前站着一个穿网眼汗衫的老男人。他弯腰站在那里背对着她,因此,她只看到他那套在肥大汗衫里的瘦骨嶙峋的肩膀和突出的肩胛骨。他在煎培根,她可以闻出来。

她深深地吸了一口气,发出一种暗调的声音,像从横膈膜上竖起一根柱子似的,就像她学过的那样。于是伊基·波普又抓住了她。她躺到床上,连一句台词都不记得,离她站到台上只有三个小时了。她翻了一个身,吃惊地看着那个深色的小湿点在枕套上扩散,好像这不是她自己的似的,泪水已被那细密的网状棉吸了进去。

谢幕时,露卡不明白怎么做到的。她不知道自己演得好还是坏,她只是说规定的台词,做规定的动作,机械得像一列玩具火车在环形轨道上满怀信心地奔跑。尽管如此,大家都还一致说她演得投入,充满了真情实感。她还是首演晚会的核心,所有人都上来亲吻她,亲密地拥抱她,甚至那些和她只是点头之交的人也是如此。她让自己尽情享受着这没有距离的瞬间。奥托留在后台,和他的一个朋友一起在角落里度过了一个晚上。她经过他们面前的时候,她都能听出他声音里的讽刺意味。

他们回家之后,他还是没有让她逃脱他对于那场演出毫无保留的意见,当他读着所有那些突显她表现的评论时,他更是嗤之以鼻,警告她小心那群摇尾巴奉承狗的吹捧。她问他是否嫉妒,但那只不过是一次连她自己都不相信的庆典。那也不是直接在观众中取得的成功,她得到的那些像在大剧院一样包在玻璃纸里的鲜花几天之内就枯萎了。是奥托把它们扔出去的,公寓简直臭得像波兰妓院一样。这句话他是用那种惯常的、训练有素的调侃语调说的,那语气是在当她应该明白,他并不真的认为那么糟糕时所用的。但是,他为什么就不能包容她的一点点应得的成功呢?他,那个在别人的赞美中打滚,快乐得像一只烂泥里的猪的他?

她想着哈里·维纳那充满激情、滔滔不绝的赞美,与奥托轻蔑的评论之间的鲜明对比。她应该相信谁呢?也许他们之中谁都不要相信。吉卜赛国王显然有说得过去的理由,让她迷醉在才华横溢的幻觉之中,但是为什么奥托却不能容忍她的成功呢?他仍然在嫉妒吗?在从浴场回家的路上,她那种不安的想法让她混淆了事件发生的顺序,于是奥托在首演式之后的嘲笑,就成了对吉卜赛国王三星期后肉麻的两面三刀的反应。

也许奥托已经预见到了,她得到第一篇重磅评论并接受平生第一次报纸采访之后可能会发生的事情,在那些地方,她美丽的棕色眼睛、修长的腿和高远的舞台理想都得到了展示。也许他直觉地感到,她突然之间得到的所有这些关注,是对他隐藏在同一双眼睛之后、同一双腿之间的所有权的一种威胁。如果她愿意,她可以毫不费力地坐进吉卜赛国王的梅赛德斯车里。她可以断然地像她之前的许多人一样,跟他上到那传说中的顶层公寓里,像一个有点害羞的小女孩一样,时刻用一只紧张的手娇媚地拢着头发,甚至连外套都还没有脱,而他则在兑着饮料,并讲述他遇到伯格曼和施特雷勒的奇闻逸事。

奥托的自行车骑得很快,好像试图甩掉她一样,她不得不用力踩踏板才能跟上他。汗水从额头和两颊沁出来,衬衫也黏到了背上。当他们到了十字路口不得不因为红灯停下时,她才骑到了他的身边。横向的交通在蓝色的废气和耀眼的反光中通过,她扶着他的肩膀,没有将双脚放到地上。她看不见在他太阳镜片上所有这些闪闪发光的运动后面的眼睛。他微笑着,同时伸出一只手,撩开一束掉到她的眼前黏在她前额上的头发。她想亲吻他,但就在此时绿灯亮了。

她可能应该只感到高兴,为他在吉卜赛国王试图接近她的时候,所表露出来的那一点点嫉妒。这一定可以证明,她对于他的意义毕竟要多过他所乐于广而告之的东西。但是,这不像他,更像是丹尼尔。具有讽刺意味的是,她已经有好几个月没想过丹尼尔了。也许他还是怀抱着那颗破碎的心坐在那里,抚摸着伤口。

她从来没有许诺过他什么。她说这话时尽可能地婉转，但同时也保持着警惕。他坐在琴凳上，低头凝视着琴键上关闭的琴盖。她能看见自己在那弯曲的乐器里映出的、像雾一样乌亮的、交叉双腿的镜像。那架三角钢琴占据了房间里三分之一的地方，现在他未整理的床垫又占据了房间里剩下的三分之一。空间里刚好有一个地方留给他誊写琴谱的那张小桌子。在这里，他用大部分时间弯着腰写一些散乱的、尖厉的乐调，以及为管弦乐队写的、只能在他自己那有着卷发的脑子里听到的嘈杂声音。他为她弹琴的时候，她也曾为散布在他周围那不可见的领域着迷，以至于对那些令人沮丧的环境也会感到有些神秘。他抬起头，透过他那小小的钢架眼镜看着她。她站起身向窗户走去。他说，他爱她。这一切都让人非常难过。

在他住的街道尽头有一座水渍斑驳的水泥高架桥，拐角处有一个破旧的贴着柠檬黄减价海报的廉价超市。她从窗户往下能看到汽车维修店前面的院子。天窗上有火焰状斑迹的鸟粪，破裂的沥青上覆盖着油渍。院子的一角有一棵树，树根钻入沥青的地方甚至被油染成了黑色。下雨了，雨点敲打在窗玻璃上发出空洞的声音，珍珠状的小圆点斑驳了她的视线，那里的天和地交换了位置。

她转过身来，因为所有景物的细节都看尽了。他问，那个人是谁？在一个月里，他不分昼夜地时时刻刻跟踪她，在戏剧学校、咖啡厅和电话里。他在深更半夜突然造访，抱着她能被说服来爱他的渺茫希望来折磨她。仿佛他仅凭着顽强努力就能如愿以偿似的。她想起了奥托那张神秘的脸，那张在同一天的早上她躺在那里研究过的脸，那时候他还在睡觉，因此她能关注到他脸上的每一个细节。他额上长长的浅色头发之下的、凸凹不平的皱纹、浓重的眉毛、宽大的鼻子和丰满的嘴唇。

丹尼尔从一开始就满心嫉妒，即使当他是在平静里拥有着她的时候。相反，当她直接从另一个男人那里到他清教徒式的公寓里看望他的时候，他却会在自己的无知里感到快乐。她感觉自己像一个来自强硬而荒淫世界的耀眼客人，她奇怪只间隔了几个小时，现实就发生了如此突然的变化。他奉上用从祖母那里继承的英式彩陶杯子泡的茶，同时讲述他正在创作的音乐作品。她任由他讲着，自己凝视着茶杯上悠闲的浪漫恋人的画面，窄窄的划艇荡漾在月光下湖上的微波之中，四周有山峰和高大的树木，还有顺风轻轻鞠躬的香蒲。

他们躺在他的床垫上的时候，他就会想入非非，她的高跟鞋、蕾丝内衣以及混在他的作曲家传记和交响乐总谱中间的黑色丝袜，都好似从太空飞来的性感陨石，降落在他的孤寂里。他谈起他的音乐或者为她高声朗读《薄伽梵歌》或者波斯古诗人欧玛尔·海亚姆作品的时候，她会享受地闭上眼睛倾听。她曾经有过把他和她组合在一起的、完全古怪的想法，但那只是一种游戏、一种想法而已。

她从来没有设想过除此之外还会有什么别的。比如他应该是那个排除所有其他男人的人。对此她根本没有设想过那么多。她把所有的设想无限期地加以推迟，对可能发生的事情完全开放。未来是白色的，没有被触动的。她曾经拥有那些人们能够拥有的东西，一个下了雪的早上，在一所乡间的别墅里把门打开。你一直站在门口，犹豫不决，因为你不忍心走去外面把自己的脚印留在那没有被干扰过的白色中，那里只有太阳的爪子扫过时留下了一些虚线，而那些虚线也结束得那样突然，就像它们开始时一样。

她最喜欢丹尼尔坐在他的三角钢琴前，看起来好像忘记了她在那里时的样子。他弓身坐在键盘前，头略微侧向一面时，嘴和眼睛就会流露出坚定而果断的神情。好像音乐就藏在那黑漆箱子的某个地方，他不得不用琴键去寻找，盲目地、极其小心地寻找，以免它被撵跑。他的双手用有控制的力度抓住和弦，手指快速而准确地移动着。他的双手在琴键上显示出严格的确定性，与他在床上笨拙而无助地抚摸她的样子判若两人。

只要他一抬头，他的眼神立马又恢复了近视和迷茫的表情。她拥抱他的时候，会突然生出一种想保护他的冲动，这样他就不会碰到残酷的现实。但她却不要听他躺到她身边时，在她耳边的温柔低语。他的爱慕之词和谦卑的触摸就像一张有黏性的网，为了挣脱那些把她缠进去的黏线，她爆发出一种想打他的欲望，以此来挑衅他，迫使他从她身上迸发出一种更为危险而神秘的音乐魅力，以取代那些常规的叹息，好似那是她对他努力的奖励一样。当他喘息着，幸福地告诉她，她是多么美妙时，她并不相信他所说的。他其实并不知道自己在说什么，他也不配得到那些他口中所说的词语。

但是当她遇见奥托时，她才真正明白这一点。说来很奇怪，因为奥托会让她感觉自己的愚蠢和不可救药，这种感觉不是因为他说了什么，而仅仅是让他那没有表情的蓝眼珠停驻在她没有保护的脸上。思绪一而再、再而三地把她拉回到那个上午，她肩上披着他的夹克按他的门铃的时候，肚子里那一种震颤的感觉。他只是微笑着，在一个长长的、猝不及防的吻中把她拽进门来。他可以随心所欲地做任何事情，她是自己送上门来的。

她曾经在一段时间里东游西荡，男人们在她的生活里来来往往，年轻的或者年长的，逗留一段或短或长的时间。她也曾爱上过其中的一些人，直到他们完全投降，并像即将沉没的漏船一样向她伸出手。另外一些人则有更多的保留，要么他们已婚，备受良心谴责，要么对他们来说，她只不过是冲动来临时可供使用的漂亮妞儿。她和他们缠绵几个月，直到她的梦想因一次又一次地做梦而彻底磨破。

奥托与众不同，他不乞求爱情，也不逃避，渐渐让她较少地将自己的情感隐藏在一副没有义务的轻松面具后面。她厌倦了不断地摆脱那些敏感而自怜自哀无故哭泣的家伙，那些只梦想着捆绑她手脚的家伙。但她同样感到疲惫不堪的是充当活的性爱玩偶，却做着美梦，由那些让她兴奋而又无法企及的男人们，占据在她两腿之间做抽水运动。当奥托拥抱她的时候，她既不想逃跑，也不想做梦。

他们第一天就到了他的床上。她问起了那个在美国的、得到过不认识的父亲从遥远的地方邮寄红色汽车的男孩。他不反对她询问，但是他简洁而清醒的回答，让他的讲述听起来像是一次技术事故。一个孩子，显然是随时都有可能发生的。但尽管如此，她还是忍不住想到他内心那些以前从未有人进入过的未知领域。也许连他自己都不知道它们的存在。她躺在暮色中，看着他那张模糊的脸，幻想着她成为一名探险家，像别人也做过的那样，在他的内心探索和绘制那些空白点，并且有朝一日会给它们命名。

几星期之后的一个雨天，她去找丹尼尔，她知道这是最后一次了。他为她弹了一支刚完成的新曲。她小口啜着热茶，注视着茶杯上那对在月光下划艇里的浪漫情侣。那些黑白琴键反射在他眼镜的镜片上。他的脸沉浸在高度集中的状态中，这让她想起来，他实际上比她大几岁。只有在他弹琴的时候她才会想到这一点。她希望他继续弹下去，不要让音乐停下来，也许是因为她知道等待的是什么，但也许是因为这是她喜欢看见他的样子，把自己和他的音乐都封闭起来。

为了避开他那饱受折磨的目光，她再一次转向窗口，透过雨滴看着下面那个汽车维修店的院子。一只鸟从树枝上飞起来，消失在不规则的摇摆曲线中。那根树枝颤抖着，在周围散落出一小片雨滴的银云。一只瘦弱的灰色条纹猫迈着弹性的步子，低头沿着栅栏前行。它突然停了下来，伸直脖子，耳朵往后倾斜地嗅着。它先是小心地伸出一只爪子，试着抚摸那破裂的沥青，然后将爪子收回去，再把尾巴缠在前爪子上，最后大模大样、一动不动地坐下来，那样子就好像它一直坐在那里似的。

她感觉到丹尼尔放在她臀部的双手和对着她颈部吐出的气息。他爱她。内疚在她的胃里以坚硬而冰冷的击打碰撞着她。但，也就是一次而已，紧接着她就有了另外一种完全不同的感觉。这种感觉带着温暖的气息电流般穿过她，好像是由内疚本身引发出来的一样。她面前出现了奥托。

只要奥托愿意，他就可以拥有她，无论他是否想要她。它不可能成为另外的样子，也没有人能做得到这样。但如果不是丹尼尔，她可能不会如此简单而明白地感觉到这一点。

难道他们不能最后一次在一起吗？她向他转过身来。他正用一种奇怪的眼神看着她，好像他什么都不在乎。他并不是那个意思。他脸红了。她愿意为他做那件事吗？他试着吻她，她掉开了头，他一再地请求。于是她屈服了，就像他一样地猝不及防，面对着这最后的一次，看着他那绝望的、毫无自尊的脸，但她既没有那么鄙视他的感觉，也没有真正同情他的意思。一切，最多只是像感激之情。

她依然能感觉到沥青和墙壁散发出的热量，虽然太阳已经消失在房屋后面了，此时他们骑车经过他们住的那条街。屋顶上的天空是黄色的。奥托继续向前骑并拐弯，他想去买比萨。她不明白楼梯上怎么会有淋湿狗毛的气味，已经十四天没有下过雨了。门里面的地板上躺着一堆广告，它们之间有几封信，一封是税局给奥托的，另一封是给她的。皇家剧院的徽标印在信封的一角。她注意到了那个徽标却没有多想别的，也许是因为骑自行车和在太阳下几个小时以后，她很累。她撕开信封，走向窗口，把信展开。

信纸上只有几行字和一个秘书的签名。该剧院将在下一季演出奥古斯特·斯特林堡的《父亲》，首演式定在十一月，由哈里·维纳执导。其中一个女演员因怀孕不能按计划饰演贝塔，上尉的女儿一角。露卡能够接替她的位置吗？考虑到进一步的计划安排，请她在八天之内给予答复。她能感觉到，被太阳晒过的双颊在发紧和发烧。建筑空地另一侧的窗户后面亮起了一盏灯，她看到一个小小的身影通过那个黄色的正方形走来走去。她把信塞回信封里，再把信封放进她的外衣口袋。她听到了奥托上楼的脚步声。

他们在电视机前吃东西，喝了一些啤酒。他们谁也没有说什么特别的话。饭后奥托坐在那里，把双腿搁在茶几上的啤酒瓶和空比萨盒子之间，同时懒洋洋地看着一个身着肮脏内衣的肌肉男，怎样带着激愤的表情，清空他冲锋枪上的弹药盒。她则拿着一本杂志，一页页地翻看着那些有着漂亮女孩们的页面，她们展示着夏日时尚，歪着头在夕阳下漫步，随即又到了摩洛哥绿洲上修长挺拔的棕榈树之间，接下来是在洗好的湿衣服下面，还有那些里斯本小巷里阳台上放下来的百叶窗。

那天晚上晚些时候他们还去了一个酒吧，与一些朋友相见。露卡在外衣口袋里捏着那封折叠起来的信。她本来可以告诉他这件事的，当他们坐在家里的时候，但因为奥托完全沉浸在他的电影里。她有些懊恼把它藏了起来，而没有把它放在一个显眼的地方，那样的话他自己就可以发现它。不管怎么说她仍然感觉到内疚。酒吧里挤满了人，每当有人要开出路来去吧台的时候，人群就会来回摇摆。她在音乐和欢声笑语的喧嚣中站在奥托的身旁，她明白，她得到了一个梦想的机会，那是自从她打定主意要成为演员以来就有的。显然哈里·维纳还是说话算话的。她环顾了一下四周聚集着的面孔。有一天他们大家会知道她是谁。她有点为这个想法感到羞愧，但她就是忍不住要想它。

在酒吧的尽头，她看见一个高个子年轻人，他正站在那里低头对一个漂亮女孩说话。她确定之前见过他，但想不起来是在哪里。他穿着一件雅致的黑色上装，他的卷发完全剪短了。女孩脸上涂着厚厚的白粉，她的两只乳房，看上去好像准备随时从那鼓胀的C罩杯中跳出来似的。她鲜红色的嘴唇微笑着,对那个小伙子说的话,心领神会地点头。露卡认出了他那羞涩的微笑和笨拙的手势。看起来他完全从最糟糕的害羞中走出来了,但是他的眼镜到哪里去了呢?丹尼尔显然戴了隐形眼镜。

她开出一条路来向他们走去。当丹尼尔看到她时,她看到他怎样在微笑之前吞了下口水,但除此之外,他过去的不安全感已所剩不多了。他给露卡和那个胀鼓鼓的美女互相做了介绍。她叫芭芭拉,她撑大鼻孔,同时用她那双大大的戏剧化的眼睛微笑着打量露卡。他们刚从慕尼黑的一个新音乐节回来,他在那里指挥了他的一部作品。他甚至还接受了《南德意志报》的采访。总而言之他来得及讲出来的,都不是琐屑小事。她说,很高兴见到他,在去洗手间之前吻了他的脸颊。

她把双手放在冷水下冲了很久。水珠溅到了镜子上,她在那些滚动的水滴后面遇见了自己的目光,同时将双手按向又痛又红的脸颊。她真不该在太阳下躺那么久。丹尼尔也会为这个有着巨乳的芭芭拉大声朗诵欧玛尔·海亚姆的爱情诗吗?当他用十二音小夜曲取悦她时,她会用那绘有月光下浪漫梦想的茶杯喝中国茶吗?那又怎样?当她在新开辟的路上穿过人群和烟雾时,丹尼尔和芭芭拉已经走了。奥托从酒吧尽头的座位上用眼睛跟随着她。她对他微笑,但他却没笑,只是看着她,好像发现了她自己都不明白的东西一样。她说,她累了。他只管留下来,如果他有兴趣的话。

天气是温热的,窗子打开着,她裸身躺在一条床单下面,同时倾听着城市的声音,来自其他公寓的声音,以及从院子里的垃圾箱发出的空洞响声，那家埃及餐馆的厨师提着垃圾出来了。从餐馆厨房传来一首阿拉伯歌曲，一个幽怨的女声伴随着突然的鼓声和琴声。她想起了她从洗手间回来时奥托审视的目光。她完全静止地躺着，倾听着。终于听到街门在楼道里猛然关上的声音，她分辨出了他在楼梯上的快速脚步。她闭上眼睛。脚步声愈来愈近，突然没有声音了。于是她听到他的钥匙串发出的声音、门锁拨动声，门被打开了。地板在过道里吱吱作响，过了一会儿，她听到他在抽水马桶里小便，以及他冲马桶时的水声。

他进了卧室。她感觉到双乳、肚皮和大腿上那温热的空气，他拉起了床单的边缘。她想象着他的双手，它们干燥的温暖和牢固的抓握。她没有动弹，屏住呼吸，等待着，紧张而挑逗地。她的两只乳头收缩成两个小而坚硬的尖刺，她感觉，皮肤上的毛孔全都张开了，像无数扩张的鸟喙，向上伸着，饿得吱吱叫唤。

什么也没有发生。之后，她不知道她躺在那里等了多长时间，然后她感觉到床垫在他身下塌了下去，因为他坐到了床边上。她听到打火机发出金属点击声，吸到了烟味。她睁开眼睛。他还穿着他的外衣。他背对着她坐着，望着院子。她恳求吸一口。他转过身把烟递给了她。她看不清他的脸，他只是一个面对打开着的窗户的黑暗轮廓。他又接过香烟，把烟灰弹到烟灰缸里，烟灰缸放在他双脚之间的地板上。有些事情，他们必须谈一谈。

下面的院子里静了下来。他深深地吸烟，吐着烟圈，烟圈盘旋着，像薰衣草蓝色天空背景上一串柔软的零。谈什么呢？她试着让它听起来轻松，但没有成功。她的胃抽搐成一团。也许他在她的衣兜里发现了那封来自皇家剧院的信。但那只是提供了一个工作的机会。她和吉卜赛国王之间没有发生任何事。她已经把这件事讲了出来，而且讲的与发生的完全一样，她讲的时候，他用满不在乎的眼神看着她，这个眼神让她平静了下来。他们甚至还用这个来开过玩笑。为什么现在它就应该成为一个问题呢？为什么她不给他出示那封信呢？

她清了清嗓子。你想说什么？她的声音微弱，干巴巴的。她的身子坐起来一半，盯着他模糊不清的轮廓。这样下去不行，他很抱歉。她在床上坐直了身子，把床单围在身上。那是什么，不行呢？他转身向着窗户。最好，他们就此打住。外面照进来的蓝光落在他的半边脸上。她几乎认不出他来。是另外有人了吗？他把香烟揿灭在烟灰缸里，站起来。如果她一定想要知道的话……她抬头看着他。是她认识的人吗？他向房门走去。今晚他睡在别处。如果聪明的话，她明天就搬走。

刀尖刚好触到那条鱼的白色肚皮，它围着红色和紫色内脏的长缝张开，内脏就涌到了大理石的柜台上。她还记得，那个场面怎样让她把脸压到她父亲柔软格子衬衫里面的肚子上，那件衬衫，每当他们到了乡下，他就总是穿着它。她已经好多年没有见到父亲了，有时候她会害怕自己忘了他的模样，就像当年他离去时一样。她曾经在晚上带着手电筒躺在床上，害怕她的母亲会发现那张褪了色的黑白照片，那张照片是她从他的工作室书架的相册里抠出来的，他没有发现它。照片上的乔治很年轻，大约是她现在的年纪。照片是在他的家乡，也是在她被取名的那个城市的一个广场上拍摄的。她从来没有去过那儿。照片上的他有一头黑发和光滑的下巴，他悠然坐在一把咖啡椅子上，背景是教堂的墙壁和燕子低飞的剪影。

她曾经饶有兴趣地看着，鱼贩怎样手起刀落，躺在柜台蓝色条纹间的鱼头就自己离开鱼身，这让她惊讶得张开嘴巴。刀刮掉了最外面一层覆盖在棕色和绿色鱼身上的，带黑色斑点的黏稠鳞片。她想起了奥托窗子上的红色霓虹灯。她一直讨厌鱼。在外面她可以听到机动船发出空洞的突突声，还有汽车从小轮渡上开到岸上的声音。轮渡上有油漆木扶手的栏杆，她曾经把脸颊靠在栏杆上，这样她就能感觉到那些通过船体传来的振动，同时还能看到渔村在扇形的波浪后面缩小，仿佛他们要走得很远，再也不会回来了。她又长高了，鱼贩一边说，一边狡黠地微笑着。他每个夏天都说这样的话。他短指甲的根部被鱼血染红。

她们像平常一样骑着自行车穿过一片园林。露卡骑着车跟在骑着乔治旧自行车的母亲后面。装了鱼的塑料袋挂在母亲生锈的车把上荡来荡去，于是它总是不断地夹到自行车前轮的辐条之间。她，埃尔塞，依旧身材苗条，但是，随着每个夏天的过去，她膝关节后面的静脉曲张变得更加清晰了，她的头发也逐渐地完全变灰。在那一排排黯黑的云杉后面，可以听到好像在远处奔腾着的大海。用柏油木板搭成的房子坐落在一条小路的尽头，那里有木栏杆围着那些有松树和桦树的小花园。太阳只在下午的最后几个小时里光顾那儿。除此之外的时间里，她们的花园就是一个在树干、高草和覆盆子灌木丛阴影之下的沼泽地，灌木丛把花园和森林之间垒起来的石头墙也完全掩藏了起来。

太阳几乎是水平地照在木板墙上。她们躺在各自的躺椅上，柏油的气味和从椅子上的土质帆布发出的霉味混合在一起。屋子里没有电话，即使奥托能猜到她在哪里也没法打给她。埃尔塞躺在那里，闭着眼睛，摊开双臂，这样太阳就能照进它们更为苍白的内侧。她连衣裙领口处的皮肤呈虾红色，还肿了起来，两只松弛的乳房之间带着深深的皱褶。她没有多说话，也许她想表示出体贴，这并不是太奇怪的事情，如果露卡比较安静的话。正如埃尔塞去轮渡接她时所说，她至少应该为此事发生在现在而不是以后而感到高兴。想一想，如果他们来得及生一个孩子的话！这让露卡想到了米利亚姆，后者一直梦想着要一个自己的小婴儿。

奥托走后,她打电话给米利亚姆。她一下子就很清醒了,半小时之后,她就把她的衣服和东西打好了包。全部家当都放进两个提包和四个塑料袋中,她在奥托的生活里就放进了这么多。她下楼在拐角处叫了一辆出租车。有一个妓女站在那里抽着烟,微微驼着背,好像很冷的样子。她举着的香烟稍稍伸到了身体之外,裹在紧身牛仔裤里的两条腿互相倒换着重心,一会儿轮到其中的一条,一会儿又轮到另一条。露卡向她打了个招呼,她们每天都要经过对方。喔,她要出去旅行吗?可以这样说。去哪里?她现在还不知道。妓女带着会意的表情点了点头。这样的情形她清楚得很。

米利亚姆带着悲剧性的表情看着她,当她打开门的时候。她比露卡要矮一头,为了让她的女友拥抱,露卡不得不向前弯下腰。她们就那样站着,把彼此揽在怀里,从一边摇摆到另一边。露卡开始哭了起来,同时她问自己,为什么到现在才哭。是她屈服于米利亚姆的同情心要胜过奥托抛弃她的悲痛吗?米利亚姆一个人在家,她的男朋友是爵士音乐家,那天晚上他有工作。她们坐在厨房里,喝着伏特加,同时在烟灰缸里转动着烟头,熄灭它的余烬,于是她们就变得像发光的矛一样尖锐起来。米利亚姆一直认为奥托就是一头蠢猪,而且露卡也不是第一个他用这种方式抛弃的人。但是她不能说太多,那时他们还是恋人。顺便说一句,前几天米利亚姆的男朋友,在城里看见他跟一个黑白混血儿在一起,她大概是摄影模特。米利亚姆以前不想对露卡说任何有关这件事的话,因为不想让她难过。

她继续用嘲弄与谴责的口吻历数奥托的劣行,直到露卡打断她为止。他们是一定要生一个孩子还是怎么的？其实露卡对此毫无兴趣，但是对于奥托的贬低必须停止。她感觉被对方那些充满仇恨的话伤到了。米利亚姆马上转换了谈话的频道，降低了调门儿，她有点羞涩，也受宠若惊，竟然能够和悲伤的女友分享自己的幸福梦想。女朋友不能自己决定，他喃喃地叽咕着他的自由。他可能要用它做什么呢？他们开始吵起来了。但是即使米利亚姆已经做好了准备，这也是一种身体的感觉，她就是想要一个孩子，这也会强化他们的关系。真希望他明白这一点。除此之外还有什么可期待的呢？失业金和四处的歌舞表演，已经让她开心了。她的歌唱得确实很好，但并不比那么多的其他人好。所以，哈里·维纳邀请夜宵的也并不是她！她看到露卡的眼睛里有了一点小小的闪烁之光，她把一只手放到露卡的肩上。皇家剧院，这真是太奇妙了！她真为她感到高兴。

　　后来她们枕着彼此的手臂睡下。爵士乐男朋友只得睡在沙发上，但露卡却不能入睡。她轻轻地从米利亚姆沉重的怀抱里挣脱出来，坐在床边上。灰色的晨光已经透过滚动式的窗帘。梯式架子上的几本书中间放着装满了三角裤、内裤和袜子的塑料筐。它们曾经是白色的，但经过洗衣机的无数次洗涤后，都染上了淡淡的浅红色或者浅蓝色。墙壁装饰是用图钉固定的，爵士乐音乐家一些汗流浃背和疲惫不堪的照片，沿着面板，米利亚姆和男友的破旧鞋子在灰尘绒毛中排成一行。在床头柜上，闹钟旁边，放着一个脚锉和一个子宫托。闹钟上才只有5点多一点点。

　　米利亚姆翻身到一边去了，她有着一张沉重的脸，睡眠中的她几乎像个男人。尽管如此，她仍然穿紧身上衣，它凸显着她丰满的胸部,她穿针织长裤,尽管她的大腿很粗。米利亚姆有些霸道。她认真打扮自己的时候,看起来会很不错,但是她说话的声音会变得特别大,话也变得特别粗野,如果她和其他女人在一起,而她们又比她更漂亮的话。好像她被她们的基因暗中得罪了一样。露卡好几次吃惊于她怎样把她的男朋友指挥得团团转,那是一个高高的、瘦瘦的小伙子,一只耳朵上戴着耳环,下一秒她又坐到他的膝上,准备舌吻。她曾经哈哈大笑着告诉露卡,她几乎不得不强奸他,当他们第一次在一起的时候。那件事不会自己发生,米利亚姆必须主动采取行动。她认为,挑起对方的欲望显然是一项人权。

露卡感觉有东西在她的一只脚上爬。一只森林蚂蚁正沿着血管爬着,那根血管在脚弓处的薄皮肤下突显出来。当她弓身向前探的时候,躺椅吱吱响了起来。布面很脆,在她的身下裂开了,与此同时,那只蚂蚁缩成一团,在她的手指间四分五裂。天气很热,她站了起来,有那么一瞬间,她感到眼前发黑。

她走进花园尽头的阴影里,那里围绕着石头墙而生的灌木丛在森林前面形成了一道野生的屏障。某些地方带着灰尘的折断阳光穿过灌木丛,漫游在发红的树干上,或者一堆深绿色的针叶上,于是,目光在迷离的黄色光线之网中迷失了方向,光线网包围在柔软而不规则的阴影中。这里的一切曾经都在运动中,那些毛茸茸的树干,阴影和太阳的光束,她的双腿紧紧夹住他的脖子。胡须厮磨着她的膝盖内侧,他抓住她的脚踝走过因针叶覆盖而隆起的森林地面。他总会摇摇摆摆,几近失去平衡,在她每次用手臂击打的时候，因为她发现了一只松鼠或者一只鸽子，鸽子飞起来，向着树枝扇动翅膀，可是随即树木扩散开来，莱姆草给沙丘让路，莱姆草在风中轻柔地摇曳着，那里有海，很大，非常、非常的蓝。

她转过身来，坐在草地上。埃尔塞的躺椅空了。她没有看到埃尔塞起身。她的胃缩成了一个结，她在草地上躺下来，那是她想起了奥托的眼睛和他宽大双手的时候。泥土凉爽、潮湿，穿透了连衣裙。也许他现在正躺着，看着自己的双手，同时它们在探寻一个美妙的混血女孩的身体，观察着他自己的浅色皮肤与她皮肤之间的区别。煎锅上黄油的嘶嘶声与蚱蜢的声音混合在一起。露卡站起来。双截门的上面部分对着厨房里面打开着。她站在那里看过去，埃尔塞在鸡蛋和面包屑调的面糊里翻转鱼块，然后下锅煎。埃尔塞一只手垂下来站着，当她翻转它们的时候。她的灰白头发挽成一个随意的少女髻，她把一条粉红色的披肩系在腰上当半截裙。强装的女人味，露卡想。

生活中除了爱还有别的，埃尔塞说着在她们的酒杯里倒上白葡萄酒。她们在最后的金色余晖中坐在外面的桌子旁。你迟早都会发现这一点的。她低头看着杯子，又抬起头来看着露卡。比如工作……是斯特林堡，对吧？她们干杯。孩子呢，孩子怎么说？埃尔塞一边考虑着，一边把鱼肉从鱼刺上分开来。孩子是一个陷阱。不是说你，她赶紧在她的手上安抚地轻轻拍了一下作为补充。露卡曾是那么容易带。埃尔塞从嘴角去掉一根细鱼刺，把它抹在盘子边上。但是，你会像一头奶牛，她说，你感觉自己像头奶牛，你就成为一头奶牛。露卡想到了米利亚姆。

如果他们有一个孩子会怎样呢？他可能永远不会同意

这件事。她想起那个美国男孩,他曾经得到过一辆红色玩具汽车作为生日礼物。奥托从来不提他,显然,要说的都已经说了。是有这么个男孩,可他们彼此并不认识,如此而已。奥托甚至没有一张他的照片。每年秋天莱斯特都会寄来一封配图画的信。那个母亲唯一的生命迹象就是,那信封外面规整而僵硬的笔迹。露卡用透明胶带把图画固定在冰箱门上。奥托对此是允许的,但是有一天刮风的时候它掉了下来,也就获准躺在了地板上。她让他送男孩一个圣诞日历。她自己去买的。他看着她,好像认为她是弱智一样,但他还是把它寄走了。

她甚至都没有考虑过他们可以要一个孩子。直到现在她才想起,每次到底有多少可能的孩子从他身体里射出来,而没有造福世界。那些未出生的婴儿可以排满整个班级、整个学校,甚至整个城市。她没有认真想象过有一天他们会推着一辆婴儿车一起走在街上,在一个星期六的上午去购物。也许是因为她不敢。她想象着奥托的蓝眼珠。她甚至不知道它们看到了什么,那双眼睛。看到的不过是那些在他的床单上互相抹去的众多女孩中的一个,那一排面孔中的一张面孔,就像画布上的幻灯片一样。点击一下,世界就是另一个样子。但是他肯定并不这样看。他的世界可能永远都是一样的,它只是充满了女孩而已。

露卡转过脸对着森林。笔直的一行行冷杉间的阴影越来越密了。她试图记起那些她曾与之在一起过的男人,无论是一个晚上、几个月,还是更长一些时间的。总共有24个,如果把她最初的那些情人也算进去的话。这让她想起买给奥托儿子的那个圣诞日历。那上面有许多孩子,他们坐着雪橇、堆着雪人、用雪球打仗,所有的孩子都有着活泼的、红红的脸颊。她试图重新编排这些她所认识的男人的顺序,她的脑子里就出现了他们发红的、兴奋的脸颊和脑门上的一个数字。每当她吻一张新的、陌生的面孔,都像是又打开了一扇门,紧张得如同一个孩子,想知道那扇门背后到底藏了些什么。她真的以为奥托的脸是最后的那一张吗?她有那么天真吗?也许她想象过所有将来的每个夜晚都能成为圣诞之夜吗?

她上床的时候,天还有亮光。她对埃尔塞说她头疼。她拉下可以滚动的窗帘,于是卧室便暗了下来。她从来就没有喜欢过那些明亮的夜晚。当她还是小孩子的时候,这让她害怕,这样的夜晚不是夜晚,她也不知道为什么会这样,当埃尔塞扯下那黑色的卷帘时她也同样害怕。她曾要求她的床头灯一定要开着,直到她入睡。埃尔塞曾经把她的一条印度围巾放在灯上,她就躺在那里看着散布在天花板和墙壁上那些羊毛的灰色花瓣和茎秆,围巾上绣出的花朵在那里投射出放大的影子。如今她却睁着眼睛躺在卧室里浓密的黑暗中。

1965年的春天,埃尔塞和她的第一任丈夫开车去意大利旅行。那时他们很年轻,结婚也才一年。与她结婚的是一个富有的年轻人,至少他的父母是富有的,埃尔塞的父亲和母亲很中意。她曾经有过做演员的想法,于是跟一个人学过几个月,但是也就没有下文了。在那次旅行的一张照片上,她坐在一辆敞开的、白色阿斯顿·马丁汽车里微笑。她戴着墨镜,一条浅色丝巾系在下巴之下。在她身后,道路蜿蜒在蒂罗尔山坡上的一排排黑色云杉之间。埃尔塞的第一任丈夫不在任何的照片中。是他,拍下了那些照片。

在露卡看来，他没有出现在任何一张照片中倒是很恰当的。他只不过是在相机里瞄准她母亲的一个眼神，她的母亲当时并不知道一年后将要成为母亲。她站在圣马可广场上和罗马斗兽场的拱门下，带着同样兴奋的微笑。露卡看到这些照片时，甚至自己也笑了起来。它们让她感觉到好像自己也到了那里一样的惊喜。如果埃尔塞和这位看不见的摄影师一直在一起，并且和他有了孩子的话，那就永远不会有露卡的出生。

从罗马回来的路上，这对年轻的夫妻在维亚雷焦逗留了几天。在那里，那位隐形的摄影师有一个晚上吃了一些他本不应该吃的生蚝。谁知道呢，露卡想。如果他的布尔乔亚教育没有赋予他爱吃生蚝这个致命弱点，也许世界将变成另外一种样子。那将是一个没有她的世界，换言之，会是一个完全不可想象的世界，因为是她在思考这件事情。但也不会出于这个原因而不那么真实。

当埃尔塞的丈夫生病躺下的时候，她独自到城里和海滨大道散步去了。有一天下午，那里有电影拍摄，她站在摄像机和摄影灯后面的那群旁观者边上，摄影灯在阳光下把白色的光照在一位戴着墨镜、穿着几乎和埃尔塞一样套装的漂亮而苍白的女人身上。那位漂亮女士脸上带着内向的表情，一次又一次地沿着海滨人行道快步走着。埃尔塞认出了马塞洛·马斯楚安尼，那位穿着黑色西服和白色衬衫、打着领带的男人，担心地跟在那个女人后面，正在徒劳地试图说服她停下来。直到拍摄第四次或是第五次的时候，埃尔塞才注意到那位穿条纹水手衫的年轻男子，正扬起晒黑的脑袋举着话筒杆走在摄影机导轨旁边。年轻人也已经注意到围观人群中那位高大的北欧女子有一段时间了。

原来，摄制组与埃尔塞和她丈夫住在同一家酒店，第二天，埃尔塞就已经站在错误楼层的电梯旁，为自己的不忠既惴惴不安又喜出望外，同时那位隐形的摄影师则被拴在楼下一层的马桶上动弹不得。还好，她在向他宣布她此时的决定之前，先让他恢复了一点体力。他只得独自开车回家，没有她。她告知他，她不再爱他了，而且不得不听从自己的内心。于是，白色的阿斯顿·马丁汽车和它那孤独的、被遗弃的司机一起向北行驶，从此脱离了历史。他只留下了几张他失去了的爱人的假日照片。后来他把这些照片寄给了她，并没有离婚文件及附信。所以，她只能自己揣度，这究竟是一种绝望呢，还是一种优雅的和解姿态？

他开车走了之后，埃尔塞就搬进了年轻录音师的房间，但她很快就厌倦了观看电影的拍摄。取而代之的是几个星期以来她第一次整天独自躺在沙滩上。有史以来第一次，她叛逆地想。后来她跟随乔治到了他的家乡，并被介绍给了他的母亲，一个穿着黑色衣服的灰发妇人，她把卧室留给了他们，把早上的咖啡送到他们的床上，同时她私下里表示不满。就是在一个托斯卡纳寡妇那吱吱作响且极短极软的床上，据她母亲说，露卡受孕了。在露卡城可以看到那些平坦的砖屋顶，种满橄榄树和柏树的山丘。是埃尔塞的主意，这样给她取名字的，为了每次说出她的名字的时候都能记起从他们卧室看到的风景。乔治告诉她，露卡是一个男孩子的名字。如果他们生的是个女孩怎么办？埃尔塞不在乎。无论男孩还是女孩，露卡城屋顶的景色都是一样的。

那是她生命中最幸福的一段时光,她后来说。他们在意大利疯玩了三个月。有太多的东西乔治要展示给她看,到处都有他认识的人。起初她根本听不懂他在说什么,但这些都无关紧要。他的眼睛、他的双手、他的笑声已经足够表达一切。那是一场永不停息的派对,一根由轻松、明亮的时光构成的长链,炎热夜晚无尽的躁动,使得对懒散瞬间的追逐,一次又一次败给了欢笑与最疯狂的念想。

乔治带着她去了哥本哈根。他们在市政厅结了婚,在最初的几年里,住在一间带斜度墙壁的顶层公寓里,厕所在院子里。让埃尔塞念念不忘的是那个院子里的厕所,好像那里是一处名胜景观似的。她放弃了她的演员梦想,成了广播电台的播音员,乔治则徒劳地辗转在一家家电影录制室的大门之外。但是没有人能够聘用一个听不懂他所录制台词的录音师,埃尔塞不得不独自一人养家。那段时间的事情,露卡一点也不记得。她最初的记忆是腓特烈斯贝别墅的卧室,他们在她的外祖父母相继去世后,就搬出了那间公寓。记得在那张古旧的红木床上,每天早上她都会钻到乔治和埃尔塞中间。她通常是爬进乔治的被子下面,他把一只膝盖弯起来,这样被子就筑成了一个带小开口的洞,这个开着的小口可以通向晨光中埃尔塞柔软的身体。她在那里面蜷曲着身子,就像冰屋里的一个小小的爱斯基摩人一样,她把双膝放在下巴之下,这样她就在他的大腿和胸膛之间了,同时她嗅着他身上那种安全的气味。

一天早上她醒来时,他已经走了。埃尔塞坐在床边,一边抚摸着她的头发,一边用美妙的声音平静地告诉她,那个声音在全国所有的收音机里,对着所有人,都说过应该说的事情。露卡习惯了那些来赴晚餐的陌生朋友。有时候他们到了早上还在那里,那已是她要上学的时候了。她的父亲曾经是一个梦想家,很多年以后埃尔塞对她说,一个被宠坏的懒汉。但是他们不是曾经幸福过吗?她的母亲沉默了很长时间才回答。幸福,人们每次只能有不多的片刻。

露卡记得在他们床上的那些早晨,她压到乔治温暖的身上,有一个夏日,她骑在乔治的肩膀上通过种植园,还有一个新年之夜,睡眼迷离的她被别墅里陌生的客人们一个接一个抱来抱去,她打扮得像个印度公主,身上裹着丝绸纱丽,额上还有一个用唇膏点的红点。她还记得乔治和埃尔塞在一起跳舞,在那可笑的无嘴烟斗里发出的一阵阵甜美而恶心的气味中缓慢地接近,那个烟斗在他们中间轮流着,她甚至还记得他们共舞的音乐是拉维·尚卡尔和卡罗尔·金。她大概爱上了他,埃尔塞说,但他们还那么年轻,那是一个年轻的梦。总有一刻,你会醒来。

露卡又想起了那天早晨,她醒来时,埃尔塞沉默地坐在床边,抚摸着她的脸颊。她曾经很害怕忘记乔治,最终她还是将他忘记了。她在余下的童年再也没有见过他,但是她从来都没有想过要责怪他,也没有问过埃尔塞,为什么他从未来探望过。她不愿意听埃尔塞说他的坏话,她宁愿什么都不知道。他就这样变得越来越遥远,越来越模糊。每当她回想起那个听到他离去消息的早上,就觉得好像父亲只不过是一个梦而已。

她很难想起他的脸是什么样的。她记得的是他的身体、他棕色的皮肤、黑色的胡须和他嗓子里发出的那种柔和的声音,而不是他曾经说过些什么。她也忘掉了他们一起说过的那种语言。渐渐地,她只能在散乱的图像中看到他了。

她能记住的是他给她录制在磁带上的声音。她必须得猜，那都是些什么。鸽子的咕咕叫声、湿床单在风中飘动的声音，甚至擦窗布在窗玻璃上的摩擦声，或是从鸡蛋切片机上发出的，像微弱的吉他一样的声调。

他曾经教她用黄油和擦碎的肉豆蔻做意大利面条。她还记得那肉豆蔻香甜的气味和他们怎样坐在厨房里，一边吃一边听收音机里埃尔塞那冷冰冰而准确的声音。他们俩谁都没完全听明白她在说什么。他们要听的，是她的嗓音本身。当她对所有人，每个人讲话时，她的声音既熟悉又陌生。突然他不再在那里了。那时她上一年级。她只能在保姆的监督下独自坐在厨房里吃饭，每当晚上埃尔塞去广播电台的时候。待年纪稍长，她就自己一边做加肉豆蔻的黄油汁意大利面，一边听她母亲通过晶体管收音机的振动塑料棒讲话，那声音既遥远又贴近，甚至连辅音之间她口腔中口水的滚动声她都能听到。

在紧闭的门背后有过争吵，有一次，她听到他们彼此大喊大叫时，她就偷偷溜进他的带有书架的房间，那里书架上有灌满各种声音的磁带，那声音里有雨声、雷声、噼里啪啦的火的声音，以及鸟叫声、电话声与摔门声。她发现了一本相册，上面有他年轻时的照片，这些照片来自她的名字所在的城市。她小心翼翼地除掉陈旧的胶水，把她最喜欢的照片从厚纸板上揭下来，她急慌慌地，像小偷一样。好像她不只是拿走了属于她的东西。因为那是她自己的故事，那故事从她保存的这些黑白照片开始。那一张是埃尔塞在敞开的阿斯顿·马丁汽车里照的，它正在穿过蒂罗尔城的途中，那时的埃尔塞并没有意识到，她正在与露卡父亲会面的路上。这一张是乔治在他家乡城市的广场上照的，他在一座教堂墙壁前的咖啡座椅子上悠闲地跷着腿，那里还有燕子飞翔时的箭头状剪影。那时的他正在等待着埃尔塞，自己却并不知道。

在埃尔塞的寂寞里有一些持续性的东西。所有的那些男人，露卡想，最后的结局都是埃尔塞独自坐在她童年时代的家里，被包围在三次婚姻之后的残骸中，三次婚姻都是根据男人的不同品位和当时的时髦式样，以家具的形式体现出来。露卡对于她母亲的转变颇为着迷，而这些转变都出现在她的照片中。

她和她的第一任丈夫一起时，是一个风骚的、乳房尖挺的金发女郎，戴着小小的太阳镜，脚蹬高跟鞋，穿着一套又一套黑白格子套装款款地行走。露卡不记得他叫什么名字。跟乔治在一起时，她穿着宽松的指甲花颜色的印度棉嬉皮装。当伊万加入时，她便成了一个身着深色紧腰外衣的严谨的职业女性。当她们坐在那里看照片时，埃尔塞会嘲笑自己，但她也只是惊奇于自己真的会喜欢一顶这样的杰奎琳·肯尼迪帽子，或者这样一袭刺绣领边的杰拉巴长袍。可她并不惊奇于改变本身，时代在变化，她只不过是跟随着转变而已。

伊万是一家广告公司的总监。他有一张四方形的、凶狠的脸，总是被晒得黑黑的，但露卡不能确定那颜色究竟是太阳还是威士忌所为。他嗓音深沉，露卡能听出来，他对此是何等的沾沾自喜。那口气听起来权威而有效，大约像飞行员在扬声器上讲述飞行高度和预计飞行时间一样，会让一种像男士剃须水一样清爽而乐观的气氛在机舱蔓延。当他在许多商务旅行中某一次回家的时候，总是会带一盒巨大的巧克力给露卡。她对所有那些巧克力都感到恶心，同时也为收受他的贿赂感到耻辱。

当埃尔塞告诉她伊万要搬进来的时候，她起初并不相信这件事。她无法想象，一个男人，与乔治以及其他曾经在她们家住过的，或短或长时期的男人们相比，会有更多的不同之处。他们所有的人都是一些演员、记者或者建筑师，伊万很难适应这座破烂不堪别墅里死气沉沉的传家宝、破损的藤柳家具和生病的盆栽植物。它到处乱扔着报纸、杂志和书籍，只有当埃尔塞每个月一次一手吸尘器、一手香烟在各个房间漫步时，它才能得到必要的清理。可是这一切在很短的时期内被颠倒过来。藤柳家具被山毛榉木椅子所取代，豪华的真皮沙发与大理石桌面的茶几一起到来，连那破旧房子里带潮湿印迹的墙壁，也粉刷得那样白，以至于让露卡觉得眼睛酸疼。

埃尔塞本人也经历了一个逐步的转变。她开始剃掉腋毛，剪掉长发。她穿上新的尖头皮鞋，涂着口红，打上眼影，挑染了浅色的头发，看起来就像另一个人似的。以前她懒惰而草率的地方，现在散发出前所未有的能量，当她从广播电台回家之后，转眼就端来了精美的晚餐。从前她并不在乎用一种饶舌的、轻蔑的评论来安顿她换掉的情人们，现在，当她倾听伊万无趣的、自鸣得意的关于那个巧妙构思的讲述时，她会充满女人味地微笑，其实那只是他替银行、旅行社，或者一种新型甘草设计的某种活动。简言之，她恋爱了。

露卡不得不问自己，这同一个女人当初怎么会爱上她的父亲。当他们一起坐在晚餐桌旁时，她曾多次提起乔治，但是伊万不允许自己受到挑战。他饶有兴致地审问她们一些关于他前任的问题，虽然他的冷血让露卡非常讨厌，但她还是享受地看着埃尔塞扭扭捏捏、字斟句酌地回答他的问题。没，她们和他已经没有联系了，除了偶尔有张明信片以及每隔几年一个礼物，当他想起露卡生日的时候。伊万认为这很奇怪，同时他还用一种富有同情心的目光看着露卡，这使得她愤怒起来。

埃尔塞和伊万在一起时笑得很厉害，这种笑不再具有那种讽刺的意味，有时竟是彻头彻尾的轻蔑笑声，就像她和女友们坐在厨房里喝着白葡萄酒，互相讲述那些可笑到何种程度的男人们的故事时一样。那是一种开放的、无所顾忌的笑，好像她最主要的是在笑她自己。她的笑常会在嘴唇上留下一丝下意识的微笑，她向往着未来，陷入会发生奇妙之事的沉思中。伊万让她发笑的样子，让露卡依稀记起了当乔治把她举起来，然后抱着舞动着双臂双腿的她到冰冷的波浪里时，埃尔塞发出的笑声。

每天早晨她下楼来到厨房时，她都是内敛的。以前她说话像一挺机关枪。如今的她，心不在焉、反应迟钝地从咖啡杯上抬起头来，请露卡重复一遍她刚刚说过的话。露卡想，是谁让她的母亲变得快乐也许都一样，这种想法让她觉得困惑。多年来埃尔塞认识了太多的男人，一张面孔代替另一张面孔，有如赌盘上的数字，当轮盘转动着经过一个小塞子时，总会让露卡想起鞭炮上的引线。好似如果轮盘旋转得太快，并且开始擦出火花，那么整个抽奖活动以及巨大的泰迪熊里的物品，就会在喷溅的烟花中爆炸。

但是这个轮盘并没有疯转，它在伊万这里停住了。于是就是他，成了埃尔塞晚上搂着睡觉的幸运熊。

他们结婚了，在一所教堂里，在露卡高中毕业后的第二年。她想象着自己因不幸落到了电影拍摄的中间，而不得不坐在教堂的长椅上，因为摄影机已经在转动。她以难以置信的眼神看着她的母亲，身着低胸开衩儿的奶油色泰国丝绸婚纱，独自沿着教堂甬道走上前去，伊万站在祭坛前等着，穿着礼服的他，汗水闪闪发亮。以前埃尔塞和她那些穿指甲花色衣服的女友坐在厨房里时，她总是随时准备好，严厉抨击布尔乔亚婚姻，不过是经过包装的卖淫而已。现在她自己也像另一件豪华包装的阴户奖品，走到了那里。

婚宴上让露卡惊奇的是，只有极少数的几个客人是她认识的。客人中的大多数是伊万的朋友，但其中的许多人听起来像是生意伙伴，而不是像人们所理解的朋友。露卡坐的那一桌，谈论的都是关于分割与沟通策略的话题。她混迹于新娘华尔兹舞之下，直到午夜才回家。埃尔塞坐在厨房台子上，一只手夹着香烟，另一只手拿着夹熏香肠的面包。她穿着白色的胸衣和带有吊袜带的白色丝袜。她的大腿在腿袜上方裸露的地方鼓了出来，胸罩太紧了，看上去好像她有四只乳房似的。一阵笑声从露卡的喉咙里冒了出来，而她却无法阻止它。埃尔塞僵硬地看了她一会儿，脸色完全苍白了，她把香肠面包放到砧板上，从厨房台子上跳下来，抽了露卡一个耳光。

露卡不记得，她曾经挨过打。她惊讶得说不出话来，她离开厨房，上楼走进自己的卧室。她的脸颊还在发烧，她后悔自己那残忍的一笑。第二天早上，她给埃尔塞道了歉。伊万开车上班去了，她们俩像平时一样端着咖啡杯坐了下来。埃尔塞抚摸着她的脸颊，那同一边脸颊。她不得不试着去理解，尽管这可能是困难的。埃尔塞用一种疲倦的、悲伤的眼神看着她。她想要这个婚姻。她想尝试变得快乐，没有人，甚至是露卡，能够阻止她这样做。

露卡尽可能少地待在别墅里，她经常睡在她的一个女友家里。那个夏天，她在一个幼儿园里做临时工。她的女友们都不在城里，就她一个人在那里。埃尔塞和伊万大部分时间都消磨在度假屋里。他们每天一起开车进城，晚上伊万去广播电台接她。露卡几乎从来看不到他们。学校假期开始了，幼儿园里只有几个孩子。这是一份很轻松的工作，大部分时间她都是坐在操场上晒太阳，和保育员们一起抽烟，孩子们则自己玩儿。

一天下午轮到她负责关门。还有一个孩子没被接走，那是一个3岁的男孩。他担心地问起他的父亲，她便找出一个拼板来跟他一起玩。过了一会儿，他还是开始哭了起来。她让这个流着鼻涕的男孩坐到她的怀里，这时，那个男孩的父亲终于来了，面红耳赤地满口解释。他在参加一个重要会议。

之前她并没有见过他。平常都是母亲来接这个男孩。他可以是在30岁和40岁之间的任何年纪。他剪短的头发里掺杂着白发，但他的脸显得年轻。他用一只胳膊抱起男孩，再把那只空着的手伸出来。显然他认为，他们不得不好好地互相打个招呼，因为现在是他让她坐在这里等的。接下来的几天，都是他接那个男孩。每次他都要一边羞涩地微笑着，一边郑重其事地问，今天过得怎样。

他长得很帅，宽肩窄腰，动作利索，但是她对这些并没有多想，在一个星期六的下午遇到骑自行车的他之前都没有。他的头发是湿的，直立着。他穿一件无袖汗衫，因此可以看见他那肌腱发达的棕色上臂。一个羽毛球拍子从他自行车后架上的包里伸了出来。他出去打球了，他多余地解释着，因这次不期而遇有些尴尬。他鼓起勇气，邀请她去喝啤酒。

这让她感觉更加安全，他是羞涩的，虽说他的年龄比她大一倍。他看起来像个同龄人，只不过是偶然地出生得早很多而已。他表现出很健谈的样子，有一种自然而然的男孩式的微笑。后来她还记得起来他的那种克制力，好像他害怕伤害她一样。这是她第一次和一个比自己大那么多的男人发生关系。

这种状况持续了一个月。他每星期有几个晚上去看她，他总是记得在他骑自行车回家之前冲一个澡。她们家有自己的别墅，但是埃尔塞或者伊万可能突然出现的风险，让她在等待他时充满着激动，甚至是更多的不耐烦。他们躺在埃尔塞和伊万卧房中的红木床上，那里也是埃尔塞和乔治在他们的时代曾经躺过的地方，还是她星期天早上从被子下面爬向她父亲的地方。她在衣柜门上的镜子里看到自己的时候，喜欢思考这件事，着迷与惊奇于她会在这同一张床上，跨坐在一个陌生的已婚男人身上。

在那些他们不见面的日子里，她觉得自己是活动在一个与以往不同的世界里。在这个充满危险和戏剧性的世界里，他们各自背负着关于另一个人的秘密。她几乎时时刻刻都在想着他，包括她独处的时候和坐在操场上心不在焉地听保育员们说话的时候。她看着他的儿子，他在别的孩子中间跑来跑去，对他父亲的所作所为一无所知，他的父亲在吻过他道了晚安之后，会骑上自行车带着球拍去到一座陌生的房子里，与她一起干那样的勾当。她恋爱了吗？她不知道。她所记得的他，总是与那个和她一起躺在埃尔塞床上的他，有点不一样。她更加爱他，当他们不在一起的时候，当她骑着自行车，被他们秘密的看不见的光环环绕着，独自穿过城市的时候。

他不再那么频繁地来接男孩了，但少数几次他来接的时候，她惊讶于他是那么擅长装作若无其事。她看见他时，她的腿就会开始发抖。他终于看着她的眼睛了，同时他抱着孩子笑眯眯地说再见，好像他们从来没有互相亲密过一样。平日里都是他的妻子来这里。她一头短发，看起来像一只老鼠，鼻子尖尖的，下巴却向后缩。跟她打招呼的时候有点怪怪的，但并不像她所害怕的那样奇怪。与她的丈夫的幽会，发生在这个老鼠脸女人并不存在的世界里。就像在老鼠安全、可掌控的世界里，露卡除了是照顾她孩子的保育员助理之外，也并不存在一样。

寂静别墅中的那张红木床，是一座薄暮中的白色岛屿，一座可以让人忘记自己从何处而来的蛊惑岛。一座秘密的岛，一个可以住了一生却不会比你上岸时老了一天的地方。他只是黄昏时那白色床单上的一个幽暗形体，她认为，她把所知道的一切都放到了身后，当她在他面前慢慢地脱去衣服，感觉空气从开着的窗子里扑向她肌肤的时候。她闭着眼睛，他轻轻地爱抚着她，直到她不能再等待下去。他终于进入她的身体里面，这让她感觉到，好像正在被纵向分开，她的四肢与骨头在被互相分离，轻盈、细弱，一如鸟骨。她幻想着它们能被他坚硬、坚实的臂膀抱在一起，她愿意随风飘走,如果他放手的话,她紧紧地抱着他,为了让他抓得更紧,进入她的身体更深,把她撕得更细,拆得更开,再成为消失中的碎片。

  一天晚上,她躺在那里听着浴室里的水向着瓷砖喷洒,她听到从那里传来一阵压抑的痛哭声。她走到过道里打开了浴室的门。他蜷曲着身子坐在淋浴下面,头埋在双膝之间,两只手扣在脖子上。水从他背上筛下来,和着他的哭声,一齐有节奏地颤抖着。她在他旁边蹲下来。她正准备伸出一只手臂搁到他的肩上,但有什么使她停了下来,她无法解释那是什么。也许就是这个成年男子坐在瓷砖地上哭泣的景象吧。他站起身来,找到了一条浴巾,走进了卧室。她就坐在床上看着他穿衣服。他系好鞋带,说,他们必须停止见面。他突然明白过来。他不能。他不能做那件事。什么事?他很快地看了她一眼。没什么……她从窗子里目送他骑着自行车远去,那个羽毛球拍子从放在后架上的运动包里,伸出头来直立着。第二天她给幼儿园打电话说,她不再来了。

  当天下午她去了度假屋。伊万正坐在花园里看书。他穿着一件褪色的T恤和凉鞋。他像一个剪了头发的老嬉皮士,而不像那个讲话像飞行员一样清新的、充满活力的广告总监。以前她从未见他拿过书。当她走进花园的时候,他站起身来,她认为不是特别吃惊。他解释着,近乎抱歉的样子,埃尔塞加班去了,可能起码要第二天才回来。但她会留下来吧?他买了一块大牛排,足够两个人吃。老实说,他也属于那些吃够了鱼的人。露卡不由得笑了,他询问似的望着她,同时笨拙地挥舞着那本书,那书还在他的手中拿着。那是一本发黄的平装书,他在书架上发现了它——加缪的《局外人》。在很多年以前他就读过它。他读过很多东西,在他年轻的时候,他补充道,好像怕她不相信他似的。

他与平日相比有些异样的低调、友善,而没有做出魅力攻势的样子。这一点打败了她,他表现得像是一副在自己家里的样子。他们俩都是在家里,但他们的言谈举止都很有礼貌,好似他们同时也都是对方的客人一样。他开了一瓶白葡萄酒,她把酒杯找出来。他们坐在花园里,谈着加缪。这本书最好的是开始的几章,他认为。那些关于古怪的麻醉式生活、酷热与大海、女人及单调的描写。作为匿名者的感觉,好像一切在亲近的同时又遥不可及。这正是他自己多年以来的状况,直到他遇到了她的母亲。

他曾经除了工作就是工作,他几乎没有做过别的事情,个人生活没有时间顾及,也无法让他产生兴趣。事实上,也没有什么能让他感兴趣。工作也许能,当他沉浸在工作中时,然而在其他方面……他曾经结识过不同的女人,但每次他都让它崩掉了。他有种处在风力作用下的感觉,好像是在一艘没有舵的船上,只是顺流而下,继续前进,去哪里,他不知道。

他曾经不相信,自己适合生活在一种固定的关系中。也许他也没有这样做过,他微笑着补充道,这必须让时间来证明。他羞涩地看着他的酒杯。并不总是那么容易的,他最后接着说。她的母亲打定主意要更进一步,但她也很清楚所有这一切。两个人都有各自的过去……他们都不再完全年轻了,仅靠着热情……他又微笑着,让那个句子悬在空中。

露卡看着他,注意力放在他的每一个词和他做的每一个动作上。她注意到，她的目光让他小心翼翼，因此他一次只敢用一秒钟来回应它。剩下的时间里，他自个儿看着前面，或者看着起皱的裤子上的褶痕，同时还若有所思地用手掌把它们抚平。她第一次明白了，埃尔塞在他那自信、剃须水和昂贵习惯的后面看到了什么。一些孤寂和不受保护的东西，瞬间出现在他的脸上，那几近纯真的祈求被理解，或者至少被接受的神情。

当他们要吃饭的时候，他又开了一瓶酒。他们坐在外面，如平常埃尔塞在的时候一样。他问她有些什么想法。她不知道，要如何回答。旅行，她说道。也许她想当演员。这听起来很天真。她甚至很怕认真去想，埃尔塞也不是特别地鼓励，当她听说，她的女儿考虑要重拾她年轻时搁浅了的志向时。她认为，这不适合她，还问，是什么让她相信，自己在这一方面有天赋。但伊万看起来是在很认真地对待她。

她至少是有光彩的。他对戏剧一无所知，但对光彩，对呈现有一些了解。她看起来很成熟，他认为，比她实际年龄大。但幸运的是，她还太年轻，他说的话不至于得罪她。他微笑着，一只眼睛还眨了眨。露卡快要生气了，对他的眨眼和用呈现这个词的方式。当他问，她为什么不去找她父亲的时候，她回答说，她甚至都不知道他住在哪里。但是她可以想出办法来！这对她来说很重要，甚至可能比她意识到的还要重要。他能看得出来……

他看着她，现在轮到露卡垂下目光来。但他却可以轻松地坐在这里聊天，他镇定地继续下去，开始讲述自己的童年。父母离婚之后把他送进了寄宿学校。他的母亲又另找了一个，当时就是那么说的。他的父亲阻止他去见她，但是他最初搞清楚真相，是在他成人之后，已经太晚了。你可以想象一下，你离开并且恨你的母亲，他说道，然后却又发现是你错了。她再一次在他的目光里瞥见了他的脆弱之处，好像在他的体内踮脚站着一个寄宿学校的男生，穿着短裤，膝盖上有青草，他正通过那坚硬面具下的裂缝向外偷看，那个面具是这些年来由他的脸变化而成的。

他买了草莓。他开了第三瓶酒，不理会她的抗议。那很糟糕吗，他们的婚礼？她耸耸肩，由着他斟满酒杯。都是埃尔塞的主意。她坐在放到椅子上的双脚上，向后靠着椅背，同时她将玻璃酒杯靠在膝盖上。她有一种舒适的、昏昏欲睡的感觉。它应该是白色的，他继续说道，举起了他的酒杯。她想起了埃尔塞的大腿，她的大腿处丝袜与吊袜带之间的裸露部分鼓了出来，当她们在她的婚礼之夜的厨房里遇到的时候。他朝森林边缘望过去，喝了一口酒。

实际上他是愿意免了这出戏的。他再一次寻找着她的目光。她越过酒杯的边缘看着他，同时小口地抿酒。他很理解，她偷偷溜掉了。其实之前他也想逃走，他微笑着说，如果不是为了埃尔塞的话。但是那一天她是那样开心。露卡点了点头。草莓很大，暗红色的，她用手指拿着它们吃，把它们从蒂上咬下来。嘴唇上也染了一点草莓汁。他问，她是否想要咖啡。她说，她很想睡觉。这已经很开心了，他继续说道。是的，她答道，碰到了他的目光。他认为，他们彼此理解得更好了。

直到躺下来，她才意识到自己有多醉。小房间里的空气是热的，缺少通风。她打开窗户，推开被子，于是裸身躺着的她，感觉到了凉意，她把双膝弯曲在下巴下，一如当年她小时候在早上爬向乔治一样。酒让她头晕目眩，即使她静静地躺在那里。好像房间在围绕着她慢慢旋转,如果这不是她自己在转动,她好像躺在一艘无舵的船上,那艘船载着她在漩涡里旋转,一直穿过明亮的夜晚。

她想起了那个在淋浴下伏在坚实的臂膀上哭泣的羽毛球运动员,那双臂膀能同时既把她捏碎又把她箍在一起,这样,她的身体就不至于分崩离析,如失重鸟儿的碎片般随风飘散。它已经那么遥远,好像是过去发生的、很遥远的事情,一种她早已离开了的体验。她转呀转呀,永不止息地漂浮在那激流里,伴随着一点别样的甜蜜痛楚,这让她想起了最后一次感觉到他的双手。当她躺在那里蜷曲着自己的身子时,他同时也在她的身旁躺下来,他紧绷着的肚皮贴到她的背脊上,并把他温热而坚硬的阴茎从她的大腿之间插进去。

但是她感觉到的不是他的双手,也不是他的阴茎,这不像是从昏昏欲睡滑进梦境。好像已经醒来了,却没有进入现实,是从一个朦胧的梦进入一个粗野而又尖利的梦,她像触电一样转过身子来踢打。伊万伴着"砰"的一声巨响跌落到地板上,暮色中的他脸色苍白,在他流着液体的裸体中间,一个勃起,看上去既滑稽又令人毛骨悚然。她移向最远的那个床角,靠着木板墙挺坐起来,把被子压在身上。出去,她尖声叫道,出去,马上滚出去!他站起身,摇晃着身子,站了一会儿,绝望地看着她,然后走出去,关上了身后的门。她一直坐在那个角落里,全身都在颤抖。过了一会儿,她听到他的汽车启动了,路面上的碎石在轮胎下嘎吱作响,他开车离开了。她开始平静地呼吸时,就从床上下来,穿上衣服。

她沿着自行车道穿过种植园,虽然那是走弯路。她在暮色中的冷杉间哆嗦着。走到港口时，她慌张地看了看四周，但任何地方都看不到伊万的汽车。那里没有人。她在轮渡码头旁的长椅上坐下来，看着鱼店里空空如也的橱窗，那里一弯新月映照在大理石台子和码头的柱子上，它们浮动的影子在平静的水面上起伏着。最后一班渡轮已经开走了。她担心在等着的时候会睡着。这好像是电影中的一个片段，无梦，也无过渡。当太阳把她唤醒时，她迷迷糊糊地从长凳上起来，看着那些上船的汽车噼噼啪啪地开上钢板的斜坡。

她把双手放在上了漆的栏杆扶手上，感觉到引擎振动推动着船体发出微弱的震颤。翻腾的水花慢慢变成泡沫的阵列越铺越远，一直到码头的那个小红人的下面，那个小红人总是让她想起，肚子上有着白色条纹和翘着小丑鼻子的红衫小丑。她还记得她曾经怎样站在乔治和埃尔塞中间，眯着眼睛对着水面的反光，那上面像有无数的针扎在一片闪烁的混乱之中。她甚至记起了怎样像真的要去旅行一样，远离她所知道的一切。

她的母亲从来不知道，那里发生了什么事。露卡在那里等着去到别墅的家里，一直到她确定埃尔塞是在广播电台时为止。她想起了那最后的一张明信片，那是她在她生日过了几天之后从乔治那里收到的。那卡片一如既往的简短，而且是用平常那种草率而难以辨认的手写体写成的。卡片上的图案是文艺复兴早期的祭坛画，展示的是圣母与圣婴，蓝白色，表情僵硬，笔直，眼睛细小，被包围在金色之中。这张卡片也像那些最近几年发来的卡片一样，是在佛罗伦萨盖的邮戳。很可能，他还住在那里。无论如何，她所知道的都在这里了。

她把那些最必需的东西放进一个包里，又给埃尔塞留了一张条子，上面写着，她和一个女友去旅行一个星期。然后她把护照找出来，还去银行取出了所有的钱。当天晚上她登上了南行的火车。她在汉堡转车后在整个穿行德国的途中都是靠在包上睡觉。早上她到了慕尼黑，她在这里再一次转车。几小时以后她就看到了蒂罗尔那有着黑色冷杉树的斜坡。

刹车在她身下发出一声尖叫，火车猛地停住了，于是她的上身也往前冲了一下。她的大腿上沾满了血。扩音器反复报城市名的单调声音淹没了她的呜咽。阳光水平地透过厕所间的毛玻璃照进来，呈现出像乔治明信片上的、围绕着僵直颈子的圣母玛利亚，与她那肥胖孩子的背景一样的金色。匆忙中她完全忘记了她该来的例假。她把肚子里磨磨蹭蹭的感觉归因于震惊、延迟的愤怒以及孤立无援的情绪。她在下身的黏糊感觉中醒来时，正好是在穿越阿尔卑斯山的隧道中。她诅咒着自己，当车厢再次来到亮处，她看到经血顺着裙子下面的小腿流下来的时候。她把上衣放在座位上的深色污渍上，然后在包里疯狂翻找干净的内裤。

厕所里臭气刺鼻，马桶四周的地板被弄脏了，那些男性旅客曾站在那里随着火车的晃动而摇摆。她把那条带血的内裤扔进垃圾篓里，然后从墙上放纸的架子上扯出一大把擦手纸，垫在干净的内裤里，但她的血马上把纸浸透了。当火车停下来的时候，她坐在那里至少流了一个小时的血。那些不耐烦的手也在门把手上转动过好几次了。在过去的一个昼夜里，她除了在慕尼黑火车站吃了一个干巴巴的火腿三明治外，没有吃过其他任何东西，就是那个三明治她还扔掉了一半，因为它在嘴里像海绵一样发胀。饥饿、疼痛与失血让她发抖，她的额上布满了冰冷的汗珠。

火车要晚上才到达米兰。当她试图站起来的时候，双腿在她身下不听话地弯曲着。她想起了那件穿在牛仔夹克衫里面的长袖上衣。她把上衣当成缠腰布绑在裙子里面，再把穿在赤裸上身的夹克扣好扣子，然后去照镜子。她像一个怀孕的吸毒者，面色苍白，满头大汗，眼眶下面镶着红边，还有肿胀的腹部。她抱着包下到月台上时，感觉一阵晕眩袭来，仿佛要倒了一样。

她带着火车站售货亭的袋子，找到通往女士洗手间的路。只见一位穿着蓝色长袍的驼背老妇人，在那里弯着腰用一把巨大的拖把擦洗地板。她的脸黝黑，布满皱纹，头巾下的双眼又大又黑，她把头巾完全拉到了额头上。她上下打量着露卡，微笑着摇了摇头。她的牙齿缺了一半，叽里咕噜的嗓音听起来更像是一个婴儿，而不是一位老妇人。

她放好拖把，牵着露卡的手腕，带她通过那张门。她的手因风湿而骨节突起。也许她是一个真正的巫婆，露卡想，当她让自己穿过黑暗的通道，然后沿着肮脏墙壁的走廊继续往前的时候。巫婆自顾自地用叽里咕噜的婴儿嗓音喃喃自语，没有一刻松开过露卡的手腕，从一边摇摆到另一边，像一条小拖船。

走廊的最后一道门通往一个带淋浴和洗手池的粉刷过的房间。露卡开始脱衣服，巫婆拍着她那双骨节突起的小手。她从地板上捡起那些带血的衣服走了。当冰冷的水柱碰到她时，她打了个冷战。她开大热水管，闭上眼睛，同时热量透过皮肤，渗进她的肉里。

她在想，埃尔塞会有什么反应，如果她把发生的事情讲出来的话。她不确定母亲会断然地站在她这一边。她想起埃尔塞在婚礼之后的那个深夜说过的话，当时自己看见她穿着胸衣和白色丝袜坐在厨房的台子上。她想尝试着变得幸福，露卡不得阻止她这样做。也许她甚至会怀疑地看着她，就像她偷偷地斜眼瞅自己结实而苗条的身材和紧绷的乳房时一样。

她也许甚至会问，是不是露卡自己挑逗了伊万，在可能没有意识到这一点的情况下。她毕竟还是太年轻了，不完全明白她让一个成年男子产生的这种印象会带来什么样的后果。露卡想起伊万有时给她送去的那些目光，如果他去厨房，正好她对着洗碗机弯腰，于是她的乳房会在上衣领口里显现出来的时候，或者他们在通往浴室的走道上相遇，他身着浴袍，她穿着内裤和T恤的时候。那暧昧的目光，他自己也知道是不应该的。她本来并没有在意他的目光，如今想起那些目光时，她有恶心的感觉。她还试着回忆，她是否有过错误的举动，当他们坐在花园里喝白葡萄酒的时候。她是否曾经模棱两可地看着他的眼睛，或者让微笑在嘴唇上延长过几秒钟，因为惊奇于他能够那样动情地讲述他自己。

她并不是不知道自己给成年男子造成的印象。她挑逗他们，能够感觉到，无论是她长胳膊长腿的苗条身材，还是她那敢于迎接和捕捉住一个陌生目光的勇敢眼睛都能引起他们的兴趣。也许正是她那种年轻的脆弱与她眼神中无所畏惧的矛盾，使她看起来是如此的诱人。有时候她觉得很好玩，其他时候她又会害怕看到，在他们均衡成熟的盔甲上打开缝隙，竟然是如此轻而易举。这可能是街上随意的一次眼神交换，也可能是她与某个女友的父亲，或者埃尔塞的某个熟人之间的，一种带着小女孩模样微笑的交谈，但这只是一个游戏而已，就像为了要试试刀是否锋利时会拿手指轻轻地沿着刀刃去感觉一样。她自己感觉是一种戏弄，但当那些成年男人在他们经验丰富、居高临下的表面打开一条缝时，她还是会焦虑不安。其实还是会有一些矛盾的，他们在如此背叛自己的同时，还要采访她关于未来的计划，好像这让他们感兴趣似的。她感觉自己只会被那些不受她青春挑衅的成年男人所吸引。那些心平气和的、可以在他们半老的皮肤上安全歇息的男人。

当她遇到那个羽毛球运动员时，她立马就知道他们的关系不会长久。在那个他们偶然相遇的星期六，他们漫步在腓特烈斯贝花园。他们经过几对新婚夫妇，他们正站在有天鹅游弋的湖边和有中国式消闲屋的岛上拍照。花园里渐渐有了这么多的新婚夫妇，他说，他们要小心，不要跑到彼此的照片里去。他停下来系鞋带。她替他扶着自行车，当他在那里前倾着身子用一条腿保持平衡的时候。他的汗衫上有一大块暗色的汗迹，在肩胛骨之间，她突然把手搁到了他的背上，并没有多想。也许她只是想摸摸贴在他背脊上的那层潮湿的薄棉布。他把脚重新放到地上，然后用一种悲伤的眼神看着她，好像她的触摸给他带来了一种意外的痛苦似的。他们彼此面对面地站着，他抬起了一只手。他停了下来，那只手举在他面前的空气中，好像他正要改变主意，在他用手背轻轻抚摸她的脸颊之前。他自己知道这是没有意义的，但他还是这样做了。

她揩干身子，换上了干净的衣服之后，又走到了走廊上。她在一张半开着的门后找到了那个巫婆，她正坐在一张铺着塑料台布的小桌旁。墙壁上装饰着一排排摆满了清洁用品的钢架子,一个角落里竖着许多排成一排的拖把。她的衣服泡在一只装满肥皂水的桶里。巫婆点点头,一边嘴里叽咕着什么,一边往一只碗里倒咖啡,加上糖,然后把碗放到她面前的塑料台布上。露卡小口啜着热乎乎的咖啡。巫婆那布满皱纹的嘴翕动着,像一只仓鼠,同时她用那双黑眼珠注视着她,这让她那张凹进去的脸显得更小了。咖啡是浓的,很甜,露卡能感觉到,糖和咖啡因怎样在她饥饿的身体里荡漾开来。

突然,巫婆轻轻地拍了一下桌子,好似想起了什么一样,然后她开始在那破旧的女式人造革包里翻了起来。她把一张照片放到露卡的面前,那是她低头在各个角落里找了很多次以后,才从那个破旧的包里掏出来的。三个微笑着的人都有着闪光灯下的红眼睛。一个头发稀薄、身材高大、穿着肥大衬衫的男人站在那里,一只手夹着香烟,一只胳膊搭在一个同样高大的、怀里还抱着一个孩子的女人肩上。他们站在人行道上,在街道的另一边,一个铁丝网围起来的球场后面,可以依稀看到一幢棕色砖砌的四方形建筑。一辆汽车正在驶出画面,所以只剩下后挡板与尾翼,露卡从照片中认出了它的黄颜色。我儿子,巫婆一边叽叽咕咕地说,一边用勾着的食指敲着那个微笑着的男人的脸。美国,美国,她继续叽咕着,鼓励地看着露卡。

她们沉默地面对面坐着的时候,她听到有人在浴室里打开了水龙头。过了一会儿,一个高大的非洲人向着她们走了进来。他礼貌地点了点头,走向房间里最远的一端,那个拖把们立着的地方。他穿着类似于巫婆的蓝色长袍,剃着光头，很瘦，光着的双脚在满是灰尘的地板上留下了湿的脚印。它们很大，他的那双脚。他在面前的地板上铺了一块小毯子，站在那里，脸对着其中一个放了去污粉和装在大塑料桶里的氯水的架子。巫婆低头看着照片上的儿子、儿媳与孙子陷入沉思的时候，角落里的那个男人把双手举在脸前，用压制的、念经似的语调嘶哑地独自说话。露卡想走，但她还不能马上走。那个男人跪在毯子上，又站起来，这个动作重复了好几次。他重新跪下，额头朝着地板弯下身去，这样她只能看到他蓝色长袍里弯曲的脊背和他脚底与深色线条相交的浅色皮肤。

　　当她再次坐到火车车厢里，从里到外换上刚洗过的干净衣服，内裤也垫上了新卫生巾的时候，已经是晚上了。她经过那些沿轨道而建的、无趣的公寓楼群，公寓里半卷的百叶窗帘后面，已经亮起了灯光，偶尔还能瞥见那些在强光照亮下的客厅，或者沿街停着的汽车和闪烁着霓虹灯的单调小街。在一面小山坡上，她看见了傍晚黄色的天空下的一棵松树。那棵树有着倾斜而弯曲的树干，尖瘦树冠的树枝在密密麻麻的针叶下向四面八方延伸。她把额头靠在黑暗而颤抖的车窗玻璃上，同时她觉得身体里有一种生长着的张力，好像她是一个闹钟，正在被上紧发条。

午夜之后她到达了佛罗伦萨,在一条小街上找到了一家便宜旅馆。一个头顶满是肝斑的秃头男人指示她走进一条阴森森的走廊。她打开百叶窗,窗子朝着一个狭窄的院子。她伸出头去,往上看着那一小块漆黑的天空。她脱了衣服,躺在那包在磨薄了的旧被单里的毯子下面,它看来是完全不合情理的,她身处的这个城市,和乔治住的竟然是同一座城市。他躺在这座城市另一处地方的一张床上,独自一人,或和一个不认识的女人在一起。也许她再也找不到他了,也许他不想与她相认。也许他已经搬到了另一个城市。

第二天上午,她去到走廊尽头的那个小小接待柜台,那个秃头男人换成了一个系着宽大围裙的孕妇。她后面一道通向厨房的门敞开着,那里已经有蒸汽从炉子上的一只锅里冒出来。一个年迈的、穿黑衣服的妇人,坐在厨房的一个角落里,看电视。电视上的声音盖过了露卡的声音,这种情形导致了多次的尝试,在她打了许多手势之后,才终于让那个孕妇明白,她想借电话簿。电话簿上列出了四个名字为乔治·蒙塔莱的人。她把地址和电话号码都写了下来。那个孕妇站到炉子旁边,在锅里搅动着,把一只手按在腰上。露卡问她是否可以借用一下电话,她举起一只攥着的手对着自己的一只耳朵。孕妇微笑着摇了摇头,没有停止用勺子在那个冒着蒸汽的锅里做机械的打圈动作。

  这条街尽头的拐角处有个酒吧。露卡点了一杯意式浓缩咖啡,在里面加了三包糖。她以前从未喝过黑咖啡。这是米兰的那个巫婆教给她的东西。酒吧尽头挂着一个投币电话。她把名单上最上面的一个号码输进去,在耳朵里压进一个指头去降低那些很高的说话声和咖啡机的啸鸣声。第一个乔治·蒙塔莱是一个有着破碎、嘶哑声音的老头。她输入下一个号码,是一个妇人在回答。露卡打听乔治·蒙塔莱,妇人的声音带着坚持不懈的语气,重复了几次同样听不懂的问题,直到她最终放弃。露卡以为,她已经搁下了听筒,但是过了一会儿她听到了一个柔软的男人声音。她用英语问,是不是乔治·蒙塔莱。这就是他的名字。这个有着柔软声音的男人会说一点德语。

  露卡的腿开始颤抖起来,同时她介绍自己和解释她为什么打电话。这个男人很和善。不,很遗憾他没有女儿在丹麦,但他和妻子一直很想造访斯德哥尔摩。相反他有两个儿子,但她却是一个女孩,她为什么叫露卡?她解释,她是以她父亲出生的城市命名的。那是一座美丽的城市,他说,她也一定是位美丽的姑娘。虽然他本人来自巴勒莫。露卡能在背景里听到他的妻子在对他说话。他抱歉地说,他必须放下听筒了。他坚信,她一定会找到她的父亲。

  无论是第三个还是第四个乔治·蒙塔莱都没有接电话。露卡找到通往火车站的路,在售货亭买了一张城市地图。她在目录栏里找到了街名,在地砖上展开地图,弯腰蹲在那些弯弯曲曲的街道蜘蛛网上,周围是过路人的鞋子和带轮子的行李箱。一个乔治住在郊区,另一个住在市中心,在那条河的对面。她决定走到那里去。天气很热,那些狭窄的街道上满是熙熙攘攘的游客,他们成群结队、争先恐后地匆匆走着。为了不迷路,她把地图拿在手上,一路走来,在经过教堂时她也只瞥了一眼那些白色和绿色的大理石外墙。那条河的河水是黄褐色的,就像那些房屋的墙壁一样,从她走过的桥上,可以看见另一座桥,桥上覆盖着一些小房子,远远看去像是鸟舍。沿河的平顶瓦房后面,耸立着大教堂的圆顶,上面也覆盖着红色的瓦,在其巨大的拱顶上还有凸出来的尖端。

过了一会儿,她就站到了一座旧建筑物的三楼按门铃。楼梯口的大理石地板是像棋盘一样的格子,楼道里装饰的木板是深色的,有着清漆的光泽。她又按了一次门铃,正准备离开的时候,就听到了滑动锁打开的声音。她大吃一惊,没有听见公寓里面有脚步声。那个来开门的男人,30岁出头的样子。他的短发是完全的浅黄色,直直地冲天立着,但是他的皮肤是深色,眼珠是棕色的。他肌肉很发达,在他粗壮、毛茸茸的手臂与他柔软的动作之间,有着一种奇怪的对立,他用这种柔和的动作收拢着和服的衣领,好像他同时也在爱抚自己一样。他微笑着,歪着头,同时询问似的瞧着她。

她问,他是不是乔治·蒙塔莱。他摇摇头,依然微笑着,用食指否定地来回摆动着,好像她是一个孩子,做了她不可以做的事情。她问,乔治·蒙塔莱是否住在那里。他点了点头,但她并不明白他说的是什么,他用的是慵懒而抑扬顿挫的嗓音,调子高得令人惊讶。男人期待地望着她。一只硕大的蓝灰色猫出现在门口。它把双耳收回去,用头亲昵地压在男人强壮的腿肚子上。她不知道,她该说什么。他在自己面前竖起一只手掌,像做出信号,要她等着,他半开着门,稍后拿着一叠记事贴纸和一支圆珠笔走回来。她写下了自己和旅馆的名字。

当她向着河边走回去时,才想起来,她一整天都没有吃东西。看来一切都完全没有希望。她感觉可以确定,那个跟蓝色猫和有着黄头发的男人住在一起的人,不是她的乔治。这个想法让她微笑了起来。那张写了四个地址的纸条已经在她手里揉皱了。她看到了一辆出租车,扬起手臂。她提供了这个最后的地址,坐在后座上仰靠回去。渐渐地,那些历史建筑都消失了,它周围的景观看起来就像任何一座有笔直街道和现代房屋的城市。他们的车开了很久,出租车突然停在一个大型住宅区前面。她付了钱,在那里站了一会儿,同时环顾着四周。一群男孩子奔跑着,在防潮混凝土楼群之间的空地上踢着足球,这些楼的阳台上都层层叠叠晾满洗好的衣服。太阳已经很低了。远处,一座水塔在沿高速公路的成排柏树后面拔地而起。在另一面,她看到体育场观众席上巨大的拱形半屋顶的轮廓。

她按了几次门铃,当她终于找到了那扇正确的门的时候。家里没有人。她在楼梯上坐下来,背靠着阴凉的墙壁。声音从她周围的公寓里传出来,一个孩子在哭,一台电视机反复播放着激动人心的音乐片段。她收拢双膝向墙壁缩回去,一个女人提着满满的购物袋上楼经过她。过了一会儿,从反方向下来一个老男人,缓慢地,弓着上身。他往下走了几级楼梯后停下来,用那双滴溜溜乱转的眼睛好奇地看着她。衬衫从他磨得发亮的裤子拉链处钻出来,他还忘记了修刮脖子。露卡对他微笑着。他似乎没有留意到这点,或者说对她友善的表情没有任何反应。他只是用一种空洞的目光凝视着她,然后继续向楼下走。

时间过去了半小时,露卡又听到楼道里有脚步声。一个女人出现了,停下来,在那个老人站过的地方。她应该有四十八九岁,也许五十岁。她那浓密的头发,像灰黑交织的鸟窝一样立在她苍白的、轮廓分明的脸周围。她的眼睛很细小,她用严厉的目光盯着露卡,同时继续慢慢地上楼。露卡站起身来,介绍了自己。那女人用一只瘦骨嶙峋的手移开眼睛上的头发,然后迟疑地把它伸向露卡。她讲着带浓重口音的英语,她的嗓音是沙哑的。她一边打开门锁,一边解释,乔治要晚一些才能回来。她在打开的门里转过身来。顺便说一句她叫斯特拉。她看着露卡,露出一个迟来的微笑。

她为家里的混乱道歉。露卡环视了一下房间。看起来好像有很长时间都没有整理过或者打扫过的样子。室内的布置是那样毫无特色,对有关公寓住户的一切都无可奉告,只说出,他们完全不在乎里面是什么样子。客厅的一端有一张餐桌,那里还放着早餐用过的杯子和盘子。客厅另一端摆着一张破旧沙发和两把不相配的扶手椅。没有窗帘,墙壁上空空如也。角落里放着一台电视机,一个熨衣板置身于一堆放满衣服的纸箱子前面。斯特拉问她饿不饿,她开始把桌子上的杯子和盘子拿进厨房。

通向卧室的门半开着,露卡斜瞥了一眼那张没有整理的床。这是一套小公寓,斯特拉在她的身后说,把一个放了奶酪和香肠的盘子摆到餐桌上。她有地方住吗?露卡点点头,坐了下来。什么时候到的?斯特拉抽着一支烟,露卡一边吃饭,一边解释,她是如何找到他们的。斯特拉等一下还得出去,但露卡可以留下来等乔治。他们两个人都是晚上上班，实际上他一般这个时候都在家里。但是她也应该喝点东西！她为自己的疏忽摇了摇头，她再次去到厨房。露卡望着外面有遮盖的阳台。三件男式衬衫挂在晾衣绳上，松散地摇摆着双臂。

斯特拉拿着一瓶矿泉水和一个杯子走回来。可惜没有别的。她应该知道，露卡来了。露卡说，她曾试过打了电话。斯特拉又点了一支烟，吸着，同时用她那双严厉的小眼睛看着露卡。她已经料到，露卡有一天会出现。突然她站了起来，乔治可能很快就会来。她走进了卧室。她再出来的时候，穿着打黑蝴蝶结的白衬衫，黑色齐大腿的半截式短裙和黑色丝袜。那蝴蝶结有些可笑。斯特拉看起来，好像能看出露卡在想什么似的。她的头发从额头往后梳，挽起来用发夹夹住。她的脸显得更加有棱有角和紧凑，在没有了未梳理的鸟窝似的头发做框架之后。她伸出手来作为告别的问候。她回来的时候露卡可能已经走了。她希望露卡在意大利过得愉快。

露卡听着她的脚步声在楼道里逐渐消失。她站起身来，打开了通往卧室的门。他们的衣服堆放在床上、地板上和一张椅子上。有一个矮架上码着紧密的书堆，书架上方挂着一张镶着镜框的照片。她认出了斯特拉，一个年轻的、晒黑了的、穿着花连衣裙的斯特拉。在她旁边站着一个留着深色卷发和络腮胡子的男人。他穿着一件格子衬衫，它宽松地挂在他的裤子外面。这同一件旧衬衫，他也穿过，当他们在度假屋的时候。露卡还记得那种柔软的、洗得褪色发毛的布料的感觉，当她把脸向着他的肚皮压进去的时候。她把一只手放到他的下半截脸上。眼睛也是原来的样子，褶皱围绕着双眼，当他微笑的时候。

她在客厅的沙发上躺了下来。现在只有等待是个问题了，然后她就会听到走廊上的脚步声和钥匙插进门锁的声音。她想起了斯特拉在上最后几级楼梯和伸出手来之前，那严厉的、调查似的目光。

当她醒过来的时候，天色已半明半暗了。一开始她不知道自己在哪里。她能感觉到，房间里有人，她不知所措地坐了起来。他两腿跨坐在桌旁的一把椅子上，双臂搭着椅背。他看着她，同时将下巴靠在交叉的双臂上。络腮胡子不见了，他那桀骜不驯的头发看起来好像有人把烟灰缸清空在他的头上。慢慢地，她在刻进他脸上的皱纹后面，认出了那张青年时期黑白照片上的特征。他坐在那里看着她，在她睡着的时候。是我，她用丹麦语说，带着低沉的嗓音。是我，露卡……

他点点头，弱弱地微笑着，到现在她才觉察到他的泪水，它们在眼角聚集着。她站起来，向着他走过去，但是停了下来，因为他把脸转过去了。她在那里站了一会儿，轻轻地把一只手放到他的肩膀上。他抬头看着她，用两只手掌擦拭着双颊，从椅子上站起身来。突然他又笑了起来，以小丑般的方式挥舞着双臂，好像要为他的眼泪道歉似的。他拥抱着她。她没有哭。她很想哭，她也曾想象过，她会哭起来。

她很惊讶，他没有更高一些。他闻起来有一点汗味，但他的气味并不是她所记得的那种。他们站在那里互相拥抱时，他说了一些话，她并不明白。他把她推开一点，又一次微笑起来。他对她讲意大利语。很显然，他已经忘掉了他跟埃尔塞在一起的时候学的那一点点丹麦语。她从来没有想到，他们见了面可能互相听不懂话。这让他们很尴尬。他指指他的手表，又微笑起来。走吧，他说，朝着前门的方向点点头。

她不知道，他要带她去哪里。他有时用悲伤的眼睛看着她，狡黠地微笑着。他请她等在一家商店前面，过了一会儿，他带着一瓶酒和一个袋子走回来，袋子里冒出烤鸡的香味。他一边挥舞着酒和袋子，一边微笑着示意，他们要继续走下去。他加快了速度，偶尔还看看他的手表。他们已经走了一刻钟，当他们到达一家电影院的时候。他想邀请她去电影院吗？乔治沿着一座建筑物旁的陡峭楼梯走在前面。楼梯通向裸墙中间的一扇门。他开了锁，从里面开了灯，用很绅士的手势为她把住门。

在她看着的时候，他把一个巨大的、装了胶卷的轮盘从圆盒里拿出来，然后用熟练的动作把它装到电影放映机上。他用一种狡黠的眼神把她叫过去，让她透过一扇小窗往外看。下面电影院大厅里的观众正在找他们的座位。他按了一个按钮，大厅里的灯光就变暗了。之后他让机器开始工作，胶片转轴带着嘀嗒之声开始转动，同时胶片冲过那强大的光束，那光束透过电影院的黑暗扩散开来。乔治又指指他的手表，摇动着手腕，对着它吹了吹，好像他烫着了似的。露卡不由得笑了起来。

他把碟子、刀叉和杯子从一个柜子里找出来，然后在电影放映机之间的一个小桌子上准备食物。那只烤鸡还是热的，乔治开心地看着她，当她啃着那半只鸡上的肉，时不时还吮吮手指头的时候。他小口品着葡萄酒，让酒在嘴里打着转冲洗，带着一种挑剔的行家表情，那个样子让她又微笑起来。他们默默地干杯，乔治脸上有一种假装的庄重表情，总而言之，她觉得自己正在进入一部无声电影，部分原因是来自电影放映机的那种嘀嗒之声，部分原因是乔治的怪诞手势。他想要把她逗笑，但那悲哀的情绪并没有离开他的眼睛。葡萄酒让她松懈下来，那种在两个昼夜里用坚硬的手柄抓住她的紧张，被一种沮丧的虚弱所取代，有太多的东西，她想要问他，有太多的东西，她想要告诉他。

他站起来，把一个胶片卷轴上到另一个电影放映机上，做着手势，她应该透过那个小窗往外看。露卡看着那遥远的电影画面在黑暗中滑动。一个男人和一个女人正躺在一张四柱床上，在壁炉发出的金色光芒中做爱，突然，她在画面的右角上看到了一点小小的白色闪光。与此同时，乔治马上让另一个放映机开始工作，眨眼之间，四柱床上的那对男女被一队骑手飘动的披风所取代，骑手们在黎明时分沿着森林疾驰。他关掉第一个放映机，取下胶片卷轴，拿着它走到一张有两个钢碟的桌子旁，他在那里把胶片倒回去。她站在窗口前，心不在焉地跟随着那些在下面银幕上发生的事情。

电影散场后他们走到街上，他抓着她的手臂，把她带到一个公共汽车站。他从前胸口袋里掏出一个皱巴巴的香烟盒子，给了她一支烟。她把它接过来，虽然她并不想抽烟。那里几乎没有交通。长排的汽车沿着商店前放下来的百叶窗停放着。远处从一个防盗报警器传来刺耳的尖叫声。乔治稍弯着腰，斜着肩膀站在那里，一只手插在口袋中，同时间或吸一口烟。他看着她，摇了摇头，好像他还是不相信自己的眼睛似的。露卡……他温柔地说着。她用微笑回过去，但它已经变成了一种缓慢的微笑，她的嘴角感觉到了迟钝与僵硬。

只有几个人乘坐公共汽车。一个像她一样年纪的女孩坐在那里，茫然地看着那些关闭的门面。她脸颊上扑的那层厚粉使她在苍白的灯光下看起来像个洋娃娃。她轻轻地拉了拉一只膝盖上的尼龙长袜，长袜在那里脱了线，她低着的头从一边转到另一边，可能是整天坐在办公椅上导致的后脖子僵硬。她的后面坐着一位穿军装的年轻男子，他的两腿之间放着一个锁口的布包。他戴着耳机，坐在那里闭着眼睛，机械地点头。露卡能听到从他耳朵里传来的一种微弱的、有节奏的低音。

乔治拍拍她的手臂，指着窗玻璃上他们透明的镜像。他在她的轮廓上修改着，像另外一个街头摄影师一样，然后又把自己的脸也放到轮廓里，同时交替地指着她的鼻子和自己的鼻子，用眼角斜视着她，那个样子让她笑了起来。他自己也笑了。没错，她有着他的鼻子。他低头看着大腿上的双手，再一次笑了起来，让两只肩膀都塌下去了，同时他还惊讶地摇了摇头。露卡，他喃喃地说，露卡……她轻轻地把一只手放到他的手上，抚摸着他手背上突起的青筋。他专心地看着她的手指。

他们在一家大型现代化酒店前面下了公共汽车。侍者向乔治起皱的衬衫投来极不满意的目光，那衬衫挂在洗得褪色发毛的牛仔裤外面。他们经过他面前之后，乔治转过去对着转身离开的那个头戴高帽、身着工装外套的背影伸了伸舌头。他用调皮的表情对露卡眨了眨眼，这个动作让他想到了一个男生为了赢得她的钦佩而做的滑稽动作。她跟着他走进那个空荡荡的酒吧。酒吧里面装饰成带有深色镶板墙面和深陷的真皮沙发的英式俱乐部。吧台后面站着一个高高的女人,穿着带蝴蝶领结的白衬衫。当斯特拉看到他们时,她脸上显出既不吃惊也无喜悦的表情。乔治开始将她们介绍给彼此,但她用一个快速的评价打断了他。他伸开双臂,坐到了吧凳上。斯特拉问,她想喝什么。露卡要了一杯橙汁,乔治得了一瓶啤酒。

斯特拉用中立的语调翻译他所说的话,像一个职业翻译一样,但她没有把话全部翻译出来,露卡能听出来,和乔治说的不完全一样。他感到非常惊讶。如果他知道,她会来,他就会请假,那样,他们就可以出去吃饭。他很高兴见到她。露卡回答了通过斯特拉翻译的那些问题,她看着乔治,当他专注于听斯特拉复述她的回答时。他问了一些普通的事情,她是否还在上学,以及她对于继续深造有什么打算。她告诉他,她可能想当演员。他很严肃地看着她,这是一条不保险的生活之路。

她问,为什么他不再做电影工作了。斯特拉在翻译之前稍稍犹豫了一下。他笑了起来,并拢指尖打着手势。他还是在做电影工作!之后他把目光远远地投向酒吧后面的镜子。不是那么容易的。此外也不再制作真正的电影了。渐渐地,除了追汽车和露大奶之外没有别的了!斯特拉歪嘴笑着把这句话翻译出来。他不愿意只为了钱去做事。他意味深长地看着她。人应该相信自己所做的事情,不然也就什么都无所谓了。人总有办法活下来的。他叛逆地翘起了下巴。他就活下来了……露卡点点头,他热切地看着她。也许她会成为一个大演员。说不定有一天他在电影院放的影片中,其中一部就是她主演的!他为这个想法笑了起来。

他们坐在那里沉默了一会儿。斯特拉去招待一对坐在酒吧尽头的德国夫妇。露卡这时才注意到那似乎是来自世界各地的合成弦乐。乔治一边带着梦幻般的表情把头摆到一边，一边拉着一把隐形的小提琴。斯特拉走回来了。露卡清了清嗓子。为什么他从不来看望她们？斯特拉在翻译之前看了她一眼。他把目光移开，掏出烟盒里的最后一支烟，拍了拍口袋。他找不到自己的打火机，斯特拉递给他一盒火柴，他划火柴时烧到了手指，他狠狠地吸了一口烟。说来话长，他不知道她母亲告诉了她多少。他们是如此不同……他向她投过去一个请求的目光。他曾经提出过去看望她们的建议，但是她的母亲并不认为这是个好主意。露卡看不出他是不是在撒谎。他从吧凳上滑下来，抱歉地看着她，同时他向厕所方向点了点头。

斯特拉拿走了他座位前面的烟灰缸，又放置了一个新的。当他走出了视线的时候，她看着露卡，用那双细小眼睛捕捉着她的目光。她突然显出很累的样子，两边的脸颊垂到了嘴角旁边。露卡不知道她在对方的目光中感觉到的是恐惧还是愤怒。斯特拉说得那么低，几乎听不到她在说什么。不要打搅他，她悄悄地说，……求求你……露卡移开了视线。那个德国人把钞票夹在手指间对着斯特拉做手势。乔治回来了。他拍着手，对着斯特拉大声说着什么，斯特拉转过身来，给了他凶狠的一瞥，同时那个吃了一惊的德国人正从柜台上收起找回来的钱。乔治抬起眉毛看着露卡，那表情的意思大概是，和他住在一起的实在是个很糟糕的泼妇。

那对德国夫妇走后，他又重复了一遍他说过的话。斯特拉用疲倦的嗓音翻译着。他想明天带她去城里看看，如果她可以的话。她知道大教堂在哪里吗？他们可以在那里见面。12点？乔治带着询问的目光点点头，露卡也点点头回应。斯特拉问,她要待多久。她把它翻译成没什么。露卡回答,她现在还没有做决定。她说,她想走了。乔治提出要送她回家。她说,她想坐出租车。斯特拉去打电话叫车。他送她到酒店门前,等车的时候他们谁都没有说话。出租车终于来了,他异样地微笑着,她认为是几近轻松的,同时他拥抱着她。

她犹豫着,她第二天看到他站在繁忙交通后面的洗礼堂旁边等着的时候。尽管天气很热,他穿了一套棕色的天鹅绒西服和一件白色的、新熨过的衬衫。昨晚在回旅馆的路上,她在出租车里哭了,为了不让司机发现,她无声地哭着。她醒着躺了很长时间,同时她听着城市的喧嚣冲进院子。但是她真正期待的是什么呢?所有的这些年之后他已经变成了另外的一个人,他的生活也成了另外的样子。对于他来说,她是一个遥远而痛苦的回忆。

埃尔塞阻止过他去看她吗?她不相信这个说法。她愿意相信,但她做不到。她也无法确定,他看起来是感动的还是真正可怜的,当他穿着最漂亮的衣服,站在洗礼堂绿白相间条纹的大理石外墙前面,同时紧张地搜寻她的时候。她犹豫,因为他看到她时那疯狂挥手的样子,让她不是为他就是为自己感到难堪。他那鲜明的特征与桀骜不羁的灰白夹杂的头发,让他看起来像是还不错的样子,但是他那低垂的肩膀和永恒的小丑形象,也给人留下了一个被生存所征服的男人印象。一个屈从于生存盲目而平庸必要性的男人。

他带她看了大教堂和美术学院美术馆,那里有米开朗基罗的《大卫》和那些奋力挣脱大理石的奴隶,他们在大理石上只出来了一半。他拉着她穿过乌菲兹美术馆,她走在他的身边,在那些日本游客和美国游客中间穿行,因此他们看到的古老绘画只不过是不连贯的脸部、身体和风景的瞬间。他不停地讲着,好像他以为只要他继续下去,她最终总会明白的,一如当年她小的时候一样。他不知疲倦,当然,所有的那些景点也都是他们坚持要看的。幸运的是,有足够多值得一看的地方。她记起了斯特拉害怕而又威胁的面孔,当她求自己让他那样的时候。

他们在一条小街的餐馆里吃饭,那是一个简陋的地方,工匠们到过的地板上有木屑。他显然是这里的常客。店主对她微笑着,对他生命中的奇遇欣赏地摇着头,当乔治介绍他来自丹麦的成年女儿时。不,她不会说意大利语。那太可惜了!她能听懂的就那么多。午餐后,他们喝着浓缩咖啡,乔治从口袋里掏出一张照片来,脸上还带着神秘的表情。是他们在一起的照片吗?也许很多年之后还能在上面找到现在的他曾经在那儿的痕迹。一个除夕夜的短暂烙印,在那里她坐在他的手臂上,打扮成印度公主。那是一个真实事件的证明,他曾经和他肩膀上的她一起在种植园的松树间奔跑,因此笑声像波浪一样从她心里发泡并涌了出来。

她看着那张黑白照片,认出了那个年轻的乔治。他站在那里,一只手拿着麦克风,另一只手搭在一个男人的肩上,这个男人,她认为以前也见过。一个英俊的男人,一个比乔治更漂亮、有着疲惫的眯眼和棱角分明下颌的男人。他把食指放在照片上,这让她想起米兰的那个巫婆和她的有着红眼睛的儿子和儿媳的肖像。他凯旋似的看着她。马斯楚安尼!他说着,怀旧地微笑着,同时清空了他的咖啡杯。她把照片递给他。他透过彩色的蝇帘朝街上望去。突然，他指着他的手表，就像他前一天做过的一样。她仿佛又看到了那个他们曾坐在那里吃过烤鸡的，害羞地微笑过的电影放映间。

他们又回到大教堂。现在是该说再见的时候了。她知道这一点，她能看出来，他自己也知道。他们互相拥抱。她曾经决定不让他拥抱，但是直到此刻她才明白，自己的决定其实是相反的。他站在那里看着她，双手垂在两边，那一刻的他，没有宣誓时让人笑出来的那种小丑式和解的鬼脸，因为这个世界上的最后自由显然是自愿的滑稽，逗笑与否是要自己买单的。但是她直到多年以后才开始想到这一点。她要记住他的脸镶嵌在洗礼堂清晰、简单的文艺复兴时期几何图形的框架内，他脸上没有表情。他也知道，离别已在他们的身后，这只是几秒钟的事，因此他可以让自己在那里再多站一会儿。

她注意到了他那凌乱的花白头发、额头和脸颊的沟壑、嘴角自然表达出来的无声抱怨，以及布满笑纹的眼睛，这一切都钻进了他薄薄的皮肤。在他的生活里，他已经笑得太多了。他抬起手来，犹豫了一秒钟，然后用他的食指关节轻轻地刮了刮她的鼻尖。他的鼻子。这是他超出她的名字和几张模糊的照片之外留下的唯一痕迹。然后，他慢慢地后退了一步，再退了一步。他的双眸变得漆黑如隧道，他微微举起双臂，张开双手，同时他转过身快步走了。

她身体里所有的东西都攥成了一个坚硬的、喘不过气来的结。她紧紧抓住往来交通和洗礼堂大理石墙之间的铁栏杆，直到那个结松开，她脚下的铺路石在融化，并在她眼前变得模糊起来。她任凭泪水流过两颊，也不在乎路人的担心或是好奇的目光。她大步走路,并且嘴角感觉着盐的刺痛时,呼吸才容易了一些。她到达火车站广场的时候,她的眼睛又干了。眼泪收干的痕迹在脸颊上略微收紧。

当她被敲门声弄醒的时候，院子里那一圈院墙上的天空呈现出深蓝色。她起来去开了门。那个系围裙的孕妇挥手示意，要她跟着走。她们向走廊尽头的柜台走去的时候，她看到了一个穿着一身白色衣服的高个男子。他看起来30多岁的样子，他长长的栗色头发落在额头上，他的那双绿色眼睛直视着她，同时他微笑着伸出手来。他的英语说得很流利，他的名字是乔治·蒙塔莱。

他得到了她的信息。她不明所以地看着他。他给她出示了那张写有她的名字和旅馆的纸条，她认出了自己的笔迹。她解释说，她曾经以为，他可能是她的父亲。他关切地看着她，显然他马上就明白了一切。他没有孩子。他又一次微笑了，现在是更加小心翼翼了。他以为，她是他那些不认识的表妹之中的一个。他几年前才搬回来，他曾经住在英国。但是她找到父亲了吗？她点了点头。那个孕妇一边从厨房里好奇地看着他们，一边在那永远的锅里搅动着。他难道不应该请她喝一杯吗？现在已经确定了，他们彼此之间绝对没有任何关联……她微笑着，为什么不呢？

他的车就停在大门前，是一辆黑色的法拉利。当她向后靠到那柔软的真皮座位上时，她想起了那个小小的白点，这个白点像画面角落上的一个视觉干扰，它给了她的父亲一个信号，他应该起动另一台放映机，这样，下面电影院大厅的观众就不会察觉到，那是换了一个卷轴。但是现在，这不仅仅只是另一个卷轴，这是一部全新的电影。这位身穿白色衣服的乔治正熟练地开车驶过那些狭窄的街道。他在一所大学教英文，他曾在剑桥念书。

她讲述了她的旅行，她与乔治的重逢，以及斯特拉，她惊讶于怎样毫不犹豫就打开了自己。这像在听另一个人讲述。这一直是一种错觉，她说，她奇怪这个词是从什么地方出来的。她曾经以为这次的重逢会像神迹一样，但是他只不过是那个碰巧成为她父亲的男人罢了。这么多年之后他们还会有什么对彼此可说的呢？她讲述的时候，乔治用他那双绿色眼珠看着她，他那张严肃的脸让她感到，她坐在那里发现了一些有关生活的东西，一些艰难和成熟的东西。

他们坐在露台上喝白葡萄酒，那里有面对着这个城市的风景，在那些覆盖着柔软植被的山坡之间，在傍晚的灯光下，可以看到有着交错的瓦片屋顶和大教堂圆顶的城市的朦胧轮廓。在谈话停顿时他突然微笑了起来。听，他说道，她听到了钟声，它们之中有些微弱而遥远，其他的很近，响亮和低沉的钟声同时融合在相互的撞击之中。他问，她晚上是否有计划。她耸耸肩，微笑着摇了摇头。他起身，走进去打电话。她看到他站在投币电话的旁边，在酒吧半明半暗中的一个童话般的白色身姿。过了一会儿他回来了。她喜欢龙虾吗？卡洛已经下去采买了。

乔治的家族拥有整栋公寓楼，一座从17世纪起就有的宫殿。他说这些的时候并没有炫耀的意思，更接近于好像是一种抱歉的样子，同时他走在前面通过挂着一盏大型铁框灯的门厅。大门通向一个庭院，里面有一个被暗黑树叶环绕的小喷泉。漂白了似的卡洛在门里迎接他们，这次他也是穿着闪闪发亮的深红色丝绸和服。后来她想，卡洛的和服至少和乔治公寓里的房间一样多。她不能确定，她曾经全部都看过了，无论是房间还是和服。公寓像是没有尽头，所有的房间都有高高的天花板，带着棋盘似的正方形大理石地板，厚重的天鹅绒窗帘以及高贵而精致的古董。

一切都是在没有明显过渡的情况下发生的，只有一种平和的动作，让人想起卡洛在他平滑的和服里面的活动方式，他的肌肉是如此的发达而柔顺，就像那只到处跟着他的硕大蓝猫。他们吃饭时，露卡老是要笑他夸张的戏剧化姿势和把词语拖长的悦耳动听的嗓音。他并不在乎她的笑，他差不多是把自己漫画化来逗她发笑，与此同时，乔治会用他发亮的眼睛狡黠地看着他们。他翻译卡洛所说的话，甚至给她讲，他在写一篇论文时涉及的一些英国作家，全部都是同性恋者，他带着出其不意的微笑说道。

露卡从未听说过福斯特或者伊舍伍德，但是她很享受听他的剑桥口音和被他的绿眼珠所注视。关于这个无家可归的伊舍伍德，乔治讲了很长时间，他从英国中产阶级的童年时代逃到20年代颓废的柏林，纳粹党掌权以后，他又继续逃往美国加利福尼亚，在那里与印度教调情。他的身份没有锚定在任何一个固定的地方。乔治说，因为他砍断了一根接一根的锚绳，终于他用他的生活，实现了一句在他的柏林小说中开头的那句话：我是一部照相机。

他跟她讲话时，听起来就像一个古老又古怪的世界孕育了这个迷人而又成熟的男孩，就是为了要通过他的话语和睿智的目光来与她交流的。她对他说话，像是在对一个认识了很久的人说话。他很专心地听她讲述，她怎样度过了她的幼年生活，为了不让她尴尬，他还温柔地给她示范，怎样吃龙虾才不会碎成一千个橙色的小节。她认为，她已经得到了一个朋友。她还从没有与男人有过这样的经历，也没有与她同龄的男孩子有过，但她感觉很安全，因为卡洛一直在提醒她，乔治不可能会有任何别的计划，除了简单地和她坐在一起谈话、倾听和嬉笑之外。

为什么她不留下来在这里睡觉呢？他们放松地躺在各自的沙发上，喝着绿茶，那是卡洛在那个巨大壁炉的炭盆里准备的。好的，为什么不呢？卡洛将她带到一间卧房，那里有一张四柱床，它类似于前天晚上，在她父亲工作的郊区电影院里，从电影里看到的那张床。那里还放了一条毛巾、一把牙刷和一件准备好了的和服，好像一直以来就打算好了，她会留下来一样。他挥手道晚安时，她忍不住要对那个波浪形动作发笑，那是他用手指做出来的，他会意地微笑着回应，拉上了门。

她一觉睡到上午。她打开百叶窗，看着外面的一片杂乱的瓦片屋顶，一片静止的、砖红色波浪的海洋。她的旅行袋放在窗户旁的一条凳子上。她听到身后有轻轻的碰撞声，她吃惊地转过身来，因为卡洛正把一个放了咖啡的托盘放到床头柜上。今天他穿的和服是薄荷绿底黄花的。那只蓝猫跳到了床上。他揪着它脖子上的皮，把它拎了出去。她在厨房找到了乔治。他一清早就去取她的旅行袋，还帮她付了旅馆的房费。她问，他是否已经绑架了她。他微笑着。绑架？那双绿眼珠询问地看着她。

那天,他们把她带到了乌菲兹美术馆。她不想说前一天已经去过了。与她跟着父亲一起匆匆穿过博物馆相比,这是完全不一样的。她曾经被所有的画面弄得差点儿窒息,因为她来不及好好看。乔治让她镇定下来,他们只要看单独的一个楼层。你可以在乌菲兹美术馆里度过一生,他说。所以你必须选择,什么是你愿意放弃的,他带着微笑继续说道,艺术还是外面的生活。他又穿上了白色的衣服,卡洛穿着一套黑色的丝质中式裤褂。她很享受地注意到,游客们如何斜睨着,这个又高又苗条的女孩边走边笑,跟那个穿着白衣的贵族,和他们漂白了似的肌肉男朋友一起。

乔治想带她去看其中一个文艺复兴早期祭坛画的展厅。他讲述着那些面孔、身材及衣服褶皱中的纯粹而程式化的严谨,并告诉她那些是来自拜占庭的影响。卡洛提前走了。她停在描绘圣母和圣婴的众多画板中的一幅之前。她不能确定,但她认为,她认出了来自那张明信片的画面,她曾经在火车上坐在那里盯着的,她的那个寻找父亲的唯一联系。她久久地看着微弱蓝光下的那张年轻而苍白的女性面孔,其内敛、梦幻的神情好似忘记了她怀中的孩子,她被背景上褪色的点点金光包围着,那些金光还裂开成细小的分支缝隙。金子融化在她的眼睛上,再流到这个女人的脸上。她急忙用手背擦拭眼睛,但乔治还是看到了。他把一只手轻轻地放在她的肩上,微笑着,同时捕捉着她的目光。没事,她说。

他拉着她的手臂,带着她在那条和整座建筑物同样长度的画廊里走,她在画廊尽头,在一个对着高窗的剪影中,认出了卡洛,他站在那里转过身对着他们。乔治放开了她的手臂。很奇怪,他说,他们继续往前走。他从瓷砖地板上抬起头来，压低着声音。你像我的妹妹……他们走到卡洛那里时，她注意到，他回避着她的目光。他歪着头，用抱怨的声音说了一些惹得乔治笑了起来的话。这个可怜的人快要饿死了，乔治说。但他们今天可能也看够了文艺复兴早期的作品。

他们走进一家昂贵的餐厅，一个老式而庄严的地方，那里的白色台布像冰块一样飘浮在宁静的半明半暗之中。他们点餐之后，卡洛站起来，说着些什么离开了桌子，那些话听起来带着反讽的意味，几乎是嘲笑的。露卡问，他说什么。他说，他吃醋了，乔治微笑着。但是她不相信是这样的。卡洛对她很着迷，他只会为了娱乐自己表演嫉妒。他久久地看着她，突然伸出一只手来把披在她额上的头发拂开，把它们在后颈上聚集成一大把。确实有点像，虽然她的颜色更浅一些。他惊讶地摇摇头，放开了她的头发。这当然只是一种想法而已，但他就是忍不住，要把她想象成看起来像露卡的样子。

她请他讲讲他的妹妹。他稍稍移动了一下那很沉的刀叉。他们之间只相差几岁，他们曾经像双胞胎一样。他们总是在一起，会互相把自己所想的一切告诉对方。他们在乡下的时候，他们就藏在树上，这样，大人们就找不到他们了。到了晚上，他们又偷偷溜进对方的卧室。先醒来的那一个，一定会推醒另一个，这样他们就不会被发现。倒酒的侍者拿着一个酒瓶走向他们。乔治不信任地看着标签，向侍者提了几个问题，他才带着审视的表情，让侍者打开了酒瓶。

当父母送他去英国时，就像被从中间劈下来一样，他继续说道。卡洛回来了。他歪着头，将两只手肘撑在桌子上,把指尖在他自己的面前并拢起来,好像很有兴趣地听着,但露卡可以看出来,他一点也不明白乔治在说什么。乔治不去注意他。他不仅失去了自己的一部分,而且他为了能带着他妹妹的另一半离开,也把他的妹妹从中间撕了下来。他停了一下,推着酒杯脚在桌布上来回移动。她在厄尔巴度假时溺水身亡,那时她14岁。如果他在那里……那是一个意外,但他从来没有原谅过他的父母。葬礼之后他回到英国,一直留在那里。他打断了自己的话,同时他举起酒杯,对着他们俩微笑。

看起来这真的像一场绑架,一场从她所知道的一切的冒险脱逃。每天他们都出去,开着那辆黑色的法拉利,行驶在爬满葡萄藤的露台和橄榄树之间的蜿蜒小路上,一直上到高墙环围的山城。她被带到有着凉爽穹顶的中世纪修道院,那里的黑暗中滴着不知从哪里来的水,他们坐在面对山景的阳光普照的露台上,吃几个小时的午餐。她把头发从额上理开扎成一个马尾。她从孩提时候起就没有扎过马尾,她平常都是让头发披下来,任其随意飘动。她看到乔治注意到了她的这个动作,但是他并没有对此发表评论。

她想着,他说过的那些话,当他从她的脸上撩起头发的时候,她像他的妹妹,他对他妹妹的想象,让她能够看出是什么样子的。如果她还活着的话,现在应该是和乔治一样的年纪,一个成熟的女人。露卡无法想象自己十年或者二十年后的脸。小时候她经常问埃尔塞,当她长大的时候,她会变成什么样子,但埃尔塞只是耸耸肩。时间会显示出来,但她看起来必定还是会像她自己的。露卡不相信她。这些年来埃尔塞看起来就成了另外的样子,在她年轻时开着敞篷跑车穿过意大利以来并不知道这一切将会变成的样子。是年龄导致的完全不一样,还是另有其他的原因?

那天晚上他们又玩了一个地方后开车回家时,她蜷曲着身子坐在后座的毯子下,当她听着乔治和卡洛互相私密地交谈着的时候。像一对夫妇一样,这让她想到那些在一起生活了很久的夫妻。但是她依然弄不懂,乔治怎么会和卡洛生活在一起,好像后者是一个女人一样。与卡洛相反,乔治并没有什么女人味,当她遇见他的探索性目光时,她还是不得不提醒自己,他并没有去看她,像其他男人们所做的那样。

他没有再提起他的妹妹,但她确信他在想她。她玩味着一个想法,她是他的一个鲜活的回忆,或者更确切地说,一幅他想象中的脸和身材的鲜活镜像,那是他死去的妹妹从未来得及获得过的。一个微笑的鬼魂走在他身边,穿过那些安静的小镇,这个鬼魂带着异常的绷紧头发的感觉,头发向后梳理,用橡皮筋扎在一起。当他们沿着破败的城墙走向那被看不见的蝉包围着的山坡时,她想象着,他是她的哥哥,这个哥哥把她接回到那已经从她的身上带走了的未来。

一个炎热的下午,他们三人都躺在壁炉前巨大的波斯地毯上,慵懒地轮流吸着一根大麻。阳光透过关闭的百叶窗缝隙燃烧着,在半明半暗中散发出金色的光芒。他们很早就回了家,然后放松地躺在各自的和服里,好像他们在东方花园的阴凉里躲避中午的高温一样。露卡洗了个澡,她的头发还是湿的,和服紧贴着她潮湿的皮肤。卡洛躺在旁边,头搁在弯曲的手臂上,半张着嘴。他睡着了。她站了起来,看着地毯上酒红色和苔绿色的藤蔓花纹倒过来在她的周围旋转。她站了一会儿,同时等待着脚下的摇摆感觉逐渐消退。乔治给了她一个意味不明的微笑,将最后的一点大麻扔进了壁炉里。一炷细烟在里面的黑暗中旋转而起。她回笑了一下。她知道,当她走过凉爽的大理石地板的时候,他在目送着她。

她进入自己的房间,仰躺在床上感觉着,她所有的肌肉是如何放松的。陶醉让她感觉好像她的头、身子和四肢正在彼此分离,开始在各自的方向上滑行,围绕着不断增长的空间,在没有重力的状态下。她不知道,自己那样躺了多久。起先她还以为只是被来自打开的窗户的温热微风吹拂着,当她注意到他的呼吸对着她的双脚时,之后他的嘴唇也上来了。她没有听到他走进卧室。一开始它们只是摩挲着她,接着他吻她,同时他用嘴沿着她的小腿和大腿开路。他把两只手合并在她的臀部周围,将她拉过去。当他的舌头滑进她的阴唇时,她闭着眼睛,完全放松地躺着,把精力全部集中在惊悚流过她的震动上,一次又一次,越来越强烈,直到她开始在一阵长长的抽搐爆发中抖动。墙上响起猛烈撞击的回声。好!她听出了卡洛那抑扬顿挫的、女性味十足的声音。

乔治依然还直着身子跪在床前,在她的大腿之间。卡洛站在门口,示威似的歪着头拍手,同时反讽地微笑着。乔治站起来,转身向着他。卡洛用他的双手紧紧地捧着他的脸,用舌头去吻他。之后他放开乔治,送给露卡得胜的一瞥,同时舔着嘴唇,倒退着走出门去。乔治背对着她站在那里,低着头,转向墙壁。那可能是最好的,他说,如果她离开他们的话。他走了出去,在身后关上了门。

她穿好衣服,整理好她的旅行包。她没有再见过乔治或者卡洛。她打开门时，公寓里一片寂静。只有那只蓝猫坐在角落里，看着她，一边还用尾巴安静地在瓷砖上来回扫着。她轻轻地把门锁滑到一边，溜出了前门，像个小偷，她想。她一边走，一边去掉扎在马尾上的橡皮筋，摇了摇头，于是头发就围着她的肩膀垂了下来。她接近火车站广场时，经过一个公共汽车站，看到一辆挡风玻璃上有着她的名字的公共汽车。她没有多加考虑就买了一张票，在公共汽车的后面，直直地坐了下来。她仍然不知道，自己要去哪里。

她坐在那里看着外面低矮太阳下的高坡时，突然意识到这次旅行从开头到现在都只是受制于名字，她父亲的和她自己的。可是，她并没有自己选择名字，也没有自己去确定，谁应该是她的父亲。她想起其中的一个乔治·蒙塔莱，他眼中的幽暗，当他拥抱着告别她的时候，他一边沿着洗礼堂外墙倒退着走了几步，一边以哀叹的姿态将双手稍稍举到两侧。她又想起另一个乔治·蒙塔莱，一个小时之前背对着她站在那里，脸被锁在卡洛的双手之间，同时让他吻着，并且犹豫着，以同样无奈的动作，举起双手落在卡洛的臀部上。她想起他说过的关于无家可归者以及砍掉所有锚绳的话。她的锚绳不是在很早以前就被砍断了吗？露卡只是一个名字、一个声音，除此没有别的。她去那里干什么？露卡除了只是一个致命的美丽城市，她可以在那里四处走走，在成群结队互相拍照的日本游客中让自己感到难过之外，还有别的吗？

公共汽车停在马路转弯的地方。一个男子带着一个行李箱和一个用麻绳绑着的纸板箱，艰难地沿着过道走过去。当车门正要再次关闭时，她刚好来得及扯出自己的包。公共汽车已经消失在柏树斜坡的弯道上时,她还一直站在路边。那个带着行李箱与纸板箱的男子,左右摇摆地沿着高高石墙下的小路走下去,直到消失在那些弯曲的橄榄树之中。她发现了一条细长的蜥蜴,正纹丝不动地趴在小路上一块起伏不平的、阳光照射的石头上。有一滴汗从她的一只眼睑上爬下来,使得她眨着眼睛。当她再次睁开眼睛的时候,蜥蜴不见了。她提起包走进马路对面的树荫下。

她一直躺在那里,电话铃声在下面响起来的时候,电话离得很远,远得好像与她无关。可能有人想跟埃尔塞讲话。她至今没有告诉任何人,她已经搬到了别墅的家里。甚至米利亚姆都认为,她仍然在乡下和埃尔塞住在一起,但她只在那个度假屋里待了几天。也许是埃尔塞打来的电话。她完全不想跟她说话。她不能承受她的怜悯,那怜悯里总是把痛苦的教诲和对奥托不道德情感生活的谴责分析搅和在一起。她们不是命中注定的好姐妹。她既不需要母亲的安慰,也不想被告知,埃尔塞一直都知道,事情会如何结束。

她刚刚醒来。她躺在那里,从晚上一直开着的法国式阳台门看出去,已经下过雨了,她曾一直躺在那里听鞭抽似的夏季暴雨,直到她在那个漫长而又难以觉察的过渡中睡着,那时雨变成了泡泡声和耳语声。电话铃声又响了起来。空气温热而湿润,阳光穿过雾层在农学院的花园里苍白地筛漏下来,潮湿的树冠上反射出模糊的光。那个电话一直在响。

真是不屈不挠,露卡想,突然记起了,她与埃尔塞怎样手牵手沿着竖了牌子的玫瑰散步,那些牌子上面用美术字体写着它们奢华的名字。她还记得那些有着脆弱而弯曲树枝的日本树，春天开花，在风中掉下白色的花瓣，看上去像雪花一样。到了冬天，只有玫瑰们的名字在雪地里勇敢的小牌子上冒出来。它们曾被露卡和埃尔塞所嘲笑，那张空荡荡的白色花床上，名字们在孜孜不倦地继续展示。无论是夏天还是冬天，她们的散步总是随着这条狭窄的小径到湖上的一个小岛作为结束，小岛上有一棵老树，围着粗大的树干环绕着一圈长凳。她们坐在那里看鸭子和农学院的围墙，她还记得那种失落的感觉，在那个荒岛上，坐在母亲的身边，没有人知道，她们坐在那里。

只有埃尔塞知道，她又躺到了她的旧卧室里。多年来，它没有随着岁月的逝去而有所改变，自从她从家里搬走，直到她从意大利回来的几天之后。她究竟去了哪里？她还记得她母亲担心和责备的表情。好在伊万又出差去了。露卡讲了她怎样找到的乔治，她还讲到了斯特拉，但她没有透露任何关于另一个乔治的信息，也没谈及任何有关在她旅行之前的那个晚上伊万怎样进入她身体的事情。埃尔塞打听了一点关于斯特拉的情况，还问她是一个怎样的人。她对此还是有一点点兴趣的，露卡能看得出来。她温顺地讲了一些关于斯特拉生硬的、方形的脸型特征，她的侍者服装，郊区宾馆的酒吧以及酒吧里英国风格的装饰等。

这件事必定会在某个时候发生，埃尔塞说。当然她可以去寻找她的父亲。词语在她的嘴里听起来很奇怪，你的父亲。埃尔塞用一种既温柔又疲惫的眼神看着她。那一定是令人失望的吧？露卡握住她的手。现在已经不要紧了，她说，她说这话的时候，第一次感觉到她和她母亲是一样的成熟。埃尔塞只是年龄大一些，这是唯一的区别。她很快就搞清楚了，埃尔塞对那件事一无所知，当她单独与伊万在一起的时候，在度假屋发生了什么。她怎么会知道那件事呢？她甚至都不知道，露卡那个晚上到过那里。

那个时候，她的一位高中女友和另一个女孩合住一套公寓，她们还缺少第三个合租的人。就这样她遇到了米利亚姆。她找到一份咖啡厅的工作，赚的钱刚刚够维持生活。她搬走后，有几个星期都避免去看望埃尔塞和伊万，直到她再也无法找到借口，而且不会引起注意，或者借口本身令人怀疑的时候，才不得不去。一个星期天她去到那里吃晚餐，伊万装成什么事都没有发生过的样子，可是当主菜过后埃尔塞去了厨房时，他对她微笑起来，那微笑告诉她，他并不感到受威胁，相反，他还把她当作一种同谋。

米利亚姆在一个演员那里学习，她有报考戏剧学校的打算，听到露卡也有同样的想法时，米利亚姆就一直逼迫着她，直到最终她们一起去参加入学考试。露卡进去了，米利亚姆却落榜了，直到第二年才被录取。露卡甚至都不明白考试怎么会那么容易。她只是照着人们的要求做了，但是她能成功，可能正是因为她并不像她的女友那样急于进去。她只是做了她自己，她的老师们从那时起一直告诉她。这让她笑了起来，只是做她自己……那么她又是谁呢？

她与一个同学讨论这个问题，那是一个声音洪亮的小伙子，已经开始秃顶，和她成了朋友，因为他总是能让她发笑。她自己！他嗤之以鼻。你该如何认识自己？如果你要认识自己，必须成为你自己之外的另一个人。这涉及一个语言上的误解，一个逻辑上的死结。如果你能够从自己之外的一个地方去观察自己，你才能学会认识自己。但是，这样的话你已经不再是你自己了！相反，你总是可以成为

197

第二个、第三个,或者是第四个的,这取决于你和谁在一起。他在决定成为演员之前已经念了几年的哲学,总的来说,这一切都不过是一出大喜剧。

实际上她对成为自己的一个谜并没有半点不满意。当她坐在从意大利回家的火车上时,她很高兴,自己没有去露卡城。她见到了乔治本人,在洗礼堂前面,她自己的那个乔治。他用双手做着又羞愧又轻松的手势,转身离去而没有再回头看。就这个方面来说,她不再是他的女儿,也不是埃尔塞的。她是她自己的,或者说不是任何人的。她想起在度假屋的半明半暗中伊万那挺立着的苍白下体,想起当她将他踢到地板上时他绝望的面部表情。她不想妨碍埃尔塞变得快乐。当火车到达慕尼黑火车站时,她把乔治的那张明信片撕碎了。她坐了一会儿,看着圣母玛利亚的嘴,那个孩子的脚、衣服的褶皱和褪色的金色,然后她把碎片扔到车厢的烟灰缸里,再从行李网上取下她的旅行包。

慢慢地她学会了做塑造一个角色的工作,通过运用那些细小、精确的细节来塑造自己的形象,这让她体会到,她自己身上包含着她所扮演的每个角色的一些东西。这些角色和作者也向她展示,人们彼此之间的相似,远比他们乐于承认的要多。她与她头发稀少的朋友谈了很长时间易卜生的《培尔·金特》,关于人格的形象化就像一个洋葱头,当洋葱的外皮层层剥去之后,它最深处的内核原来空无一物。他说,耶路撒冷的犹太教圣殿也是如此。那个没有人可以进去的最神圣的地方,也只不过是圣殿最里面的一个空房间。他残忍地笑了起来,于是她看到了他尖尖的白齿,那一刻,她不确定,是他那狼似的笑声还是关于洋葱和圣殿最里面的空虚的想法,让她颤抖。

她又想到了那个最后一刻让她放弃造访的城市——露卡。有一天她会去到那里。也许她会和她心爱的人一起去那里。她幻想着,坐在一辆小汽车里,渐渐地靠近她下了公共汽车的弯道,那个橄榄树丛和柏树之间的斜坡。她看不到道路拐弯后更远的地方,一如她也不能转过身来,看到坐在方向盘后面的那个人。她回答她愤世嫉俗的朋友,没有那些外面的东西,他所有的空虚可能都不会独自成立,无论是洋葱圈还是圣殿庭院。那可怕的空虚无非是向着不可知事物开放的一个孔洞。他无精打采地看着她,向后仰头喝着啤酒,但她自己并不认为那是个很糟糕的回答。也许她只不过是围绕着那个秘密空穴的一个框架,总有一天某种未知的事物将会在那里显示其面目。

电话铃声还在响着。也许是奥托……她一个鲤鱼打挺坐了起来,跳下床,裸着身子跑到走廊上,然后下楼梯,一步两级,她几乎要跌倒了。也许他已经猜到,她搬回来了。这并不是太难猜测的。还有谁会打电话给埃尔塞呢?大家都知道,她在假期里要去乡下,而且一直要在那里待到最后一天。也许他后悔放弃她的那种残忍的方式。也许他甚至后悔……她不让自己这样继续想下去。但是关于这一点他们应该认真谈谈。毕竟,他们在一起生活了两年。

她一边快速穿过房子,一边想着他懒洋洋的声音。她都能够已经听到那个声音了,也许他会建议他们为了交谈见个面。思念再一次淹没了她。她曾经以为他们会合为一体。他依然是那第一个,让她产生这种感觉的人,无论他是否想要她。她感觉他在看她时,就像她一样,而她除了想做他发现的那个人外,再也不会梦想成为其他的任何人了。他那双严厉的蓝眼睛能直达她的内心深处,那里不是空的。她一直在那儿,在那看不见的黑暗里面,就像她当年躲在埃尔塞和乔治的衣柜里,通过钥匙孔的小亮点往外看,直到那个亮点关闭,因为乔治已经猜到了她在哪里。接下来的一秒钟,门被扯开了,伴着一阵颤抖的嘎吱声,于是,光亮和乔治快乐的目光同时落到她身上,让她大吃一惊,仿佛她已经感觉到他双手抓住她的下臂,把她拖出来,再把她举起来。

她试图在举起听筒之前先抑制一下呼吸。是哈里·维纳。他打扰到她的晨操了吗?她说,她在花园里,当她听到电话铃响起的时候。她认为花园听起来比床要好一些。他用老派的、训练有素的声音对她说话,她能听出他在微笑。她收到自己的角色手册了吗?收到了,非常感谢。她想起了那个用红色硬纸装订的册子,它躺在床边地板上。她至今没有打开它,她无法打起精神。每次她把它拿起来,都会想到奥托,想到他如何做出嫉妒的样子,一定是为了让自己轻松一点。

她记得他在露天浴场的沉默和她自己的不安,因为她没有告诉他,哈里·维纳在演出之后到化妆室造访,奉承她那如此投入的演出。如果她回家时推醒他,告诉他吉卜赛国王没有成功的努力,一切看起来会是另外的样子吗?那么在背景的某个地方就不会有一个未知的混血模特吗,如米利亚姆让她相信的那样?奥托真的以为,她和那个老迈的戏剧教主有什么关系吗?她爱上了他的骆驼毛大衣和狂野的银灰色引诱吗?是她自己毁掉的这一切吗?

诚然,离排练开始还有几个月,哈里·维纳说,但是他习惯提前和演员们见面,这样他们就可以随便聊聊有关的事情。听起来，他好像已经忘记了他送她回家时在汽车里的唐突提问。他是否可以得到允许亲吻她。此外她对于这个角色有什么看法？她开始冒汗了。在电话里谈论这个很难。正是如此，吉卜赛国王此刻带着一个看不见的微笑答道。这也是他打电话的原因。也就是说，他打电话是为了建议，他们见面喝杯茶。露卡突然想到，听上去，在他自信、文明的表象下有一丝丝慌乱。如此看来，他可能还是无法完全摆脱，曾经怎样让自己出丑的那件事。下午有安排吗？露卡回答说，她要看看她的日程表。

她手中拿着听筒在那里站了一会儿，同时低头看着自己。她已经晒过日光浴，那桃花心木样的棕红色沿着臀部和大腿之间的拱形停止。她再一次举起听筒。没有，她不需要做什么。那好，5点怎么样？她说，好的，谢谢。他更感谢她。谢谢你给了我这个角色，她补充道。它早就是你的了，他答道。当搁下听筒时，她想，这真是一个奇怪的回答。她正要再一次拿起听筒拨奥托的号码，但是，打住，就像其他那些次一样，她几乎就要屈服于听到他声音的渴望了，无论这个声音会对她说什么，她只要听到他仍然存在就行了。她做了一杯咖啡，端着它到楼上，套上一件T恤，再拿起那本红色的角色手册坐到了床上。

这一周的大部分时间她都是在床上或者花园里度过的，她不想见任何人。她整天躺着、哭泣，或者凝视着草地、云彩，以及阳光在白天经过墙壁时移动的四方形。如果她不在花园里，她就待在她的房间里。当她穿过楼下的客厅时，埃尔塞的家具和别的东西就像沉默的证人，在等着八卦她。但是如果它们可以的话，它们将八卦些什么呢？她突发的哭泣吗？她懒散地躺着，好像是在等待着有人来发现她时一动不动的僵化吗？

一周以来除了杯装方便面和冰冻的比萨外，她没有吃过别的东西。她瘦了，她不得不将牛仔裤上的皮带比平常多扣进两个洞。她的头发柔软而油腻地从脑后松散打结的地方垂下来，她没有力气去洗它，她的额头和下巴上都出现了痘痘。她从14岁起就再没有长过痘痘。她把它们挤出来时，它们留下了一些很大的、粉红色的芽。总而言之，她看起来不是特别漂亮，她穿着埃尔塞那件旧的法罗群岛毛衣骑着自行车出发，把装有角色手册的塑料袋放到行李架上。但这正是她应该有的样子，当她穿过大厅，在镜子里看到自己的时候，她想。如果她不能给人留下好印象，一点也不能给吉卜赛国王留下印象的话，那么，就还必须去证明，她得到那个角色是真正当之无愧的。

她到奥托的门楼前去取她自己的自行车，是在她带着东西打出租车去米利亚姆那里的第二天。在她鼓起勇气之前，她在那家埃及餐馆对面的角落站了很久，她在怕他突然出现的同时，却又希望他会突然出现。那条街一下子就成了一个陌生的、充满敌意的地方，这同一条街，一个晚上之前，她还骑着自行车通过，当他们从露天浴场归来的时候。她曾经看着那些墙面之间傍晚黄色的天空，感觉自己属于此地。它已经过去了，另一种生活。它不需要更多的说明，一句简单的台词就足够了。我们在这里停下来是最好的……她知道，她无法让他回头，但她却无法继续往前走。就像站在万丈深渊的边缘会知道，下一步就是快步走向蓝天一样。

这样的情形可能丹尼尔也有过，两年前她站在他的公寓里，看着窗外的雨，说过同样的话。弯腰弓背的、近视的丹尼尔。他坐在那里，低头盯着那些黑白琴键，好像它们能告诉他，什么乐曲是他应该弹奏的。但是他挺过来了，这一点已经得到了证明，有一个晚上她走进酒吧碰到大胆的他，穿着黑色的衣服，像一个真正的艺术家一样带着一位巨乳女士。露卡问自己，它们是不是真的，他那个可爱缪斯的华丽胸部？她想起丹尼尔那不幸的脸时不觉笑了起来。你能够活下来，她知道得很清楚，但是，她却不想去明白它。谁能成为那一排中的下一个号码呢？如今让她去亲吻的是一张什么样的脸，当她幻想着是什么隐藏在那些陌生眼睛后面时？随便哪一张漂亮面孔，额头上都有一个看不见的号码。成人的圣诞日历上可能从来就没有圣诞节那一天。

她想起了埃尔塞，她已经躲到工作和她的女友背后去了，因为生活中除了爱还有别的，就像她自己说的那样。问题只是，当爱被用完了的时候，她才会对那个别的产生兴趣。生活中别的东西，除了是替代品之外，还能是别的吗？有一天晚上她用一种奇怪的声音打电话，说，她现在已经清空了药柜里的药片。当露卡来到别墅时，她填满自己的不是药片，而是伊万的威士忌。他已经带着一个23岁的女孩去了纽约。他也曾实话实说。不，不完全是。他说过他感觉不自在。埃尔塞克制着哭泣，用因骄傲受伤而颤抖的嘴角讲述着。他说他们已经互相变得陌生了，虽然事实上他想说的是，他的新女友下面有一个更紧致的阴户。当她哭泣时，露卡坐在那里把她母亲的头放到膝上，抚摸着她的头发。露卡本来能够告诉她，她自己的那件事的，现在比以往任何时候都更少讲述的理由。埃尔塞甚至自己也可以问的。这至少可以让她想到，在这方面可能发生了些什么。尤其是现在伊万带着一个跟她女儿一般年纪的女孩跑了。她应该注意到了伊万偷看露卡的长腿。但是她并没有问。可怜的、又老又松的阴户，露卡喃喃自语着。埃尔塞的哭变成了一种空洞的、沙哑的笑声。第二天她订了一辆搬运车，把伊万的家具拉到了垃圾堆积场。对此他甚至都没有抱怨。

天空变得蔚蓝而鲜明，夜晚的暴雨之后，太阳照进低洼处的积水里。水溅到车轮的辐条上，起风了，旋转的灰尘和快速的反光使得空中一片混乱，让人们以为是风让光在所有移动着的物体上闪烁。露卡一边骑着自行车穿过城市，一边想着自从佛罗伦萨之行以来逝去的岁月。遇到奥托之前的那些年，她以为，终于有一个人把她看穿了，完全进到连她自己都到不了的地方。她记得那些自己认识的男人们，记得她的犹豫，总是相同的，每次她就要投降了，她在转瞬之间就已经看到，那个即将开始的故事结局。

每次都有这样的一秒钟，当一切都还只是圆周运行和意味深长目光的时候。那是甩脱的一秒钟，一切都顿时变得那样荒谬、那样危险，这个游戏，总是这样盲目地把身体当成棋子来玩。但是就这样她还是会快速地闭上眼睛，亲吻他们，她对自己的匆忙感到惊讶。她要赶在自己非常惊异之前，去亲吻他们。她会匆匆进入下一个新的开始，因为犹豫迟疑无济于事，必须要有开始，总是新的。如果有一天某些东西变成了别的和更多的东西，她就开始，再开始，有时是为了好玩，另一些时候则是为了实行尝试真正快乐的一个秘密计划。

但是一切都太快了，又只是一个房间里的两个躯体，说着那些现成的台词，在现成的家具之间，远景是那些现成的街道和日子。这些不会是别的，不会比平常之事更多。相同的甜蜜、海誓山盟下的平常小疲劳，相同的激动，相同的逐渐从超出欲望的顶峰开始坠落的短暂晕眩。过不多久，再一次疯狂和兴奋地和一个陌生男人，到一个约定的陌生地方见面，然后放纵于那些新的、大胆的方式里，披头散发，咆哮和尖叫。但是如果她自己不幸说起了一些关于明天或者明年的话题，就会让他们不是忙得顾不上谈论未来，就是让他们突然忙得没时间见面。他们中的一些人已经结婚，并且梦想着离婚，另外一些人无法实现离婚的梦想，即使他们和结婚对象彼此厌倦。然后就是那些没有结婚的和那些只要想到结婚就会被幽闭恐惧症淹没的，最后是那些刚刚离了婚的，如他们所说的那样，他们需要时间。好像他们还有别的打算一样。

　　她遇到丹尼尔的时候，她追求的根本就不是又一个恋爱关系。当时她刚刚吹掉了一位电影摄影师，这位摄影师刚离开他的妻子，说服露卡将要与她一起重新开始一种新的和完全不一样的生活。同时她还爱着一位律师，律师决定不考虑离开他的妻子，但是尽管如此，他仍然每隔几周或者几个月打电话给她，请她在某个酒店与他见面。她知道，那是没有未来的，但她每次都还是去见面，虽然米利亚姆提醒她，这是被人利用，用她的话来说。律师发现了她，在她不知道的情况下巧妙而秘密地打探出她是谁、她在做什么，以及她住在什么地方。他还在远处监视她，直到有一天他终于通过发出一封匿名短信而现身，他在信里建议，他们在一家咖啡厅见面。她屈从于自己的好奇心，然后就去了那里。当她走进咖啡厅的那一瞬间，她并不知道，她要见谁，也许这就是他们整个关系中最紧张的一瞬间。

她按照他说的，做了一些事情。那是一种让他表达最接近自己感觉的方式。她几乎被他那种奇异的自我改变能力迷住了，后来她对米利亚姆说。当他们在餐馆见面时，他是那个身着时尚套装、冷淡而傲慢的律师，但他们一进入酒店的房间，他即刻就变成了一头凶猛的野兽，带着突然爆发的猛烈怒气扑向她。每当她脱衣服的时候，他总是在她的眼睛上绑一条围巾。那就是他想要她的方式。她从未看到过他裸体，她被绑住双眼，躺在酒店的床上，将自己交给他的目光与他的野性，这让她很是着迷。

半年之后他停止了打电话，每次她自己打电话到他的办公室，秘书都说，他正在开会。露卡很奇怪这个表述，但会议显然也是不幸会让人难以脱身的。她等了几个星期，直到她有一天在街上偶然地在他面前经过，此时他正与另一个穿套装的人从一家餐馆出来。她的爱人经过时，却对她视而不见，好像他们以前从未见过面似的。她伤心欲绝，直到一个晚上米利亚姆问她，是否可以理解成，她爱他，因为无法得到他。

她是去参加一个派对时遇到丹尼尔的。米利亚姆拖着她一起去，她不认识其他任何人。丹尼尔和她同时走的，他们相随着穿过城市。他不停地讲关于十二音的音乐，就像当他们坐在厨房里时他做的那样，因为他们俩都不想跳舞。他聪明，但远离性欲，她被他那不食人间烟火的纯洁和多情的面孔所吸引。她可以感觉到，可以这么说，他不知道怎样继续，从语言到行动的步骤。当他停下来的时候，她吻了他，并问他住在哪里。

他毫无保留地爱上了她。他的真诚让她感觉自己很堕落，反过来她跟律师在一起时，她感觉自己像被绑架的处女一样年轻而纯洁，面对他愤怒的情欲无力反抗。有一段时间，她甚至干脆享受自己的玩世不恭，她与律师幽会后直奔住在荒凉郊区的丹尼尔，只为了坐在他的床上，一边喝着他祖母瓷杯里的茶，一边听他弹奇怪的乐曲。他坐在他的三角钢琴旁，对她从何处来一无所知，她的秘密让她感觉到自己那种背叛的、无家可归式的自由。她像一个伪装越界的双面间谍，所以没有人知道她的真实身份，最后她甚至连自己也产生了怀疑。

也许米利亚姆是对的，她对律师的迷恋只是一种幻觉，而她之所以能够维持下去，仅仅因为这种婚外情从来没有成为过那些匿名酒店房间之外现实的一部分。相反，那个非常想拥有她的丹尼尔，她却并不爱。她只是着迷，特别是她对于在两个彼此一无所知的男人之间，在欲望的牺牲羔羊角色和不忠的堕落女人角色之间的来回转化着迷。直到遇到了奥托，她才终于感觉到所有的面具都掉了下来。

当她骑着自行车出发去赴哈里·维纳的约时，她想起了一些和奥托在一起时经常想象的情景。在他们见面之前很久的一天，她可能骑自行车经过他的面前，甚至可能已经见过他一秒钟，然后过了一会儿又忘记了他。想到此，她立即有了担心，他会把手臂放到米利亚姆说的那个著名混血女孩的腰上，从横道线上过马路，这一幕在她痛苦的想象里出现了一个多星期。为了避开那些有可能遇见他的街道，她绕道而行，这使她想到也许一会儿之后，会在不知不觉中经过那个还能够爱她的男人。他一定会在某个地方被发现，但是也许他们已经彼此错过了。她又想起了埃尔塞,她大概正在乡下,坐在其中的一张帆布套发霉的躺椅上晒日光浴,她闭着眼睛,挂着嘴角,红得像一只龙虾。

天又开始变得阴沉起来了。风把撕裂的灰色云块飞快地推过城市上空,以至于屋顶一会儿亮起来,一会儿又在那新升起来的云波中暗下去。她在一侧能看到皇家剧院弧形的锌屋顶,在另一侧可以看到俄罗斯教堂的镀金洋葱圆顶。在它们的背后,港口展示开来,随着云层的移动,蓝色和灰色交替出现。海军造船厂废弃的起重机和更远的汽油岛上鼓状的油罐后面的天空,已经变成了灰色。如果她越过栏杆完全地靠下去,以飞鸟的视角俯视街道,她就能够看到在来来往往的交通中爬行的甲壳虫(汽车)和用后腿走路的蚂蚁们(行人)。

最好小心一点,哈里·维纳说,他端着一个放有茶壶和茶杯的托盘来到阳台上。缺了糖碗,他又立刻走进去了。她等待的时候,一道闪电正好从阴云密布的机场上空抽打出第一条裂缝。这将是一场壮丽辉煌的演出,他愉快地笑着说,同时一只手拿着糖碗,另一手拿着角色手册走了回来。他稍微低着头,越过他弯曲的、晒成棕色的鼻梁末端的老花镜看着雷云。他的格子衬衫半挂在裤子外面,略微卷曲的灰色长发像翅膀一样立在他的耳朵周围,他赤脚穿着一双磨旧了的帆布鞋。

他显然已经忘记了她会来,当他打开门困惑地看着她的时候,好像他不知道她是谁一样。他自己马上就承认了这一点,礼貌地道了歉。他在沙发上睡着了。她更加平静了一些,走进长方形的房间,公寓里除了他关上那个拉门之前她瞥了一眼的厨房和卧室之外,只有这一间房间。两扇宽大的全景窗户之间的一道玻璃门通向阳台,其他三面墙都用从地板到天花板的书架装饰着。这个地方比她想象的要小，也更私密，里面布置着50年代的精工木制家具，配着磨损了的米色真皮套子，褪了色的对称图案平织羊毛地毯以及少不了的、波尔·亨宁森设计的灯具。

她站在电梯里，无助地瞪着那面窄长的镜子，她有点后悔没有对自己的外表做任何修饰。当她站在大厅的镜子前面时，她无法确定自己像一只垂头丧气的猫，还是被猫拖来的破烂，就像埃尔塞站在大厅的镜子前说她自己那样。也许她看起来像是介于二者之间的什么东西。一只半死不活的猫，把自己拖到那个著名而可怕的吉卜赛国王面前。她突然紧张起来。在她那种忧郁的状态中，她忘记了要到哈里·维纳那里喝茶意味着什么。她忘记了对此的高兴和害怕，当她坐在床上，拥着被子读着《父亲》时，也忘记了她为什么要读这个剧本，为什么会完全被这个故事所吞没。直到在往上的电梯里她才想起来，从到顶层的电梯里走出来的那一步，也将成为她职业生涯中决定性的一步。事业，这个词本来总是让她浮起一丝反讽的微笑的。

哈里·维纳往杯子里倒茶，并问她，要不要加糖。不用，谢谢，她客气地回答。但也许要一点点牛奶。他用一种夸张的手势拍了一下额头，然后又再次站起来。没有关系的，她赶紧说。他站住了，从老花镜上面看着她。她为什么要说这个话，她刚说了，想在茶里加牛奶？他友善地微笑了起来，当他这样说着的时候，甚至她自己也微笑了起来。如果你想要牛奶，那你就也要有牛奶，他说着，走进去了。她看了看他的角色手册，它已经磨损了，还折着角做了记号，虽说离排练开始还有几个月。

他让她放松了下来，她不知道是怎样做到的，她无法明白，这就是她曾经听到过那么多关于他的故事的，同一个令人恐惧又令人钦佩的哈里·维纳。这同一个哈里·维纳，曾经坐在他的梅赛德斯车里试图打她的主意。好，现在我们可以开始了，他一边说，一边把一个小银壶放到她的杯子前面。他听起来好像已经忘记了有关那天晚上的一切，但她还是很高兴穿了埃尔塞的法罗群岛毛衣。天气也变凉了。他们沉默地坐在那里，听着远处隆隆的雷声，看着海港上空紫色的闪光和白色的闪电。露卡不知道要说什么，但奇怪他们坐在各自的竹椅上沉默的时候，居然一点也不尴尬。哈里·维纳喝茶时发出呼噜呼噜的声音。考虑到他平常是那么彬彬有礼、举止优雅，这让她很是惊讶。他是在自己家里，她差点儿以为，他已经忘了她。

我今天去探望了我的妻子，他突然压低声音说。她在医院里，他补充道。露卡期待地看着他。他望着港口。我希望，她醒着，他说。她最喜欢雷雨了……他点了一支烟。她快要死了，他继续道。露卡看着膝盖上的角色手册。已经扩散了，他补充道，再也没有什么办法好想了。露卡说，这让她很难受。他看着她。他讲这些不是求得她的同情心。他只是认为，现在他们要在一起工作了，她应该知道这些。如果他看起来有分心的话。他在继续之前，观察了她一下。他说，她请求我卖掉房子。在她死之前他没有考虑过卖掉它。那是在城外北边的一所房子，他已经有几个月没有去过了。是的，很奇怪，他说，好像他在回答一些她问过的问题一样。他看了一下他的香烟。但她对这部作品有什么看法？题外话显然已经说得够多了。

她犹豫了一下，说，斯特林堡一定很难和女人相处。他笑了起来，但是并没有轻视她的意思。她也可以肯定这一点，但并非像人们所说的那样，他恨她们。他是怕她们，但这是另外一回事。他微笑着说。不如说它是一个关于不幸爱情的恶性案例。斯特林堡是一个被遗弃的孩子，他成人后诅咒他被驱逐的母亲的子宫。顺便说一下，所有的艺术家都是被遗弃的孩子。他看着她。"母亲是你的朋友，而女人是你的敌人……"他慢慢地说着，好像是为了突出每个单词一样。他又笑了起来。好像也没有什么稀奇，但也是如此地不可更改。所以上尉才会如此地被母性的力量所迷惑。哈里·维纳说，所以，这就是为什么他会崩溃于他无法确定自己是否是你的父亲。

露卡浑身一震。她忘记了自己只是坐在他的阳台上，因为她要扮演上尉的女儿。哈里·维纳喝了一口茶。这次没有呼噜声。对父亲身份的怀疑是被压迫的女性在父权宇宙中唯一可能的报复，他说着，放下了杯子，但这还不是上尉痛苦的唯一原因。他的痛苦还因为生命和延续生命的能力，在斯特林堡的宇宙里属于女性，而且仅只属于她们。你认为，他为什么要重新阐释夏洛克？他问道。一时间她想不起来夏洛克是谁，但他不是在等她的回答。

"一个男人没有眼睛吗？"他在椅子上往前弯着腰，伸出手掌做了个恳求的手势，那竹管嘎吱嘎吱作响。"难道他不像女人一样，在相同的冬天和夏天变暖变凉吗？如果你们刺伤我们，我们不流血吗？如果你们胳肢我们时，我们不会屏住呼吸吗？"他让手掌落到膝上，背向后靠回去。夏洛克不得不为他的人格做论证，因为他是犹太人，一个被排斥者，上尉也必须同样这么做。人们甚至可以说，对于斯特林堡来说，男人们都是生物学上的犹太人，生物学上四处徘徊的无家可归之人。"在月光中间……"他轻轻地补充道,同时捕捉她的目光,"……四面都是废墟。"

一滴雨落到阳台地上,接着又是一滴。瞬间之后整个阳台上都布满了斑驳的雨滴。俄罗斯教堂洋葱圆顶上的镀金,在深灰色天空背景下发出神秘的光芒。哈里·维纳起身拿起托盘,她拿着杯子进去,他站在那里让她先走。她坐在沙发上,他坐在扶手椅上,客厅里那些角落的矮灯用温暖而柔和的光亮环绕着他们。外面的景象已经渐渐消失在雨雾中。他让通往阳台的门敞开着,露卡觉得雨就像温暖潮湿空气中的凉爽气流。

当城市上空的雷阵雨过去之后,他询问了一些她饰演过的角色,以及她对于这些角色的阐释,他带着强烈的关注倾听着,和几个星期前演出之后在化妆间里一样。她来的时候,因为羞怯而说不出话,现在她突然发觉自己有许多话要说,她听到自己表达了从未与任何人分享过的想法。她讲述了如何通过角色扮演,使她感觉自己人格最深处的核心是一个空穴,在这里她可以成为任何人,这种感觉有时使她感到恐惧,其他时候又会给予她许多的自由。哈里·维纳微笑着,她认为有点忧郁。他说,是的,我们都是分开的,但是并没有太大的不同。这就是为什么我们会既彼此了解又彼此误会。

他们再一次沉默地坐在那里,看着外面那些闪闪发光的屋顶上的白色雨雾。他瞥了一眼手表,当他站起来说必须得请她走的时候,好似有一种巫术被解除了。她很佩服他能够如此直接而又没有显得失礼。也许这仅仅是因为他习惯了满足自己的心愿。他等会有个与一位年轻剧作家的约定,他们将要讨论他的剧本。但是她也许知道他?他应该大约是她一样的年纪,也许大一点。他叫安德烈亚斯·巴格，是个非常有前途的、伟大的人才之一。她有听说过他。她开车吗？她说，她骑自行车。这样的话他们就得叫出租车。当然应该由他来付款。她说，这太客气了。拿着，他微笑着递给她一张100克朗的纸币。他真的不想让她只因为一点客气而感冒。

他站到电话旁边的时候，门铃声响了起来，他给她示意要按下门上的按钮。一会儿他走到过道里，把手伸给她。秋天再会，他说，在她身后关上了门。她绕着电梯井道的网格走下楼梯。当她走下了一层楼时，电梯经过了她，通过门上的窗玻璃，她看到一个暗黑的身影背对着她滑过去。

第三部

到目前为止，这是一个很糟糕的夏天。每次人们以为终于热起来了的时候，就又开始刮风下雨。看来莫妮卡和扬在四月份就定下去兰萨罗特岛的旅行，并不是一个太愚蠢的主意，但是罗伯特还是对在不上班的日子里不能和莱亚在一起感到失望。她看望他的时候并没有说起这件事，甚至当学校假期临近了的时候都没有，他怀疑，莱亚避免谈论这个话题是为了给他省去麻烦。其实这比得知见不到她，更让他沮丧和惆怅。她来了，他们就一起在菜园里干活。一个星期日的下午，当太阳变得光芒四射，气温也升到了可以忍受的、最起码的夏季温度时，他们去海边游泳。

海水冰凉，他只是随便浸洗了一下。莱亚已经游得很好了。他一边站在沙滩边上瑟瑟发抖，一边看着她用平稳、标准的俯泳姿势沿着礁石前进。她向其中的一个网桩游去，那些网桩以垂直于海滩的直线排列着，形成的景观打破了大海和天空的平静。她用一只胳膊圈住桩子，用另一只胳膊向他挥手。他同时感觉到幸福和悲伤，他看着她从水里出来并向着他涉水而来，身着泳衣的她身材高挑而又活力四射，那一瞬间他明白了原因所在。他将很快就不得不对她说再见了，不是因为她要照常坐火车回她妈妈的家，而是因为她既不再需要母亲也不再需要父亲了。在她过自己的生活之前只有几年的时间了。他们当然还会见面，但她来时就是客人了。这里不再是她的另一个家，如果说这里曾经是的话，他的这个有点大的，位于安静的省城郊区别墅区的房子，是他离婚之后落脚的地方，一个偶然发生的事件导致了他现在的情形。

如果说他最后许多年的生活里还有什么意义的话，那就是这个向他涉着冷水而来的，一边用指关节揩着眼睛，一边嘴角下拉做着有趣而淘气鬼脸的女孩了。她一直都是全部的意义所在，其余的与她相比都显得苍白和模糊。他站在那里拿着浴巾等着她，他把她裹进浴巾里擦着她的背。她取笑他，因为他只是蘸了一点点水在身上，并且她调皮地捏着他松弛的臀部皮肤。难道他不应该对那抓握做出反应吗？他把她抓住了胳肢她。她从他那里跳起来跑走了。他追赶着她，但她的腿太长了，以至于他不能轻易超过她。突然他的一只脚感觉一阵刺痛，同时他跌倒下来。他听着她的笑声。她不能继续充当他生活的意义了，她很快就将拥有自己的生活。

血从脚跟流出来，他看到了一块半烂的木板，上面有弯曲的、生了锈的钉子。一个偏差，当她向他走过来时，他想道。他已经把自己也开到人生的岔路上了。他想起了他一年到头的每个晚上，从医院回家后，就坐在那个安静的房子里听音乐。今天晚上他开车送莱亚去火车站之后，是要听勃拉姆斯还是布鲁克纳，或者是偶尔一次的巴托克？她托着他的手臂，扶着他向车子走去。他让她拿来后备厢里的急救箱。她坚持要帮助他，他让她用碘酒清洁伤口，还向她展示如何缠上绷带。他暗暗地享受着她的同情心。

他们是带着她的旅行袋出发的,所以他们可以直接从海边开车去火车站。他的脚后跟在出汗和跳动。她坐在他旁边望着外面的田野和云彩。云开始涌了上来,颤抖的农作物上方的光线显出灰色和金属色。他们之间变得沉默了,就像平常他们离别之前那样。第一滴雨落到了挡风玻璃上,接着变得更多,直到他不得不打开刮雨器。当他把车停在车站前面时,她说,他不必送她进去了。她继续坐了一会儿,说,那么我们暑假之后见。他微笑着说,好的,照顾好妈妈和扬!她看着他,好好照顾你自己,她认真地说,在他的脸颊上亲了一下。她把包放到肩膀上跑过雨幕,他透过挡风玻璃目送着她。她转过身来,挥挥手,他用大灯送出信号。然后她就不见了。他听到火车进站了,他重新启动了汽车。

他每天下午都会去看望露卡,然后才回家。他还记得像她请求的那样,在去她那里之前脱下白大褂。她怎么说来着?听起来像一个不可思议的主意。她宁愿完全不知道他长相如何,也不要只知道他穿着白大褂。他借给她随身听的第二天来找她时,她依然还是问了他。她问,他穿的什么衣服?他有点笼统地回答,蓝色衬衫、米色裤子。但是什么样的蓝呢?他不得不加以考虑。暮光蓝,他终于回答了,甚至对这种比较感到惊讶。暮光蓝,她重复了一遍之后微笑了起来。他为她录制了一盒新磁带。挑选音乐和决定乐曲的顺序让他觉得很有趣,这给了他一个听那些多年来再没有听过的音乐的方便。拉威尔、福雷、德彪西,他选了这些法国的,还有肖邦。她请求过多一点肖邦的。他把那个晚上大部分的时间都花在这个上面了。

他总是在约定的时刻来，那时候阳光透过窗户外面的百叶窗照在她的脸上。下雨的时候，他没有开灯，她请他不要开灯，好像这对于她有什么不同似的。就这样她躺在半暗中听雨滴落在百叶窗铝板上的敲打声。他坐在床旁边的椅子上。她的腿和胳膊依然打着石膏，但她的头不再裹在纱布里了。脸上除了额头的缝线，那些即将消退的黄绿色瘀血和假眼外，它看上去几乎是正常的样子。他认出她来了，根据从厨房里看到的那些照片，那天因为下雨，他开车送安德烈亚斯和劳里茨回家时到过那里。但她瘦了，她的脸部特征变得更加棱角分明。

她只是偶尔和间接地说起安德烈亚斯和劳里茨。他没有问，她为什么要坚持安德烈亚斯不可以看望她的决定，但他能感觉到，她想念她的儿子，以及在自己的固执下受苦。几个星期过去了，没有听到安德烈亚斯的消息，但她也没有问他是否打过电话。罗伯特估计，他还留在哥本哈根，除非他去了斯德哥尔摩和那个有着异国情调的舞台设计师在一起试试运气。罗伯特曾经考虑问露卡，要不要联系他，但他却一直没有问。她沉默中的某些东西使他退缩了。对于她因醉酒而不由自主地坐进汽车朝哥本哈根开，还以在高速公路上逆行而告终的那出戏剧，她也是惊人的沉默。

她没有谈过她和安德烈亚斯在森林边上那座房子里的生活，那是他们将一个废墟改造成的家，现在它又在另一种更广泛的意义上陷入废墟之中。看起来好像她完全忘记她已经结婚、有一个孩子的事实，完全沉迷于过去的岁月。这让罗伯特想起那些老人，他们对于最近发生的事情会失去记忆，反而记得那些早年发生的、他们已经忘记的细节和事件。但是，他目睹的并不是记忆力的丧失。她只是已不再确切地知道，自己究竟在哪里，在声响和声音的包围中，在一个流动空间里，她只能通过听觉来分辨，什么在近处，什么在远处。

猛然间，没有了眼睛对于现实的牢固把握，她被抛进自身里面，被交给了回忆所回避的画面。她看起来好似一个不得不从头开始讲故事的人，试图讲述她自己，那个一度曾经有过的、不知道后来等待着她的是什么的自己。一个试图回到起点，并在自己的道路上往前走的人，就像你在散步的时候丢失了东西，为了重新开始而返回去那样，脸朝着地面。她没有向他解释过这一点，他只是在一种模糊的感觉中开始明白，那就是她必须接近那个夜晚，那个她生活中的一切都在一种突然而至的、黑暗中崩溃的时刻。

也许对着一个陌生人讲述她的故事，可以帮助她，这个陌生人只知道结尾，对她是如何达到结尾却一无所知。他知道，她在慢慢企图圈定的是什么，什么事件能以不可抗拒的力量，把词语从她的嘴里释放出来。她一天天地接近那个目前还不能讲述的地方，但是她在抵制，因为她徘徊在讲述的每个阶段里，迷失在盘根错节的弯道中。她只能绕道接近她目前还不明白的地方。这让她花了很多时间。她的话就像她的手一样，犹犹豫豫地辨别着，别人递给她的东西。在她的故事里，她一路上用词语触摸每一张脸，调查事件的面相，仿佛在那个让她迷路的意外管道里，可以找到突然的转折。

她刚好正要讲到安德烈亚斯，但那时她还不曾遇见他，她就要出院转到康复中心去。几天前，她已经拆掉了石膏。罗伯特和一个护士搀着她，让她试着在病床前迈出最初的几步。她的那双长腿在长期的卧床之后，此刻显得更长了，而且瘦弱和苍白，甚至连膝盖骨也突了出来。她感觉一阵晕眩，身子也摇晃起来，他不得不扶她起来，把她抱回床上去。她哭了起来，请求一个人待着。当他下午来看她的时候，她已经躺在那里，戴着耳机睡着了。磁带还在转动。他向她低下头去，听出来是肖邦《夜曲》第4号里的那些平静的但仍然有节奏的和弦转换，那种独特的轻快忧郁。暮光蓝，他想着这个词，不由得微笑起来，轻轻地走到门口，小心地关上门以免吵醒她。

他告知她要去康复训练中心时，她想起来没有带自己的衣服。她请他去别墅把衣服装到一个箱子里。他要怎样才能做到呢？你可以闯进去，她说。如今这也是一个好主意了吗？她笑了起来，好像她能够看到他脸上担心的表情。门左边的一块石头下压着一把钥匙。那辆旧的女式自行车倒了下来，水泥袋上面的塑料篷布的褶皱间，聚集着一小堆种子和灰尘。他把自行车扶起来，然后找到了钥匙。当他在那些寂静的房间里走来走去时，仍然感觉自己像一个入室的盗贼，那里的地板上已经覆盖着一层灰色灰尘的透明薄膜。她说过，在卧室的衣柜顶上有一个箱子，但箱子不在那里。想必是安德烈亚斯把它带走了。

他在厨房里找到了一个黑色的塑料袋，然后回到卧室打开衣柜。虽然他是独自一人，虽然是她请他这样做的，但当他开始在那一叠叠的上衣和内衣之间、挂在衣架上的连衣裙和夹克之间挑挑拣拣时，他还是有暗中窥视和骚扰她的感觉。他没有仔细考虑为什么，就远离了那些鲜艳丰富的色彩，他提醒自己她还需要鞋子。她的鞋子大多是高跟鞋，她在最初的一段时间内是应该不去穿的。他选了一双半高跟的鞋,还在柜子底部找到一双跑鞋。

他在厨房的记事板前停了下来,再一次看着那些照片,那是不幸的安德烈亚斯请他进来喝杯红酒时,他坐在那里斜眼偷偷看过的。穿着工作服的露卡在那里油漆窗框,脸颊上还溅了涂料。在房前连接马路的车道上,在快要落山的太阳背景前,露卡和那个伸出双臂的末端水平地悬挂在空中的小男孩一起,连衣裙像一柄展开的半透明折扇,围绕着她棕褐色的双腿盘旋。露卡在巴黎的露天咖啡座里,梧桐树下,身着灰色束腰外衣的她冷漠而优雅,她的头发从额前拂开,涂了口红的嘴唇在一种想法或者一个词语中间分开,她的眼睛在遇到他的目光时,同时显示出了解和惊奇。

他们在医院的门厅里告别。她坐在一辆轮椅里。她的脸朝他转过来,于是他的白大褂就反映在她的深色墨镜上。我还没有告诉你我所有的故事,她说着伸出手来。他握了握她的手,反应有点迟钝,因为他对她这种正式的手势没有准备。但是他应该也厌倦了听她讲述自己。他说,他一定会来看她的。他站在那里,目送她被推出玻璃门。轮椅停在坡道上,并升到了与那辆小巴的后门同样的高度,她坐在那里的侧面恰似一张照片,金红的头发梳成马尾,罩在大墨镜后面的脸,苍白,一动不动。

雨下了整整一个晚上。莱亚把她的湿泳衣忘在了车里。它是粉色的，接近于仙客来花的颜色，很适合她浓密的深棕色头发。她继承了他的头发，但她也拥有莫妮卡那突出的脸颊与充满活力的动作。他把泳衣挂在浴室的衣架上晾着，站在那里看了一会儿那个女性的物件，在那里松松垮垮地自己转动，把水滴到瓷砖上。令他震惊得几乎不可思议的是，自从近一年前的那个晚上，图书管理员坐在他的沙发上听马勒以来，莱亚是进来这道门里的唯一雌性动物。图书管理员用那双深色眼珠看着他，只等着他靠过去，把手放到她黑色丝袜里诱人的膝盖上。她已经准备好了到这种程度。这可能就是问题所在。他自己可以在某种程度上看出来。

他每次把脚踩下去的时候，那只脚就会疼。他在沙滩上绊倒的时候，他诅咒着，再一次听到了莱亚的取笑声。在人们感觉轻快无忧的瞬间，某处地方总会有一颗生锈的钉子。他坐在马桶盖上检查伤口。莱亚到了他跟前，看到他流血的时候，她看起来完全是一副自责的样子。好像他没想到看周围是她的过错一般。她抚摸着他的头发安慰他，在她的手势里，他又一次意识到，她正在开始缓慢地成为年轻的女人。前一天的晚上她讲起了学校里的一个男孩子。

他是班级里最高的。她说，他和其他男孩子完全不同，他更加成熟。这个词让他微笑了起来。这个高个子男孩不喜欢像其他人一样踢足球，总的来说，他大部分时间都是在做他自己的事。他有一双棕色的眼睛。他们在一起说过话，有一天他们在公交车站等车，但是除此之外，好像他根本就没有注意过她。她写了一封信，在用餐的休息时间里塞到了他的书包里，但他没有回答。罗伯特说，他可能只是害羞，担心地想着她将要经历的一切。

　　他在脚后跟上贴了一块胶布，一瘸一拐地走进厨房。那里还放着一个早上留下来的、盛有玉米片的盘子。他就让它那样放着。他喜欢，她留下来的这些痕迹，这里一件泳衣，那里一个盘子，一张没有整理的床，或者夹在报纸中间的一本漫画杂志。外面的大雨泼打在树叶上，在厨房窗玻璃的水帘后面，他能看到从邻居客厅的灯上发出来的模糊的光。他做了一个煎蛋卷，虽然他其实并不饿。他吃完，到电视机前坐下来。他一般不看电视，从莫妮卡那里搬出来之后就失去了兴致，他弄来一套电视设备也只是为了莱亚的造访。想到一个人坐在那里看电视，在他看来是如此的令人沮丧，就好像独自坐在那里喝酒一样。他给自己倒了双倍的威士忌，在沙发前伸直了双腿。他没有兴致听音乐，只想坐下来让画面通过。只看懂一半的新闻，没有追过的连续剧中的一集，不懂规则的猜谜竞赛，还有在废弃工厂里怒不可遏的年轻男人们的热门录像。随便什么东西。

　　他不停地转换频道。有两部电影同时播放，每部电影都在某个时刻有各自的性爱场面。他在两个场景之间按来按去，二者都是在昏暗的金色光线中开始的，然后进入那些扭曲的脸和紧贴皮肤的手彼此搅和在一起的特写镜头,他就再也无法确定,它们分别属于哪一部影片了。在裸露的身体部位的画面和恋人激动的脸部画面之间,罗伯特认为,存在一个有趣的差异。一种画面显示或者至少试图暗示正在发生的事情,另一种则是显示或者试图显示其含义。身体们按照自己的议程按部就班地去做,但是面孔们却并不满足于反映纯粹的感官刺激,它们要证明,还有另外的更多的事情在发生。那些水汪汪的眼睛和激情澎湃的表情表明,这里是爱,或者更确切地说,屏幕上那些有节奏的形体动作乃是爱的紧急后果,如果不是爱的紧急确认的话。不论是与不是,它们都是一码事。

罗伯特想,他是不是有点醉了。他关了电视,给自己又倒了一杯威士忌,走过去,打开通往露台的拉门。脚没有那么疼了。雨水溅到地砖上,也敲打在那些白色的塑料家具上,然后在他身后客厅照出来的、黄色亮光半圆之外很远的暮色中,快速流走。他用鼻子深深地吸了一口气。青草,当他打开窗子的时候,她曾经说过。那是他坐在她那里的第一个下午。刚割下的青草气味,从医院侧翼之间的草坪上向着他们冒上来。他望着这个雨中的花园。青草和暮光蓝。莱亚早就回到家了。她在火车总站被莫妮卡或者扬接走。他们肯定已经吃过饭了。现在她可能已经躺在床上,做着有关那个棕色眼睛男孩的梦。

他在门阶上坐下来,点了一支烟,试图弄清楚,电视上的性交场面为什么会弄坏他的心情。难道只是因为自己和人上床,已经是很久以前的事了吗?他稍稍摇了摇酒杯中的冰块。本来他只需要举手之劳,当机会在的时候。这偶尔也让他烦恼,有一次他差一点就打电话给那个图书管理员。她可能是一个可爱的女人，也许他们本来可以弄清楚这一点的。也许通过那些最初的磨合之后，他们甚至会非常合得来。可是，当他和莱亚在很久之后的一个星期日下午，在海滩散步的时候，那个图书管理员和一个戴棒球帽的年轻男人一起走过去了，那时的他变得是那样轻松，就像他曾经经历过的那样。那次他把白兰地杯子放到茶几上时，很友好地跟她说，他最好是独自一人过夜。

他事先已经对要重新开始的前景感到疲倦。图书管理员的漂亮眼睛已经抓住了他，眼里的期待已经满到了边缘，几乎要溢出来。她的深色眼珠曾经试图说服他，他们二人的相遇是多么值得，他们一个是图书管理员，一个是从市立医院来的医生。大概她已经坠入了爱河，这诚然是事实，但是他无法摆脱自己的怀疑，她只是渴望男人，因为提到男人们，她终究是处在相当饥渴的状态，她还把身体的基本需求，完全受人尊敬的需求，统统打包在一个白日梦中。一个从哥本哈根来的、新近离婚的医生，完全与众不同，毕竟，这在一个外省城市也没有足够的供应。

但事实上难道不是他才是一个不可救药的隐性浪漫主义者吗，竟然会因她的有点强迫的少女式纯情而变得郁闷起来？她只是非常老式的孤独，这难道不是世界上最好的、坠入爱河的理由吗？在他玩世不恭的动机研究下，翻腾着的难道不是一个关于巨大启示的未成熟的秘密梦想吗？他之所以恼火，也许只是因为她的处境让他想到了自己，他由此想到了那些可怜的单身舞会，那里孤独的心聚在一起寻求彼此的安慰。她让他感到暴露和被收买，而他不能容忍自己被认出来。

他记起了在开始变声前做男孩时的拘谨怕羞,还想起了莱亚写给那个棕色眼睛男孩的信。他想起了那些回,这个那个女孩傻傻地试图接近他时,他是怎样粗暴地拒绝她或者只是忽视她,同时她又让他双腿发抖的情景。他当然也有过受宠若惊的时候,但他同时又受到女孩子们的羞辱,她们的目光、咯咯的笑声和一些小小的折起来的信,上面有方格让他去打叉投票。现在想起来,那些小选票其实是一种很实用的推动进展的方法,但在当时他却受不了女孩子对他困惑的兴趣,提前采取这种方式。他觉得她认出了一些他自己还很糟糕地不懂的东西,并且把她的指纹按在那些已经太熟悉的东西上面,好像只是因为她看中了就要属于她一样。

还有过几次,女孩能让他无缘无故地感到内疚。当年母亲曾固执地要他去参加舞会。那是在一个有着灰泥墙壁和红色天鹅绒幕布的聚会场所里举行的。男孩子们沿着一面墙站成一排,女孩子们沿着对面的墙坐在镀金的洛可可风格的椅子上。男孩们穿着白衬衫,打着蝴蝶结,头发用水抹平。女孩子穿着淡蓝、浅黄和乳白等淡雅颜色的蓬蓬裙。当得到一个信号的时候,男孩子就要穿过那没有尽头的镶木地板去挑一个女孩,然后鞠躬邀请。有一天,当他像往常一样,缓慢地小步穿过地板并鞠躬至最佳状态时,她满怀期待地看着他,并问了他一个意想不到的问题,让他羞愧得面红耳赤,恼火万分。他是不是因为裙子才选择了她?

当他在青春期的耳语和摸索的半黑暗中经历第一次时,羞耻感并没有放过他。他追求一个女孩子很长时间之后,终于获准用舌头来吻她和用手指抚摸她，与此同时，她用她小鹿一样的眼睛迷惑他，假装成所有女孩中只有她能让他的心燃烧。他感觉自己像个骗子，尽管他办这桩差事已经尽其可能地诚信。同时，他也第一次体验到那奇怪的距离感，并让他重新思考电视屏幕上那些所谓的色情场面。距离，那种身体的感觉与因这感觉而唤起的情感之间的距离，这样两者之间的混淆就会变得轻松一些和更容易接受。

他学会了对自己和那些他愿意与之上床的女孩们撒谎。但是，每当他与一个陌生的身体躺在一起，他就会奇怪一次，人们竟然会把这种只是为了彼此身体的行为称为做爱。漂亮的、陌生的身体，词语确实会从中发出，但是你却无法将这些词语与任何事物联系起来，因为严格说来，你并不知道对方在说什么，或者她是谁。他认为，这是颇具讽刺意味的，但同时也是悲哀的，因为，当你终于发现当时所爱的人是谁之后，一般来说就不再恋爱了，因为她已经变得太熟悉了。这种能唤起想象的、充满希望的陌生感，就像那很快会被磨平的、闪光的绒毛。所以，你就只希望能在厌倦到来之前成为真正的好朋友。

莫妮卡成了他的朋友，是的，他爱过她。那一定是爱情，只要他们分开几天，再见到她时，他就会很开心。当他从磨刀石上抬起鼻子，在安全而乏味的日常琐碎中突然发现她时，一股温情就会在他那里涌现出来。但是，当索尼娅自己送上门时，他依然还是扑向了她。虽然前一天他还坐在海滩落日的余晖下，注视着莫妮卡站在那里，一边吸烟，一边眺望着海峡，并且他一下就明白了他们在一起的原因。显然他又同样快地把它忘记了，至少在他的那些突发的奇想之间没有任何联系。头一天他还在和他的妻子重涉爱河，第二天却和她的妹妹上床。

他无法接近索尼娅并成为她的知己，因为她不知道最高法院的律师并不是她的父亲，他自己的秘密，又把他挤出了莫妮卡和他生活在一起的那个信任领域。他只有一半在那儿，他的另一半在外面。他必须时时把这一面展示给她，这样她才不会发现，他那被谎言和想象力所掩盖的未知的一面。奇怪的是她并不生疑。很明显她已经习惯了以整体的形象来看他，因为他们逐渐地只是对彼此显示出固定的角色，他们互为同事、性伴侣和经济盟友。

他们开始减少谈话，谈话内容也更加表面化，从他这方面来说，因为有太多的事情是不能说的。从她的那一面来说呢？他不知道。他从来都搞不清，她从什么时候开始远离他，他一直致力于用常规的温柔证明和关于日常生活的会心谈话，来掩饰自己的疏远。随着时间的推移，连他自己也忘记了，什么事情是她不可以知道的。那些东西已经不再有任何意义了。谁是索尼娅的父亲已经不重要，索尼娅本人于他也无所谓了，那只不过是一次偶然的、已成往事的失误而已。但那时莫妮卡和他已经习惯了，那种已经出现的难以察觉的距离。它已经使得他们相互变得更小、更模糊了。

只有在床上，他是毫无保留地把自己交给她的。也就是说，他的身体和他们身体之间的关系成了他们行事感受的测试，完事之后她会压在他的身上，心满意足地叹气，并且说，太好了，或者担心地问，他是否得到了满足。问题在于，听起来他们的身体成了只是让对方满意的工具，有时候也还真能起到作用。当她跨坐在他的身上激动地驰骋时，他有时候会想起游乐场里安装在活塞上的那些彩绘小马，往孔洞里塞一枚硬币，孩子们就可以骑上去。在他看来，他们只不过是带着各自的欲望，并得到各自的满足感而已。尽管他们已经是那样尽可能地互相靠近，他还是感觉孤独。他以为他在从另一个地方，看她的身体和他自己的身体，但这应该是从哪里呢？

雨越下越密了。每吹来一阵风，他的脸上都会沾上雨水。天也冷了起来。他从门阶上站起来，感觉到腿是僵的，他把烟蒂扔到草坪上，关上拉门。那个炽热的烟蒂在黑暗的草茎之间发亮，时间出奇地长。之后它就熄灭了。他的目光落在灰色电视屏幕上，沙发和落地灯被反射在那里。他拿着酒杯和威士忌瓶子进了浴室。洗一个浴缸澡一定很舒服。他把塞子塞进排水管中，打开热水直到蒸汽开始弥漫为止。之后他慢慢拧开冷水，但只开到他不会被烫伤为止。

脱衣服的时候，他在想，到底是不是与索尼娅的婚外情毁掉了他的婚姻，如果是这样的情况，又是不是内疚和对她年轻身体的回忆占了上风的关系。他对她最清晰的回忆是在他们第一次互相亲吻之前的几秒钟，她已经把她的上衣挂在地板打磨机上晾着，然后在空荡荡的角厅里的涂料桶之间款款而行，身上仅穿着胸罩、裙子和高跟鞋。当她走向他，低着头，通过她湿淋淋的诱惑与他的目光相遇时，有那么一秒钟，那个熟悉的世界掀起一角，露出一种完全不同的东西，是那样短暂，以至于他来不及看见那是什么。余下的一切，对他来说，都显得更加模糊了，包括他的背叛和野性，她的身体在他的下面，发生在将要成为育儿房间里莱亚的床垫上。突然，她消失在激动的鬼脸后面，他看不见她了。

他任凭衣服堆在地板上，观察着镜子里的自己。他看上去比去年重了。他想到过手淫，但却不愿意实施。渐渐地，他很难再靠自己正常地勃起，很久以前，他曾有过机会来确认，女人能不能做得更好一些。那还是他刚搬到这个城里的时候，一个护士在圣诞聚餐之后做过，但不久她就离开了。他关了水龙头，踏进浴缸，慢慢地把身子沉到那滚热的水里，他深深吸了一口气再徐徐吐出来，身子向后靠去，与此同时，那热量渗透到肉里，完全进到了骨头里。他忘了扯掉胶布，它从脚跟上掉了下来。碘酒的细而弯曲的线，像烟一样散布在绿色的水中。

他是一样的孤独，不论是和索尼娅上床时，还是后来又和莫妮卡在一起的时候。在他身体深处的某个地方是孤独的，当身体像一匹温和的小马，机械而顺从地做着两个女人和他自己所期望的事情的时候。不同之处在于，与索尼娅在一起时从头到尾都是性。其他关系是从性开始，一路走来还有关于友谊、温柔和信任等更多的东西。他与莫妮卡关系的特殊之处在于，它开始于一段友谊，带有一种羞涩的、反讽的协议意味，当时他们相遇在一个要去结伴滑雪的年轻朋友的圈子里。而到了最后，这些元素愈来愈少，直到只涉及性、食物、洗衣服和付账单。

在成为朋友很久之后，他们才在法国阿尔卑斯山度假公寓里的一床羊毛毯子下惊讶地找到了彼此。如果他没有折断脚踝，如果她不认为，在其他人去滑雪的时候自己理应照顾他，他们的关系可能永远不会到那种程度。那时她的脸上充满了意想不到的、羞涩的温柔，否则她总是一副无比嘲讽、成熟或明智的面孔，她将脸朝他的脸低下来，并且把毯子像帐篷一样拉在他们的头上。这让他没有预兆，也没有过渡地爱上了她，他真正经历了他们身体最初的、羞涩的接触，那是爱情的结果，而不是爱情的确认，因为至此都没有人提出过任何问题，或者要求一个答案。

  第二天早上还在下雨，上午的大部分时间都在下雨。当罗伯特查房走进露卡住过的单人病房时，有一个老人躺在那里。一切都像平常该有的一样，除了这个老人之外，所有的病人也跟前一天一样，但是，这让他突然感觉到怅然若失。自从露卡被送进医院以来，他已经习惯了每天两次见到她，一次是早上的查房，一次是下午他回家之前，坐在窗子旁边听她的故事。有时她没有说什么特别的话，或者只是问有关他录制的音乐，其他那些次他只是在那里坐上一刻钟，与她共享一支烟，他们谁都没有说话，这样一直到她睡着。

  最初她只是他按部就班生活中的一个有趣的中断。她走了之后，他才发觉已经习惯了，她在那里。现在她缺席了，虽然她的床很快被另一个人接替。以前他从没有对一个病人有过这样的感觉，这让他有点担心，但是到现在才体会出来。这让他突然想到，他与露卡在一起的下午，违反了他的医疗专业精神。他并不在意同事和看护人员可能会觉得奇怪，但是当他星期一早上查房时，他却感觉自己处于观察之中。他努力装作好像一切依旧，事实上也是如此。刚好这个星期一也很无聊。一切在中断之后又恢复了正常，这种中断持续了那样长的时间，以至于他都忘记了那被打断的日常生活。

  中午时分心情开始稍稍好了一点，太阳有气无力地照在医院侧翼之间湿漉漉的草地上。他正坐在他的办公室里,雅各布从门里伸进头来。他像男孩子一样微笑着,看起来仍然可以打球。只要不再下雨,球场肯定干了。罗伯特忘记了,他们那天是有网球约定的,但雅各布并没有注意到他迷茫的面部表情。他神秘兮兮地微笑着。他的妻子整个星期天都在她父母家里。带着孩子们,这样罗伯特就可以自己去想剩下的意思了。他握紧拳头,在胯部来回摆动,然后他又关上了门。

雅各布好几次在食堂里,用和那个体操女教师气喘吁吁的幽会来娱乐他,直到有一天,罗伯特恼火地劝他要小心一点。雅各布吓得脸色煞白,他自己也奇怪为什么会这样生气。一天晚上天气还可以,他被说服去和他一起吃饭。雅各布系着围裙,站在那里翻动着烤架上的牛排,他的妻子正经过他面前,他突然搂住她的腰,于是她尖叫起来。与此同时,他给罗伯特送过来一个心领神会的眼神。罗伯特发现自己很反感,这种从男人到男人的眼神,但他更惊讶雅各布的冷血。他自己也曾经如此冷血过吗?他大概也有过的。

他们的婚外恋几年之后,索尼娅嫁给了她在纽约遇见的一个年轻的丹麦商业律师。最高法院律师和他的妻子超级满意。这对年轻夫妇在霍尔姆教堂结婚,并在长堤宴会厅举行婚宴。自从罗伯特送她去机场,用装出来的深情吻别,好像他们的午后幽会对他确实很有意义一样,从那以后他就再也没有见过索尼娅。他不得不承认,她穿着夸张的婚纱,加上那假发垫起的高耸发髻,看上去美得令人不安。稚气已经离她远去,除了她讲话还像小孩子一样发 S 音和那种慵懒的腔调之外,那个他曾经让自己被诱惑的、大大咧咧的波西米亚风格女孩,已经消失得无影无踪。

那是一次辛苦的晚宴,即席发言都太长,讲的是引人发笑的奇闻逸事,以或俏皮或感人的方式描绘出新娘新郎的性格特征。有时,他与邻座女士交谈,却不完全知道自己在说什么。她是空姐,对塔罗牌感兴趣。同时,他的眼睛却看着索尼娅,像一只美丽的鸟昂首挺立在白色的巢中。他想象着,她时刻都有可能从桌子上起飞,越过那些大吃一惊的文质彬彬客人们的头顶,穿过窗子,向着港口继续飞翔,直到她成为一个扇动的白色斑点,和任何喜欢旅行的海鸥一样。

晚宴期间他喝了一些,以缓解他的无聊。空姐则在向他解释着塔罗牌的含义。当他偶尔瞥一眼索尼娅时,再一次惊奇于他曾经与他妻子同母异父的妹妹在他女儿的床垫上翻云覆雨。现在她作为完全长大了的女性坐在她的新郎旁边,光艳照人,诚然很吸引人,但她也只是像一些时尚杂志上的漂亮女人,让人在继续翻阅前随意瞥上一眼,因为她们仍然只是一些图画而已。

当初她飞回纽约的时候,他松了一口气,这次她结婚,同样让他感到轻松。所有其余那些能把她带到遥不可及的地方去的事情,似乎都像是一种确认,他们的恋情是一种误解。他们彼此间无话可说,只有共同的家庭关系,虽然他们的相遇不能说是偶然的,但它仍然像是一种交通事故。这个错误的女人落在那双错误的手臂中,当头脑失去对身体的控制时,就会发生这种事情。因为身体本身如何能看得出区别来呢?

上过咖啡之后,他在洗手间前的衣帽间遇到了她。她独自一人。他说,很高兴见到她。她说,她想念他。他不相信这点，但还是微笑着。她又往前走了一步，于是她的白色裙子碰到了他的裤子折缝，同时她把一只手放了到他的肩膀上。那是不容误解的鼓励，他一边吻她，一边想着怎样让自己脱身。她拉着他的手，带领他穿过女士洗手间的门。幸运的是那里一个人也没有。她把他拉进了其中的一个隔间，然后在身后锁上门。她一边低声笑着，一边眯起眼睛。

他亲吻着新娘，他们站在那个狭小的隔间里，除此以外他还能做什么呢？她解开裙子的扣子，把双乳掏出来，同时微笑着，幽幽地看着他。它们比他记得的更大、更紧致。我怀孕了，她喃喃低语。他不能确定她的语气是炫耀还是讽刺。他吻着她的双乳，她叹着气。她宽大的裙子对着隔间的板壁发出干燥的窸窣声。他听到有人来上厕所，有锁在其中的一个隔间里搭了下来。他们完全安静地站着，索尼娅一只手放在他裤子的前裆，那个坚硬的鼓出来的地方，同时锁定了他的目光。

他去了那个小小的海角。脚下易碎的沙子蛋糕沙沙作响，那些数不清的小洞就是下雨后留下来的痕迹，还有腐烂海藻的气味。云团慢慢移动，形成凸起的背脊，灰蓝色的顶部镶着白色的边框，太阳正在那里轻轻地抚摸着它们。水平面以下的海呈蓝黑色，再往陆地延伸，海面就变成了浅蓝色与乳白色。它看起来像一块裸露的、一望无际的地板，失去了光泽，泛着细小的涟漪，除非水流在那里拖出平滑的轨迹。巨大的海鸥落在海滩上，瞪着傲慢的黑眼睛走着。领头的海鸥，他想，感觉自己是个入侵者，它们勉为其难地扇动翅膀，被迫起飞，因为他在走近。

他看了看表。雅各布此刻正在更衣室里等着。这天不打网球。罗伯特懒得搭理他那种鼓动的、扬扬自得的表情，他意味深长地挑起眉毛，只等着罗伯特来套他的话，恰如其分地佩服他，来说起那个有着两颗大坚果的多情体操女教师。那是罗伯特第一次没有遵守与他的约定。总的来说，他最近的一次与人爽约也是很久以前的事了。当他的同仁们焦虑地，或者半信半疑地涌到他那里时，穿着笔挺白大褂的他总是愿意，并且在那里准备着去排除他们的故障。因为大多数情况下，他们对这个耐心务实的、有教养的浪漫派交响乐爱好者罗伯特充满信心。他停下来点烟，他耸起肩膀，用夹克遮住火苗。像一只把喙埋到翅膀下睡觉的鸟，他突然蹦出来这个想法。

他只不过是简单的不走运吗？只是一群赌输赢的玩家中的一个吗？他就要如此终结在他的岔路上、荒凉的海滩上、省级医院的大褂里、全景窗前的沙发上，面对着铺设好种植物地基和木围栏的自然景观吗？这仅仅是爱情不可预测的后果之一，是其转换能力的偶然袭击，它能改变并调换身体和面孔的位置，并且它还将毫无意义地、不可避免地继续分发下去吗？他再一次沉思着，从莫妮卡在阿尔卑斯毛毯下红着脸的温情，到电话里他们谈到莱亚时，她高效的、就事论事的语气之间有多远，简直远得不可估量。好像她根本不是他们的女儿，而只是他们必须通过适当的谨慎和圆滑，来解决的一个共同任务。这显然意味着，说她是他们共同的血肉，已经不再有什么特别的意义了。那不过是他们的身体玩弄他们的一个把戏，他的微观蝌蚪在她的腹部变成了一颗收拢的小小种子，然后再变成一个完整的小人儿。

他们曾经彼此亲近过。他们互相是那样了解，但随着时间的推移，他认为，他开始将由习惯结晶化的有关她的认知，混同于那个她在特别的瞬间，她的脸放松时暴露出来的、里面的那个她。他比任何人都更了解她，但却仍然不是她，他现在这样想道，他踏着湿重的沙子，独自朝那个海角走去。她已经向他显示了，作为她，不得不如此的样子，但是他看到和听到的，并不是她自己。在她的语调和表情中所反映的，只是她本质的外在回声，而这些都是通过所有这些细小的特色和方式展现出来的。只有在很少的情况下，他才能瞥见在已经形成的模样背后的那个她。

他在想象中看见她穿着他的浴袍站在海滩上，背对着落日凝视着海浪发亮的泡沫，或者是在家里的窗户旁，手拿烧热的熨斗停在有着锐利褶皱的衬衣袖子上方，眼睛转向外面看着什么东西。他就是这样来记忆她的，会在日复一日的动作中停下来，浑然忘我，好似他一下子就变得隐形而自由，可以从事监视一样。他曾几乎不得不在她疏于防守的时刻，偷偷摸摸地进入她，以追寻那最初引发他情感的踪迹。

当他们和别人在一起时，他也会观察她。她的笑声或专注的目光会突然向他展示另一个莫妮卡，那个他想象中的她，一定是比他认识的更为真实的那个她。不是她的笑声听起来比他习惯的要更具挑战性，就是她的目光比他习惯的要更加热情。这让他嫉妒，但是这种嫉妒并不是针对那个偶然坐在她身边，和她谈话的男人。他自己就应该是那个唤起这种大胆的，几乎是轻浮微笑的那个不知名、不存在的人，他认为以前从未见她这样笑过。他不记得她是否也曾经用那种迷醉而缠绵的目光注视过他。

另外一些时候，他认为，他见到的她是更加初始的、未加混合的形式，就像她小时候应该有的那样。他记得一个夏日的早晨，他在她父母的乡下房子里醒来。那时天还很早，但她并没有在床上，躺在他的身边。莱亚还睡在床脚的摇床里。他打开窗户让新鲜空气进来，他听到了她在花园里压低了的声音。她和父亲一起坐在天气好时吃饭的桌旁。但他们不是像平时一样的彼此对坐，而是坐在他的旁边，同时她正往他们的杯子里倒茶。罗伯特听不到他们在说什么。

最高法院律师只穿了一条短裤。他坐在那里，低头看着茶杯，当他说话的时候，同时将双肘支撑在膝盖上，在自己面前双手合十。虽然他上身的皮肤已经成了悬挂在胸腔和腹部周围的细长肉袋，但他的坐姿却颇显年轻。间或他沉默不语，眨着眼睛，好像他对自己讲述的事情略感奇怪。莫妮卡像他一样坐着，低着头，两肘支撑在膝盖上，同时她用双手托着双颊，斜视着他。突然他看着她，笑了起来，同时他下巴微微上扬，像罗伯特看到她常做的那样。

这是一个相同的动作，一个对命运的反讽做出的快乐而傲慢的小小问候，以此把自己带到与生活的不可预测性平起平坐的境地。她自己也笑了起来，当他们笑时，彼此向着对方靠过去。她的眼睛眯成了两条缝，她的脸也聚集了灿烂的笑纹，就在那一刻，罗伯特准确地知道了，当她还是个小女孩的时候一定是这个样子的。他真想走过去坐在那里听听，他们在笑什么，但是他没有那么做。他可能也不会明白，为什么会那么有趣。

莫妮卡可能是他认识的人当中最了解的那个人。她给他讲过关于她自己的事情，那些事情她以前没向任何人讲过。现在他不再认识她了，现在她信任的是扬。当他们互相通电话或者偶尔见面的时候，他无法理解，他们怎么会曾经是彼此最亲近的人。亲近是如此的短暂、如此的了无痕迹，他一边这样想着，一边继续走在平静的大海与种植园的松树之间。当他走过那些被强风掠过的树木，进入灌木丛和牧羊草的领地时，就转向陆地走回去。在另一面，海滩滑入了湖泊和地峡平坦的延伸之中。

当她向他透露自己的故事时，她的话就像来自遥远地方的电报，对于那些遥远的事件，他不得不试着随意地去想象。她在床上躺在他的面前，讲述她的童年和她曾经认识过的那些男人，那些她有过的绝望或是快乐的时刻，以及她害怕什么，又希望什么，等等。但是，他无法企及这些故事本身，就像他也不能触及她的面孔后面一样。她可能并没有告诉他全部。有些可能是她有意保留的，还有一些只是在她的话里没有位置，他甚至都不知道该问些什么。随着时间的推移，他们提的问题更少了。在芦苇和那些水淹的草甸之外，天空变得更加明亮了起来。草叶像一排排勾画出来的线条，在手画累了地方，就变细了，所以那最后的几笔像犹豫的逗号一样，停驻在空气和反光的虚空之中。他继续在草地和湖之间的地峡上走着，他的脚下发出呱唧呱唧的声音。这里，海滩只是大海面前的一片狭窄的沙洲。唯一突起的是他正在接近的那些高高的芦苇和木屋，木屋由涂了焦油的木板搭成，木板上面的缝隙能让光线穿透。

他走进芦苇丛，在淡黄色的苇秆中间发现了一些蓝色，一块小小的、捏扁了的浅蓝色硬纸。他走近一些，认出了那个热情奔放的吉卜赛女舞者举着铃鼓的剪影。难道这是安德烈亚斯扔掉的空烟盒吗？在这个小城的居民或到访的那些鸟类学家中，都没有多少人抽吉坦尼斯香烟。也许他像罗伯特一样，在同一条路上散过步，有那么一天，在他收拾箱子，牵着他的小儿子去斯德哥尔摩，到那个黑色卷发的舞台设计师惊讶的蓝眼珠那里去试运气之前。吉卜赛女郎婀娜多姿的腰肢，和周围的烟雾与蓝色融为一体，那蓝色经过日晒雨淋变浅了，因此围绕她的已不再是黄昏而是白天。在将隐形的吉他放入隐形的吉他盒中，并将隐形的椅子放在隐形的桌子上很久以后，她还在继续以不减的热情整夜跳舞。她一直跳到黎明，虽然那些无形的吸烟者，早就带着因疲倦、烟草和因没有发泄的欲望而生的嘶哑，回家去了。

他在芦苇丛中一个常坐的、虫蛀过的木桩上坐下来，躲避着整个世界，他想到这里，觉得好像又一次看见了雅各布。现在他可能正站在网球场上，拿着网球拍等着，不耐烦地来回踱步，因为他必须保持住所有那些色情美味，这些是打算让罗伯特从他嘴里一个接一个地套出来的。他注视着那个褪了色的吉坦尼斯烟盒。这样一个妖娆的舞蹈女性的剪影，足以引发任何男人的内心凝视，而光亮从来无须落到她的脸上。她可以随便叫什么名字，但那是同样具有挑战性地放在臀部上的手，同样扭动的腰肢，同样令人眩晕的、摆动的裙子和头发，同样举在头上发出铃声的铃鼓。

这种景象平庸无奇，这是当然的，但是唯其如此才更为有效。是的，剪影的颜色越深，它看起来就越像一个女人形状的钥匙孔，它让观者认为，他就是进入她神秘迷宫的钥匙，她那扇门最终将会对一个未知的现实开启。但是这个舞蹈美女的黑色轮廓，并没有覆盖哪一个特定的女人。漫画家省略了所有的个性特征，只保留了女性兴奋时的基本形态，蜂腰、蓬松的长裙和波浪形的头发。那个美丽的吉卜赛女郎的剪影，是一个颜色加深的、精心雕刻的洞，任何一位漂亮女郎都可以站在那里，把手放在臀部上，敲着铃鼓，扮演一个梦想接近成真的角色。

体操女教师就是这样在雅各布的思想中蠕动的，就这样她在他作为父亲的日常生活的黑暗角落中，展现那对奇妙的乳房。就这样索尼娅在那个充满涂料气味，甚至夏天雨水气味的，空荡荡的公寓里为他展示自己。还有那个做舞台布景的犹太女人，就这样诱惑着安德烈亚斯，刺破了森林边上、包围着新建房屋的田园诗般的肥皂泡。罗伯特松开了烟盒，于是那烟盒就落到了芦苇丛中。她会一直躺在那儿，这个匿名的吉卜赛人，在鸟巢与快速摇摆的芦秆之间，直到她腐烂在这摊死水之中。一个越来越模糊的剪影，那个被所有人遗忘的剪影，坚持不懈勇敢地跳舞，日日夜夜，举着铃鼓，扭动着臀部。

也许她也梦想着一些东西，当她为所有人，也不对任何人跳舞的时候。一如那些孤独的舞女，她也可能会梦想，有人会发现她。在那个烟雾缭绕的小酒馆里的，一个陌生的客人，有一天晚上会走进来，让他的目光像聚光灯一样突然落在她的身上，照亮她的脸。对于每一个舞女的剪影来说，小酒馆的门口都可能有一个男性的剪影，就像她在男人们的梦中跳舞一样，那个身影也在门口，对着她的想法犹豫了一下，当她用头发甩打，并用铃鼓呼唤他的时候。这最终会是他吗？

也许她早已在想象中勾勒出了他的轮廓，以确保她可以通过那些波浪起伏的烟雾识别它，因为这是她曾经认识的一个人的轮廓。也许门口的这个陌生人，也用同样的方式有过这种想法。也许他整晚都在从小酒馆走到小酒馆，站在那些门口，看着一个又一个的吉卜赛人，希望最后能认出他最初的爱的剪影，或者他的爱的起源。或许有，或许没有，反正都是一样。

收音机是深色木头的，闪着清漆的光泽，它的那些圆角反射着柔和的光。旋钮也是反光的黄白色，有一个旋钮会带着断裂般的吱吱声，当女孩懒洋洋地伸出手用两根手指推动它时。那是一只长长的、苍白得近似于纯白的手。但那种白是一种不同于旋钮和那些小些的按钮的更冷的白。那些按钮连续排列，好像草食动物口中扁圆的牙齿。铜绿色的光，在死气沉沉的瞳孔周围的深绿色玻璃板后面显现出来，当女孩的手旋着红色的指针，经过那些印在斜柱上的城市名字的时候，罗伯特还记得，那窄小而明亮的眼睛让他想起水平仪上不停闪烁的气泡。扬声器前面的编织面板后面，沸腾着，并发出哧哧声，分离出来的单词和音调，躲过了风暴和那些紧密编织的面具，但它们与那些跳过去的城市名称不符，塔林、索菲亚、柏林，这些地方出现的是丹麦语和瑞典语的声音，它们到了更远的地方后再也没有出来了。尽管指针行走之间的距离完全不同，但它一会儿到了华沙和列宁格勒之间，一会儿又转到了维也纳、布拉格和布达佩斯之间了。

除了每人一个装衣服的箱子外，收音机和他父亲的单簧管，是女孩的父母在她出生的前一年离开故土时带来的全部家当。收音机用了差不多20年的时间，去熟悉新的词汇和语调，但是罗伯特仍然认为，所有从它那里发出来的声音，听起来都有点异国情调，那是他们从告别的、遥远的城市带来的，当时他们都还年轻。开始的时候，他们一定会惊奇于这个旧收音机在新环境下发出的声音，在这里他们再一次慢慢地学习说话，就像他们的小女儿一样，把来自他们旧语言的单词和来自新语言的单词混在一起。

那绿色的瞳孔停止了扑闪，看上去它是发现了些什么。那只苍白的手松开了旋钮，红色的指针也停在贝尔格莱德和的里雅斯特中间，另外的一种轰鸣冲过面板，浪潮来自一个掌声雷动的大厅。接着，那场风暴也消失了，变成了完全的寂静，然后，最初的音调在聚集着的波浪中传来，爆发，再一次聚集力量，这就是勃拉姆斯的第三交响曲。一片来自乐器的声音之海，一齐涌向罗伯特，因此他无法将它们区分开，也许是因为那个深色油漆木盒对于所有的音乐而言太小了，至少那木头在吱吱作响，像在一艘旧船里一样，但也有可能是他直到最近，才开始将音乐表面的波澜与它下面的暗流加以区分。

他17岁，她比他大了将近两岁，女孩坐在扶手椅上，看上去好像被路灯下紫罗兰色的雪花催眠了。他从一开始就惊奇于她的眼睛之间相距那么远。她收起两条腿放在身下，坐成美人鱼的姿势，两只深色眼睛之间的距离，让她的脸看起来很开放，但是她的目光却是遥远的，当她坐在他对面听勃拉姆斯的时候。她颧骨很高，头发是棕色的，头发因为侧分落在了一只眼睛上。她时不时地用一只手懒洋洋地把它从额上掠到耳后。

她的尼龙长袜是裸色的，她是他认识的女孩中唯一一个穿这种长袜的，老式得如同她坐的扶手椅一样。公寓里的一切都阴暗而破旧，这让他好几次不得不提醒自己，她的父母随身带来的只是那个收音机，而不是其他陈设。当他到那条从世纪之交开始就有着浮华住宅楼的安静街道上去拜访她时，就好像是去一个人们不得不离开的遥远城市里拜访她一样。公寓看起来像他想象中的样子，应该和父母在家乡的人们的家里一样，而且在过去的20年中，这个父亲都没有做出任何改变，甚至在女孩的母亲离开他们返回家乡之后也没有。她在这个陌生的西方城市里从来没有适应过。他们也不是因为她才迁来这里的。

这个女孩只给了他一些故事的碎片，他自己不得不用空气去填充碎片间的空隙，把它们拼成一个整体。当她的母亲决定要返回家乡的时候，原本她是要跟着去的。为什么母亲只身离去，却没有带走当时只有6岁的女儿，罗伯特并不知道。至于女孩留在父亲身边的原因，虽然罗伯特必须靠猜，但他仍然感觉到它涉及一种承诺的违背。他们沉默中的一些东西证实了他的猜测。几年后他们得到了有关母亲去世的消息。母亲生病了，女孩曾经告诉他，至于什么病，她没有说，罗伯特得到的印象是，她沉默的并不是有关疾病的名称。她的沉默更像是一个盟约，它是她和那个戴牛角框眼镜的秃头男人完成的，无论是他们在保守的一个秘密，还是母亲自己的死去，对此他们都在互相保护。公寓里找不到她的照片，只有女孩自己在不同的成长阶段的照片。它们镶在背面有皮站脚的银色相框里，这样它们就可以自己立在餐具柜上。这些看起来像是一整群的孩子，好像那个戴牛角框眼镜的男人和他已故的太太生过那么多孩子一样。

现在她穿着裸色的尼龙长袜，像美人鱼一样坐着，在黑暗中透过雪花看着外面。在泛黄织物装饰的板壁后面坐着她的父亲,他正在吹着那根按钮闪着银光的单簧管。他们听不到他的声音,但知道他在那里,身着礼服,因为那是与音乐不可分离的一部分,一个音乐波涛中的泡沫旋涡。罗伯特看到过他的礼服挂在饭厅的门上。在他穿上之前,她会把它刷一下,并帮他摆正那个白色的蝴蝶结,面对她的照顾他会表示不耐烦,也许他在罗伯特面前感到尴尬,他的女儿在顶替着一个充满爱心的太太角色。她比父亲高出一个头,不过她的父亲也并不高大。

当她的父亲第一次穿着居家上衣和格子拖鞋,为他打开前门时,罗伯特自己也很尴尬。那个父亲透过那副厚厚的镜片,不信任地斜眼看着他。虽然他有点受辱的感觉,但罗伯特却还是忍不住,将他矮小的身材与室内的阴暗布置联系在一起,苔绿色和棕色的,笨重的、酒红色窗帘,歪歪扭扭的钩编桌布,以及扶手椅背上的搭布。公寓里没有电视机,只有那台旧收音机。他感觉自己像是另一个时代的客人,但是后来他自己纠正过来了。这不是另一个时代,只是另一个世界。他第一次坐在裸露着灯泡的枝形吊灯下的饭桌旁时,女孩也很尴尬。她做着各种服务,她的父亲带着浓厚的口音询问着他。她很害羞,罗伯特能看出,在枝形吊灯的刺眼光线里,她的现实情况一下子就被暴露了多少。父亲穿着拖鞋迎接他也让她尴尬。她用他们自己的语言说起它,但是罗伯特能猜到她说的是什么。当他们在桌旁坐下来时,那个父亲已经换了一双黑色鞋子。一双小得惊人的鞋子,擦得无可挑剔的锃光瓦亮。

安娜是他有史以来见过的最美的一个女孩。后来罗伯特问自己，她是否真的有那么美，然而却无济于事，当他扫去她脸上遗忘的灰尘时，他就无法去怀疑。他也没法拿她年轻的脸与一张中年女性的脸作比较，并得出结论，时间是对每一个年轻美女的天真傲慢进行的报复行动。他可以勉强想象年龄会让她更加漂亮，但他无法知道。自她高中毕业以来，他就再也没有见过她。但傲慢是她的特点，她出众的外形和不入时的上衣与裙子一起，使得她更加与众不同。

那个时候，他们中的大多数同龄人，无论男孩还是女孩，都开始穿鸭脚鞋、灯芯绒裤子和蓝色的中国衬衫。鸭脚鞋和中国衬衫也开始潜入他们所上的高中，他上高二，她上高三。那是一所拥有辉煌过去的私立高中，教师打领带，墙壁为湖绿色。当外面的世界变得越来越叛逆和鲁莽的时候，那些球形的玻璃灯，却与楼梯间里的一座希腊英雄石膏像，连同民族精神以及打蜡气味一起，不为所动。意想不到的巧合是，安娜以她老式的穿着、彬彬有礼的外表，比其他许多学生，更适合这个地方严谨与体面的氛围。

从街道上可以看到，那有着很深窗框的厚重红砖外墙，类似于一座堡垒，当游行队伍在外面经过时，能够将教室隔离出来，屏蔽掉大部分嘈杂的、从扩音器里传出来的、社会破坏性的口号和鸭脚们游行队伍上面飘动的横幅。罗伯特自己也弄到了一双鸭脚鞋和一件蓝色中国衬衫，其时他刚刚读完毛主席的精选著作。他不仅把它们当作校长在晨歌时训诫的解毒剂来读，后来他还想，尽量运用毛主席的思想去不知不觉地团结他的母亲，他的母亲因在工厂食堂辛苦劳作，双手变得粗糙和皲裂。与他的母亲不同的是，那些同学的母亲，在温暖的室内伸手问候那些礼貌的新贵时，她们的手是光滑的、精心保养的和懒洋洋的。

当他隔着肉饼和比目鱼排，试图让他母亲理解，为什么无产阶级专政是不可避免的，或者像他亲身走完全过程似的讲述长征时，她，他的那位辛苦劳作的母亲，只是心不在焉地微笑。她已经厌倦了跟随他的思路，而且她还脚疼，当他送上咖啡时，她已经拿着陀思妥耶夫斯基或者福楼拜的书，躺到了沙发上。有一次，他在安娜家的晚餐桌上也做过尝试。他正在描绘着，无阶级社会对于人类精神资源的解放，等到她用咳嗽试图引起他的注意时，为时已晚，因为单簧管只是透过他的牛角框眼镜看着他。那厚厚的镜片让他的那双眼睛变小了，当它们看着这个年轻人坐在那里热烈地自说自话的时候，现出既无力无助又警惕戒备的样子。就好像它们从一个遥远的地方，看着他一样。后来，当他的革命激情已经燃烧殆尽，他总会看到单簧管那眼镜后面疏远的凝视，每当谈话进入阶级斗争的主题时。

在晨歌时，或者在上下楼梯经过那落满灰尘的石膏英雄时，他都一直观察着安娜那严肃的面孔。半夜醒来，他会躺在那里想她。她经常独自行动，这使得他更加艰难，因为孤独加大了围绕着她的、似乎是不可侵犯的距离。他不知道该如何与她联系，以及想出要对她说的话。她似乎没有注意到他。因为对她来说，他可能只是一个发育过度的孩子。

是安娜，首先说了一些话，在一天放学之后。她在人行道上赶上他，递过来一份报纸。是他丢失的。那是一份托洛茨基主义的宣传册，报头上有颗红星。为了效果，他曾经在走路时故意让红星从口袋里掉出来。她在自己面前用两根手指夹着它，他问，她是否害怕它会传染。这话他脱口而出，让他很惊讶。也许这是一次反抗，反抗他这段时间以来受的委屈，在她不知道的情况下，远距离地跟随她，独处的时候想着她。她笑了。以前他从未见她微笑过。

放学后他们一起在公园里散步，她借给他书籍，大部分是诗歌。她想知道他对于它们的看法。诗集从他的书架上逐步取代了那些对社会产生破坏性的印刷品，不是因为他突然用抒情取代了他的革命性世界观，而是因为他的兴趣在于任何能了解她更多，并使他们互相接近的事务。如果她已经猜到他爱上了她的话，她也没有去揭穿它。她看上去也没有留意到，关于这个高二的红色煽动者和那个高三的东欧独来独往主义者，怎样成了不般配一对的传闻。他只是把这种八卦当成令人尴尬的玩笑。因为，应该是他们俩来一起面对世界上的其他人。

当他尽义务般地告诉她，通过阅读某位诗人得到的收获时，她专注地看着他。他感觉自己很愚蠢。他想吻她。他们坐在公园的长椅上看着天鹅谈论人生时，他既痛苦又快乐。她把他拖进一个严肃而强烈的氛围中，那里的阴影更加深暗，颜色也更加浓烈。如果罗伯特自认为非常具有社会意识的话，那么他在安娜那里发现了一种更加不调和、不妥协的精神。几乎所有的东西，无论是从收音机和电视上出现的，还是在电影院银幕上显示的，安娜都认为是肤浅。她无法表达出一种更为蔑视的表情，当她说出这个词时，她皱起鼻子，于是她鼻根与鼻翼周围的皮肤，会拉到一起形成一束细小的褶皱，这让她看起来像一只挑食的兔子。

这个样子看起来很可爱，罗伯特等不及要听她说这个词。他通过讲述他知道她会憎恨的一部电影，来进一步激怒她。但她并不像罗伯特所认为的那样，所有肤浅的东西都是虚假意识的表达，因为资本主义社会，必然会用一种狡猾的方式给工人阶级洗脑，以阻碍工人阶级发展所必要的阶级意识。她认为，深入地看是人们自己肤浅，且暗示性地让他明白，她自己就属于受迫害的一族，但是卓越的精神贵族精英，即如她说的音乐人。这是她最喜欢的词，以示她是肤浅一族的绝对对立面。他们差一点就吵起来了，但是明显的，她只是热衷于讨论。当他在为无产阶级意识辩护的同时，也暗暗地梦想着，在音乐人的精致圈子里得到一席之地，而且最好是在她旁边的一个位置。

　　她开始邀请他去家里。他把这看成一个好兆头，但并没有发生什么。他们坐在客厅里，从来没有去过她的房间。有时她的父亲也在那里。他们喝茶。罗伯特没有想到，还有人在下午只是坐在那里喝茶，谈论诗人或者作曲家，好像世界革命的火种并没有在角落里酝酿，而且必定会在哪一天爆发熊熊大火一样。他穿着立领的中国衬衫坐在那里，和安娜及她的父亲一起听唱片，那些相同曲目的各种录音，当音乐演奏的时候，这个父亲在空中用力地挥舞着双手。他评价着这个或那个指挥家，怎样不同地诠释着那些相同的总谱。就这样，罗伯特在绕道去安娜那里，去他等待的那一刻的途中，被音乐所俘获。在他对她的爱，随同他的不断革命信念一起死去很久之后，他仍然继续热爱着那些伟大的交响曲。勃拉姆斯和马勒的作品，是她从他的生活中消失之后的意外剩余。但总算还是有些什么的。而托洛茨基在他的记忆中留下的，却只有无论如何也想象不出的，怎样才能把冰镐敲进脑袋的失败尝试。

有一天下午，他们单独在一起时，他发现了在她脖子上挂在链子上的一颗小小的金质大卫星。他以前并没有注意到它，他问可不可以看看，同时他把手伸出去，于是他的手指差一点碰到了她的锁骨。他们之间从来没有如此近距离地接触过。她把链子取下来，让它落在他的掌心里，并让那颗星在最上面。当他用手掂着它的分量的时候，她用那双深色的眼睛注视着他。她是犹太人吗？她的祖母是犹太人，大卫星就属于她，所以，至少按照传统他的父亲也是犹太人。尽管她的祖父是基督徒，她的父亲是无神论者。如此一来她应该是半个犹太人。她说着，再次拿起了链子。

她低下头，在后颈上扣链锁的时候，头发在她的额前垂下来。他想起了他们第一次说话的时候，她递给他的报纸上的那颗红星。难道这颗金星一定要成为他们第一次爱抚的机遇吗？她的脖子比他想象的更细，也更瘦弱，他正准备低头去吻它，但与此同时她又抬起了头，于是头发在她周围乱蓬蓬地立了起来。她把它抚平了，脸上浮现出粉红色。他不知道这是因为低头的姿势让血涌到了她的脸颊，还是因为可能他的计划，用大写字母写在了他的脑门上。

困惑的他，在遇到第一个最好的话题之后就抓住了它，他请她讲述她的祖母。战争期间，她消失在一个集中营里。安娜停顿了一下，同时观察着他，好像是为了看看她的话有什么影响，并评估他是否值得听这个故事。她又一次让他感觉自己的愚蠢和乏味。她讲述的时候，声音里有某种黑暗的东西，让他打了一个寒战。就像游客穿着短裤和T恤，刚从太阳下来到神庙凉爽的穹顶下打寒战一样，与其说是因为他们想这样做，不如说是因为不由自主。祖母把她幼小的儿子留给了乡下的一个农民家庭。这救了他，但也成了他唯一的家庭。父亲为了加入游击队，几个月之前就已经和他们告别。没有人知道，他死于何时何地，或者是如何死的。安娜的祖母被驱逐出境了，在此之前几个星期，她吻别小儿子，并把那根有着大卫星的金链子，藏在猪圈里一块松动的地砖下面。

安娜经常绕回到这段历史，或者更为笼统地转到谈论她的犹太背景。她通过阅读了解了一切。她的父亲看上去已经忘记了自己的血统，或者说对此失去了任何的兴趣。他不喜欢安娜随身戴着大卫星，虽然是他自己在她小的时候，就把它当礼物给了她。但是他越是闪烁其词地回答她的问题，她就问得越多，并且在自己的房间里，读着一摞摞关于犹太教和犹太历史的书。罗伯特发现，她长久以来，就已经把自己的身份，培养成了半个犹太人或者四分之一的犹太人，究竟是多少，取决于人们对此的挑剔程度。带着对她脖子上那颗星星的兴趣，他不经意间把他们的谈话，引到了一个他们再也无法摆脱的轨道上。当她自顾自地向他讲述，有关卡巴拉教徒和《塔木德》，散居在以色列的十二个部落，以及有多少大艺术家都是犹太人的故事时，他就会诅咒自己，因为他没有勇气去亲吻她那裸露的脖颈。

她对所有与犹太人有关事物的热情，完全不同于她与她父亲分享的、对音乐的热情。它并没有给他带来接近她的感觉，相反使他感觉，她正在远离，并进入一个把他排除在外的世界，一个他没有机会进入的世界。因为他在这个世界的评估下，是如此的平凡无奇，丝毫不引人注目。在秘密的暗恋中，他遭受的痛苦比以往任何时候都要多。可以肯定的是，这已经不再是秘密了，并且她还在心里嘲笑他的怯懦。他梦想着在突然的拥抱中扳倒她，从最真实的意义上把她按倒在地，并把她从那个他认为的鬼迷心窍中唤醒过来。当他虔诚地听她关于犹太人精神优势的长篇大论时，他试图压制着涌上来的愤怒，同时还使他感到羞耻。有时他差一点就忘记了，他生气的是她，而不是犹太人。但是他嫉妒她的犹太人，包括那些活着的和那些死去的。当她又一次徘徊在她祖母的去世上时，他感觉自己瘫痪了。

这不仅仅是因为他不得不停在那些没有人曾经愿意去理解的东西的门口，也是因为他不敢说自己在想什么。因为与他不同的是，她不允许自己瘫痪，她冒险进入了历史禁忌的黑暗中，好像她讲述的，不仅仅是她祖母和父亲的故事，也是在讲她自己的故事。他觉得自己已开始明白，为什么她的父亲每次看到她脖子上的小星星就会额头起皱。她戴着它，不是把它当成一个象征，而是当成一件首饰。她拿她不认识的祖母的悲剧和父亲的悲剧来暴饮暴食，尽管他们的悲剧里没有她的参与，她在战争结束后被安全保护着出生，也从未踏上过把她父亲和他的祖国分离的铁幕那一边。

初冬的一个晚上，他坐在他们的厨房里，她在做饭。当她讲述有关犹太人对于书面文字尊重的时候，像平常一样倾听着的他，爆发了反抗的欲望。她告诉他，销毁旧的《摩西五经》经卷是禁止的，于是那些磨损了的经卷就都收藏在犹太会堂的阁楼上。突然，他打断她，问道，她是否为母亲不是犹太人而感到可惜，那样的话，她就可以把自己看成上帝选民的正式成员。他不知道，是他语气中的讽刺，还是提到她的母亲，让她安静了下来。他马上就感觉到，他打破了一种默契，但他是在违反的那一刻才意识到它的。他企图把谈话继续下去，就用自以为是和解的语气问，犹太会堂的阁楼上是否有足够的地方放置所有的《摩西五经》经卷，以及怎样防止它们被老鼠吃掉。她没有回答，只是继续咬紧牙关削土豆皮。

在饭桌上她的父亲问她为什么那么沉默。没什么，她说着避开了他的目光，她为他当着罗伯特的面如此直接地让她面对这个问题感到尴尬。她的眼睛固定在盯住他们之间的一个遥远的点上，她就那样坐着，神情内敛，一动不动，头部微微后仰。这样罗伯特可以看到她的整个脖子，他早就应该亲吻的那个脖子。她已经把大卫星摘下来了。罗伯特确定，他来的时候她还戴着它，但他认为不能把它看成是一个胜利的记录。她用梦幻般的眼神和脸朝后仰的独特方式，保持着一副不可战胜的样子，就像她下垂的浓密秀发，里面充满着神秘的沉思。她的傲慢表情让他忘记了自己在厨房里的懊悔。那时她站在那里，默默地凝视着那些皮成弯弯曲曲的条状从黄色的土豆上滑落，然后像沉重的水滴带着一种柔软的声音落入水槽。他觉得她用沉默和心不在焉的目光，抹去了他的存在，这让他产生了想进一步伤害她的冲动。

他想起了在报纸上读过的一篇文章，那是关于以色列没收巴勒斯坦人的财产的。他开始简述着他所读过的东西，单簧管饶有兴趣地听着。他同意罗伯特的观点，犹太国家对巴勒斯坦人的处置，揭示了犹太复国主义不会比其他任何一种民族主义好，而是恰恰相反，它是对作为受迫害的少数民族的犹太民族经历的一大背叛。当父亲如此说着的时候，他观察着安娜。她的目光依然是遥远的，但多了一点柔和与幽暗，他认为，好像那两只眼睛放大了一样。他正在为这种顺风感到惊讶，可还没来得及高兴，安娜就把刀叉狠狠地扔到她的盘子上。当她离开饭厅的时候，单簧管透过牛角框眼镜惊奇地看着她。她房间的门"嘭"的一声关上了。她的父亲把餐巾纸放在台布上，站起身来。罗伯特一直坐在桌旁，听见他隔着门，压低声音用他们的外国语言对她说话。

她看着他，站起身来，他在她那双明亮的眼睛里读到的，既不是愤怒，也不是自怜。她透过眼泪只看了他一秒钟，好像是为了完全的确定一样。她看着他，好像她一直以来就知道他会背叛她，而她却只能责备自己，依然还要痴情于他善解人意的表情。当他独自一人留在餐桌旁时，他感觉到两颊因这背叛而灼烧。但还要过去很多年，他才完全明白到底发生了什么事。其实他并没有伤害她。这本来应该是一个更为温暖的姿态。可取而代之的是，他在自己年轻、笨拙的欲望中暴露了冷酷。他为她举起了一面坚硬的镜子，向她展示着她已经知道的一切。

他本来可以不让她看这面镜子的，但他却没有放过她。不知不觉中，他向她证实了她是多么孤独。他在提醒她，她并不是她梦想成为的那个人，同时他还表露出自己只是在做关于她的梦。人们只做那些自己所需要的梦，他后来想。但他当时还太年轻，无法理解她为什么要做那样的梦。而她却一下子就看透了，他仍然只需要做梦。在她用那些犹太人美化自己的地方，他用迷恋来美化自己，而不是让它诱惑他产生一点怜悯。

她差不多有一个星期没跟他说话。当他在走廊里或者在上下楼梯经过那个希腊石膏像瞥见她时，他也不敢走近。

他感到很绝望，上课时不能集中注意力，当他的腹部因恐惧和希望在课间休息时他们相遇的想法而绞痛时，他又感觉到了那些轻蔑目光的监视。一天下午，他按响了她家的门铃，同时他的双膝颤抖着。是她父亲开的门，她不在家里。他邀请他进去。单簧管问他要不要一杯茶，罗伯特不想说不。也有可能安娜会出现，他说，并微笑着，那种笑让罗伯特感觉自己是由玻璃做成的。她是一个敏感的女孩，他大概发现了这一点。关于那个故事不需要再说了。

下了一整天的雪，罗伯特的鞋子都湿透了。单簧管问，他想不想把它们脱下来，这样它们就可以晾干。他坚持着，虽然罗伯特礼貌地说不是太糟糕。他肯定对得肺炎不感兴趣吧？安娜的父亲要来帮他脱鞋子，罗伯特只得投降，羞涩地跟着这个秃头男人，看他如何把报纸揉成球塞到湿鞋子里面。他把鞋子靠着暖气片立起来，他走过去再次坐下之前，在那里站了一会儿，并看着罗伯特。以前他们没有单独在一起过。现在他被困住了，没有鞋子，也没有安娜。她的父亲把糖放到自己的杯子里，用茶匙小心地搅动着。世界革命进行得怎么样了？罗伯特脸涨得通红。它可能要持续一段时间……对方在牛角框眼镜的边缘上看着他，微笑着，但不是幸灾乐祸，几乎是充满爱意的。他说，有所期待，必定是很好的。

他问起了他的母亲，罗伯特讲的比他最初想的要多。单簧管专注地看着他。他没有移开目光，即使他没有把杯子举到嘴边，那嘴在他近视的脸上也只是一条缝。罗伯特惊奇地发现，他不再感觉害羞了，在他自己刹车之前，他已经在讲述他怎样找到他父亲的电话号码，以及何等奇怪，他会打电话到日德兰半岛上一座小城找那个男士理发师，并介绍说自己是他的儿子,怎样在最后一刻改变了主意,并在赴约的途中下了火车等。他沉默了下来,为了避开对方的目光,他环顾着客厅。他发现了那套挂在门上的黑色礼服。今天晚上你可以听我吹奏,安娜的父亲说。罗伯特看着他,单簧管再一次微笑着。他们要演奏勃拉姆斯。

一把钥匙插进了前门。当安娜走进客厅时,她陡然地停下来,先拿起她父亲的杯子喝了一口水,然后走到他们那里坐了下来。父亲走开后,他们坐到厨房吃加配菜的黑面包。他们没有说起他上次来访时发生的事情。他们也没有谈论犹太人。他讲述了他的英语老师很生气,因为几乎没有人交作文。我已经放宽了很多,英语老师说,现在到底了。安娜笑了起来。他问,她滑不滑冰。她滑的。可能哪一天他们一起去滑冰。如果天气够冷的话,湖上结的冰就能承受了。外面暗了下来,又下雪了。他问,音乐会什么时候开始。她惊讶地看着他。现在……他想听吗?他们站起来走进客厅。她把双腿放到扶手椅上,他想,当她独自一人时,可能总是这样坐的。她低头对着收音机,于是头发就落在她的一只眼前,同时她懒懒地伸出了一只手。

寂静中一阵拍打翅膀的啪啪声,从离他坐的地方有段距离的地方响起。接着一群鸟一齐从芦苇丛中起飞,并且以相同的间距排成一个三角形。拍打着翅膀的三角形在空中绕着自身旋转,同时它逐渐向轴心聚拢,越来越小,那里堆积的浮云映照在静止的水面上。罗伯特从木桩上站起身来,看着鸟群和它们扇动的镜像彼此靠拢。最后他看了一眼那蓝色四方形烟盒上,跳舞的吉卜赛女人的剪影,它不再是暮光蓝,而是像天空和芦苇丛后面略起微澜的水面一样的浅蓝色。

他开始往回走。他的脑子里再一次出现了在青年时代早期的一个冬夜,在深色油漆的收音机旁的安娜,收音机里正在播放她的父亲在其他音乐家中间的演奏,所以乐器们在巨大的起伏中一起浮动。他坐在她对面的扶手椅的边缘上,这时音乐的波浪正冲击着收音机紧密编织的面板。安娜坐在那里看着窗户外面飘落的雪花。他轻轻地站起来,向着她走过去,然后蹲下来,把一只手搁在她裸色长袜中的一只脚踝上。她慢慢地向他转过脸来,没有惊讶,近似于一种逐渐明确的认可,她以一种异常柔软和灵巧的动作,向着地毯上的他滑下去。之后他不明白她是如何脱离她折叠的美人鱼姿势落到他的怀抱中的。

他忘不了她那在温暖灯光斜照下的脸,周围的头发在地毯的酒红色和灰绿色的藤蔓上飘动。它仍然留在他那里,即便后来不再让他不安。他长大之后,身后有了其他女人,她的脸仍然比照片更为清晰。它还一直在呼吸着。他记得的不仅是她的高颧骨和两只深色眼睛之间的距离,还有他低下头去之前完全敞开的感觉,以及他自己的影子遮盖的、他所看到的一切。多年以后,当莫妮卡扯着毛毯盖在他们的头上以保护他们在寒冷、原始的冬季光照和度假公寓丑陋包围中的初吻时,也是同样的感觉。也许他只是在等待着,这让他想起了法国阿尔卑斯山的那个下午,一个带着几乎同样痛苦温柔的脸在他上面沉下去,并抹去了安娜的形象。

但是他错了,他最后的爱情并没有战胜第一次。跟莫妮卡在一起反而让他对自己爱的能力产生了怀疑。如果在安娜和莫妮卡之间存在着某种隐秘关联的话,那么毋宁可以说，他的第一个错误孕育了所有紧随而至的其他错误。但他在阿尔卑斯山的时候并没有这样想。后来他和索尼娅躺在他和莫妮卡新油漆的公寓里时，偶尔他会再一次想象着安娜，她那被披散头发包围着的、期待的脸。他认为，她就像一个从未兑现的诺言。

他们躺着，在地毯褪色的花纹之间滚来滚去，把手放在彼此的衣服下面，同时把舌头搅在一起，直到她挣脱出来。他垂头丧气地看着她，心想，她还是不愿意。她擦干嘴角的口水，开始解衬衫的扣子。脱掉衣服吧，她压低声音说。他照办了。突然所有这一切都变得非常实际而清晰起来。他吻着她的脖颈，她则用手指摸索着乳罩的挂钩。你太瘦了，她说，让他觉得自己像是个骨瘦如柴的人。她的乳房比他想象的要小，胯部更宽，大腿也更壮实。我就是这个样子，她说。好似她已经在他的眼睛里读到了那一点小小的犹豫。他贪婪地吻着她，忙乱得像一个害怕会清醒过来的醉汉一样。她向后倒下去，笑了起来。他的双手在她全身一阵乱摸。他不喜欢她发出的笑声。慢一点，她喃喃地说，轻轻地抓着他的手腕示意他怎么做。她看起来太熟练了一点。

他的口袋里有一个避孕套。它在那里躺了很久了。他羞涩地把它找出来，破开密封口。她没有说什么，但他可以看出，她在想什么。他早就准备好了，居心不良地周到。她好奇地看着他怎样把它套上去。现在应该可以了。橡胶的气味使他感到粗糙和更加的一丝不挂。她领着他，试了几次后他找到了进去的地方。她微笑着，眼睛眯了起来，头发粘在潮湿的额头上。她呻吟着。他几乎是立即就放水了。他看得出来，这真令人失望，但她很可爱。他们紧贴在一起，听勃拉姆斯。她用一种心不在焉的眼神看着他，让一根手指从他的额头滑到鼻子上。他说，他爱她。她没有回答。

那几个星期里他真的以为他们已经成了一对。他站在学校门口等她的时候，他就陶醉在这种想法里。他们在那些白雪皑皑的公园里一起漫步，当湖上的冰层变得足够厚的时候他们就去溜冰。他带她回家，并把她介绍给他的母亲。他担心安娜对他母亲的看法，在那简陋的住宅里上楼梯时，他强调那个食堂女士是托尔斯泰和陀思妥耶夫斯基的频频光顾者。之后他很羞愧，他曾经那样急于向他那双手发红皲裂的男性化母亲抛掷音乐的光芒。当他们在他的房间里单独相处时，安娜说，其实他的母亲是一个非常好的人。这个听起来太求之不得了。他们躺在床上，他吻着她，伸出一只手压在她尼龙长袜里的大腿之间。她推开了那只手。

看起来她已经从犹太的狂热中康复了。他再没有看到过大卫星，只剩下了诗集。但她说起它们也不像以前那样兴奋，当他们再评判什么是肤浅、什么是音乐时，他很快就感觉无聊了。他更愿意谈论他们。他们单独在家时，常常只是躺在他或者她的床上，什么也不说，他们互相爱抚的时候，她有点心不在焉，而他则急不可待，充满期望。他们做完爱之后，她总是要把被子盖在身上。她不喜欢他看着她的身体。有时她还会睡着。当他意识到他们已经不再是恋人，或许他们从来都没有做过恋人之后，当他在不眠之夜躺着抚慰自己的心痛时，出现在他面前的也不是她那宽大的胯部和小小的乳房。出现的总是她的脸，在一切开始之前的那一刻，地毯上的、他身下的脸。

这种关系没有当即结束，它是渐渐消亡的，一直到他突然意识到，一切早就已经过去了。她开始在下午有别的事情，当他不事先通知就去拜访她时，渐渐地，最经常的是她父亲来开门。当外面的融雪从屋顶上滑下来的时候，他坐在那里和单簧管喝茶。他们听唱片，谈音乐。在那个冬天，罗伯特学了很多音乐，在他内心的动荡中他发现，他喜欢坐在那个阴暗的公寓里，和那个秃头男人交谈。

当罗伯特按门铃时，单簧管从不感到惊讶。他在一个下午突然到访，他也没有惊讶，尽管安娜已经说过她要在晚上很晚才回家。客厅的窗户旁边立着一个乐谱架子，单簧管躺在架子旁边的一把椅子上。罗伯特问，是否打扰到他。一点也不打扰，可他既然来了，就帮忙去做一壶茶吧。他走进厨房去烧水。在等水开的时候，他听到从客厅里传来宁静、忧伤的曲调。安娜的父亲继续吹奏着，罗伯特小心地把托盘放到茶几上，再坐到平时坐的位子上。窗边的那个男人似乎没有注意到他。他吹奏着，好像只有他一个人一样，他随着旋律的节奏微微地来回摆动，那双近视的小眼睛几乎贴到乐谱上，嘴唇挤压在一起向下撇着，好像在单簧管簧片周围扮着抱怨的鬼脸。

当前门"嘭"的一声关上时，他还在吹奏。罗伯特转过身来，透过半开的门看到安娜和一个小伙子站在过道里。他们背对着他站着，没有发现他。他们把大衣挂在衣帽架上，沿着过道，走向她的房间，消失在视线之外。罗伯特保持着坐姿，一直到单簧管把乐器放在大腿上，透过牛角框眼镜的上面看着他。巴托克，他微笑着，取下眼镜。对着窗户举着它们，又再次把它们放下来，用衬衫擦拭。他的眼睛像安娜一样是棕色的，比平常要大一些。他戴上眼镜，看着窗外。窗台上有一棵橡胶树。他伸出一只手，扯着最外面的一片皮革状叶子上枯萎的边缘。那些碎片撒落在窗框上。巴托克·贝拉……他慢慢说着，在冬日的光线里看着外面。

听到车道上有汽车时，罗伯特正站在厨房的水池旁边。接着，发动机停止了，汽车门"砰"的一响，一会儿门铃也响了起来。他在出去开门之前犹豫了一下。那里没有人，但他在自己的车子后面认出了雅各布的汽车。正在这时，客厅的电话铃响起来了。他在门口停了下来。雅各布站在外面的草坪上，透过全景玻璃窗看着里面。客厅半明半暗，大概他只看到了他自己的镜像，以及沿着木围栏通向花园尽头的云彩和树木。罗伯特回家时忘了关掉电话录音。电话在窗户旁边。如果罗伯特走过去拿起听筒，雅各布就会发现他。如果他不去管它，看起来就像他只是出去散步了一样。

他听到电话里自己的声音在说，他不在家里，打电话者可以在预备音后面留言。音量调得很高，雅各布应该听得到。他一直站在外面的草地上。罗伯特几乎肯定他没有看到自己，但看上去还是像他们的目光透过宽阔的玻璃相遇了一样。预备音之后是一阵沉默，在寂静中他听到有人在呼吸。当他听出来是露卡的声音时，他不能确定，他感觉到的是良心上的不安，还是不能与她说话的烦恼。他走过去拿起听筒，同时他把背转向窗户。当他过了一会儿再朝花园看时，雅各布已经消失了。他听到汽车发动起来，开走了。

她的声音是压低的，近似于机密的样子。也许她压低了声音，只是因为她房间里还有其他人。她已经学会了自己按号码。她不是很能干吗？他为至今还没有去看望她而道歉，然后问，她过得怎么样。听起来像是打官腔。她用一个提问来回答他，他和安德烈亚斯说过话吗？罗伯特想到了斯德哥尔摩。没有，安德烈亚斯没有联系他。她为什么不直接打电话给他？她用这个方法就一定知道他在哪里了。她沉默了下来。罗伯特问，是否需要帮她打电话，但他立刻就为自愿搅进他们的私人纠葛而对自己生气起来。其实他只是为了缩短她的沉默而问她。她犹豫着。他愿意做这些吗？他说，是的，愿意。她想让劳里茨来看她。如果不是太过分的话，也许他能把那孩子给她带来？一个星期六或者星期日，在他本来不要上班的时候？他必须答应她说不，如果这不合适他的话。他不禁为这个小小的虚伪微笑起来。

她给了他一些朋友的名字和地址，那是安德烈亚斯在哥本哈根时常去住的地方。但他得自己去弄清楚他们的电话号码，她无法把它们记在脑子里。他根据这些信息找到了号码，并打了电话。电话占线。他把拉门拉到一边，走到了外面。阳光在忙碌的云彩之间照耀着，也使得露台上的那些白色塑料椅子闪闪发亮，他不得不眯起眼睛。他站在刚才雅各布站过的草坪中间。椅子发光的镜像在半明半暗的客厅前面的全景窗玻璃上徘徊，稍远处的他那个站在草地上，更加不清楚的孤独身影也复制在那里。他到底是怎么到这里的？即使他尽最大的努力去记忆，并且他确实能成功地厘清这些事件之间，最小关联的来龙去脉，他也预感到，它并不能带他离答案更近一些。

天气在接下来的几天里变得很热。云层消失了，高压把天空变成了一片浅蓝色的沙漠，一路延伸到城里。热浪使得空气在高速公路的沥青上面抖动。风吹进摇下的车窗，鼓动着他的衬衫袖子。当路标在视野中越来越大，突然飞过挡风玻璃时，他感觉一阵轻松和无忧无虑。他听着莫扎特的歌剧《魔笛》，完全忘记了他为什么离开。距他上一次去哥本哈根已有很长时间了，经过南港时，他记起了之前的所有时光，当时在乡村旅行后回家，再看到这座城市的塔楼、港口闪烁的海水，以及货运码头上的起重机时，就会感觉松了一口气。他本来可以辞掉工作，卖掉房子，搬回城里来。他可以做任何他想做的事。他在等什么呢？

能听到门后响亮的流行音乐。他用力敲门。开门的女人棕色皮肤，像可可粉，头发是不自然的金色，穿着黑色衬裙。脱过色的头发剪得很短，凌乱地立在她疲惫、晒黑的脸周围。她询问地看着他，同时，她的眼睛为了回避来自唇间的烟雾眯了起来。她的一个鼻孔上有一颗小小的人造珍珠。公寓位于市中心的一个后院，由一间大房子组成，正中立着一根木柱。家具和未整理的双人床上到处都堆满了衣服，时髦服装、空比萨盒子、肮脏的咖啡杯，以及一些随意乱扔的小物件，乱成一片，正好和扬声器里发出来的鼓点节奏配合一致。她应该是和露卡相仿的年纪。她放下香烟，伸出一只手示路时，手腕上的镯子叮当作响。她为混乱道歉，然后大声叫着坐在沙发上看电视的劳里茨。她并没有想到把音乐开小一点。在其中的一个窗户旁边站着一个同样晒黑的、只穿着内裤的男人正在用手机聊天。他看了罗伯特一眼，稍稍点了点头，然后转过身去背对着他。他体格强壮，说话的时候不经意地抚摸着上臂的肌肉。

劳里茨没有反应，完全陶醉在屏幕上汤姆和杰瑞的互相追逐之中。脱色头发一边打量着罗伯特，一边叫着这个男孩子。在电话中他自我介绍是一个朋友，但他看得出她在想，这个从外省来的、穿着格子衬衫和软皮便鞋的叔叔是否还有别的含义。他打电话时问过安德烈亚斯在哪里。脱色头发说，他旅行去了。终于，劳里茨抬起头看见了他们。罗伯特不能确定，男孩是否认出了他，但另一方面他看上去并不害羞，只是一副近于无可奈何的样子，劳里茨从沙发上溜下来，走过去拉着他的手。脱色头发走在他们前面回到门口。那个穿内裤的男人还站在那里背对着他们打电话。罗伯特说，要到晚上他才会把劳里茨送回来。她在开着的门那里转过身来。露卡再也看不见了，是真的吗？太可怕了……她对着男孩微笑着，用手指从他的头发里穿过去，然后在他们身后关上了门。他们下楼梯的时候劳里茨把头发又抹平了。

罗伯特问他，还记不记得那天他开车从超市送他和他的爸爸回家。那天还下着雨。劳里茨想了一下这个问题。然后他问，他的爸爸在哪里。他的爸爸没有告诉他去哪里吗？他不记得了。罗伯特开车往北行驶时，偶尔在后视镜中瞥一眼男孩。他只能看到他的额头和那双期待地看着他的眼睛。他很想莱亚也在。他还记得，她怎样牵着男孩的手在花园里走来走去的,好像他是她的弟弟一样,那次是安德烈亚斯来送拿错了的羊腿。

莱亚前一天来过电话。他正在割草,割草机发出的噪声几乎淹没了电话铃声。当他终于拿起听筒时,她还笑他的喘气声。她是在去兰萨罗特岛路上的机场打来的。他流着汗,T恤贴到了他的肩胛上。这和一周前他在海滩上追赶她跌倒时的笑声是相同的。他一边听着她的声音,一边低头看着脚上的球鞋。鞋带上沾着青草屑。他很想对她说些什么,但他搞不清应该说什么。他问,她是否愿意寄一张明信片。她说可以,还在另一头的话筒上吻了一下。那声音听起来很好玩。

当他们开到骨科医院前面的停车场时,劳里茨已经睡着了。罗伯特柔声叫着他,直到他惊醒过来,他满脸红润,迷迷糊糊地看看四周。他们向入口走去时,他松开罗伯特的手,开始在松树下捡松果。男孩把那些坚硬的、有着一层层裂口的松果递给露卡时,她微笑了起来。罗伯特一直站在露台尽头他们停下来的地方,那是一个护士指示给他们的。她坐在太阳下一排躺椅中的一把上。她透过墨镜看着男孩的时候,远远地看上去就像任意一个女人在对着她的儿子微笑。劳里茨缩在她的怀里,把头钻到她的下巴下。罗伯特向他们走过去。他在露台地板上的脚步声让她抬起了脸。男孩警惕地看着他。谢谢,她说,你真好心。她突然变得客气起来,在电话里她不是这样子的。一点小意思,他说。不,她只是回答道。他说,他想去海滩散散步。

海滩上有很多人,在那些成排躺着晒日光浴的匿名身体之间,他感觉衣冠楚楚的自己很显眼。他在离海滩边远一点的地方坐下来,脱掉鞋子和袜子。孩子们的尖叫一声高过一声，然后又被淹没在新的波浪回荡的深沉响声中。光线从退回去的海水中反射出来，闪得他眼花缭乱，海水被下一波浪花推拥着，打散在潮湿的沙滩上。库伦半岛呈蓝色，笼罩在朦胧之中，时不时地他会看到小片的闪光，那是在瑞典一侧，阳光照射到一辆经过车窗的瞬间。

罗伯特点了一支烟。自从莫妮卡和他离婚之后他再没有来过这里。同样的风景，她站在那里看着，抽着烟，那是一个傍晚，别的海滩客人都回家了。尽管如此，它看起来好像是另一个完全不同的地方。除了一些不连贯的印象还在之外，就再没有别的东西了，他甚至不能确定，自己是否准确地记得它们，那些短暂的亲密时刻，就像一个人突然从阴影中出来，被阳光击中一样。他一度曾经以为，可以在这种基础上去经营，而现在他们却在兰萨罗特岛。

他在那里坐了半个小时。偶尔他会向医院的白色功能派建筑看一眼，它曾经是一个时髦的浴场酒店。他想起了每当莫妮卡的母亲喝了一点酒时总会讲的那个故事：一天晚上，身着白色燕尾服、身材笔挺、风度翩翩的最高法院律师怎样在里面的舞池里，在两支舞曲之间，向她求婚。他是不是因为裙子才选择了她？就算是的，又有什么不对呢？就像爱有它自己的结果一样，它本身也是各种大的小的、可能和不可能的事情的结果。他掸掉脚上的沙子，站起来穿上鞋，然后把袜子放进口袋。特别是那些小的事情，通常能够以不可估量的变革力量，显示出其对于想象力的影响。一条裙子以豪华的方式，和着时代的旋律围绕着女孩的两腿旋转。阿尔卑斯山毛毯下一个羞涩的红着脸的微笑。一只苍白的、懒懒地在老式收音机上转动旋钮的手，以及一个看着窗外路灯下雪景的如梦似幻的眼神。不需要列举更多了。

露卡还坐在露台上。劳里茨趴在地板上滚动着他的那些松果。她那张有着高高的颧骨和挺直鼻梁的长脸,看上去既忧郁又傲慢,像是由一个古老的、不屈不挠的,但从未得到满足的饥饿感所塑造的。她坐在那里,抬起脸对着太阳,嘴角露出淡淡的微笑。他不知道是热让她微笑,还是他的脚步声和躺椅在他身下发出的声音让她微笑。

他们沉默着,能听到大海的声音,但那只是劳里茨在露台上滚动松果时硬壳发出的急速且刺耳声音背后的低语。其中一个松果落到了她的脚下,她弯腰把它捡了起来。她的指尖试图沿着边缘触摸那些硬壳。安德烈亚斯说过些什么?他旅行去了,罗伯特说,停顿了一下,继续道,我想,他在斯德哥尔摩。斯德哥尔摩,她重复着。是的,他该是……劳里茨向她走去,她把松果递给他。他问,她什么时候回家。她把一束头发从额头上拂开,并把这一缕不整齐的头发掠到耳后。我不知道,她说着,伸出一只手来。男孩低头向前,于是她的手指就可以抚摸他的脸颊。他再次跪在地板上,一个接一个地扔着松果。

他有香烟吗?他把烟递给她,他注意到,她的手在摸索一下后就非常准确地找到了烟盒,并从里面抽出一支来。听到他撳动打火机的声音后,她抓住他的手腕,将脸向前低下去,于是她的头发再次落到了额前,危险地靠近着火苗。当她把火弄到烟上时,他用空着的那只手撩起了那缕头发。她迅速地靠了回去,吐出烟雾。他注意到她的脸颊略带红色,但这也可能是因为阳光的照射。阳光已经接近停车场周围的松树树顶了,露台上护栏的影子,在耀眼的白色墙上形成一个发蓝的三角形。风吹得松针有节奏地摆动，也把他们烟头上的烟灰推向地砖，那烟灰扩散开来，在灰色片状的旋涡中升起。他想，实际上她根本不知道她在哪里。劳里茨爬上不远处的一张躺椅。他手里拿着一个松果坐着，望向前方，却不知道他在望什么。

你还没有讲过你自己呢，她说，总是我在讲。他想着总是这个词。他们已经在一起度过了那么多时间吗？他拂掉膝盖上的烟灰。他要从哪里开始呢？她转身面对着他，从他想要的地方……他看着她的黑色镜片，两个一模一样的双胞胎，各自穿着格子衬衫，两个都低头躬身站着，手指间夹着香烟。

他敲了几次门，但门都没有打开。他又敲了一次，更重一些。门后面很安静。劳里茨在楼梯上坐了下来。让他的那些松果一个接一个地沿着楼梯滚下去。罗伯特试着回忆对那个脱色头发讲过的话。他确定自己和她约好了晚上和男孩一起回来。但随着时间一分钟一分钟地过去，他也开始怀疑起来。他在劳里茨旁边的楼梯上坐下来。也许她忘记了这件事，也许在他说这件事的时候音乐盖过了他的声音。劳里茨用一根指头戳他的侧面。他说，他饿了。罗伯特看着他。男孩的眼睛看上去要比它们柔软的眼眶要老成一些。它们耐心地等待着，看他想做什么。

他们走进一家位于同一条街上的印度餐馆。劳里茨只想要米饭。他吃饭的时候，着迷地看着四周用胶合板雕刻的、用紫罗兰色灯泡照亮的镀金东方室内装饰。印度看起来就是这个样子吗？大约是这样的，罗伯特回答道。为了打发时间，他用自己的语言讲述了吉卜林的寓言《猫鼬》。劳里茨吃完米饭后，他盘子周围的桌布上，看起来好像下了雪一样。罗伯特走出去打电话给脱色头发与那个肌肉男。一个很有礼貌的女声回答，目前没有手机联系。差不多9点半了。他想着他告诉露卡关于他自己、莫妮卡和莱亚的事情。他觉得他说得太多了。他在那里站了一会儿，无助地盯着电话的数字镶嵌上，同时在考虑着，他要拿劳里茨怎么办。于是他又拿起了听筒，打电话给他的母亲。她听起来很惊讶的样子，他已经有好几个星期没有跟她说话了。他问，能不能过去一下，接着尽可能简要地向她解释了一下大致的情形。这听上去不对劲。他们再一次坐到汽车里的时候，劳里茨问，那个大女孩在哪里。罗伯特告诉他，她是他的女儿。兰萨罗特岛上找得到猫鼬吗？罗伯特认为找不到。

男孩在沙发上睡着了，那里是罗伯特的母亲几十年来每晚都躺着看书的地方。他们坐在她的小阳台上，俯瞰着远处巨大制暖厂高大的红色烟囱下的铁轨和船码头。他这样开车接送他病人的孩子很一般吗？他歪笑着。海峡上的天空呈现着蓝紫色，太阳的余晖在铁轨和桅杆森林以及那些细高的烟囱上苍白地闷烧着。她问起莱亚。他回答之后，她沉默了下来。她从来没有直截了当地说过关于他们离婚的想法。她曾经很中意莫妮卡，她们在一起也很谈得来，但当他告诉她莫妮卡想离婚时，她对他并没有过多的同情心。当他讲述那天早上从奥斯陆提前回家，几乎出其不意地撞见她在扬的怀抱里时，她也没有谴责她的儿媳妇。在她看来，那次的事件显然属于意外事故，其本身不应该添加过多的分量。她应该是正确的。但是她的沉默看起来像是一种责备。她认为所有这一切都是他自己的错吗？她不可能知道任何有关他与索尼娅的恋情。她已经看出什么了吗？他从来没有问过。

她看上去是老了。她的脸从颧骨上垂下来，下巴埋在打褶的袋子里，她的那副男式眼镜框看起来比以往任何时候都要大。她喝咖啡时，用那只微微颤抖的手慢慢地端起杯子，把上嘴唇向下推到杯子的边缘。她永远的咖啡。他每天早上都为她做咖啡，从10岁起直到从家里搬出去。星期天他甚至还把咖啡给她送到床上，咖啡黑得像焦油，放了很多糖。她除了对19世纪小说永不满足地消费外，这是她唯一的奢侈。在我得到一杯咖啡之前，我成不了一个人，她常常呻吟，当她早晨走进厨房，睡眼惺忪地耸立在门口时，同时她用那双硕大的、发红的手搓着脸。一双男人的手，开裂，指甲剪短，静脉凸起。

他不得不自己准备便当，还很早就学会了自己洗衣服。当她从食堂回家时，她实在是太累了。星期天下午，当其他人在院子里踢足球的时候，打扫卫生就是他们共同的活动。她经常叹气，但除此之外她并不抱怨。他竭尽所能地不给她增添不必要的麻烦。他也不对他的衣服提出抗议，她一年给他买几次衣服，都是在大减价的时候。她在秋天给他买夏天的衣服，冬天的衣服是夏天快到的时候买的，总是买得到最便宜的，当然也是完全失望的。他为自己的衣服感到羞愧，为她感到羞愧，也为自己的羞愧感而羞愧。

当他厌倦了下午躺在床上，哀悼失去安娜的不幸时，他逐渐发现，让他遭受如此痛苦的不仅是坠入爱河，而且还有自我鄙视。而在更久以后，他与莫妮卡结婚时，他猛地意识到，在这一个和那一个事件之间存在着一种近似于法律般的联系。安娜贵族式的表情和异国情调的美丽，曾经让他感觉自己像个印度种姓制度下的贱民。他小时候穿着不合适的裤子上学时，就已经让他有了缩成一团的感觉。如今，和他们的关系没有未来一样清楚的是，她应该成为那个使他摆脱魔咒之人的希望，也完全落空了。

但安娜那东欧式的家，不仅仅只是衬托她高贵而美妙苍白的阴郁背景，而且也是在一个晚上外面下着雪的时候，他终于被允许双手捧住她的脸的地方。即使他早就应该明白他是徒劳的，但他仍然一直来到这里。那一个又一个的下午，他一边等着她，一边坐在那里和单簧管一起喝茶。他接受这种屈辱，只是为了能够坐在那个有牛角框眼镜和滑稽口音的友善男人家里听古典音乐的唱片。这里曾经是一个更加令人流连忘返的地方，他更偏爱的是它，而不是母亲那个窗外有着供热厂和过路火车的、两间半房间的公寓。

一列火车车厢在暮色中呈弧形滑过去。他看着他的母亲。有一阵子他们谁都没有说话。他们从来不是特别谈得来，以前他住在家里的时候也没有过。他们谈得最多的是有关实际的东西。晚上他们各自拿着自己的书坐在那里。偶尔她会笑起来，并大声地为他读某些句子，而他并没有专心去听。直到他成年之后才意识到，一个疲惫不堪、远离尘世的她从来没有真正明白过，如何与他交往。他曾经误解了她的困境，还把它理解为冷漠。

一列发光的车厢窗户经过了她厚厚的弧形镜片，遮住了她的眼睛。她把一只手放在阳台的护栏上，用手掌抚摸着水泥上的涂料。现在它还是热的，她说着，微笑了起来。太阳晒过后……他也去感受。她说得对，水泥还有余温。它在他手心里留下一层细细的灰色尘埃。他把手在裤子上擦了擦。如果他自己不来的话，她正想哪天给他打电话。对他来说，这也许不再有那么重大的意义了。他的父亲死了，她在报纸上看到了他的讣告。又是这样的表述，你的父亲，好像她自己与他无关一样。

她提到他的时候从来没有过不一样。她几乎从不提起他，那个边远小城里的男士理发师，他还曾经差一点就去找他。他不知道该说些什么。他试图去感受，但他却什么都没有感觉到。她读出了他的沉默。甚至她都没有感觉到什么因此而伤痛的地方，她说，这都是很久以前的事了。她的口气异常坚硬，几乎是顿挫的。讣告是由他的孩子们签署的。自从他离开以后又有了不止一个孩子。葬礼也已经办过了。她微微一笑，看着他，好像要捕捉他被触动的瞬间。这还是很奇怪，他终于回答道。

奇怪的是，她曾经竟然会与这样一个男人结婚。当然啦，她继续道，如果我不这样做，你就永远不会出生。他低头看着地上，点了一支烟。如今他不要以为这些年来她一直在为他的父亲痛哭流涕。他们曾经找到彼此是一个误会，而且离开的是他，这也只是命运那著名反讽的一个具体的结果……她沉默下来，喝着剩下的咖啡。那一刻，她的脸上除了眼镜和杯子看不到别的。她几乎从来没有告诉过他有关当时的一切。现在她的声音有点不一样了，柔和了一些。

她曾在一家舞蹈餐厅的衣帽间工作。那里有一位乐手，他弹贝斯。她暗恋了他几个月，最后他注意到她。餐厅打烊后的一个清晨，他送她回家到她的房间。她下班回家时，女房东总是睡了的，但她还是让他在楼梯上脱下鞋子。他还穿着管弦乐队的燕尾服和锃亮的漆皮鞋。他脱鞋子时，她看到他的一只长袜子上有一个洞，脚拇指伸出来了。她对这个念头微笑了一下，将她咖啡杯的把手推了推，于是，杯子就转了半个圈。

她看到他苍白的脚拇指从长袜子里钻出来和因为他发现她已经看到了这个洞而流露出表情的时候，她就知道，她爱他。她又一次微笑着，低头看着那个空杯子。如果他没有那个长袜子上的洞，就不会确定，她会给他许可。他其余的一切都是完美的。他是那样帅，帅得让她害怕，但在那个早晨她不再害怕了。她总是为自己个子太高、肩膀太宽而苦恼，她觉得自己像一座灯塔，但是他也有那样高，他让她觉得，他们彼此是相配的。他有一副那么好听的嗓子，他也给她讲过一些那样美好的事情。这之前还没有人对她那样讲过话。

她沉默下来，抬起了头。他应该是你的父亲，她说。他们走到一起有几个月，她和那个帅气的贝斯手。她曾经沉醉在无限的快乐之中，一直延续到夏天，到他遇到了另一个为止。她的目光越过水泥护栏朝着制热厂的砖砌外壳看过去，它在全部的蓝色中间还保留着一点微弱的红光。之后她又遇到了男士理发师。罗伯特看了她很长时间。她感觉到了这一点，看着他的目光。但他不要坐在这里为她难过。这毕竟是在当年。那时她太年轻了。事情并非总是像牧师布道的那样，他自己也明白这一点，这也没有什么好抱怨的。她站起身来，把杯子叠起来拿走。他是不是应该给那些人打个电话呢？

他打电话，又听到了那个美妙的女声。仍然没有人与手机联系。他已经做了决定。他轻轻地把劳里茨抱到怀里，把他的松果放进口袋。男孩在半睡半醒中抬起头，把头在他的一只肩膀上放好。当他们在门口分别时，他的母亲亲切地抚摸着他的背。平常她是不会这么做的，她从来都没有过特别的身体动作。在下楼梯的路上,灯光熄灭了。他向着开关所在的那个小小的橙色亮点慢慢地一级级走下去,生怕和怀抱中熟睡的孩子一起摔倒。

他把男孩放在后座上,给他盖上自己的外衣,然后开车穿过这座城市,朝往南的高速公路开去。当那些蓝色的路标在视野中扩大,并与他擦肩而过的时候,他想着那个有着美妙嗓音的陌生贝斯手,那应该是他的父亲。那么他会成为一个怎样的人呢?他的母亲有时也问自己同样的问题吗,当她坐在阳台上或是躺在沙发上,从书上抬起头来的时候?他的整个童年是不是都在提醒他只要长大,长大,却没有提醒他应该成为一个什么样的人呢?她说过,没有什么好抱怨的,她用埋头工作和为儿子牺牲自己来代替抱怨。她在小说中寻求庇护,与他们更为戏剧性和悲剧性的命运相比,她可能认为,自己的经历太琐屑和平凡,简直称不上是命运。它只是成为它成为的样子。没有什么好说的。

高速公路上有许多带拖车的货运汽车,德国的、意大利的、西班牙的和荷兰的。他一直在内道上行驶,尽管这样要开得慢一些。他想听音乐,但为了不吵醒劳里茨而作罢。其实这说得上是一种绑架行为,但他又能怎么样呢?真是一团糟。他就像另一个梦游者抄近路刚好走进了一些陌生人的混乱和迷失中,好像与他有关似的。他想起了常听她母亲在评论她目睹的,或者被告知的某种事情时,所用的口头禅:好像这很特别一样。当有人抱怨他们的苦难,或抗议生活的不公平时,就会听到她这样的评判。只有战争、自然灾害和致命的疾病才值得唤起同情。是她自己的放弃让她如此鄙视别人的抱怨吗?他不相信这一点,因为看起来她从来没有刻薄过,有的只是无尽的恍惚。毋宁说,是她对自己痛苦的轻视让她对其他人的痛苦没有感觉，直到她停止做这样的区别为止。

她叹气的时候，并不是因为她为自己感到难过。她的鼻子和喉咙发展成一个阀门，这样一来，偶尔的失望、遗憾及悲伤就能够在那里安静地、不用大惊小怪地被拒之门外。她不给自己更多的许可，她认为自己只是世界这部巨大小说中的一个配角，无论如何，主要情节都发生在遥不可及的其他地方。她的知足，不仅仅是受制于她的低收入，它也是一种生活的原则，也许还是对她异常身高的一种补偿方式，她年轻的时候，身高就是那样困扰着她。她明显地意识到，她得到的已经够多了，因此在所有其他领域就应该将自己的存在减少到最低限度。她从来没有考虑过自己，她几乎把所赚的钱都用在了她儿子身上。有一次，她为他的生日买了一辆自行车，一辆带有白色轮胎的、闪亮的、崭新的蓝色自行车。他曾经想了整整一年，但从未真正相信自己会得到它。但是，当他早上醒来，就看见它立在他的床边了，可一想到它得花多少钱，他的欢呼声就弱下来了。

罗伯特把有劳里茨睡在后座上的车开上高速公路时，问自己，他省吃俭用的母亲，是否会直接惩罚自己，因为当那个正确的男人抛弃她之后，她又与另一个错误的男人生了一个孩子。这也没有什么特别的，她也不认为自己是特别的，回想起来，他怀疑，她充满节俭的内心深处有意完全省去自己，她自我的完全缺乏，使她不可避免地对人稍有敌意，按照她的理解，没有人是特别的。但是，当她坐在阳台上，偶尔把目光从她的小说中抬起来看着开过去的火车时，她却找到了一种奇怪的、隐隐的自由。

幸好莱亚还在盒底留下了一些玉米片。这足够吃一顿了，男孩看起来很满意，罗伯特把它送到露台上给他。他睡在莱亚的房间里。罗伯特早上走进去时，他躺在那里用一只胳膊搂着莱亚的一只旧玩具熊，那是她出于多情而保存下来的。他还记得以前曾经来过这里吗？劳里茨环顾四周，想了想。他还记得，他在这里和莱亚一起打过乒乓球，在花园里挖过土。他问，什么时候可以回家？这天晚一点的时候，罗伯特回答道，其实他不知道他该说什么。他把莱亚的《丁丁历险记》漫画书找出来，然后搬了一把白色塑料椅子放在有太阳的草地上。他脱掉浴袍，全身上下都是苍白的。莱亚说得对，他的腰粗了，应该想办法减掉一点。问题是他不怎么乐意去做。他一边品尝着咖啡，一边看着那个陌生的孩子伏在桌子上，全神贯注地看着那些小小的漫画，漫画里的丁丁和哈多克船长正在用混合着敏捷、乐观和诅咒的方式逃脱一个接一个的困境。

他闭上了眼睛。天已经热了起来，他享受着光脚下接触的青草和让他的苍白皮肤发热的阳光。其实他应该走进去给那个脱色头发与肌肉男打电话，告诉他们劳里茨在哪里，但他却不想站起身。他这样坐在太阳下已经是很久以前的事了，他找到一个小小的愤慨来为自己的懒惰辩护，他们是那么不负责任,安德烈亚斯将儿子留给他那些肤浅朋友们又是如此轻率。他可以肯定,自己说过,什么时候带着男孩一起回来。

上午的时候安德烈亚斯打来了电话。他要来接劳里茨。罗伯特正要说那个脱色头发一定是忘记了他们的约定,但他没有那样做,他吃惊于对方理所当然地认为,他会带男孩回家。安德烈亚斯想马上就来。他从哪里打来的电话?那座房子里,他简短地答道。他昨晚坐最后一班火车回来,深夜才到,他不想太晚打电话。想得还真周到,罗伯特想,提出自己开车过去。他毕竟有车。

当他们离开主干道,沿着草地朝森林边缘继续行驶时,那匹马还站在两个月前站立的同一个地方,那个大雨天罗伯特开车送劳里茨和安德烈亚斯回家。现在太阳在它的腹部放着光,当苍蝇们叮扰时,它们就抖动着,好像受到了冲击一样。安德烈亚斯走到院子里,张开双臂蹲了下来,与此同时劳里茨朝他跑了过去。他们坐在花园里的长凳上,靠着屋墙。劳里茨在从李子树上垂下来的秋千上来回荡着。安德烈亚斯在他们之间的长凳上放了一碗李子,李子为蓝紫色,有着像露珠一样起伏不平的表面。草有很长时间没有割过了,几乎与花园尽头的麦田融为一体。风吹得一行行的麦子在蛇形的轨迹中左右摇摆,罂粟花散发出光芒,不安地抖动着。安德烈亚斯给了他一支烟,他们抽着烟,吃着李子。罗伯特试图找出一些他们可以谈的话题。

顺便问一下,在马尔默的首演式进行得怎样?安德烈亚斯在阳光下眯起了眼睛。进行得非常顺利,瑞典的评论家们不吝赞美,好评如潮。但是现在已经无所谓了。他看着下面,若有所思地将指甲钻进松散的烟头转着圈。他突然开始讲了起来。这让罗伯特惊讶不已，他们彼此之间居然会那么推心置腹。在电话里安德烈亚斯讲得非常简洁，几乎是正儿八经的，也许是因为他估计罗伯特有充分的理由会表示生气。看着我！突然劳里茨喊道。他们抬起头来。他两手抓着绳索站在秋千上，他荡得很高。他们挥挥手，男孩笑了起来。

安德烈亚斯是前一天从斯德哥尔摩回来的。他已经不再能完全确定，当他去那里的时候，到底在想些什么。当他读着舞台设计师的来信或者自己写信给她时，他能感觉到，终于有一个人能完全进入他的内心最深处，而且比以往任何人达到的都要更深。可现在他不知道了。他们约好在海滩路的一个露天咖啡座见面。这让他感到惊讶，她请求在那里见面，而不是在索得她自己的家里。他得到了解释，当她终于来了的时候，晚了20分钟，她还是像他记得的那样漂亮——白皙、黑发、蓝眼睛。她不是一个人住。看起来好像还很复杂。半年多来她一直考虑要离开这个和她住在一起的男人，但目前来说她还没有很认真地去做。他们沉默地坐着，望着闪烁的海水和来往的渡轮。他们之间没有人能找出话来说，够奇怪的了，在所有的信件，所有那些私密信息和温柔话语都深深地渗透了他之后。

当她终于在阳光下穿过咖啡桌走来的时候，好像他所有的希望都在微笑着向他走过来，不再是那种难以维持的散漫思绪，关于他的生活将如何改变，要不要选择一个新方向的思绪，而只有一个活泼的身体，载着所有的可能性，迈着轻快的步伐走来。她跟着去了他的酒店，现在他也已经射精了。事情就那样进行着，反正完事之后，他们并排躺在酒店的床上，真的是非常失望与疲惫。而且过程也并不怎么疯狂。他甚至不能确定她是否达到了高潮。当天晚上他打电话给她。她不是一个人在家,她说,不方便说话。第二天上午他又打过去。她的男人正好刚刚走了。他们正式结婚了吗?她在电话里笑了起来,没有,不是正式的。

她读了他寄给她的新作。她对此进行了评论,他再一次感觉到了他们之间存在的那种特殊理解。她从剧中体会出了一种其他人都没有理解到的东西。他说,他要去她那里。她认为这可能不是一个好主意。他打了一辆出租车。他看到处在自己环境里的她,显出了一种别样的意味,在他看来是更加普通一些。他们喝着药茶。她给他看了她正在做的一台演出的设计草图。他想要亲吻她时,她挣扎着不让他吻。他把她推翻在沙发上,她扭动着甩开了他。她不能在这里做那件事,她说,并请他离开。

也许在那些信中,包括她的和他自己的,都有过一些拔高,一些合理的做作成分。他们曾经是彼此空中城堡的脚手架。他这样说着,苦涩地微笑着,同时用牙齿咬着李子,用手背揩着下巴上的李子汁。劳里茨已躺到了高高的草丛中,秋千在树下来回摆动。安德烈亚斯坚持不懈地给她打电话。他越是怀疑自己珍贵而神魂颠倒的迷恋,他就越是坚持,直到一个下午一个男人的声音在索得的公寓里回答。他狠狠地撂下听筒。早上在酒店的前台放着一封给他的信。她和她的男人一起去了哥特兰岛。她和他的关系走不下去了。她希望他能理解。

他没有告诉舞台设计师露卡发生的事情,他在斯德哥尔摩的那几天里也几乎没有想起过她。当她最终出现在他的思绪中的时候,是作为一个凶恶的邪灵,不停地威胁着他释放最深层自我的尝试。首先以无条件的,坦率说是依附的爱的形式，然后是那种致命的小市民日常琐屑，最后是他自己不安的良心。罗伯特还记得，那天晚上他坐在他家里，喝着他的卡尔瓦多斯的时候所说的话，那时他正被内疚和反叛心结折磨着。他怎样长期以来怀疑他和露卡的关系，怎样感觉他缺少了一个对手，当她放弃戏剧和生下劳里茨，完全专注于这个孩子，专注于一点一滴地建设他们的家时。但是在从斯德哥尔摩出发的飞机上，他对这些有了完全不同的看法。她是他的牺牲品，他想，当松树林和那些蓝色的湖泊在他身下经过的时候，而他几乎杀死了她。尽管她曾经是他生命中最重要的。她和男孩，想想看，他到现在才意识到这一点……

安德烈亚斯又点了一支烟，看着劳里茨正在试着让一只瓢虫爬到自己的手上。罗伯特清了清嗓子，如果她已经离开了她的男人呢，那个舞台设计师？安德烈亚斯转过身来对着他，显然他对这个想法完全没有准备。他摇了摇头，她永远都不会这样做。事实上他们互相之间也太相似，他们都是一样的内向，这一点永远不会改变。这也就是他在那段时间内会爱上露卡的原因。因为露卡和他是那么不同。不，就像他说的那样，是他在斯德哥尔摩既欺骗了自己，也欺骗了舞台设计师。此外，她太年轻，太不成熟了，一个人的幻想滋养了另一个人的幻想，这曾是一个见不得日光的梦想。是的，他真的感觉自己像是从一个梦中惊醒过来一样。好像这些年来他一直在睡觉，露卡和劳里茨就在他面前，这些曾经对他唯一具有真正意义的人。可能他们才是唯一真正看重他的人。他欠她……他欠他们三个，他纠正了自己。他站起身来，走向劳里茨，在草丛中跪在他的身边，抚摸着他的脸颊。男孩看起来好像没有留意到他，他完全被瓢虫吸引着。安德烈亚斯慢慢向着长凳走回来。

当某些事情没有成功的时候，人们称它为错误，罗伯特想。因为人们很难忍受这样的观念，即不是只有自己这一个因素就可以塑造自己的人生，运气和机会也同样重要。所以人们宁可承认自己是愚蠢的。他想到了自己的母亲与父亲，那个死去的、他从来不认识的男士理发师。如果理发师一直在她那里，也许他就不是一个误会。也许他甚至会显示出他是个好人。

露卡说过什么吗？罗伯特看着他，说过？安德烈亚斯又坐到了他旁边，是的，她应该说过些什么，留过一句话或者诸如此类的。他犹豫着。她怎么样？罗伯特说，他可不知道这个。他回应着安德烈亚斯的目光。他跟她还没熟到能了解这一点的程度，他接着说，但根据情况看她还应付得了。安德烈亚斯坐了一会儿，独自望着前面，不知道他是在看劳里茨，还是在看摇摆着的谷物中的罂粟花，或者是那架挂在李子树冠下不动的秋千。当然，现在她失明了，那又是另一回事了，他静静地说。但这是一个愿不愿意的问题。他已明白这一点。人们必须愿意去生活，它不会自动延续。那么找得到与我们每天要经历的不一样的生活吗？就像那些他如此鄙视的日常琐屑、孩子……这些你都必须去承担起来，并进入角色。

罗伯特问，他什么意思。安德烈亚斯奇怪地看着他。劳里茨在屋子里叫他。罗伯特并没有看见他从草地上站起来。安德烈亚斯喊道，他必须等一下。劳里茨又叫了起来。我们在说话！安德烈亚斯吼道，同时他朝着那打开的门转了半个身子。劳里茨还是一直在那里叫。他的父亲站起来，脸上带着恼火的表情，走了进去。罗伯特在房子周围走来走去。安德烈亚斯在院子里追上了他。如果他看到她……嗯,他不知道。他要去看她吗?罗伯特回答,他们并没有约定。安德烈亚斯低头看着他的鞋子,并用其中一只鞋头踢开一块小石子。如果他现在去见她,愿意告诉她,他们谈了些什么吗?罗伯特答应了。他向他的汽车走去。当他坐在驾驶座上时,对方仍然站在院子里。他启动了发动机,车子开动起来。安德烈亚斯举起了手,但罗伯特没来得及挥手回应。

当他转到独立式住宅区里静寂无人的路上时,他心情糟透了。太阳还高高地挂在天上。它在沥青和停放的汽车漆面上,以及沿着人行道的茂密灌木丛叶子上放着白光。他在车道上停好车、熄了火之后,一直坐在汽车里没有动。他想起了坐在他们的厨房里看到的、记事板上那张露卡的照片,她坐在巴黎的露天咖啡座里,身着灰色外衣,装扮优雅,头发扎成马尾。露卡看着镜头,好像她刚好转过身来,显然很吃惊于被拍照的样子。这张照片给了他很清晰的印象,背景上的法国梧桐,她的绿色眼睛,涂了口红的嘴唇,稍微分开,那可能是因为正在说着什么。她的目光似乎正在穿过照片的那层放着光的薄膜。它提醒着他一些东西,他不知道是什么。一些被遗忘了的、从来没有完全明白或者完成的东西,也许是一种疏忽。

他的周围很安静。他能听到那种咻咻喷射的声音,那是从其中一个相邻花园的洒水装置中发出来的。他看着沿着车道的木围栏,那上面有几个地方的树皮脱落了下来,一片片地挂在那里。园门开着。他能看到一块新近割过草的草坪和放着白色塑料椅子的露台,以及它们在全景窗玻璃上重复出现的透明镜像,镜像包括了能触及的一切,椅子、青草和细小的白色云块。他再次转动钥匙，给汽车挂上挡，把车子倒出来，开到了路上，一会儿就到了城市的郊区。他开车穿过工业区，经过医院，到达高架桥，那里有一个通向高速公路的下行道。

无论他对安德烈亚斯的看法如何，都没有什么关系。他们有一个儿子，那个白痴仍然是她的丈夫，那些只是因为他没有达到目的，不得不离开斯德哥尔摩所引发的，对生活真正价值的新发现和某种执念，都无关紧要了。随便一种情况就能引发它，而且这个理由可能与另一个理由一样的充足。当然，他突然的虔诚自然只是一种态度，但是他显然也只能悲哀地、夸张严肃地表达出来。你必须试着去忽略这一点，就像要体贴地忽略别人的残疾或者语言障碍一样，不要去在意一种令人难堪的跛行或大舌头。他的那些关于身边事物和代入角色的、滔滔不绝的长篇大论，听起来像是他又一个华而不实的自欺欺人。但从长远来看，人们怎样想可能并没有太大的差别。幻想可能正好具有与皮肤相同的功能。它们是用来呼吸的。如果它们被剥离下来，那么与现实的接触就可能太残酷了。应该让它们按照自己的节奏干燥、开裂和散播，那样便可以在它们的位置上形成新的、鲜活的幻想层。

唯一有意义的是，人们是否在一起，是独自一人还是有伴侣，是否对一个人失败和脆弱的方面有一点点友好、同情与耐心。这样人们总是能够想自己所想，不断完善自我形象，梦想远大的事情或者小小的幸福。在绝大多数情况下，生命持续的时间比梦想要长很多，罗伯特认为，当他们的梦想都用完了的时候，大致应该是可以忍受的。露卡虽然不会恢复视力，但也许这依然是一种等待着她的生活，即使一切都崩塌在黑暗与寂寞之中。也许需要经年累月来让他们做那些自己目前没有精力做的事情，如果他是那个能够给她机会，去考虑与那个忏悔的安德烈亚斯将来在一起的人，也许他也可以花费时间去扮演一个信使的角色。

他在露台上等了很久，在她和劳里茨一起坐过的地方，才听到她那细而白的手杖尖轻轻点地的声音。这声音让他想起前一天劳里茨的松果在地砖上滚动时，那些硬壳发出的点击声。一个护士牵着她的手臂引导着她。当有人告诉她"他来了"的消息时，她很是吃惊。她没有料到他会这么快再次来拜访她。事实上她根本就不确定，他会不会来。

她穿着一条很长的、有许多小纽扣的黑色连衣裙。那是他从她离开的房子里为她取出来的裙子中的一条。她的头发往后梳成一条马尾，就像在巴黎的那张照片一样，她还涂了口红。有人帮她收拾打扮。护士又离开了他们。露卡把一只手放在露台的护栏上。如果他有兴趣，也许他们可以去海滩散步。他拿起她的手放到他的手臂上，他们就这样走着，以一种老派的形式，他想。她则把它说了出来，现在我们像两个老人一样走着……

影子们拉得长长的，并聚集在沙子踩出的、发蓝的小水坑里。波浪上的泡沫在落日下发光。那里只剩下了少数几个沙滩客。在其中的一个沙丘上，他看到一个穿浴袍的白发男人。他看起来很像最高法院律师，但罗伯特无法确定是否真的是他。他们走在海滩边上，那里的沙子潮湿而固定。他们走得很慢，但他能看出她正在恢复体力。这是她第一次来海滩。那根白色的手杖在沙上留下的小坑，形成一行歪歪扭扭的轨迹。她用鼻子吸着气。海藻，她说。没错，一种带咸味的轻微腐烂气味，从海滩和沙丘之间缠绕着的带状干燥海藻上飘散过来。它好过清洁剂的气味……她休息了一下。她停下来时，她的手从他的手臂上滑了下来。她再也无法忍受住院了。她平静地说，当作一个声明。确实不能了，他说。

他们在靠近水沙相接之处的沙上坐了下来。她弯曲着膝盖，把裙子拉下来围着小腿。波浪很小，非常安静，每次最后的浪落下之后，直到下一排浪弯曲涌来和崩塌之时。水花和泡沫一直涌到他们的头和肩的影子上。他告诉她，安德烈亚斯回到了房子里，还有他上午所说的话。他已经后悔了。他很想重新尝试。关于任何他怎样在斯德哥尔摩度过的情况，他都没有讲。她抓起一把沙子，把手握紧，让沙在细细的光束中再漏下来，就像沙子在沙漏中一样。这就是他来的原因吗？只为了告诉她这个？罗伯特坐在那里沉默了片刻。是的，他回答道。

最后的一些沙粒从她的手中漏出来，然后她把沙抚平。他看着她，同时等着她将说些什么。她坐在那里，面向拍打着的波浪。她已经不再是那个能返回去的人了。她的语气坚定而清晰。她也不再是那个可以对此做出决定的人了，她继续道。她没有说更多。他们沉默了下来。他从胸前的口袋里掏出烟盒，里面还剩两支烟。她想抽烟吗？不用，谢谢。他点上一支烟，望着库伦半岛。她不知道……现在她的声音是如此之低，以至于那半句话消失在袭来的一排浪花声中。他请她再说一遍。她清了一下嗓子。她什么都不知道了。她深深地吸着气，头朝后仰着。他看到眼泪从她宽大的墨镜下流了下来。她用指尖把它们揩掉，于是指关节推着墨镜的边沿。他瞥见了她的玻璃眼球。她深深吸了一口气，再从嘴巴吐出来。她说，就像住在一个等候厅里，却不知道等的是什么。

他提出，她可以住到他的家里。这样她在考虑即将发生的事情时可以更轻松地与劳里茨在一起。她把脸转向他，他看着海浪，避免看到自己在她墨镜中的镜像。之前他并没有想过这一点，但一经说出来，就让他觉得很清楚了。她可以得到他的房间，他自己可以在莱亚的房间睡觉。在接下来的一两个星期内，她可能会改变主意，当她和安德烈亚斯谈过之后。在某个时候他们必须得谈。

她没有回答。他们走回去的时候都没有说话。他们进了前厅，她停下来，放开了他的手臂。他是这样想的吗？他回答的时候，听起来受到冒犯的程度甚至超过了他自己的喜欢。她自己怎么想？她抱歉地笑了笑，又伸出手去探他的手臂。它只是脱口而出……出其不意地。他们继续经过前厅。为什么他那么愿意照看她所有的问题？她把那副黑眼镜对准了他，好像用一种期待的目光看着他。比如说，我是一个空间太大的人，终于他继续道。因为空间太大？是的，他说，太大的空间，太多的时间。她再一次停下来，用手杖在地板上轻轻敲着，再交替着举起和松掉它。那么他打算怎样把她从这里带走呢？

他让她在前厅的沙发上等着，然后走进办公室去打听负责的医生。医生已经回家了。罗伯特对秘书说，他要带走露卡。秘书从老花眼镜的上边难以置信地看着他。他们不能就这样让病人出院。我是她的医生，罗伯特说，可以负完全的责任。这听起来太自负了。秘书把眼镜推到鼻梁上。这是违反规定的。您不必为此难过，罗伯特回答道，并答应她,她可以让他做证,证明她抗议过。

他回到前厅,随着露卡到了她的房间。他帮她收拾旅行袋时,她就坐在床上。你不是很聪明,她说。确实不是的,他回答。秘书和一个护士出现在门口。他是病人的家属吗?从某个方面可以这样说,他说道。露卡只是转过身去,同时把枕头抱在怀里,脸向前倒下去。秘书撇着嘴角,做出被冒犯的鬼脸,递给他一支圆珠笔和一份文件。他愿意在这里签字吗?他看也没看文件的内容就照办了。她们走了之后,她抱着枕头笑成一团。这是他第一次听见她笑。

太阳落下去了,当他们上了高速公路后,天空呈现出玫瑰色和紫色。他放了一盘磁带,他们坐了一会儿,就听到了音乐。他们经过哥本哈根时,她饿了。他把车开进一个有麦当劳的休息区。他们在汽车里吃东西。她的下巴和一边脸颊都沾上了番茄酱,但他装作没有看见。最后她自己发现了。当我弄脏了的时候你一定要说嘛,她一边说,一边用餐巾纸擦。她的脸颊上还残留着一点番茄酱。他接过她的餐巾纸帮她擦掉那个红色的条纹。汽车重新启动了,然后在暮色中汇入淡黄色田野间的一排红色尾灯之中。

第四部

又下雪了。不然的话，他们想，冬天终于快要过去了。已是三月末了，在晴朗无云的日子里，他们可以穿着大衣坐在外面。露卡伸出一只手关掉了闹钟。她靠在安德烈亚斯的背上，他还在睡觉，还打着鼾。一般来说这不会妨碍她，他打鼾的时候，她只用两根手指头捏他的鼻子。有时候她也打鼾，他说，当他轻轻地将她翻到一边时，她几乎都不会醒过来。他们彼此了解，不再为任何事而害羞。他们甚至不再锁浴室的门了。她从未想过会这样和哪个人在一起，所有的门都可以打开。只有通往他书房的门总是关着的。他傍晚出来时，那里面的空气弥漫着很浓的烟雾。劳里茨和她已经习惯了，他在房子里，但他是在紧闭的门背后很远的地方，是不可接近的，一直到下午他脸色苍白、心不在焉地出现为止。

他进入写作状态时，从来不谈论他所写的东西。他说，他没法谈。他害怕失去那些他试图用词语去接近的氛围。那些是根本不能说的。但是，他一旦完成了一部新的作品，就迫不及待地要她看。如果她看得不是足够地快，并且立即有一些关于作品的话要说，他就会觉得受伤，尽管他试图掩饰他的失望。本来她有够多的事情要做，照看劳里茨、房子，但是只要她愿意坐下来读他的手稿，他应该可以打理好这一切。当她坐在床上拿着一叠手稿时，她就让所有的一切都随它去。她能感觉到他的恼火，可她就是喜欢坐在床上阅读，以一种打坐的姿势，把被子围在周围像一个筑好的鸟巢。

有时候她很难理解他写的东西，但也许它并不涉及要理解一切。这一点他自己在一家周日报纸的采访中也说过，那些让人立即理解的东西在现实中会受到认识的局限，相反，那些看似模糊的东西却铺下了一些让人能够去辨别的轨迹。有些无声而深刻的东西，很难用单一的概念去拦截和涵盖。他是那么聪明，以至于人们有时会很怕他，可他却不喜欢她提醒他来注意这一点。他已经成名，也是人们信得过的人士之一。她为他而感到骄傲。当他们一起去参加首演式时，她从来不曾因以丈夫为荣而感到羞愧。她为什么要那样呢？

一般来说，她对他的手稿都有几条批评性的意见，不是从戏剧性的角度不够清晰，就是在角色的性格发展中有她不认同的地方。他会认真地听她说，尽管她只是从演员的直觉出发做出的判断。当她能让他更改或者删除某些内容时，她会感到很高兴。这不是因为他给了她权利，而是因为她觉得，用这种方式能让自己和他所做的事情，和他，发生联系。而她无法触及的那部分，是因为他只有在写作的时候才能表达出来，因为他必须保护这秘密的一面才能写作。

她一直想在他的一部作品中饰演一个角色，但是因为劳里茨在他们从罗马搬回来不久就出生了，从那以后的几年里，她只参加了一点广播剧的演出。她专注于孩子和房子。在他创作新作品期间，她在这两件事上几乎都是独当一面的。米利亚姆责骂她，因为她让自己的事业搁浅，像个系围裙、穿长筒雨靴的乡下主妇一样磨磨蹭蹭地走来走去。米利亚姆几乎让她感觉良心不安，而且她不知道怎么去为自己辩护。但这种感觉只维持到她们放下听筒，或者在火车站互相挥手告别时为止。之后她会奇怪，自己并没有像米利亚姆认为的那样感到沮丧、不幸或者压迫，相反，她感觉到的恰好是这些的反面。一种不需要她想很多的、缓慢增加的幸福，就像彩云之家在缓慢的移动中感觉不到从森林到地平线的变化一样。当她的双手在一天当中从事各种实际的事情时，她的想法像燕子一样盘旋在自己身上，忽而低飞在房子周围，忽而高飞到云层飘动的形状之间。

劳里茨改变了她。当她遇到安德烈亚斯时，就不自觉地做好了准备。他在她之前也看到了这一点，他并不害怕他所看到的东西。他知难而上，比任何人都要更远地冒险挺进。直达她那秘密的内心深处，那里是空着的，因为那是一个对即将出现的人的开放场所。显而易见，他就是那个人，所以才会是劳里茨，而不是另一个男人的孩子在她那里成长，直到再没有他的位置为止。她曾经尖叫着，以为自己就要死了。她感觉好像自己被切开之后再翻过面来。从来没有什么让她如此痛楚，也从来没有什么人像那个小小的、蜷曲着被放到她肚子上的蓝紫色孩子那样，让她如此幸福。就这样她能看到他愤怒的脸、歪斜的小眼睛，以及在他那种子状的身体里猛烈跳动的心脏，他裹着一层胎脂，至今还在通过扭曲的脐带与她连接。安德烈亚斯哭了，她之前从未见他哭过。她比以往任何时候都更爱他，但她自己却没有哭。她呻吟着，颤抖着，自始至终以微笑对着那一切残酷的、赤裸的、尖叫的和血腥的喜悦。

对劳里茨来说，她是谁并不重要，可他却从来没有怀疑过。在他学会了如何用眼睛捕捉她和认出她的脸之前，他早就能够闻得出她是谁，并品尝这种味道。人们问她半夜起来是不是很累，总而言之，她要根据这个孩子的需要来安排她整个的生活。他们显然不明白这是一种解放。当她意识到对自己那些扭曲的志向和虚荣的梦想无所谓时，她就轻松了下来。她忘记了时间，也不再用小时和天数来划分时间。这个孩子成了她的钟表，时间不再走动，它只在她的眼前长大。

埃尔塞担心，米利亚姆几近愤怒。她们用各自的办法要让她明白，在她们看来，她是夸大了刚收获的做母亲的感觉，心甘情愿地，是的，几近狂热地把自己垫在孩子和安德烈亚斯下面。她们几乎嘲笑她，当她自己在乡下徘徊在婴儿车周围的时候，他像一个伟大而敏感的艺术家一样，被允许回到他的书房，并且为了照顾他的事业去哥本哈根，或者为了灵感在欧洲周游。她并不回应她们，只是微笑着，直到她们失去耐性为止。米利亚姆直到自己怀孕后才开始理解她，她那时已经怀孕8个月了。

当她从罗马打电话回家讲述自己已经怀孕时，埃尔塞在电话里沉默下来。他们不应该再等等看吗？毕竟他们才相识几个月。她因母亲的保守反应而感到受伤。她应该等多久呢？当生活最终提出所有问题中一个最简单和最基本的问题时，人应该变得怎样的矜持和待价而沽？当她一个早上在关闭的百叶窗后，躺在安德烈亚斯的旁边告诉他自己怀孕了时，她的一生都聚集在那个唯一的瞬间。他问她想不想要一个孩子时，未来就此开始了。她用问他是否愿意作为回答。愿意，他毫不犹豫地说，愿意，和她一起。

埃尔塞问，她是否想清楚了，这件事最好的结果，是减缓她的职业生涯，最糟糕的结果则是结束她的职业生涯。这恰恰是现在她要把握的地方。露卡想起了奥托放弃她时母亲说过的话，生活中除了爱还有别的东西，比如工作。她记起了埃尔塞闭着眼睛坐在那里晒日光浴时，苦涩的嘴巴和垮下来的脸。后来，随着她的肚子鼓了起来，她的腿和脸的肿大，她几次想起她们在度假屋里的谈话。是的，她看起来像母牛，一头苍白的小母牛，它用那双和善的眼睛在镜子里询问地看着她。当安德烈亚斯捧起那对沉重的乳房时，乳汁就从乳头里流出来，他吻着它们，并把乳汁弄到她的嘴唇上让她品尝。她本来不相信这一点，但看到并感觉到那个陌生孩子如何辛辛苦苦、不动声色地摧毁了她的身段，那么多男人拥抱过的身段时，她体验到一种秘密的愉悦。男人们不再追求她，不久她也忘记了去看他们是否这样做了。

当她吻着他的颈子时，安德烈亚斯在睡梦中叽咕着。她说，你的火车。他突然在床上坐起来，困惑地看着她。她抚摸着他的脸颊微笑着。如果他们现在起来，他就来得及上火车。他在床边坐了一会儿，看起来像一个早起的孩子，头发立着，眼睛小小的，像一个没睡醒而生气的孩子。她穿上浴袍，看着窗子外面。雪花围绕着李子树暗黑的树枝旋转。它已经沿着犁沟布下白色的条纹向上延伸，勾勒出邻居谷仓顶上的屋脊。天空像纸一样又白又单调。

劳里茨肚皮朝下趴在那里，翘着屁股。他的脸颊红润，并因睡觉而鼓起来。一小块口水的印迹聚集在他柔软嘴角下面的枕套上。他的玩具象像往常一样立在那里，把长鼻子伸进床头栏杆之间，用它的纽扣眼珠暗暗地瞧着他。她轻轻地唤着他,直到他醒来,再把他拉起来。他吃燕麦片、安德烈亚斯冲澡时,她做咖啡、看报纸。她翻到本周首映的电影—戏剧预告栏目时,认出了奥托。他跪在一条铁轨上,身穿灯笼裤、格子衬衫和一件无袖羊毛套头衫。他的头发剪短了,脸上充满着警觉的表情,紧张得像一头被追捕的野兽。

她小口喝着滚烫的咖啡。那里写着,他在一部关于第二次世界大战期间抵抗组织的电影中饰演主角。她不得不在看了很长时间的照片之后,才能把这个警惕的抵抗者与她曾经吻过的那张脸和那双她曾经看进去过的、似乎能包含所有问题之答案的眼睛联系起来。她曾经那样确定,他就是她要爱的人,也是会回报她的爱的那个人,然而,他却只不过是排在最后的一个而已。她也知道,当这过去之后,他的后面还会有其他人出现,但她却不相信这一点。她还记得曾经多么痛苦,完全无法接受这个任何人都可以看出来的事实。这只是因为她成了备胎吗?有可能,但快得令人惊讶的是,她内心深处的空隙又重新打开了,对那应该发生,但尚未发生的事情,悄然开放。

安德烈亚斯终于从浴室出来了,可他只来得及喝半杯咖啡。他们必须立即开车出发,如果他要赶这趟车的话。她费力地给劳里茨穿外套,他在门口踱来踱去。她问,他是否记得他的票。他不耐烦地叹了口气。他们到了院子里,男孩头往后仰,张开嘴,让雪花在他的舌头上融化。是她开的车。没有人说什么特别的话,他们都太累了。安德烈亚斯用手指关节,在手套箱前面的盖子上敲着鼓点。雪飘过沥青路面,沿着沟渠边缘飞舞,黑色的田野渐渐地消失在雪道的两边。他说,他已经把地址放在他的工作台上了。

他在巴黎借了一套公寓，他要在那里住一个多月。他们约定，复活节她去他那里。埃尔塞已答应这期间搬过来照顾劳里茨。

火车的前灯已经出现在大雪后面，那里的路轨似乎终止于空无和雪花的旋转之中。他把劳里茨举起来吻着。我们复活节见，她看着他的眼睛说。复活节见，他微笑着，提起了行李箱，与此同时一排车厢停在了他的身后。他到那里后就会打电话。他们互相亲吻着。门开了，人们在上下车。他正准备转身。她说，我爱你。他犹豫了一下，再一次看着她。她微笑着，他凝视了她一会儿，好似他在用眼睛给她拍照一样。也许是为了拍下这张手牵着劳里茨、头发上带着雪花、站在月台上的她的照片带在身边。他抚摸着她的脸颊。他也爱她，他说着，在车门自动关上前的那一瞬间，快速上了火车。

为了工作他经常离家。他开始一些新的创作或者即将完成剧本的时候，他都需要独处。他在一部新的作品上已经工作了半年，同时还要跟进一个旧剧本的排演。新年以来他每周要去几次马尔默。在那个脚本上他几乎没有什么进展，而那个脚本是他承诺要在四月初交付的。

她很高兴他走了。在马尔默首演式之前的最后几周里，他已经变得内向和烦躁不安。他抱怨一些无关紧要的小事，总而言之无法和他相处了。当他处在这样的压力之下时，她是理解他的，甚至建议他走出去。埃尔塞有一个在巴黎的女友要去墨西哥一个月。她的公寓就是他要去住的地方。他曾经几次在巴黎廉价酒店的房间里工作。他喜欢独自一人住在不认识任何人的大城市里。她期待着去那里，在他的寂寞中打扰他。她已经想象到了他们怎样屈服于互相之间积攒的饥渴，就像他们平常分开一段时间之后曾经做过的那样。

劳里茨一直在挥手，直到火车在雪中消失。当他坐在幼儿园里他的衣帽格前的长凳上时，他问，安德烈亚斯是否现在在巴黎。她吻别了他，一个漂亮的年轻女孩牵着他的手，和他一起走进了他的班级。这让露卡想起了当年她自己在幼儿园工作时，在下午与一个打羽毛球的成年男子一起躺在她母亲的床上。雪落到那些沉闷的房子中间的街上时，马上就融化了。但城外的风景是白色的，她沿着一条小路开车进去，那黑暗的森林边缘看上去就像一个洞穴，在所有的白色中间打开，进入一个布满了流星的夜晚。

她打开收音机，然后开始清理厨房。要洗的东西从前一天晚上起就摆在那里。她装满洗碗机，刷洗了深锅和平底锅，做了咖啡，之后坐下来抽支烟。洗碗机发出来的响声与收音机里的音乐混合在一起。客厅的地板上堆满了一摞一摞的书。他们搭好了一个能遮掉一堵墙的书架。她想过只要安德烈亚斯离开后她就给它刷涂料。灰色是他们已经说好了的颜色。白色将会很难保持。劳里茨在那些新刷过的门和框架上到处都留下了他的指纹。

通向安德烈亚斯书房的门打开着。她看着空空的写字台上，平常放笔记本电脑的那块地方。她已经开始思念他了，虽然她已经习惯了一个人，无论是一天、一个星期还是一个月。直到现在房子里总有一些事情还没有结束，他走了之后她就可以全力以赴地投入进去。让她惊奇的是，她发现自己是一个不错的工匠，而且很享受修整房屋的工作。这让她对做这些事情的兴趣要超过她去演戏。她看着自己修好的一扇门或者刷好的一面墙时，她会感到一种原始的心满意足。

　　花费在这上面的时间比预期的要长，甚至有时候他们都想要放弃了，但她还是坚持了下来，到现在只剩下这里那里的一点小修小补还没有做好。也许这就是她已经开始想念安德烈亚斯的原因。当她有足够多的事情要开始做时就会忘记自己，一天天的过去就像一小时一小时一样地走，不管他是出门了还是坐在家里的电脑前。她演戏时也会忘记自己，但那只是为了变成别人。当她穿着肮脏的工作服跟水泥搅拌机和瓦刀打交道时，除了一个辛苦劳动着的身体外没有别的，而那是一种解放。

　　最开始的时候，在乡下找一处房子只是一场白日梦。他们两人都是在城市里长大的。他们在罗马时就开始谈到这些，那时他们在安德烈亚斯狭窄的公寓里住了半年。她提出这个建议，大半也只是为了好玩。那是当人们刚开始恋爱时才会说的胡话，要去乡下找一块地方之类。她在一个夏末的早上抛出了这个想法。那时他们还在床上，因为天气太热了，他们除了躺在百叶窗后面的阴影下慢慢地互相抚摸外，也做不了别的事情。他很认真地考虑着她说的话，就像几个月之后她告诉他怀孕了时一样。他怎么会感觉那样的肯定呢？他让手滑过她即将隆起的肚子，并把她拖到地上，她会因一点点的费力而汗流浃背。他说，有时候人必须相信自己的眼睛，否则一切最终都会在眼皮底下雾化并被风吹走。以前从没有人对她这样说过。

　　在特拉斯提弗列的公寓只有一个房间。当他工作时她就出去散步。他工作得很多，几个月之后，她熟悉了这座城市中这一部分的每一条小巷。她钦佩他一个小时又一个小时专注地坐在那里的能力。显然地，只要他愿意他可以总是在写。当时他是用旅行打字机写作。当她下午很晚的时候爬上楼梯，听到按键仍然对着滚筒啪啪作响时，她又下来，到位于街角的一个酒吧里再多等半个小时。那样子接近于坐在起居室里一样，她开始讲一点意大利语。显然当年她跟她父亲讲的话，还有一部分语言残留储藏在大脑皮层里或者是滚到了脊柱的最下面。很快她就能在街上与人聊天了。相反，安德烈亚斯从未学到比必要的词汇更多的东西。此外，他对跟她之外的任何人交谈都完全不感兴趣。

她没有想到要再次去拜访乔治，虽然有时也会让她受到些微的触动，她和他又同在一个国家了，坐火车的话只有几个小时的路程。佛罗伦萨，这个她找到了他却再一次在视线中失去了他的地方，位于与罗马不同的另一个世界。而罗马，是她对安德烈亚斯的爱恋逐渐变得更坚强、更持久的地方，同时也是她体内一个未知的生物开始有了鼻子、嘴巴和眼睛的地方。晚上他高声读着白天所写的东西，虽然她很钦佩他独具特色而简洁的台词，但她时常还是会忘了去听。对她来说，把头靠在他的胸前，听到他能让她的脸颊颤抖的柔和声音就已经足够了。声音从一个她无法到达的，也是他需要独处的地方传达给她，但正是从那个地方，他看到了她经过，并决定不让她消失在视线之外。当她独自走在那些斑驳墙壁之间的阴影下，或是坐在花市广场的太阳下时，他的声音就会像回声一样在她体内振动。只有声音是真实的，不是词句，也不是他的戏剧。他的声音与那个陌生的孩子已完全填满了她。他相信自己的眼睛，而她相信他所看到的。

风让雪花在院子里盘旋。这让她突然意识到,她正在听埃尔塞讲话。她的母亲正在用一种修饰过的声音,也是自从露卡还是孩子的时候,就独自与某个保姆坐在家里听到过的声音,预告当天的广播节目。这是一种能说出它应该是什么样子的声音。所有词语在埃尔塞的嘴里听起来都是一样的,好像舌头、嘴唇和牙齿都是用来破解单词,并将它们与意思分开来的工具。当露卡告诉她,他们要搬到乡下去时,埃尔塞对此表示怀疑。她称他们为诗人和小妈妈,差不多有一年,直到她对自己的尖锐机智微笑厌倦了为止。她偶尔会来到被她称为土洞的地方拜访他们。露卡每次看到她的母亲抬起眉毛,把所有尖刻言论都压进她收紧的起皱嘴唇后面时,都会受到鼓舞。她忘了从外面看自己,只顾享受着埃尔塞的不舒服,又脏又乱的建筑工地上,劳里茨光着屁股,脸上涂着泥巴,在那里滚来滚去。

露卡从未想象过自己会在城外居住。当初他们搬进来的时候,房子几乎不适合居住。所有人都说,带着一个孩子在一个连电都没有的地方安营扎寨是不是疯了。可劳里茨好像充耳不闻。在最初的一段时间里,他们用的是煤油灯。当浴室铺地板的时候,他们用户外浇花的软管洗澡,在花园的一个火塘里做饭。总而言之,他们过的是像草原上拓荒者一样的生活。没有回头路可走。他们所拥有的一切都投资在房子和院子里堆积的建筑材料上了。

她把城市丢在身后,她整个的青年时代都在那里的街头巷尾转来转去,在那些交替出现的面孔之间只有一张脸,总是在寻找一双新的眼睛,一双她可以照见自己的眼睛。在这座城市里,她也把那些男人都抛在身后,包括那些她已经认识的和那些将要认识的。所有那些她曾经交替迷恋或者逃脱的男人，所有那些或大或小的故事，故事里那么多的死胡同、破碎的开始，以及为达到她想要的生活而做的失败尝试。

电话铃响起的时候，她只来得及刷了一格半架子。电话放在窗台上。她必须跨过码在地板上的书堆，举着刷子不让涂料滴下来。是米利亚姆打来的。她的声音低沉而且伴着哭泣，她必须和人聊聊。露卡问，发生了什么事。米利亚姆开始抽泣起来。露卡等着她平静下来，同时发现一条灰色的涂料线从刷子上流下来，一直向下流到了她的手上。她将它垂直举起来，但它还是像融化的冰激凌一样流着。米利亚姆的哭声逐渐平息下来。她的男朋友离开了她。他说，他不再爱她了，还说他们要有的这个孩子是一个误会。他已经感受到了压力。她吸着鼻子抽泣着。他把衣服装满了一只提袋，然后乘出租车走了，她不知道，他去了哪里。

露卡想起了那个高瘦的爵士音乐家。当米利亚姆对他呼来喝去，或者坐在他的腿上要求当众舌吻，好像他欠她向全世界证明他炽热情欲的时候，他总是软弱地服从。他终于还是有勇气说不，但为什么这么晚呢？米利亚姆一点都看不出来。她还以为孩子会把他们拉近一点。他甚至还和她一起去了产前准备课程。她又开始哭了起来。露卡可以想象，那个瘦瘦的爵士乐男友穿着袜子坐在铺油毡的地板上，膝间是挺着大肚子的米利亚姆，包围在其他同时作哼哼之状的男人们跟他们的妻子中间，同时考虑着如何从他已陷进去的困境中摆脱出来。

她想起那天晚上，奥托把她赶出去后，她坐在米利亚姆的家里喝着伏特加的情景。她还记得，她的女友关于想得到一个孩子的梦幻般的谈话，以及她讲到她的男友害怕失去自由时看上去很鄙视的样子。他能用自由做什么？！事实上米利亚姆冲破重重阻力怀孕，也是那么不由分说和不合时宜，就像她在一次谈话中间闯进来，把她的舌头插进他的喉咙一样。但这不是她们可以谈论的事情，现在尤其不能。露卡只能做到倾听不幸米利亚姆的哭诉，并向她解释自己为什么无法进城去陪她，因为她现在是独自一人带着劳里茨。

她放下听筒后一直站在窗子旁。雪已经覆盖了花园和田野，像一些白色的影子，落在李子树黑色的枝丫上，并给劳里茨落在草地上的那辆蓝色的小拖拉机镶上了边框。天空看起来像花岗岩。她看着油漆的条纹蔓延下来，在她的手和前臂上形成一片有分支的三角洲。像血一样，她想，如果血可以是灰色的话。她愿意有更多的同情心，并且为没有邀请米利亚姆来这里，而觉得良心上过意不去。

她把刷子放在垫涂料桶的报纸上，擦干净手，然后在安德烈亚斯书房的写字台前坐了下来。台子上只躺着一些回形针和那张有着他那有棱角的、有点草率的手写巴黎地址的便条。屋子里散发着陈旧的烟臭味。他烟抽得太凶，尤其在工作的时候，而且总是那种浓烈的吉坦尼斯牌香烟。他会在早上咳嗽，但每次她发表评论时他都会拒绝接受。有时候她能听到，他在浴室里试图压制他的咳嗽，以免引起她的注意。她打开窗子，吸着冰冷而新鲜的空气。从他的房间看出去景色是别样的，能看到李子树最上面的树枝。她从桌上拿起一根回形针把它拉直，同时看着田野上一半藏在邻居谷仓屋顶后面的白色斜坡。

她认为自己在电话里辜负了米利亚姆。可是她不知道该说些什么，也无法把她所想的说出来。那就是在所发生的事情里肯定有米利亚姆自己的原因，因为她坚持要怀孕，对所有的警告信号视而不见、充耳不闻。米利亚姆总是想什么就做什么，即使她的大腿很粗，她也要穿针织紧身裤。露卡从不相信她和爵士乐男朋友会在一起，也许米利亚姆自己也有过怀疑。她是希望通过生一个孩子来拴住他吗？她可能永远也不愿意承认这一点，甚至也不对自己承认。现在有一个孩子即将来到世上了，一个像其他所有人一样的孩子，有着相同的被爱要求，有着相同的渴望，感觉自己是一个真正的爱情果实，而不仅仅只是两个迷惘之人犯错的结果。

如果她敢的话，她就能把这一切都告诉米利亚姆，但她没有权力说这些。谁能判断什么是真实的感受，什么只是性兴奋激发的幻想呢？也许米利亚姆真的想要一个孩子，不管有没有男朋友。露卡想到她的女友在评估自己作为演员的前景时是多么的精准，这里那里的一些小型歌舞表演，只是她还觉得有趣罢了。那么她自己呢？当埃尔塞安慰她说，奥托对她来说不算什么，现在各走各的路也好时，她是多么的愤怒。想一想，如果他们有一个孩子会怎样！今天露卡不得不承认她是对的。她那时的迷恋是盲目和不成熟的。当她回想当年的自己时，那情景像在想另外一个人。就像她曾经是另一个人，不同于现在跟安德烈亚斯和劳里茨在一起的那个人。但如果她真的成了那另外的一个人，她也能再一次改变自己吧。这个想法让她感到恶心，有关改变的想法也许永远也没有止境。如果她依然是同一个人呢？那么该怎样确定她对安德烈亚斯的爱比她对奥托的爱更真实？当年她是那样确定，现在她是那样确定，只因为奥托和安德烈亚斯，在他们各自的时期，都曾经是那列队伍中最后一个男人吗？她仅仅因为，这一次她与安德烈亚斯有了一个孩子而感到安全吗？

她看着那张写有巴黎地址和电话号码的纸条。她想打电话，只是为了听到他的声音，但是这么做还为时过早。他要到下午很晚才到。她认为，他们在电话里能真正谈到一起，已经是很久以前的事了。不停地有状况出现。她有太多的事情要做，而他总是在工作。此外在最近的几个星期里，他大部分时间都不在家，在马尔默。如果他们有一个时期彼此离得很远她就会担心，当他们亲吻着互道早安和晚安的时候，他们是友好的，但也是匆忙的，并有点程式化。她认为最近他变得疏远了。在巴黎可能会变成另外的样子。这一点到了复活节就可以看出来。

她靠到写字台上关上了窗户。她突然感觉饿了，决定去做午餐，然后再继续粉刷。她在经过客厅跨过那一摞摞书籍的时候，她的目光落到一叠旧的角色手册上。最上面的是用红色硬纸装订起来的。上面印着奥古斯特·斯特林堡的《父亲》。她把它拿起来，翻着那些有着折痕和铅笔写的有些模糊了的笔记的页面。她把角色手册带到厨房，把它放在炉灶旁边，同时倒水煮意大利面。从她自己的间接方式来说，斯特林堡是她和安德烈亚斯相遇的开始，但是她那时当然是不知道的。当他们互相错过时也不知道，当时他在电梯里往上，而她在和哈里一起喝茶，坐在那里看外面雷雨天的城市之后，正走在往下的楼梯上。

她想用擦碎的肉豆蔻做黄油酱汁，正如乔治教她做的那样。那是她从他那里唯一学到的东西。她那个像悲伤的小丑一样的父亲，只是挥舞着手臂，仿佛没有什么可说的，同时他在佛罗伦萨沿着洗礼堂倒退着走，然后转过身从视线中消失。"在月光中，"她想着，"四面被废墟包围。"她看着那破烂的角色手册笑了起来。关于剧本她还记得一点点。可是见她的父亲时，那不是月光，而是灿烂的白天，洗礼堂也还是像建造时一样屹立着，白色和绿色的大理石几何图形美得令人眼花缭乱。当锅里冒气的水开始起泡并抖动的时候，她想，这不过是和预想的不同而已。

房间里一片漆黑。她能听到小窗的百叶窗背后的蝉声。他们整日都关着百叶窗以尽可能地保留夜晚的凉爽。她推开身上的床单，伸出一只手。他不在那里。闹钟上的指针闪着绿色的光，飘浮在黑暗中。时间刚过7点。他不能再睡了。他曾经带着歪歪的、遗憾的微笑，说了这句话，好像他丢失了其中的一件什么东西一样。她打起精神，坐直身子，把双腿摆到床边垂下。瓷砖光滑而凉爽。她伸手拿起挂在椅子上的浴袍，然后用一根手指摸索着粗糙的粉刷墙壁，穿过黑暗，一直到找到门为止。

阳光从通向屋顶露台的出口呈锐角三角形照进来。她沿着楼梯走上去，在楼梯口停下来。他还没有发现她。他的听力不是太好，她看出来了，但他不喜欢承认这一点。她一直站在那里。他架着腿坐在竹编的顶棚下。他在读一本书，同时他拿起茶杯举在空中，好像他已经忘记了那里的杯子一样。顶棚上的细条把石桌和地砖上的明亮日光切割成一张磨损的网，细碎的光线摩挲着他向后梳着的灰发、起皱的额头和那有着鹰钩鼻子的脸，以及肚子周围和胸部皮肤松弛下垂起皱的棕色上半身。他穿着白色亚麻布裤子，那是她在马德里买给他的。

她等待着。他应该发现她。这成了她玩的一种游戏，她跟自己玩的比跟他玩的多。那里也有咖啡,他用沙哑的声音说,并没有从书上抬起头。他毕竟看见了她。她走过去,在他的对面坐下来。他微笑着,头朝后仰起,透过架在鼻尖上的眼镜看她。你在那里,他说。我在这里,她回答,伸出一只手抚摸他的膝盖。她给自己倒了一杯咖啡,加了足够的糖,然后,一边啜饮着咖啡,一边仰望山脊:太阳斜照在上面,这个斜角在岩石的铁锈红和玫瑰色调上,将褶皱和犁沟呈现为长长的蓝灰色阴影。

房子都是相似的,粉刷成白色,平的屋顶,前面有格子小窗,像一把沿着山坡撒上去的方糖。当人们描述它的时候,它听起来很美,当人们远距离看那个小镇时,它看起来像一张明信片,上面有成片的橙子树、橄榄树以及其他诸如此类的东西,可是一旦到那里,这个地方马上就会令人大失所望。路面铺的水泥凹凸不平,走在上面总是磕磕绊绊,随时会摔倒。电线胡乱地悬挂在那里,房子不是因风化即将坍塌,就是正在用沉闷的充气混凝土预制板重建。白天从来看不到人,除了有时某个穿着宽松居家长袍的、疲惫而苍白的妇人,出现在厨房窗子的后面。这地方看起来住的都是一些家庭主妇和浑身尘土的瘦猫,除此之外,唯一的生活迹象是锅里油炸的气味和电视机发出的噪声,高亢的电视广告在半明半暗的室内作响。

哈里的房子在该镇这一部分的尽头,朝着东面,屋顶露台面对的风景是一条有陡峭斜坡的干涸河床。河床龟裂,一道道深深的缝隙里面长着一些夹竹桃和角豆树。在河的另一面几公里远的地方,山脊朝着在热雾中逐渐消失的平原向下倾斜,所以海岸线只像是从赭色到蓝色之间过渡的一片模糊。他们到那里,是《父亲》在皇家剧院最后一场演出之后不久。与此同时哈里在奥斯陆还有契诃夫《万尼亚舅舅》的首演。在他们出发之前的几个星期里，只有他在周末飞到哥本哈根的时候，他们才在一起。当时她在一部电影中得到了一个角色，最初的拍摄安排在明年的早春。但是哈里建议她不要接受。他认识这个导演，几乎可以完全肯定，这不仅是一部平庸的电影，而且是一部彻头彻尾糟糕透顶的电影。

自家这边已经下了几个星期的雨，露卡几乎认为，她已经忘记了天空的模样。他们下飞机时，她能感觉到扑面而来的一股热气，他们开车通过那些干燥的风景，在橙红色土壤的衬托下，杏树绽放着白色和粉红色的花朵。有些地方的风景变成了有着深深的缝隙和很像史前动物头骨的风化岩石的沙漠。他们住在那里快有两个月了。夏天他们会去他在北海边租的一所房子里度过，直到《玩偶之家》的排练开始。她将饰演娜拉。

哈里不执导演出的时候，会在西班牙用读书和写作来打发他的时间。她不知道他在写什么。备忘清单，当她问他时，他用带着调侃的微笑回答道。像年轻人写愿望清单一样，他继续说道，但随着岁月的流逝，他逐渐忘记他想要的东西了。这些年来，很难记住它们。几个星期以来，除了他之外她没有与其他任何人讲过话。日子彼此相似得几乎没有区别，但奇怪的是，她并没有感到无聊。在哥本哈根他们总是要去见那些像哈里一样年纪的人。当他们一起出去时，他非常在意她，但她通常还是感觉到，她只不过是一件事先已被淘汰出局的装饰性附属品，因为其他人那些不羁的搞笑逸事发生的时候，她还没有出生。

哈里的那些朋友都是作家、画家，或者是电影导演，他们几乎都和他一样有名,但是他们属于精英阶层已经太久,以至于他们大多数人头上的桂冠都随着时间的流逝而变得非常干瘪了。她能感觉到,在他们悠闲自满背后的那点奇怪的不平,他们不再像20年之前那样,经常得到报纸报道。这让他们花费很多时间去谈论报纸变得多么糟糕,就像他们抱怨渐渐地这些年轻人多么容易成事,如今只要做一点点事情,就被抬至足以威胁他们高高在上的地位的位置上。他们看起来非常友好地让她介入谈话,其中一些人还努力做出尽量不显示丝毫戏剧性的样子。但是当她被允许独自坐一会儿的时候,还是会在这些年迈的灰发男孩的突发兴趣上,发现一些老于世故的大叔般的东西。

她能感觉到他们的太太们如何地不喜欢她,如何讨厌男人们询问她可能给谈话提供些什么时,对她殷勤鞠躬的样子。他们中的大多数人都认识哈里的已故妻子,但是没有一个词提及她。露卡感觉自己像一个流浪的丑闻。当她被介绍的时候,她看到朋友们的目光,面对这个老色狼不羁和无耻的幸运时,怎样在轻蔑和嫉妒之间徘徊。她也无法避免进入八卦杂志,因为他很粗心地带着她去了一个首演式,当她走在这个城市的街道上时,有时她会感觉自己被当成哈里·维纳的、年轻而富有天才的女友而被认出来。

哈里总是聚会的焦点,也许是因为他是少数几个名声还没有开始在业内消失的人士之一。但不可能只是这个原因,露卡想。他所到之处都有目光关注,甚至人们并不知道他是谁,也必然会看到这个有着波浪式灰发和小眼睛的、满面皱纹的优雅男人。他并没有做任何特别的事情来唤起关注,而是恰恰相反。他喜欢坐下来听人讲话,眼睛看着其他人,他的嘴角偶尔会在那个无色的、代替他嘴唇的缝隙周围，讽刺地翘起来。当他终于用嘶哑的声音和老式措辞开口说话时，全场就会变得寂静无声，全神贯注地倾听他所说的一切，即便那些话是最无关紧要的、带有排他性的、文明的气息。

一天晚上，在又一次的晚餐之后，他们坐在汽车里开在回家的路上时，她问他，为什么要把那么多的时间浪费在这帮油尽灯枯的老混蛋身上。她说，他们只是坐在那里抚弄着他们充血的虚荣心，一想到他们会被遗忘就满头大汗。她因为无聊喝得太多了。他一边透过挡风玻璃看着外面，一边笑了起来，他本人就是一个老混蛋……此外，对于像他这样的人来说，一切都很有趣。她爱怜地扯着他颈子上的卷发。至少他还没有油尽灯枯……他微笑着，没有直接回答。接着他说，最平庸、最时尚的往往是最有趣的。他看了她一下。说，她现在一定还不明白这一点，谢天谢地。但是，即使那些最为深刻的心灵触动，随着岁月的流逝也会演变成某种有关社会的问题。

他们只有一次与埃尔塞在一起，在他们去西班牙之前不久。哈里从奥斯陆回到家里的一个星期六，他要邀请她共进午餐。露卡试图说服他不要这样做，但他只是朝她微笑。他想见见她的母亲。如果她不喜欢这件事，可以留在家里……埃尔塞曾经试图掩饰自己的不满，当露卡终于屈服于她好奇的打听，告诉她经常一起过夜的人是谁时。一个月之后，她就几乎搬进了那个面对港口风景的顶层公寓。

她很紧张，她坐在餐馆里和哈里一起等待的时候，她再一次为他不受干扰的平静感到惊讶，当埃尔塞走进来用焦虑的眼神四处张望时，她脸颊上扑了太多的粉。哈里站起来，友好地把手伸向她，为她拉出椅子，没有让自己注意她紧张、慌乱的举止。露卡没有去多想,他的年纪比她母亲还要大。当她看到埃尔塞那么狂热、那样风骚地在这个扮演她女婿角色的著名男人身上测试其女性的音域时,她自己的紧张就变成了惊奇。一个小时后,埃尔塞在她的脸颊上吻别时,露卡能感觉到,她惊呆了的谴责已经让位于某种类似钦佩的东西了。

哈里每天下午工作时,她都在午睡。她醒来之后,一般他们都会开车去一趟海边。他认为水太凉了,但她几乎每天都下水。她用不着泳衣,他们拥有自己的海滩。他坐在那里看着她时,她能感觉到自己的孩子气,但这种感觉只持续到她从水里出来,他站在那里拿着毛巾和浴袍准备着,她微笑着走近,滴着水,全身赤裸。晚上他们坐下来聊天或者阅读。他讲述那些他所认识的人,其中一些名字她以前听到过,那些演员和作家,以及来自另一个时代的半神话式的人物。她有时会头晕,当她明白他讲述的事件发生在她出生前十年的时候。

他给她一些他认为会让她感兴趣的书。房子里从地板到天花板都是书。她从没有在那么短时间内读过那么多的书。他为她打开门和窗去思考和想象,那是她之前从未做过的,但他从未使她感觉到自己愚蠢,她只是很年轻。他没有教导她,也没有用他的年龄和经验来验证任何事情。他满足于提出一些意想不到的问题,这些问题引出一些在她来说同样意想不到的答案。他引导她,让她感觉不到这一点,然后再一次同样感觉不到地放开她,所以她有一种自己走完全程,又不知道是怎样走过的感觉。他只是看着她,用他那双细细的深色眼睛。

就是这样,他工作,几乎没有说什么,也没有做任何事情。就是这样，他成了著名的吉卜赛国王，像奥托嘲笑的那样。她不明白，所有那些关于他暴君式粗暴的故事是如何产生的。在《父亲》排练期间，他从来没有提高过嗓音。大多数时候他都是坐在观众厅里他的小桌旁，或者站在舞台边上，沉浸在他自己的思绪中，同时注意着演员的每一个声调和每一个表情。他只是偶尔地走过去跟他们单独地私下交谈，其他时候他满足于把手放在一边的肩上，微笑着或者用一种期待的表情抬起眉毛。他很少同时对所有人讲话，他的话总是那么具体，以至于没有人会注意到，他从一开始就在有意为之。慢慢地，他们就在画面上根据自己的主意找到了各自的位置，表面上看去并没有借助于他的帮助。

她在九月的一个下午到达台词排练场地时，上唇出汗，双膝发抖。门卫很和善，带着她走了一段路，然后指着一条长长的走廊，但她终究还是成功地迷了路。当她终于找到排练厅时，其他演员坐在一张长桌旁，看着她，与此同时她走过地板，把角色手册按在胸前。她走向哈里·维纳，他坐在桌子一头，看着自己的双手。她为迟到表示歉意。他稍稍等了一下，才拿起她的手，并没有握紧，好像他可以宽恕她那幼稚的突发奇想一样。他没有回答，只是用他那薄薄的双唇微笑着，同时通过那双眼睛的深色缝隙注视着她。他看着她，好像他们之前从未见过面，完全不可能发生他有一天晚上坐在他的梅赛德斯车里，问她是否可以亲吻她这样的事情。

那天他穿着一件橄榄绿的丝质衬衫，衬衫松松地挂在棕灰色的灯芯绒裤子外面，他卷曲的钢灰色头发仔细地梳到前额和耳朵后面。如果他曾经有些脆弱和没有保护的话，当他在几个月之前，在他的顶层公寓漫不经心接待她时，穿着破旧的帆布鞋，头发像困倦的翅膀在两边立着，那么现在，这一切都消失了。他那一动不动的脸，像一具用烧焦的土做成的面具。当她绕着桌子走过去伸出手的时候，他正靠坐在桌子的尽头，抚摸着放在折叠眼镜旁边的、他的角色手册上面的银质打火机。

她是从舞台和杂志上认识的他们的脸。他们此刻坐在那里，一定正在想着，她大概走错了地方。在哈里·维纳那里，你是不会迟到的。那个饰演她母亲、上尉妻子的女演员，正越过老花镜的上方，用评估的目光看着她。两代的男性戏迷们都曾经把这个美丽的大胸天后，当作体现所有女性魅力和神秘的榜样。在她那副男式老花镜上有着一些搞怪的成分。也许在她的脑海里，她用这些丑陋和笨拙的小小元素来调情，就像眼镜在她精致的脸上，也只是强调了眼睛和嘴唇那成熟感官的戏剧性。

上尉这个角色要由她的男性对手来演，那是一个有着戏剧生活的反叛根源，因斗殴、酗酒和引诱而臭名昭著的人士。他有着永恒的沉睡眼睛，永远纠结的头发和听起来像早晨酒吧一样的声音。露卡一看见他，就不能不去想那句台词，那是她童年时期看过的一部电视剧里，在那个时代相当大胆的床戏中，一个胖胖的金发女郎，把她的乳房沉没在他胸前野性的毛发之中时，对他低声说的话。又大又笨的男孩！他微笑的时候会带着最专业的卧室微笑，所以，每当他握她的手时，她就会害怕，它会一直留在他粗糙的大手中。这个又大又笨的男孩，已经头发花白，老花镜上拴着绳子，以免它们离开。一个小小的上腹，开始拥挤在紧绷着的牛仔衬衫后面，他看上去好像总是要试图压制着一个饱嗝似的。

她拉出一把椅子，坐在上尉的旁边。他递给她一支铅笔。小心，它很尖！他带着狡黠的目光耳语道，好像他是一个小学生，而她是班上新来的。我们开始吧，哈里·维纳说，但是他没有把眼镜戴上，也不打开他的角色手册。当其他人翻到首页时，他架起腿，靠着椅背坐着。在整个排练之中他都是这样坐着的，头微微前倾，眼睛半闭着，盯着地板上的某一个点，同时听着演员们念他们的台词。只有当其中的一个人开始强调一个句子，已经开始在表演这个角色时，他才很快地抬起目光，露出一个微微的、无法捉摸的微笑。这让那个当事人马上降低声调，满足于逐字逐句读出台词。当他们通过了文字的朗读合上他们的角色手册时，出现了短暂的安静。他站起身来，环视着他们，说，今天就到这里，谢谢大家。他收拾好东西离开时，他们仍然坐着。露卡再一次有身处学校班级的感觉。哈里·维纳刚出门，谈话就在桌旁四处爆发出来。

他就是那样的！上尉向后伸出双臂，冲她脸上迷惑的表情开心地微笑着。他双手撑在膝盖上，手肘向两侧伸出去。露卡耸耸肩。她原本以为哈里总要对他们讲讲有关剧本和角色什么的。他从来不做这些……上尉屏住一口气，然后通过鼻子把空气吐出来。但只管等着吧！开始的时候他看起来有一点冷，将来也不会是什么话匣子，这样你就会完全地怕他，但他是一个好人。他今天格外沉闷，可能是因为他妻子的关系。情况更糟了，她可能活不过新年。但是这件事他处理得不错。实际上，有一些温柔……是的，温柔的东西在他身上。你不信这一点，上尉说，但他会让你安全，即使他看上去完全相反。这是秘密。他笑了。露卡会意地点点头，好像她完全明白了一样。哈里·维纳是一个安全推手，但是不会成为朋友。十步之遥！上尉将手掌举在自己面前。天后向前靠过来，她休闲运动衫里的乳房被桌面压扁了。她歪着头色眯眯地笑着。好了，宝贝，婆罗洲怎么样？上尉转身面向她。漂亮极了！

露卡独自一人的时候，很奇怪演员们相互之间说话怎么会总是那么夸张，那么装腔作势。他们总是会说宝贝或者我的甜甜之类。她问自己，是否大家都是男同性恋。甚至女人们听起来也像男同性恋，因为她们认为，这是在模仿男同性恋对女性的模仿。她向自己保证，她永远不会开始那样讲话。在通过长廊时，她被穿着橐橐响高跟鞋的天后赶了上来。她那双高跟鞋看起来好像是对蓝色牛仔裤、休闲运动衫与难看的男式眼镜打上的一种女士标记。你做得很好，她带着母爱般的微笑说，好像露卡刚去参加了考试一样。但是要注意你的那些辅音！你们不再是去学发音吐字了……她为自己年轻的同事把着街门，她再次歪起头，今天合作很愉快！

事实证明，上尉是对的。哈里·维纳从不像其他导演一样，以和演员们轻松快乐地交谈几句，作为开始当天排练的热身，或者也可以缓冲一下，他们现在所代表的那种可怕而老式的权威。但是，即使他没有做过任何奉承大家或者散布快乐的事，一个星期以后，露卡发现，她在这个平和的、谨慎体贴的男人身边，感觉到了完全的安全。她不再害怕出丑。所有的方案、所有的提议都是被允许的，而且如果不被采用，它们会自行消失，她不知道是怎么做的，因为他从不直接批评她扮演角色的方式，他抬一下眉毛就足够了。他也不表扬她，只是偶尔会带着意想不到的温柔微笑着，几乎是充满谢意的，因此她能感觉到温暖在全身弥漫。

他最喜欢用简单和非常具体的形象来表达自己，而且总是从此时此地的场景出发。在一个场景排练的前后，他会分别与演员们单独进行交谈。当他们排练时，他很少打断他们，在那种情况下，他只是会用一些与他人无关的，或者觉得神秘的具体问句或一个简单的字，像专门为交谈对象设置的私人密语一样，帮助其再次找到线索。什么的线索呢？开始的时候他们并不知道。他们以为自己正在接近角色的未知核心，但是逐渐地，他们发现自己只是不加考虑地承担了一些，他们一直以来所知道的事情的后果，因为这涉及他们自己所隐藏的那些方面。

露卡逐渐对天后和上尉产生了敬意。她看到了他们工作得多么专注。当她感觉最没有保护、最赤裸裸的时候，他们也看到了她。她现在工作得还不够久，还不能在自己身上感觉到这一点，但是她想象得到，他们的搞怪行为可以作为一块盾牌。为了能够以角色的本性演出，他们不得不在自己的生活中演戏。在现实世界里，他们必须让自己以最怪诞、最反讽的态度，去嘲讽和不负责任地游戏，因为舞台是他们唯一不能允许自己哪怕是一丁点心口不一，或者心不在焉的常规正派场所。

排练结束后露卡完全的筋疲力尽，当她睡了几个小时后于傍晚醒来时，发现自己在没有想奥托的情况下又度过了一天。想到他时她也没有什么特别的感觉。她好像被局部麻醉了一样，那些她和埃尔塞一起吃饭的夜晚，她几乎没有听见母亲在说什么。大部分时间，她们让彼此都得到安静,有些她们只在大厅见面的日子,当这一个来了,另一个就走了。米利亚姆有时来电话,但是如果露卡终于开始讲述的时候,她总能感觉到女友热情下面的妒忌阴影。一年来,米利亚姆除了在一部幼儿电视连续剧里伪装成袋鼠演配角外,没有做过别的。她自己嘲笑过这事,但是当她解释穿着袋鼠服装还得并着双腿跳来跳去有多么艰难时,仍然尝试着认真地饰演角色。为此她获得了很多赞扬。

米利亚姆在认为她们谈够了斯特林堡和哈里·维纳的时候,问露卡是否还在想奥托。有一天她还像挤柠檬一样,讲起所看到的奥托和那个混血模特之间,可能并没有那么亲密的关系。当露卡告诉她几乎不再想他了的时候,她感觉米利亚姆并不相信她。她最好应该继续受苦,否则她现在混得好简直是一种挑衅。也许她终于还是爱上了吉卜赛国王?当米利亚姆第三次从这个方面暗示些什么的时候,露卡严肃地打断了她。生活中除了永恒的爱情还应该有别的。她说着,惊奇于听到自己重复着埃尔塞的台词。比如说工作,她继续道。这使得米利亚姆转换了话题。

排练是她唯一感觉自己完全清醒的时刻。她不再怀疑自己能得到这个角色,是因为哈里·维纳相信她的天赋。当她坐在他的顶层公寓里,与他一起喝茶时,他就已经让她平静下来了,她对他的信任只有在一种情形下才会增长,那就是他们在一起谈话,他偶尔拉着她的手,或者把手臂放在她肩上的时候。他的触摸根本没有任何色情或掩饰的东西,它们是对话和他的一些解释的自然延伸,这些都发生在他进行一项安排,以及向她展示他如何想象她的上场以及在哪里停下来的时候。

除了她的角色,她从没有和他谈过别的任何事情,一天的排练过去之后，他就那么快地离开了他们。在他的专业行为里，他丝毫没有透露过，她曾经在一个外面打雷下雨的下午，坐在他的沙发上讲述自己。这一点增强了她在舞台上暴露自己的感觉，以及在观众大厅的半昏暗中送到他的视线之下的感觉。他的小桌上有一盏小灯，从小灯发出的光只能照亮他的上身，照不到他的脸。她在想，其他演员是否也到过他家里喝茶，他是否也那样多地了解他们的生活，就像对她的生活了解的一样。

有一天，她和上尉及天后坐在食堂里。他们之间有一种取笑的、伙伴式的口气。他们必定从年轻时起就彼此认识。露卡感觉身处他们之外。她依然觉得，与他们坐在一起午餐有些怪怪的，尽管他们已经成了她的同事。她从小就认得他们的脸，如今她坐在这里，看着天后用她的红指甲，从盘子里把虾捡起来送进同样红色的双唇之间。她和上尉在哈里·维纳的现任妻子，是第三任还是第四任的问题上意见不一。他们只得互相帮助着列数那些与他结过婚的，以及曾经在他身边的女人名字。甚至他们在顺序问题上，也可以争论起来。他换妻子，就像其他人换汽车一样，天后说。她曾经是他的前任，也就是第二任或者第三任妻子的闺蜜。是不是还有一个，他们忘了的？

上尉把啤酒倒进他的杯子里。不管怎么样，现在维纳很快又要环顾四周寻找一个新的了。他喝啤酒的时候，把泡沫弄到鼻子上了。天后用充满爱意的手指抹掉了它。你现在难得敏感了，她那湿润的嘴唇笑着，转过身来对着露卡。她真的要小心，不要成为下一个！但是这个老毛贼也许已经做过尝试？露卡的双颊发烫。这样啊，那他们可能不应该进一步谈下去了！上尉做了个鬼脸，对着他的女性朋友竖起了食指。这些年轻人不……再是这样！天后尖声笑了起来。一比零，我赢了，她说着，像笑岔了气似的喘着。那现在呢，他们在排《仲夏夜之梦》的时候，他叫维纳什么来着……没错，来吧！她鼓励地拍拍他的手臂。大尉挠挠脖子，举起了他的杯子。她一边把最后一只虾从盘子里拿起来，吮着手指上的蛋黄酱，一边期待地看着他。我们叫他吉卜赛国王，露卡说。上尉把杯子朝前举着，上身也跟着往前拱，好像他被啤酒呛到了一样。他们都大笑起来。

她骑着自行车回家的时候，感到有点恼火，她有过脸红，当天后问到，哈里·维纳是否对她发起进攻的时候。她被看穿了吗？他平时就是这样发掘新人的吗？但她为什么会得到这个角色呢？仅仅是因为，如果她到处去散布怎样拒绝了这样一头老猪，会变得太尴尬吗？不为自己的那些亲近举动感到羞耻，却会因被拒绝而感到羞耻。他给她角色，只是为了封口吗？她认为，这也太搞笑了，她后悔用那个破旧的绰号，给自己买了一个如此廉价的笑声。她提供这个服务，只是为了向他们保证，她没有和他上床而已。但为什么所有的人都以为是相反的呢，包括奥托和米利亚姆，现在又加上了天后与上尉？

她无法把这个声名狼藉的偷腥贼形象，与她得到的那个平和而专注、满脸皱纹的男人印象合到一起。但她也无法把自己获得的他的图画，与他开车送她回家时，在他的梅赛德斯车里，完全诚实主动亲近的事件合到一起。他可能只是感觉孤独。他的妻子病入膏肓，他不知道她还要躺在那里痛苦多久。是否可以说成是，他在一瞬间失去了情境感？现在看起来，她认为他是在自我约束和难以穿透的外表上，打开了一条通向某些人类本性的缝隙。就像一个月之后，他以一种脆弱而动人的方式，困惑而迷茫地接纳她一样。

突然，她再一次在脑子里清晰地看到了汽车里的他，当他们停在那家埃及餐馆外面的人行道边上时。看到了他勇敢地暴露自己，请求亲吻时他眼中的那种脆弱。他一定知道自己会暴露于八卦和嘲笑之前，但他却完全不在乎。她不断回到他目光中曾经有过的勇气和脆弱的混合状态。这应该是不对的，她只是那一列年轻而紧致的阴户中间的又一个，如果要相信天后和上尉的话。

她还记得他说过的话。她是既有才华又有魅力的，如果她认为这一个与另一个无关的话，那她就错了。他说的时候，她就在想，他只不过是用他玩世不恭的方式，试图蒙骗她，让她吃惊而已。但是像哈里·维纳这样的男人也许真的分辨不出来。也许他只是想测试她是否有足够的内涵和抵抗力。那天晚上他应该在她身上看到了更多的东西。他应该看到了每次排练开始时，他在下面半暗的小桌旁耐心等待的东西，直到她逐渐地适应自己的角色，她也开始在强大灯光的舞台上同样看到自己迄今为止隐藏的一面。

她慢慢调低热水龙头，直到喷出的水变得冰冷。那一刻好像她的心脏要停止跳动一样。她打了一个寒战，但还是强迫自己站在那里闭着眼睛，让寒冷渗透全身。她关掉水，走到墙里镶嵌在摩尔瓷砖之间的宽大镜子前。她身后的窗子打开着，蚊帐反射着阳光，因此山脊在白雾后面渐渐地模糊起来。她胖了一点点，臀部变圆了，乳房也大了一些。有生以来她第一次全身变成了棕色，没有了通常比基尼遮盖下的白色条纹。每天下午她裸身躺在露台上晒日光浴。没有人能看见她，除了坐在顶棚下看书的哈里，再没有别的人了。窗外嘶哑的蝉鸣在强力中有节奏而疯狂地升级。她用手掌压在脸上摩擦着，并把水从黑色的头发里挤了出来。

当她在镜子里看到自己的黑发时，仍然让她感到惊讶。有一天，排练之后，哈里把她拉到一边，好像很随意地问，她是否可以想象一下将头发染成黑色的样子。那样她看起来就像上尉，那个她在剧中的父亲了。当他看到她吃惊的表情时，他马上就转移了话题。这只是那么一说罢了。她也就把它忘记了，但是几个星期后，当她一个早上站在镜子前面，小声背她的台词时，突然想到，她应该是黑头发。当她提到这个建议的时候，她才想起这是他自己的主意，但他对此一点都没有透露，完全没有动声色。他只是看着她，同时还在考虑着，直到他同意似的点点头，好像这是她自己发现的一样。她既着迷又害怕。他对此并未加以评论。当演出最后一场的时候，她把头发又去染黑了一次，因为她自己的头发颜色开始从发根处露出来了。但是在那一刻，她知道他是喜欢她那个样子的。

他到浴室来找她的时候，她装作没看见他的样子，直到那个发光蚊帐衬托的剪影出现。他走进从镜子上方的灯上发出的光晕里，从后面抱住她，同时把双手放在她清凉的乳房上。他歪嘴笑着，在镜子里遇到了她的目光。我们这里有《美女与野兽》，他说。她能感觉到，通过亚麻裤对着她臀部开始的勃起。她必须去开车了，她说。如果她要赶上的话……他们约好了，她要开车去阿尔梅里亚机场，接他们的客人。他放开了她。她在额上吻了他，安慰似的扯了扯他颈子上的那些灰色卷发。可怜的野兽，她温柔地喃喃道。

她坐进汽车的时候才想起,她并不知道,要在机场接的这个男人是个什么样子。她又走回房子里。哈里用一种反讽的表情看着她,她扯下一个纸板箱的盖子,用彩笔在上面写着。安德烈亚斯·巴格,她写道。他欣赏地点点头。聪明……她沿着镇上的蜿蜒小路开下去,然后开上主干道。路上几乎没有往来车辆。景色在强烈的光线下呈现出灰色和赭黄色。她戴上墨镜,踩下加速器,然后调高了收音机的音量。

她站在《父亲》一剧的舞台上。在演出的中间她停了下来。她一句台词都不记得，剧场里变得完全静下来，静得甚至都听不到提示者的耳语。上尉在沉默中期待地看着她，她能感觉到耳朵背后的血管跳动。在背景外，天后站在那里，看着她，她打扮得像个白色的小丑，穿着环状皱褶领子的衣服，戴着圆锥形帽子，脸上涂成白色，歪着头微笑着。突然她的耳膜里穿了一个洞，她就是那样感觉的，她听到埃尔塞修饰过的无线电声音，高亢得像火车站里的高音喇叭：注意你的辅音！

梦在她的腹中留下了一种空洞、挤压的感觉，但她走进厨房，却吃不下任何东西，只能用一杯咖啡来打发。她坐了一会儿，看着外面荒芜了的花园。半夜里下过雨，天幕沉重地挂在折断的树冠上。风撕扯着最外面的树枝，在草地那些黏滑的叶子上到处翻滚。离她去剧院还有两个小时。她决定马上去那里。否则她不知道自己该做什么。

布景已经在几天前搭好了，她想看看，从下面的大厅里看上去，它是什么样子。她穿过迷宫般的走廊找着去大厅的路，一直到站在有微弱灯光照着的，位子都是空的大厅里。舞台上有亮光。哈里·维纳坐在一张用黑色印花布做套子的维多利亚式沙发上，他自己也穿着黑色衣服。舞台布景看起来像一个同时具有现实感和陌生感的梦。它非常简单，除了一把红色天鹅绒套的扶手椅外，只有黑色和灰色。他坐在那里陷入了沉思，一只手臂搁在沙发背上，一只手放在脸颊下，同时看着磨损的舞台地板。他没有看到她。她站在那里，从远处观察着他。

她再一次记起了那次的接触，她认为当她坐在他的公寓里时，他们之间就有了接触，当时雨点落在阳台上溅起泡沫，闪电照亮了港口的上空。他用推心置腹的方式对她讲话，他的身上有一种脆弱，他在接待她时还有一点困惑，因为他在沙发上睡着了。这一切让她忘记了因要见他而产生的恐惧。她坐在城市的高处，身处书籍包围之中，被他落在她身上的平和目光俘获时，她已经忘记了其他的一切，同时她讲着她自己，聆听他用低沉而嘶哑的声音谈论斯特林堡。他向她敞开了自己，不仅仅简短地说起他即将离世的妻子，他还谈起了剧中的上尉。谈起这个男人对女人的不幸爱情，以及生命属于女人们的不幸，因为她们有能力继续下去。他还谈起了那个被遗弃的男孩成年后，对女人们的恐惧和完全的不信任，因为他内心深处诅咒曾经拒绝他的母亲。之后，这让她想起，他不仅谈论斯特林堡及其上尉，他也谈到了他自己。

她一直在等待着，他能用一个小小的信号向她表示，他还记得，他们曾经怎样坐在一起交谈过，但他总是对她保持距离，一如他和其他所有人一样，友善、耐心，和对工作的深深专注。随着每一个星期的过去，她感觉自己面对他的目光越来越坦率和不加防范了，那目光明显地感知到了在她身上触动的一切。他看起来好像认识她，但是她自己对他的了解是那样的少。她仅仅能感觉到和他有联系，当他偶尔走向她，轻轻地将一只手放在她的肩上，同时问她一个预期她能够感受，却无法清晰表达出来的令人惊讶的问题的时候。但他对着讲话的不是她，是上尉的女儿，那个他在她被遗忘的、投上了阴影的人格角落里慢慢吸引出来的人。

也许，他请她去喝茶，只是为了在他开始利用她达到自己目的之前，能近距离地研究她。为什么哈里·维纳对她感兴趣，除了把她当成他艺术的工具之外还一定有别的呢？当他说她既是有才华的又是有魅力的，而且一个还不能从另一个那里分离出来时，他所认为的就是这个意思。他已经被她所吸引，就像一个雕刻家也能被一块黏土所吸引。他只是问过是否可以吻她，因为他想看看，像她这样的人被亲吻的时候是什么样子。

他从沙发上站起来，稍微推了它一下，这样它就站成了一个更加斜的角度，他又坐了下来。他往后靠回去的时候，发现了她。他微笑着，向她招手。坐下来吧，他说，拍了拍沙发套，当她走到舞台地板上时。他关注地看着她。她对首演感到紧张吗？她说，是紧张。应该是这样的，他微笑着，低头看着自己的手，那手正在轻轻地抚摸着沙发上光滑的棉布。你很棒，他说，所以你会紧张。这是第一次，他直接称赞她。他再一次抬头看着她。她还住在她母亲家里吗？露卡大吃一惊。她记得，她没有对他讲过，她住在哪里。找个公寓可能很难，不是吗？他自己为女儿在万卢瑟买了一套自有公寓。是的，那是一个沉闷的地方，但她负担得起固定支出。他友善地微笑着。那么她自己呢？她的母亲不会帮她付首付吗？这几乎是能找到住所的唯一机会。如果买了……

他站了起来，接见结束了。她跟随他到了后台，一边她还在奇怪，所有那些关于自有公寓的话题是为了什么。他以为这个城市的居民都是百万富翁吗？或者他打听她的住房情况只是因为一方面出于他的友善，另一方面当他在彩排之前，坐在那里沉思，她闯了进来的时候，他不知道要跟她谈什么吗？他低头走着，所以她只看到他颈子上著名的灰色卷发。突然他步履蹒跚起来，伸出一只手，好像是为了寻找支撑的东西似的。正在他看起来要跪下去的时候，她抓住了他的手。他把手臂放在她的肩上，用另一只手遮着脸。我眼前发黑，他说，把手移开。他看着她疲倦地微笑着，脸像纸一样苍白。他近来睡得太少……

她一直站在那里，他的手臂仍然搭在她的肩上，同时她看着他的眼睛，未加考虑地把她的一只手放到他的手上，轻轻地抚摸着。她认出了他的眼神，它与几个月之前的晚上在他汽车里时是一样的，同样的脆弱，但还有一些惊奇与悲哀，好似不只是看着她，同时也是从外面来观察他自己。他放开她的肩膀，坐在墙上的电缆和控制面板下面放的一只箱子上。只管走吧。他说，闭上了眼睛。我在这里坐一下……

首演之夜谢幕时，她站在每个人手上都拿着玻璃纸包着的花束的其他演员之间，他最终让震耳欲聋的掌声说服，站到了舞台上。他吻着她们的脸颊，也吻了那些男演员。轮到她时，他牵着她的手，带着她走出造型队列，到了其他人的前面。天后和上尉就着他们的巨型捧花，开始尽力地鼓掌，很快她所有的队友都一起鼓掌。哈里·维纳向观众鞠了一躬，仍然牵着她的手。她行着屈膝礼，就像她看到天后做过的那样，一只脚在另一只脚后面。当她再次直起身子时,好像来自大厅的雷鸣般的掌声消失了,因为他向着她弯下了腰。谢谢,他喃喃地说,按了一下她的手。当帷幕最后一次落下来的时候,他已经走了。上尉得到了消息,其他人便围着他挤到了一起。维纳的妻子看起来不太好,她的病情很危急。露卡在首演晚会上只待到她感觉不得不待的那么长时间。

成功是巨大的,但成功的本身并没有什么奇怪。正如奥托曾经带着讽刺的语调说的那样,吉卜赛国王注定会永远成功。对露卡来说,特殊之处在于,如报纸所载,她在一天之内就从一个名不见经传的小演员变成了她那一代最耀眼的舞台天才之一。她成了戏剧天空上的一颗新星,强烈情感的一个精致聚宝盆。第二天晚上她在市政厅广场上,靠着自行车紧张地翻阅着报纸上的文化版时,渴望不断升级,此时的报纸上还能闻到油墨的气味。回家的路上她险些被公共汽车撞到。她叫醒了埃尔塞。她们坐在厨房里,大声地为彼此读着评论。她的母亲摘下老花镜放在报纸堆上,说,她在这里可以看到,生活中除了爱情还有别的东西!露卡不知道该怎么回答。

十二月过去了,日子几乎都是一样的。甚至连天气都一样,阴沉、潮湿、寒冷。整个上午她都在睡觉,再用看电视来打发那些下午,然后去剧院。街上的灯饰和圣诞心显得陌生而和她漠不相关。米利亚姆带着她的爵士乐情人,去了她在日德兰半岛的父母家。埃尔塞要去希腊的一个岛。不去,谢谢。当埃尔塞邀她同去时,她有点生硬地说。她去那里干什么?和我在一起啊!她的母亲不甘示弱地回答道。但她们一直都是在一起的!埃尔塞难过地看着她。她们有吗？渐渐地，她看起来像是只跟自己在一起。她都快没法和她说话了。她要小心一点，不要让工作占满一切。

露卡反讽地笑了起来，但她能看出来埃尔塞并不明白为什么。她正要说一些有关小时候所有的那些晚上，都是自己单独与某个保姆一起度过的，因为她的母亲正在播音或者与一个朋友出去了，但她却闭上了嘴。幸好，她后来想，很高兴没有让自己拉进一场争吵之中，那种争吵她甚至都没有兴趣去赢它。埃尔塞威胁要取消她的旅行，但最后还是飞向了那些白色的房子和蓝、蓝的海水，如她所说的，很显然她不能肯定，如果只使用"蓝"这个字一次，能不能表达足够的蓝。

当想到哈里·维纳的时候，她就会变得很困惑。她会带着一种感激和压制着的愤怒交织的感觉去想起他。她的成功只是因为他的天才，她明白这一点，但是也是他，在首演式谢幕，牵着她的手向观众展示她和他的发现时，悄悄地道谢。再见，谢谢你，这句话他更愿意小声地说出来，因为旋即他就离开了。他已经在她身上得到了他想要的东西。他用目光和声音，用关注的茧丝围绕她。他几乎先是催眠她，然后再用一个响指唤醒她。现在她可以在灯光下展翅高飞了。当她站在舞台上与她演的角色融为一体时，她的一切都被角色的动作、情绪和颜色的变化所渗透。可是一回到家里，她就只是一个没有意识的、沉没在电视机前的慵懒身子。

天后看出了她身上发生的事情。一个晚上演出之后她们并排坐在化妆间，她突然把一只手放到露卡的手臂上。她不应该这么一副难过的样子啦，她已经非常好了！露卡转过身对着她。是吗？打住！天后说，开始以很快的节奏用卸妆膏擦脸。维纳对她已经完全着迷了。只是她不必把它看成带上了个人色彩。她一定要明白，她在这里就是为了被利用的。是的，他曾经利用过她，把她的一切都榨出来，她对此应该只感到高兴，快乐而骄傲。天后涂抹下巴和脖子时，头朝后仰着。但她知道得很清楚，有一天你得到了他所有的关注，你张口吞食，你享受着自己的这种待遇，第二天你就得站在那里，处理自己的一切。就是这么一回事！她乐观地微笑着，歪着头。脸上全部都是卸妆膏的白色，突然间她很像露卡梦中的那个白色小丑。

露卡苦笑着，想起那天早上，她在彩排之前见到他，在他头晕的时候还抓着他的手。当他们面对面站在后台时，有那么一瞬间，她认为他看她的眼神还是与平日不一样，当他谢幕时在她耳边小声说谢谢的时候，她不仅仅是把它放进与她在舞台上的成功有关的联系中。但是他还要谢她什么呢？这样的谢谢让她感到尴尬！看你有多蠢？她尴尬地想到，他把她当作支撑的时候，她是怎样把自己的手放到他的手上并且抚摸它的。

首演几天之后的一个早上，埃尔塞来敲她的门。有电话！她说。她在睡觉。那是一个记者，埃尔塞说，关于一些采访的事情。露卡在下楼梯的时候，很恼火埃尔塞接电话。这看起来必定是太可笑了，27岁的她还和母亲住在一起。记者想第二天和摄影师一起来。她的声音是那种令人讨厌的母性。他们约了一个时间，那时露卡确定埃尔塞不会在家里。她把衣柜翻了个底朝天，还是无法决定要穿什么衣服。最后，她找到一件从奥托那里顺手拿来的旧T恤。她想，当她坐在那里拍照时会被他认出它来。记者是一个与埃尔塞一样年纪的高大女士，脖子上戴着一根沉重的琥珀项链。她想知道露卡是如何得到哈里·维纳的指导的。当露卡讲述的时候,她有一种感觉,其实是通过她来采访他。哈里·维纳以从来不让采访而著称。

采访的时候她是那样紧张,就像她读那些对演出的评论时一样,但是当她看到自己填满半版的照片时,认为一切都不对头。照片上的她像玩偶一样双手举在空中,因为她正在解释些什么。登在上面的话,也不是她自己的,而是记者的。当她阅读时,她能听到那种亲热的、母性的语调,以及琥珀项链如何在字里行间叮当作响。她所说的一切都被贴上了甜美的形容词。听起来近似于她疯狂地爱上了伟大的哈里·维纳。关于她自己的描述甚至更加糟糕。那个男孩似的、羚羊般的露卡·蒙塔莱,穿着洗旧、洗毛了的茄色T恤接受采访,她大大咧咧,非常漂亮,有着热情的目光、蜜糖色的皮肤和闪闪发光的黑发,暴露着她的意大利背景……她把报纸扔进了垃圾桶。

小平安夜的那天下午她进城去看电影。电影结束后她出来时,天已经黑了。她穿过步行街,街上人们提着大包小包匆匆来去,互相擦身而过。所有这些礼物24小时之后,将被其他一些同样拖着类似包裹,因紧张和焦虑而同样面红耳赤的人再打开。现在只差她碰上奥托和他那美丽的照片混血儿,或者现在替代她的那个人,如果真的像米利亚姆说的,他们已经成为过去的话。这个想法一出现在她的脑海中,她就再也无法摆脱它了。当然,等一下她就会碰到奥托一只手臂下夹着圣诞礼物,另一只手臂挽着一个漂亮的年轻女孩。然后,她必须站在那里,以尽可能的微笑来向他证明,这不过是纯粹的偶然而已。几个星期以来她几乎没有想过他,并且已经开始感到奇怪,她竟然会曾经那么爱他。

她在北欧大百货公司的食品部走来走去,想不出她该买些什么。最后她决定买牛排。每盒都有两块,显然人们没有想到,有人会奢侈到独自一人给自己煎牛排。但是她明天还可以吃那另外一块,她想。当她开始有这些奢侈想法时,又把一罐鹅肝和一杯鱼子酱也放进了筐子里。她走近酒品部的时候,看到一个男人,站在那里背对着她,正在研究瓶子上的标签。他穿着一件骆驼毛大衣,那头灰色卷发落在敞开的衣领上。

她打算走开,也许他已经看到过那篇尴尬的采访,但她还是继续向他走去。吉卜赛国王不能妨碍她圣诞晚上有红酒。他从拿在手里的瓶子上斜视过来。他脸色苍白,看上去是那样疲惫。她试图对他微笑,但他没有用微笑来回应。你也是在做最后的采购吧。他终于说道。她举了举购物筐。我的圣诞大餐,她说道,竭尽全力地详尽解释为什么她必须是单独一人,同时她也后悔打扰了他。他对她的努力歪嘴笑着,她沉默下来。他们都没有说什么,当沉默变得太过压抑时,她鼓起勇气问,他的妻子怎么样了。自从首演晚会以来露卡没有想到过她。他把瓶子放回架子上。她今天早上去世了,他干巴巴地回答。

之后露卡不知道,他们这样站了多久,他们互相看着对方的眼睛,她拎着塑料筐子,他把双手插在大衣口袋里。他清了清嗓子。她不得不摇摇头,好似从一种催眠的状态中醒过来。他低头看着他的鞋子,再又重新盯着她。他的妻子最后是孤独一人,他睡过了头。他掉开了目光。有人打来电话,他尽可能快地赶了过去,但还是太晚了。他在她去世时迟到了。

那一瞬间他的脸看起来好像快要崩溃了。他转过身去背对着她，在放满酒瓶的架子之间走了几步，她听到了一种半窒息的喉音。她向他走过去，却又站住了。因为他又转过身来了。他用两只手背擦了擦眼睛，然后看着她。对不起，他说。没有什么要道歉的，她说。他想最好是一个人吗？他避开她的视线，从架子上拿起一瓶酒，漫不经心地研究着标签。我实在没有什么选择嘛，他喃喃自语道。但是他必须有东西吃呀……这些词语从她的嘴里蹦了出来。他迷惑地看着她。她向下指了指放着牛排的筐子。有两块，她说。他惊讶地看着她。她是这样想的吗？她耸耸肩。这样的话他必须找些喝的东西。他沿着架子慢慢地走着，同时仔细地查看着标签，突然，他对让她站在那里感到不好意思。

她做了一碗沙拉，他则煎肉。开始的时候他们有些尴尬。他说，已经读过了对她的采访。她的那些话说得真好。她把对记者的看法告诉了他。他微笑起来。这样的记者也想表明这就是她的个性。你是不能从她那里去掉这个的……有时他们会沉默下来，躲避着对方的视线，好似他们轮流着后悔，她跟着他一起回家似的。他们谈到了演出，他说，这是她应得的成功。如果她不会被吓到的话，他考虑过问她，是否想明年再和他一起工作。他想重新排演《玩偶之家》。他上一次排演这个剧是在15年前。实际上他认为这个已经是过时的了，因为按照他们的朋友斯特林堡的说法，婚姻早已成为"与职业商人的伙伴关系"。他疲倦地微笑着。但是她给了他勇气去尝试。他想让她饰演娜拉。有一刹那她屏住了呼吸。好的，谢谢，她说。他摇了摇头。她没有什么要谢的。

他们吃完饭后,坐了很长时间,他们看着城市里的灯光。他谈到了他的妻子,但并不是太多。他们已经分开住很多年了,她住在城市北郊的别墅里,他住顶层公寓。事实上很多年以来已谈不上是一份婚姻了,他说道。有太多的……怎么说呢?有的说得太多,有的说得太少。他放下他的红酒杯,走到露台的玻璃门前。她要么现在就走,要么就留下来。

她留下来了。一切都发生得很慢,像涉水一样,经过了长时间的停顿,这时他们只是并排躺在那里,直到他们不得不让步于他们一开始就犹豫着的事情。他的身体有别于她所认识的其他身体。皮肤松弛,但极为柔软,他的胳膊和腿比她想象的还要瘦。当她跨坐在他的身上时,他的眼睛并没有离开她,她认出了那种开放和脆弱的表情,它们曾经让她冥思苦想得那么多。好像他很奇怪,她正在对他做的事情一样,同时他抓住她的臀部。当他呻吟着在她体内射精时,有一种真实自然的同时无所顾忌而又心不在焉的表情出现在他的脸上。当他在她怀中睡去时,她却醒着躺在那里。她产生了一个很可怕的想法——她很高兴他的妻子在此事发生之前就去世了。反正她是垂死之人。

当她拿着纸板牌子进入机场大楼的时候,从马德里来的飞机已经降落了。她站在等待着的人群的最前面。第一批拖着箱子的旅客出现了,他们搜寻地环顾着四周。叫喊和脸颊亲吻包围着她。在他看到写有他名字的纸板之前,她就认出了他,这必定是他。安德烈亚斯·巴格是苍白的、像那些冬天出来的丹麦人一样,面对强烈的光线不停地眨着眼睛。他穿着黑色牛仔裤和一件破旧的皮夹克,属于哥本哈根酒吧常客的那种,那里是年轻的艺术家和电影人出没的地方。但他一点也不像那些爱耍酷的艺术家,用机器把头发推剪成囚犯似的老鼠型。事实上,他那蓬乱的深色头发和向前突起的下巴,让他看起来样子很不错。

她在那里等着他发现。他以一种男孩似的、带点困惑的神气吃惊地微笑着。他知道她是谁,但他没有料到会在此处遇见她。安德烈亚斯·巴格大概不看那些娱乐杂志,显然也不是那种听八卦的人。在路上他的话很多,不过他的声音听起来很舒服。他出发的时候哥本哈根还在下雪。她回应什么呢?如果拒绝些什么,就像侮辱丹麦人一样,是不怎么奇怪的。每当人们伸出鼻子嗅到春天的气息时,又得遭受气温突降。他把夹克脱下来,他出汗了。他在罗马过的冬天。他的胳膊和手腕都出奇的瘦弱。罗马……那不大多是老女人待的地方吗？他笑了笑，但没有回答。他说，他在《父亲》里看到过她。这场演出给他留下了深刻的印象，其节奏和敏锐度……此外她演得也很好，他赶紧补充道，他刚才差点儿忘了。

他们把阿尔梅里亚抛在了后面。在石头平原的尽头，人们仍然可以看到内华达山脉上白雪皑皑的山脊。安德烈亚斯让他的迷恋放任自流，完全没有厌倦的样子。在那些褶皱的岩层中间，他发现了一个拍摄意大利西部电影后留下的背景城镇。他们不能开车去那里吗？他们走在那些木屋之间，沿街墙面上全是褪了色的字母拼成的警长或者酒吧之类的字样。那些门面有着歪歪斜斜的木柱和木板路面，那些把帽檐压在眼睛上的警长和镇上的闲人们悠闲地坐在那里，翘着各自的椅子。背景小镇的中心竖着一个绞架，上面的绳子在风中轻轻地来回荡着。安德烈亚斯把那个环套在颈子上，并把舌头从嘴里伸出来。她微笑了起来。他用一种私密的手势叫着她，好像他们彼此已经认识了一般。从绞架下他站着的地方，看不到背景后面的支撑梁柱。那样子像极了西部片中的一个画面，绳子刚被剪断，尘埃正落在那个骑马而去的人的后面。

他们终于回来，并在屋顶露台上向他走去时，哈里发火了。开这一百公里真的需要那么长的时间吗？安德烈亚斯被这种非礼节性的欢迎弄糊涂了，开始礼貌地为她辩护。他讲述了他们对那个背景城镇的造访。他抱歉地说，是他让她开到错路上去的。他那种突然变得如此讨好的样子让她很讨厌。她认为在车子里的他更像他自己，但是她对此又知道些什么呢？她还不认识他。原来如此，哈里喃喃地说，至少现在该喝一杯了。他喜欢白葡萄酒吗？安德烈亚斯带着尴尬的微笑耸耸肩，他什么都喜欢。哈里在通过露台时停下来转向他。都喜欢？那可真不少。当他下楼去时，他们就坐到露台的栏杆上。安德烈亚斯不再像他们开车的时候那么健谈了。他避开她的视线看着风景。河床躺在阴影之中，夹竹桃丛的粉红色花朵在陡峭的岩石间闪烁。蝉一如既往地鸣叫着。为什么突然之间他们找不出话来说了呢？

哈里端着放有杯子、一瓶带雾的白葡萄酒和一碗黑橄榄的托盘走回来。他把托盘放到石桌上，然后向他们转过身来。来吧，孩子们！他的心情好了起来，安德烈亚斯也放松了一些，但她还是能从他的语气里感觉出他对哈里有多么尊重，以及怎样努力寻找那些确切的词语。他在露台上的讲话是另一副样子。他的声音听起来更加彬彬有礼，他微笑时也没有了在机场时的那种幼稚。这是师傅和他的徒弟，他们坐在顶棚下闪烁的光线里喝着白葡萄酒，聊着安德烈亚斯在意大利维罗纳看的威尔第歌剧。哈里认识那个导演，一个德国人。安德烈亚斯专心倾听着，哈里讲这个德国导演在维也纳的城堡剧院排演的席勒的《强盗》。

露卡没有跟着听。安德烈亚斯从他的包里拿出一条吉塔尼斯香烟出来，还放了一本杂志在桌子上。哈里问，他可不可以抽一支。他抽法国香烟已经是太久以前的事了。所有的这些他都可以随便抽！安德烈亚斯本人很大方。她在没有征得许可的情况下，拿起杂志随意看了起来。这是一本所谓的《先生杂志》，里面可以读到怎样用十四种方法打领带，目前来说什么样的潜水表是摩登的，在哈瓦那何处能找到地道的最破败的酒店，里面有带殖民时期风格的防潮柱和桃花心木的风扇螺旋桨。还有一个对赛车手和登山者的采访。杂志最后在两个威士忌广告之间有一个关于奥托的报道。她站起身来，说，开车之后她很累。哈里抬头看着她，好像突然被提醒她在那里似的。她拿着杂志走到卧室里，躺到床上。

那是奥托和他女朋友，在一个50年代美式拱形银色露营车前照的照片。这辆车笨拙地立在一片田野的边缘。只要他们想暂离身边的一切时，他们就把车开到那里，停留在那里。女朋友是足疗师。她看起来很可爱的样子，她怀孕4个月了。露卡靠得更近一点地看着照片。这应该是在秋天照的，阳光白而强烈，像一片枯萎的树叶挂在前景上。这些《先生杂志》也许没有那么认真对待当下的情形。她掰着指头数着。奥托是六月份抛弃她的。假若照片是在十月份拍的，那么应该是他刚刚成为父亲。这也进行得太快了。从他认识足疗师到她怀孕不超过几个星期，除非……

奥托真诚地告诉读者，当他遇见足疗师时，就像是经历了一个启示。她就是他生命中的那个女人，是她教会了他生活的意义。它只需要说"砰"！他毫不怀疑这必须是他们两个。露卡想象着当他说"砰"时的声音。他说，好多年来他都是带着一个这样的虚幻感觉绕圈子。今天他明白了，他曾经经历过一段抑郁症。他的生活曾经只是涉及一些外在的东西，成功及声望，这些对他来说都过去得太快了。他没有与任何人建立过真实和亲密的关系，他正在对爱情失去信心。直到他遇见了足疗师，就像在被拉到地上的同时又被射入银河系一样。奥托觉得，到现在他才开始长大成人。现在他将要对这个完全交给他的小小新人负起责任。像这样的一个小孩真是个奇迹。这是一个男孩，当足疗师做B超时，他们看见的。他现在就已经很开心地想到他们一起踢足球……

露卡放下杂志。她想起了那个美国男孩，他得到一辆红色玩具汽车做他的生日礼物，还寄给他不认识的父亲一幅图画。她庆幸自己说服奥托给莱斯特寄去了那张圣诞日历。奥托……她生命中的第24个男人。她曾经真的相信他就是那个圣诞老人。在不到一年之前她依然相信这一点。那时的吉卜赛国王，还只是一个伪装成对她的年轻才华感兴趣、想偷偷溜进她身体的偷腥老贼。她一边想着奥托，一边在半明半暗中脱掉衣服，在床上让身体伸展开来。有很多东西他都不记得了，或者说他们所记得的不是一样的东西。但她自己也认为，当她以为那应该是他时，就已经犯下了错误……她打起精神，祝他好运。

孩子，他们从未说起过。她也没有打算跟哈里谈。他已经说过，在她没有问起的情况下，他不愿意成为那些退休爸爸当中的一个，会为自己而感动得流泪，可是他们的孩子还没有拿到驾照他们就已经蹬腿了。她同意他的说法。生活中除了孩子还有别的。相应的，这个世界上绝大多数成人，都能找到足够多的东西让自己幸福。她自己的童年并不是特别快乐。她现在可以无泪而确定地把它说出来了，而且没有难受。她曾经这样对哈里说过，他只是看着她而没有回应。她很感激他没有伤害她。她想起奥托关于那个完全依赖于他的小男孩的温柔谈话。可怜的孩子，她想，这不仅仅只是关系到奥托作为父亲的想法。跟其他许多做父亲的人相比，他不见得会更差，也不见得会更好。这是依赖本身，以及这个小孩子的无助，让她产生反感。

当哈里从露台进来时，她听到门后响起了他嘶哑的声音，因为他正对着外面的安德烈亚斯说着什么。他走下了楼梯，但到半路上时，他的鹿皮皮鞋的声音就消失了。他已经脱掉了鞋子，他可能想到她睡着了。她听得到他赤脚下干燥的皮肤摩擦着粗瓷地砖的声音，他的体贴让她微笑了起来。门旁边的墙上趴着一只壁虎。它的白色和橡胶状，就像透明的身体，让她想起了在学校生物室里看到的保存在酒精中的胎儿。那些匿名打掉的胎儿如果被允许活下来的话，应该已是她年龄的两倍。她侧过身来躺着，把双膝弯了起来。小窗户前面的蚊帐过滤了太阳的强光，模糊的光线在周围阴影柔软的包裹下，反射到她大腿和膝盖的光滑皮肤上。

她想到了哈里在床上的温柔，以及他平稳而准确的双手与他目光中脆弱的裸露，他让她做她知道他在等待的事情。即使在他完全没有防备，没有自己那些考虑周全的、文明的话语，即使他屈服于她年轻而富有挑衅的身体和他自己对于它的欲望的时候，他还是他。他不会像别人一样根据情况而定，他是完全彻底地做自己。相反地，安德烈亚斯在汽车里和西部村镇的时候像男孩一样，几近活泼不羁，而一旦跟他的老师在一起，立即就变得老练而乖巧了。她更愿意他不在那里。她更愿意哈里想来找她，就像当她下午躺在半明半暗之中的时候他偶尔做的那样。他一般会四肢伸展地躺在她旁边，闭着眼睛，好像他正在睡觉一样。那是一种游戏，当她慢慢地抚摸他的时候，他的身体就会开始做出让步的样子，而他一动不动的脸好像此刻还不想感知到似的。

她举起一只手，给窗户关上了百叶窗，这样房间里就完全黑下来了。只有闹钟上的指针和数字组成的圆圈在远处发出绿光。房间里太黑了，以至于她的眼睛睁开或者闭上都没有任何区别。她还记得第一次在他的床上醒来时的情形。当时他不在那里。她起来把窗帘拉到一边,开始的时候她有些困惑于她会一丝不挂地站在那里,并从哈里·维纳的顶层公寓望向城市。外面正下着鹅毛大雪。她转过身时,他正端着托盘站在门口。他做了茶,那时他还不知道她早上更愿意喝咖啡。

她双手捧着热乎乎的茶杯,以打坐的姿势坐在那里望着港口的雪。她转过身来向着他的时候,他靠着墙壁坐着,正在用那双小眼睛忧伤地看着她。这让她想到了他的妻子。她不知道该说些什么,她问他,是否更想让她走。他疲惫地微笑着,让一根手指沿着她的脊柱滑下去。如果你有兴趣就留下来,他说道,有一天你还是要离开我的。她把茶杯放到托盘上,把头放在他的腿上。不会自愿的,她喃喃地说。那就等着瞧吧,他答道,一边慢慢地抚摸着她新染的,像煤炭一样黑的头发。

露卡很紧张，当飞机在戴高乐机场准备降落时。她怕安德烈亚斯没有像在电话中约好的那样站在那里。她想象着，也许他忘记了这件事，他工作时是个心无旁骛的人。又或许他忘了看表，或者睡过了头，因为他通宵都坐在那里写作。但她也会因为想到与他重逢而紧张。这简直有点傻，他们才彼此离开了14天，而且他们在电话里互通了好几次话。当空姐在广播里请乘客回到座位，系好安全带时，她正站在飞机的厕所里。她站在那里涂口红。在最后一段的飞行中风刮得很厉害。强气流使得折叠小桌板上的咖啡在杯子里晃动，每次她都差点儿让咖啡溅到身上。也许是这些强气流让她紧张。当她站在那里拿着口红，露齿翘起嘴唇，看起来像一只乌龟的时候，强气流又出现了一次。口红一滑，在她一边的脸颊上留下了长长一道画痕。

她穿一条米色的短连衣裙，她知道他很喜欢。裙子包得很紧，领口开得很低，裙摆很漂亮地收在大腿上。每当她穿着这条裙子的时候，他总是会忍不住要摸摸她。她一想到因为那讨厌的强气流会让咖啡溅到裙子上就会很恼火。她在裙子外面套了一件灰色收腰外衣，系了一条他们住在罗马时他买给她的深蓝色丝巾。她已经有几个月没有那么优雅过了，她连化妆都是很久以前的事。

她站在卡斯特鲁普机场的登机牌柜台等候时，觉得自己像个真正的、仅仅因为坐飞机就精心打扮的外省妇人，但她确实想在他接她的时候漂亮而性感。她知道他偏爱吊袜带和带脚踝环的高跟鞋。此外她终究很少有机会对自己梳妆打扮。在家里她穿得最多的是连裤衣和套鞋。

她已经完成了书架的油漆工作，所有书也都按照字母顺序排列到位。客厅是最后一处还没有完工的地方。在书架干燥期间，她用胶泥补好了炉子管道周围的洞，然后再涂上涂料。那是一个旧铸铁炉子，他们在金属废品店里发现的，他们敲掉了上面的铁锈。把劳里茨放到床上睡觉后，她和埃尔塞就坐在炉子旁边喝红酒。埃尔塞说，她所有的怀疑都被证实是不合理的。她热切地看着露卡，抚摸着她的脸颊。从打开的炉门透出来的亮光软化了她起皱的面部表情。她到最后还是得到了一个家……埃尔塞完全明白她刚说的话意味着什么吗？看起来不是这样的。露卡站起来去再开一瓶红酒。她不习惯她母亲变得那样感伤的样子。

她看到哥本哈根在云层之间愈来愈小并最终消失时，不觉又想起了埃尔塞的话。她靠在飞机座椅上注视着顶部白得刺眼的云团，不由得眯起了眼睛。她还是得到了一个家……到最后。埃尔塞用一种充满爱意的语调说了这句话，她很想在自己的目光和在她脸颊上抚摸的手中，放纵她的温情。相反她则把脸颊向着自己掉过去，到厨房取更多的红酒。原来她还以为，她早就把痛苦置之身后了。痛苦于埃尔塞和乔治让他们自己的生活和她的童年都变得如此草率。埃尔塞把手缩回去，望着炉门后面的火焰，她能看出埃尔塞受到的伤害。

她在厨房里把瓶塞从酒瓶中拔出来，一边谴责自己表现得像个拒绝接受的孩子。但她觉得,她的母亲是在用爱抚来侵犯她自己所创造的生活。这个家,她还是得到了,到最后,和安德烈亚斯一起。好像埃尔塞要通过她的幸福来温暖她自己,就像她坐在铸铁炉旁让自己暖和一样,那个炉子是露卡和安德烈亚斯用了好几天的时间打磨,才把上面的铁锈去掉的。只有一件事让她恼火,她要依赖她的母亲,因为她在巴黎期间还得请她照看劳里茨。她把酒倒进她们的杯子,埃尔塞问起安德烈亚斯的新剧本进行得怎样了,她随便地回答着。埃尔塞无法真正忍受,她有一个做作家的甚至逐渐出名的女婿。

为什么她不能和埃尔塞只分享得到了一个家的喜悦呢,她最终还是得到的,在所有的不幸结果和死胡同之后?为什么她会如此脆弱呢,在现在她应该是最放松的时候?她通过小舷窗看着飞机的机翼。突然她觉得它像一块跳板,一个充满鲜奶油的巨型游泳池上一块十米长的跳板。等一下空姐可能还会拿着包在玻璃纸里面的泳衣走过来。她和埃尔塞坐在一起喝红酒时电话铃响了起来。是米利亚姆。她们每天都互通电话。大多数时候她只是在听她的女友一会儿哭泣,一会儿愤怒地列举那个爵士乐情人的人为错误:他的自私、他的怯懦、他的冷酷和宠坏了的生活态度。米利亚姆问能否来露卡这里。一个共同的女友提出开车送她过来。露卡解释道,她正在去巴黎探望安德烈亚斯的路上。

她放下听筒,对这个被遗弃的、挺着大肚子的米利亚姆再次感到良心不安,而且没有因为道歉而好转,她的道歉本身听起来就像是一种嘲弄。她没有时间给她的不幸女友,因为她要去见她心爱的人,与他在巴黎手挽手四处走动。但是让她的良心更为不安的是,她会那样地沉默和心不在焉地听米利亚姆的愤怒叫喊和哭泣。她无法替自己隐藏这一点。所有那些痛哭流涕的悲伤都令人反感。那情形就像女友在她耳边擤鼻涕一样。这让她想起最近埃尔塞伸出手来抚摸她的脸颊，好似她要把自己的手指印在她的幸福上，然后从爱的手指上舔掉蝴蝶的粉末。

突然她有一个无法忍受的想法，她的母亲必须在她和安德烈亚斯每晚都要躺着的床上睡觉。也许埃尔塞会在黑暗中醒来，倾听着墙壁之间是否还有他们快乐叹息和呻吟的微弱回声。多年来埃尔塞见证了她所有失败的关系和恋情，她是那样起劲地去抱怨他们，以至于有时让露卡怀疑她是在女儿的挫败里寻找慰藉和安心。她丝毫都不怀疑埃尔塞是替她高兴，但是她也毫不怀疑她母亲在内心深处妒忌她所有的幸福，以及在她的脑子里认为，她和所有的那些男人一起翻滚是不可思议的。她可能自己并没有意识到这一点，但露卡能从她的回话中听出了弦外之音。想一想，毕竟她最终得到了自己的家！她本来不配有这样的结果。毕竟生活是如此的仁慈……

她想到了米利亚姆，她毕竟是太相信自己和爵士乐男友的爱情，才决定要和他生一个孩子。就像她自己在特拉斯提弗列一个夏末的早晨，她告诉他怀孕的时候，在他声音和目光的安全中相信了安德烈亚斯一样。难道只是因为她拿自己与那个遗弃的女友相比较，她才会坐在自己的家里感觉脆弱吗？在所有书都摆上书架的前几天，她站在那里环顾四周，不知道还要做些什么。现在的一切都是它们应有的样子。她给安德烈亚斯打电话告诉了他这个情况，但她能感觉到自己打搅了他。通常他自己会在晚上打电话回家。她问他，为什么不把插头拔下来。他喃喃自语说，人们永远无法知道，是否会发生些什么。

她思念着他，尽管离她动身不到一周了。他不在，现在她再也没有什么要投身进去的事了。日常的家务很快就做完，劳里茨在幼儿园的时光，与之前他们有过的相比，变长了。她坐在那里，通过窗户呆呆地看着外面犁沟的斜坡和李子树光秃秃的树冠。她试图阅读，但是几页之后就放下了书，她无法对这个行为产生兴趣。她认为，自己变得过于敏感了，在房子完工和安德烈亚斯离开的突然空虚之中。她甚至把它作为一个借口说了出来，一天晚上她在电话里差点儿和他发生争吵时。他们几乎从不吵架。事后她不记得究竟是什么让她生气了。他似乎遥不可及，好像对她根本没有什么可说的，但是，当然他也在很远的地方，在他脑子里，在他的手稿深处。

她告诉他有关米利亚姆的情况，可能是她没完没了的哭诉电话开始让她感到紧张和不安。他回答，说实话还是米利亚姆自己找的。她说，她想他。他也想她，停顿了一下之后这句话才说出来。她在电话里取笑他，问，为什么明明不是实情他还要这样说。他有工作，他不工作的时候，整个巴黎都可以随他跑。他现在出门不多，他回答道。但她也要马上开始做点什么了吧？现在她那个自己－动手－独立女人的角色已经演过了。对她来说在经济上依赖他也并不是好玩的。她被伤到了。好像她是一个被赡养的家庭小主妇，其实这不过是她玩了一个刷涂料抹灰浆的游戏罢了。那一个时期他一直坐在那里写作，事实上是她在那里干活，而且大部分的劳作都是她独自一人做的。

但她什么也没说。她不想和他吵架，不要在电话里面，当他坐在巴黎而又遥不可及的时候。当他们偶尔吵一次架时，通常总是以他们一起上床作为结束，用爱抚抹去所有的冲突。他们从来没有一次生气会超过半小时，她不想让谈话在痛苦的语气中结束，之后她无法再对着他躺下来，去感觉一切又重归于好了。此外，他也是对的。她要重新开始，问题只是去做什么。自从劳里茨出生以来，她再也没有得到过舞台角色。当他还是个婴儿的时候只有几部广播剧，以及给一部迪士尼电影做配音。她可能已经被遗忘了，这与从头开始几乎是一样的。当她得知有机会与劳里茨一起在一个尿布广告中出演时，她谢绝了，主要是因为安德烈亚斯取笑它，此外他还反对他们的孩子被商业所利用。也许这是她的愚蠢。

她并没有在哈里导演的《玩偶之家》中得到娜拉这一角色。安德烈亚斯突然出现了。当时新恋爱的她对此没有仔细考虑。她只认为这是做出选择时自己必须付出的代价。当她不久后怀孕时，那就无论如何也得不到那个角色了，反正都一样。但她已经付出了代价。

当时哈里和她开始一起公开露面时，她能感觉到人们对她，也对那个无耻的老引诱者深感震惊和鄙视。露卡根本不敢想象，如果他们知道，在他的妻子去世还不到24个小时，她就已经躺到了他的床上的话，他们还会说些什么。但当他们得知她离开了哈里时，她能感觉到人们又是怎样地疏远她。突然每个人都站到了他一边，一个剧院魔术师的天才发现并成就了一个精于算计的职业妓女，正是她迷惑了这个正处孤独与绝望之中的高贵的老艺术家。他们显然都忘记了，在她和哈里之间发生一些事情的很久之前，她就已经在《父亲》中获得过角色。不管怎样再也没有邀约了，感觉好像她被一种危险的传染病击中了一样。

他说中了，哈里。她最终还是离开了他。但是任何人都能看出来，她迟早会离开一个年纪那么大的男人的。但如果他为了留住她做更多的努力又将如何呢？如果开始的时候，她不是特别喜欢他年轻的弟子的话，如果有人告诉她，他要成为她孩子的父亲的话，她会因得到一个孩子的想法，以及与他一起得到这个孩子的想法而哈哈大笑。

她在戴高乐机场就想到了这一点，她站在有机玻璃通道里面的一条滚动扶梯上的旅客中间时。所有这些人，她想，他们都有一个称为家的地方，但是他们之中有多少人可以说，由于迫切需要，最终得到的正好就是这个而不是另一个呢？她又想到了奥托，想到他们彼此生孩子的间隔只有一年。如果他没有厌倦她又如何呢？那么这两个孩子会成为同一个孩子吗？如果她遇到的正好不是安德烈亚斯又会怎样呢？有机玻璃通道里面很热，她出汗了。当她在传送带旁等她的箱子的时候，她的心情差点儿就要被烦躁破坏了。

他有点低调地站在那里，穿着他那件夏天和冬天都挂在身上的破旧皮夹克。他挥手微笑着，看起来像他自己。否则他该像谁呢？她在嘲笑他的同时也在嘲笑她自己。她看得出，他觉得她看起来真漂亮，她很得意她打扮了自己。他向着走过来的她走过去，当她放下箱子扑到他的怀抱时，她的眼睛里注满了泪水。

她不想带他们的年轻客人去海滩吗，这样他就可以自己在那里泡一泡？他也许需要这样做……哈里显然忘记了，她比他们的客人还要小几岁。那是他到达的第二天。安德烈亚斯似乎被这主意吓坏了。他嘀咕着他忘记带泳裤了。她午睡后走上来的时候，他和哈里还坐在顶层露台的顶棚下。哈里并不因此而放弃，安德烈亚斯只要借他的泳裤就行了。现在别无选择了。看起来这个年轻客人对自己穿哈里·维纳泳裤的想法感到完全的迷惑不解。那你呢？她问哈里。他用双手做了一个拒绝的动作，他留下来。年轻的巴格已经耗尽了他的精力，他想花半个小时躺下休息。

那就来吧，她说，对安德烈亚斯露出鼓励的微笑，好像对方是一个害羞的孩子。他们向着汽车走去。小镇里的房子在快要落山的太阳下泛着白光，陡峭的红色岩石上的阴影拉长了，歪歪扭扭的。往下走的时候，安德烈亚斯碰到了龙舌兰伸到小路上的坚硬叶子。他的手臂在流血，但他一声不吭，只是微笑，尽管她看得出这很疼。令她恼火的是，他甚至不允许自己发出惊叫！他们开车下山。他对你很严厉吗？她问。严而又严……他回答。当它会变得更好的时候，他就只会对批评感到满意。戏剧剧本并不是完成了的作品，就像总谱本身并不是音乐一样。它必须要先让指挥，或者这种情况下的导演，拿过来给予它各自的阐释，才能成为作品……听起来他好像是在说自己领会出来的东西。

上午的时候她躺在那里晒日光浴，就像她平时做的那样。她穿着比基尼。这让她有点讨厌，她已经习惯了赤裸地躺在那里，让全身都变成棕色。哇，多么正经啊……哈里说道，他和安德烈亚斯正各自端着咖啡，腋下夹着剧本往露台上来。他们走到顶棚下坐下来。他嘲弄的语气使她倔强起来，她把比基尼上面的部分脱了下来，然后再次躺到折叠床上。当她的乳房露出来的时候，她看到安德烈亚斯掉开了目光，她确定哈里也看到了。哈里微笑了起来，用那种微微的狡猾微笑。这真的能让他开心吗？她闭着眼睛听蝉鸣，一些在附近，另一些在更远的地方，它们以各自的节奏嘶鸣着，匆忙或者缓慢。她躺在那里一动不动，享受着阳光钻进她的皮肤，让她流汗和让她感觉沉重的过程。

哈里对待安德烈亚斯，完全不同于他跟演员们在一起工作的时候。她认为他是严厉的。剧本里好的地方他没有找理由去加以评论，相反，他详细地、毫不客气地直接表达出什么是行不通的地方。比如说，所有的人物怎么能不仅说一样的话，而且也都像作者一样说话？安德烈亚斯试图说明，他曾经尝试把语言优化，这样让人物不再用现实的语言表达自己，而是沉迷于诗意盎然或风格奇异的语言，让这样的语言贯穿他们，同时把他们塑造成人物。哈里打断了他。也许他们要讲别人不明白的话吗？每个人物都必须有讲话的理由，并说出他或她要说的话。此外，如果演员们都理解了自己的台词，就会有一个优势。更不用说观众了。这是戏剧，不是抒情诗朗诵！

安德烈亚斯有气无力地替自己辩护道，要求简洁、透明和明确的台词，有排除掉表演中那些色调的细微差别和中间调子的风险……所有这些，他认为，都是艺术和信息剧之间的区别，他斗胆补充道。哈里哑着嗓子大笑起来。他可以抽一支他的吉坦尼斯香烟吗？终于结束了！露卡听到他从盒子里抽出一支烟和轻按在他的银质打火机盖子上的声音。一会儿之后她就感觉到露台上盘旋着辛辣的烟熏气味。

听好了……哈里的语气变得友善一些了，近似于父亲般的口吻。首先，他永远，永远不必害怕简洁。清晰度，他说，清晰度就是一切。在舞台上足够清晰是没有边际的，无论怎样强调都不会过分。这里所涉及的东西，索福克勒斯与一部措辞优雅的林荫大道喜剧并没有什么区别。中间色调，他说，可以放心地交给诗歌，至于细微差别，这是那些印象派画家一直在挂念着的东西……蓄着胡须的女士！当涉及戏剧的时候，最古老的神话和最浅显的酒吧笑话都是以相同的方式构成的。其次……他为了喘口气休息了片刻，……他也不必害怕失去自己的个性与宝贵的声音。风格，他继续说，同时他用简短而尖锐的口气说出这个词，风格始于为了自己的故事放弃自我。如果你有什么话要说的话。他有要说的话……不然他们也不会坐在这里。

最后听起来应该是和解了，但她能看出安德烈亚斯根本不确定哈里是对的，相反他替自己绘声绘色地想象出了，他的老师怎样一会儿就把剧本合起来把他打发回家的情形。她起身坐到折叠床上，高温让她头晕。这次安德烈亚斯直视着她的眼睛，以免不得不看她的乳房。哈里也在看着她，微笑着，但那是一种她不记得以前见他有过的微笑。一种男孩般的微笑，让她想起另一个人曾经有过的微笑，那是当她在机场接他时，他因为是她而不是他的大师站在那里等他而大为惊讶。也许是高温让她感到困惑，有那么一瞬间，她以为那个属于这个年轻人的微笑，溜到了那个老人的脸上，那个男孩般微笑的合法主人却茫然地盯着她，生怕将视线向下移动一毫米，并且为她听到了哈里所说的一切而感到羞耻。

她起身的时候，眼前一阵发黑。她转过身，背对着他们，低着头站了几秒钟，然后下楼走进卧室。她拿了一件哈里的衬衫穿上，继续下到厨房去做午餐。她让水从龙头里流出来，直到变冷为止。她把两只手腕伸到激射的水柱下面。这是一个很大的、幽暗的房间，也是整座房子里最凉爽的一间，里面有拱形的天花板和一个开放式壁炉，以及通往陡峭小巷的门，那条小巷往上可以通到小镇上。门下面的缝是如此之宽，以至于小巷反射的阳光呈扇形照到地面不平的瓷砖上。光线带着颤抖的银色闪烁，反射在冷水的水柱上。一只苍蝇在从天花板挂下来的粘胶带周围缓慢地盘旋着，胶带上面粘满了密密麻麻的死苍蝇，但这只苍蝇却没有落在上面。她喝了一杯水。一条光线照到钩子上挂的一条褪色洗毛了的围裙上，玫瑰色的底子印着黄色的郁金香。

按照哈里的说法，他的妻子已经很多年没有来过这里了，可她的围裙还挂在那里。围裙下摆处有一块棕色的盾牌形印迹，那里必定是她曾经用它去拿过很烫的东西。露卡不想系上它。她从冰箱里找出熏制的火腿肉和橄榄，然后开始冲洗沙拉菜。那只苍蝇不断地围着火腿肉盘旋。她在房子里还发现了他妻子留下的其他痕迹，衣柜里的一双破旧的浴室拖鞋，浴室架子上的一小瓶硬化的指甲油，床头柜下的搁板上一些褪色的女性杂志，那最新的也有四年了。哈里很少说起她，露卡也没有问过。在哥本哈根的公寓里，她看到过一张漂亮的、有着深色头发和三角形脸的女人照片，从她身上的裙子来判断，这张照片最少是15年以前拍摄的。苍蝇落在她的上唇上，她吹了一下，又用手去打。最后她从火腿上切下一小块肥肉放到砧板上，拿起蝇拍站在那里等着。她打中了它。

哈里在午餐时很活跃，几乎是欢快的。安德烈亚斯感激地听着他的奇闻逸事。看到在哈里处理完他的剧本之后，他坐在那里津津有味地倾听着他的所有故事，像一条温顺的小狗得到奖励和安慰的样子，让她很是讨厌。她依然奇怪，这个人与他们在西部电影背景之间走来走去的，看起来那样自由、坦率的是同一个小伙子。她走下去午睡。她躺在黑暗中，想起哈里对她正经的比基尼的关注和狡猾的表情，当安德烈亚斯因她脱了比基尼的上面部分而掉开目光时。她再次在回忆中看到，当哈里在教安德烈亚斯怎样写戏剧之后，她从折叠床上起身的时候，他发出的男孩般的微笑。那种微笑并不好看。这也不像他做的事。那样子看起来好像是一个不知羞耻的暴露狂，把裤子拉下来，露出屁股一样。与此同时，他的目光里还有一些同谋的成分，好像他想得到她的确认，他们两人有些方面是合在一起的，无论是他的屁股、她的年轻乳房，还是他门徒眼里挫败的神情。

为什么他要忍受这些呢？她直截了当地问，在他们都不说话的长时间停顿之后。他们随着沿海路，经过沙滩上的酒吧和迪斯科舞厅，还有沿海路另一边的低矮的白色水泥建筑物，那里有寄宿舍、商店的拱廊和度假公寓大楼。现在还不是旺季，大多数门面的百叶窗都在窗子前放了下来。他看着她。他完全可以忍受批评。她短暂地回应了一下他的目光。他用疲惫的声调说了这些话，既不回避，也不迎合，好像是一种自然而然的陈述。他甚至非常清楚，自己为什么写剧本，就像他做的那样。尽管他可能不太擅长做解释。但是在这个老人的批评里有一些还是对的。

她很惊讶他用这种方式提到哈里。也许这就是他作为哈里的年轻客人的凭据。他自顾自地笑了起来。她再次看着他。怎么啦？他以相同的、突然的方式微笑，就像他们从阿尔梅里亚开车出来时他做的那样。他已经够好了，这个老人……他就是戏剧，深入骨髓！安德烈亚斯认可地摇摇头，好像他同时也在摇去自己的屈辱一样。哈里所有教训和嘲讽的话，大约都可以像人们为了抖掉头发上的雪花而摇头一样。他们开车驶过前一天晚上吃过饭的、坐落在海滩上的那家鱼餐厅。她必须原谅他所做的蠢事。他是啥意思？小心狗！他赶快说。她刚好来得及设法避开那条跑过马路的瘦狗。是这样，当他在那里说到那个角色……

昨晚因外面开始起风了，他们坐在灯光亮得刺眼的店堂里。她坐在安德烈亚斯旁边，哈里坐在正对面。从那打开的窗户里，可以看到波浪在光晕里涌到岩石上来的泡沫。在他们等餐的时候，哈里跷起腿往后靠着抽烟。他向她讲起了安德烈亚斯写的剧作，听起来好像是他坐在那里讲自己编的故事一样。他有时还询问地看着安德烈亚斯，好像是要确保他自己并没有说错什么一样。她爱听他用那种深沉而沙哑的嗓音讲述，她全神贯注地听他讲着，以至于当跑堂端着他们的盘子出现时，她都吓了一跳。哈里要烟灰缸，跑堂又走开了。他指了指放在安德烈亚斯旁边的装香槟酒瓶的冰桶。他现在必须给他邻桌的女士斟酒了。安德烈亚斯也正如她一样那么专注地听着，他迷迷糊糊地转身去拿酒瓶。满了！当他倒酒停不下来时，哈里干巴巴地说。

跑堂拿着烟灰缸回来了，哈里掐灭了他的香烟。他们干杯。安德烈亚斯清了清嗓子。他在想，那个年轻女人的角色……这个角色可不可以由露卡来扮演？哈里看了他很久，如今他的眼睛变得更小了，好像他考虑得很仔细的样子。他也考虑过这件事，他终于说道，但得出了相反的结论。可以想象，这看起来有点……他从桌布上举起了双手……家庭的意味……如果他让他的同居女人在安德烈亚斯的剧作和《玩偶之家》中都扮演主角的话。他开始切鱼块，并仔细地监督着他用刀叉所做的事情。不管怎样在有演员在场的时候，永远不要讨论角色安排。他一边咀嚼一边抬起头看着黑暗中的波浪。安德烈亚斯低头看着他的鱼。

她驶离沿海路，转向一条沿着悬崖延伸的简陋小路，陡峭悬崖下是拍岸的海浪。海水碧绿，到了远处就变成了蓝黑色。他不应该这样想的，她说。她确定吗？她平静地微笑着，当然……她开车绕过一个装饰物，经过一系列急转弯，朝着她平常游泳的海滩开去。那是一个由两边的悬崖围起来而形成的小小海湾。那里没有其他人。她把车停在一丛高大的仙人掌的阴影里。

他们前一天晚上上床睡觉时，她曾问过哈里，为什么他如此担心别人会怎么说，如果他同时给她娜拉一角和安德烈亚斯剧本中的角色的话。他原本并不在乎别人怎么说他。她从床上坐了起来,准备和他讨论。他在她的下巴之下温和地抚摸着。这实际上也不是涉及他自己谣言的问题,这一点他已经说过了……此外,他继续道,那个角色根本不适合她。他不明白安德烈亚斯怎么会想到那个主意。这对她来说不合适,在她演艺生涯的这个时候是根本不合适的。她必须要相信他,毕竟他已经读过这个剧本。相反娜拉……

顺便说一句,她认为他怎么样?他的身子起来了一半,用一只手肘撑着。她仰躺着。他让一只手滑过她的肚皮和一只乳房。他似乎很有同情心……而且很年轻。哈里微笑着。他比你还大几岁,他说。很帅的小伙子,不是吗?她向一边转过身去,他收回手,抓起床单盖过他的臀部。他为什么要这么说?她说完这话马上就意识到自己掉进了一个陷阱。哈里再一次微笑,看着别处。好啦,他就是那样的,为什么她要气成这样?她并没有发火呀!他看着她,吻着她的额头。好好好,就这样,他说着,熄了灯。

她靠近他,他把一只手放在她的胯上。他说,我不过是一个焦虑的老头,于是她能听到他在黑暗中微笑。她推推他。那个紧张的人,更应该是她。他又转过身来仰面躺着,她把脸颊靠在他的胸脯上,同时用手指尖在他的肚皮上打圈。也许她是对的……听起来他很体贴的样子。她知道,他的最后一任妻子曾经叫他什么吗?她的手指下移到他大腿根的阴毛上。不知道,如果他没有告诉过她的话,……她正玩着他那开始勃起来的玩意儿。女瘾君子,他说着,懒洋洋地抚摸着她的臀部。但是很奇怪,他继续说道,真正神奇的是,即使他自己也知道这一点,但每次他看到一张迷人的女孩子的脸与一双美腿的时候,他就会处在动起来的状态。她轻轻地掂着他垂在她手上的睾丸。那他什么时候又会发现，新的年轻而又陌生的美女？他笑了起来。不要担心。她可以保持很长时间。当她的青春用完了的时候，他肯定早就死掉了。

有一瞬间她考虑要把比基尼的上半部分穿上，但她没有那么做。他肯定已经适应了视线所及的东西。他脱内裤时用一条浴巾裹在腰际，而且站开了一段距离。他用单腿跳了几跳，几乎要翻倒的样子。他的皮肤很白，而且他是那么瘦，她能看到他一根根的肋骨和在小腿的皮下鼓动的肌肉。穿着哈里泳裤的他看起来很滑稽，那泳裤围着他飘动着，这让她笑了起来。但这并没有得罪他，他在系裤带的时候自己也笑了。她提议他们游向岩石，那岩石耸立在小海湾尽头的水面上，那里山腰垂直伸入大海。他超越了她，他是个游泳好手。他双臂快速而有节奏地向前划去，很快就消失在巨石附近。

海水宁静，水面上闪烁的波纹在绿蓝色和薄荷绿之间交替变化。地平线只是一层乳白色的薄雾。安德烈亚斯出现在岩石的顶部。他并拢双腿摆好准备姿势，弯腰向前，低头跃入水中，于是他的身体瞬间在夕阳的光芒下构成一支明亮的箭头。当她游到岩石的时候，他正在往上爬。他向她伸出一只手，把她朝着他拉过去。她跟着他爬过去的时候，那些尖锐的岩石边缘钻着她的脚底。那下面好深。他们轮流跳了几次。压力使得她的耳边出现嗡嗡的声音。每次她穿过绿色发亮的、有点浑浊的水沉下去时，颜色会在她的下面逐渐变暗，她头朝双膝弯着，蜷曲着身子。过了一会儿她再次伸直身子，同时被向上推向颤动着的白色镜面。他们坐在岩石顶上，让太阳把身子晒干，同时他们朝着沙滩眺望。山脊、汽车和仙人掌丛都只是平面的剪影，逆光照着车窗玻璃上的灰尘。

他问，她和维纳在一起生活感觉如何。他称哈里为维纳。应该很难……营造自己的空间。她看着他的时候，用一只手为眼睛遮阴。自己的空间？他耸了耸肩，水珠在他的上臂上闪烁。她想到在他剧本里不会得到的那个角色，还想到了另一个她因为哈里确定那将是一部糟糕的电影而谢绝了的电影角色。安德烈亚斯微笑着，对着沙滩的方向点了点头。他现在很想抽支烟。一滴水珠从他额前的湿头发上掉下来碰到了他的上唇，他用舌头舔掉了它。她问，他是否想往回走。可以等一下。

实际上她感到很自由，她说，和哈里在一起。可能正是因为他年龄大那么多。安德烈亚斯看着她。怎么说？她微笑了起来，对着海水的反光眯起了双眼。她讲起了哈里的平静，他的无幻想，以及他说过总有一天她会离开他的话。她低头看着她的手指，它们在抚摸岩石表面的边缘。这听起来可能很奇怪，但是因为他已经这样说了，她就想留下来。他亲吻她，他那样快地做这件事，以至于她几乎来不及弄明白正在发生的事情。她惊讶得微笑了起来，但是当他的脸再一次靠近的时候，她就回应了他的吻。他的嘴里有盐和烟草的味道。她眯起双眼，托起他本来非常突出的下巴。现在是该抽这支烟的时候了吧？

他们谈论着各种各样的话题，当他们站在沙滩上晾干身子，以及后来在开回去的汽车上时。好像什么也没发生一样。她说起了易卜生的《玩偶之家》，和对于娜拉这一角色的看法。他说，维纳要排演这部戏是很勇敢的。毕竟，妇女解放已不再在议程上了，至少不再像以前人们会反对的那样，人们应该被允许发问，这个剧目是否赶不上时代的发展了。她说，娜拉还有另一面，但是她还没有来得及告诉他那另一面是什么，小镇就在拐弯处出现了。一会儿，他们就已经停在了房子下面。太阳落到山背后了，那些最早的路灯刚刚亮起。哈里站在厨房里，搅拌着他的一个有鹰嘴豆和血肠的安达卢西亚炖菜。她吻了他的脖子，然后去洗澡。

当她走上露台的时候，天已经黑下来了。他们一边吃饭一边轻声交谈着。哈里和安德烈亚斯谈论着罗马，他让他讲述着，没有因自己对这个城市的了解而夸夸其谈，就像她本来有那么一刻害怕他会这样做的那样。当她站在厨房做咖啡的时候，安德烈亚斯端着脏盘子下来了。他在她旁边站了几秒钟，但她没有看他，他就又上去了。她给他们送上咖啡，之后她说想早点睡觉。几个小时之后，当哈里走进卧室时，她假装已经睡着了。

第二天安德烈亚斯乘坐公共汽车去了阿尔梅里亚。不然的话，本来他打算还要多待一天的。他说，马德里有一个展览，他想在飞回家之前去看一下。哈里开车送他去公交车站。他回来的时候，她躺在露台上晒日光浴。他坐在折叠床旁边的栏杆上，一边低头看着干涸的河床，一边挠着脖子。他那么忙着走……是他对他太严厉了吗？

随着几个星期的过去，坐在一块岩石上亲吻安德烈亚斯·巴格这件事，在她看来竟然变得越来越不真实了。在她的记忆里仿佛没有发生过这件事。所有的一切，一直都是她和哈里之间的事情。在回家之前，他们去格拉纳达城待了三天。他带她参观了阿尔罕布拉宫，并告诉她那些天主教国王怎样轮番驱逐摩尔人和西班牙犹太人。就在这时，她才知道他是犹太人。他没有受过割礼。谢天谢地，他说着，微笑了起来。想一想，如果他们也在我的阴茎上切去包皮，我会变成什么样子！他不在乎他是哪国人，或者叫什么名字。他说道。谁也别告诉他，他是谁，无论如何那个家庭都是一个巨大的粉碎机。他们坐在格拉纳达城和马拉加城之间的一个路边餐厅里。他俯身对着放有雪利酒酱猪排的盘子。"按名字我不知道该如何告诉你，我是谁。我的名字，亲爱的圣徒，对我自己很恨，因为它是你的敌人。"她嘲笑他那老式而烦琐的表达，同时用她的餐巾纸擦去他下巴上的酱。她刚刚看完《罗密欧与朱丽叶》。当他们又坐进汽车的时候，她意识到，也许她是唯一能让他偶尔忘记自己是哈里·维纳的人。

几个月之后的一个下午，露卡坐在哥本哈根市中心老海滩的一个露天咖啡座里。她在等米利亚姆。天开始下起毛毛细雨，但她一直坐在遮阳伞下，吸着潮湿的沥青气味。哈里开车去了日德兰半岛最北端的斯卡恩，他们已约定两星期后她去他那里。实际上她本来计划好了去度假屋看望埃尔塞，自从他们去了西班牙，她就再没有见过她的母亲，但她每天都在推迟这件事。她不想去那里，她很享受独自拥有那个顶层公寓，这是半年来她的第一次独居。她坐在那里搜寻米利亚姆，这时她注意到，在离她有一段距离的人行道上，站着一个女人正朝着她的方向张望。一会儿之后，露卡才意识到，那个女人是在看她。她把目光转到托瓦尔森博物馆，好像她正在忙着看那座建筑物侧面腰线上的壁画一样。

自从她在《父亲》里成功演出，以及跟哈利一起被人拍照登在八卦栏目上之后，她已经习惯了人们有时会在街上认出她来，但她从来没有被人如此持久地盯住看过。当她再次转过身来时，那个女人已经站到了她的桌子旁边。她们应该是差不多的年纪，但她看起来似乎要老一些。她脸上有皱纹，显出不健康的苍白，油腻的头发贴在额头上，被精心地梳成一种难看的笔直偏分发式。她的上嘴唇上还有黑色的茸毛。她透过眼镜上的雨滴长久地盯着露卡，同时双手插在羊毛大衣的口袋里。大衣的扣子一直扣到了下巴下面，尽管已经是七月初了。露卡一下子就意识到，这个女人一定是疯了。

她在咖啡桌的另一边坐了下来，虚假地微笑着。我很清楚，你是谁，她说道。你是我父亲的妓女，是你杀了我的母亲……一个女服务员走过来打算让她点餐。露卡挥手让其走开，她对女人微笑着。我没有杀死任何人，她平静地回答。她想起了一天上午排练之前，他们坐在舞台上，哈里提起过他的女儿。这应该就是她了，他在万卢瑟给她买了一套公寓。他只在那一次提起过他的女儿，据她所知，他没有其他孩子。你撒谎，女人说。当我母亲住院时，你正躺在那里和他胡搞。露卡倾身向前，压低了嗓音，同时她试图解释，这是一种误会，她是在她母亲去世之后才跟她的父亲在一起的。她觉得在一起这种表达，在嘴里感觉也是错的。

羊毛大衣里面紧张的肩膀放下来了，哈里的女儿看起来一副垂头丧气的样子。她不清楚这一点，她只看到过，他们从他的楼道里走出来，胳膊挽着胳膊。她抬起头来。那一定就是她，她有看到从楼道里出来，那天她母亲住院了。她身材高而苗条，黑头发……哈里的女儿再一次提高了嗓音，还拍了桌子，于是露卡的杯子碟子碰得叮当作响……就像你，一模一样！就在此时，露卡看到了米利亚姆。她起来得太快了，以至于椅子都翻倒了，她叫来女服务员，把口袋里所有硬币全给了她，然后跑着去追她迷失了方向的女友。在她的背后，她听到哈里的女儿还在用绝望的声调叫喊。她们不能一起聊聊吗？她一边拉着米利亚姆的手臂继续沿着人行道走下去，一边诅咒他出的主意，让她在《父亲》里为了角色将头发染成黑的。同时她问自己，哈里的女儿看见的、与他在一起的那个年轻的黑发女人是谁。当他建议她染头发的时候，想到的是那个陌生人吗？她是那个陌生人的替代品吗？

第二天上午电话铃响了起来。她正坐在床上读《玩偶之家》，她偶尔会看到，港口出现后又消失了，每次风揭起开着的拉门前面的窗帘时。她决定不去接电话，害怕打电话的是哈里的女儿。它一直响着，最后她起来了。是安德烈亚斯。听到他的声音她吃了一惊，说，哈里在斯卡恩。他很清楚这点。他在城里，他可以路过她这里吗？五分钟之后门铃就响了。这让她微笑起来，当她看到电梯粗玻璃后面的轮廓时。刚好与她一年前跟哈里喝茶之后，下楼梯时看到的是一样的轮廓。他穿着皮夹克，脸上挂着男孩般的微笑，但看起来并不害羞。

几天前，哈里就剧本问题打电话给在罗马的他，他在谈话中讲到，她在哥本哈根。因此他就来了。他必须得见她，第二天他就坐上了火车，这样他就在这里了。她看着他。你不是很聪明，她说。他知道得很清楚。但是他有想过她，很想……那天下午在岩石上发生的事太奇怪了。要么什么都不是，要么……他必须再次见她，以搞清楚那是什么。如果那里有些什么的话。

他们坐在外面的阳台上，看着港口上空的云朵，看着彼此，突然变得尴尬起来。他不假思索地把一切都说了出来，而现在他却不知道该说什么。她惊奇于他的进取精神，以及这几乎可以称为勇气的东西。她想他，可不如他想她那么多，她把这一点说出来了。她说，她不知道怎样理解在那个岩石上发生的事情。就像他们坐在这里时，她感觉好像过去的这半年，她都是在一种恍惚的状态中度过的一样。当她这样说的时候，觉得自己很诚实。

他们在那里坐了几分钟，什么也没说。外面的风渐渐地大了起来，无论他怎么转动身子，都不能把烟点上。她提议他们进去。她走在前面，走到客厅的中间她停下来，转身对着他。就像他们刚刚在外面阳台上必须从椅子上站起来时一样。他期待地看着她，这个男人从罗马一路坐了火车过来，只因为他想她，知道她是独自一人。

她奇怪自己对哈里并没有感到内疚。他打电话的时候，她跟他说话时，是何等轻松。她想，这种轻松的本身就是一个信号。她觉得全身的肌肉经过太长时间的紧张后都放松了下来，那段时间里她把这种放松与休息混淆了。她觉得跟安德烈亚斯在一起毫不费力。他们做的那些事，她从来都没有与哈里做过。有一个上午他们去趣伏里，虽然下雨，他们坐在气球摩天轮上，在雨里笑得像孩子一样。有一天他们乘飞船去文岛租了自行车。他们躺在陡坡的草地上接吻，从那里可以远眺哥本哈根的高塔和烟囱。就像一年前她与奥托在一起的最后一天，在城市北边的浴场上看到的一样。那一天也是那样遥远，就像从文岛看这座城市的轮廓一样。

一周之后安德烈亚斯回到了罗马。是她请他这样做的。她必须独处，她说，为了能够思考。他给了她电话号码，如果她考虑之后要给他打电话的话。同一天她打包好东西，乘出租车去了在腓特烈斯贝的别墅。当车子载着她穿城而过的时候，令她感到挫败的是，她的东西并不比一年前离开奥托的住处时更多。几只箱子、一些包、一些塑料袋而已。她试着给哈里打电话，恰好那个下午他没有回答。这也是一种轻松。她给他去了一封信作为代替，一封并不长的信。他没有回信，她再也没有从他那里听到消息了。

多年后她问自己，他实际上是否正是这样希望的。当他邀请安德烈亚斯去西班牙拜访他们时，他是否将其视为一个机会。她考虑过他是否下意识地想要加快这种不可避免的结局，因为他毕竟无法由自己去加快了断。但这只是一个想法而已。当她听到那封信以柔和、低沉的声音落到邮筒里时，她的内心变得很沉重，但也让她对自己的做法更加自信，而且她感觉终于将生命掌握在自己手中。她必须牺牲的不仅仅是他。她把《玩偶之家》的角色手册也留在了他的写字台上。

她在别墅的家里度过了一个星期，没有人知道她在那儿。她是同样的孤独，就像前一个夏天有过的一样，那时奥托把她赶了出去，然后有一天哈里打电话邀请她去喝茶。同样的孤独，她想，一如当年晚上她坐在那里一边听埃尔塞在收音机里，既对所有人，又不对任何人说话，一边看着乔治年轻时在露卡城的一个广场照的那些黑白照片。照片上的教堂前点缀着燕子飞过时的阴影。她没有和任何人说过话,也没有屈服于渴望再次听到安德烈亚斯声音的冲动。当她终于打电话告诉他,她的飞机何时在罗马降落时,她为此感到非常自豪。

他有好几天没有刮胡子了,当他们互相拥抱的时候,她的围巾挂在他长长的胡茬上。你还留着这条围巾呢?他喃喃自语,若有所思地微笑着,在他忍受那条柔软的深蓝色丝巾时。这是他给她的第一件礼物,那是她到罗马不久之后的一个下午,他们正沿着维亚·康多提大街漫步。胡茬擦在她的脸上,让她感觉好像醒过来了一样。她曾经像个梦游者,独自一人在屋子里四处走动,当劳里茨在幼儿园时,她把自己交给所有那些她曾经有过和从事过的多余烦恼,因为她没别的事情要做。当安德烈亚斯拉着她的箱子,和她一起走出机场大楼找出租车的时候,他们的激情消退了,就像从无意义的梦境中褪色和逐步消失的图画一样。她提起劳里茨曾说过的有趣事情,并告诉他补好了炉管周围墙壁上的洞,以及书架上整理好的按字母顺序排列的书籍。现在哈罗德·品特就站在《木偶奇遇记》旁边了!当她终于没有事情要报告了之后,他们坐到了出租车的后座上,享受地交换着亲吻,这让他们有点尴尬,就像平时那样,他们分开后又重逢时需要重新找回线索。

她倒在他的怀中,并嗅着他的皮夹克的气味,当他的手在那条短连衣裙下沿着她的大腿滑过去时。他只在她的长袜边缘和吊袜带之间的那个地方抚摸着。只是因为出租车司机在后视镜中的讽刺目光，才阻止了他们互相的进一步投入。在司机那深色的非洲眼睛旁边，她能看到自己的额头，散乱的红金色头发从安德烈亚斯皮夹克袖子上倾泻下来。在高速公路下面有一片废弃住宅组成的无名居民区，她看到一栋拆了一半的房子和一个吊着铅球的起重机，铅球朝着那有着断裂地板和不同颜色的正方形墙壁甩过去，墙纸和油漆仍然在消失了的公寓空间里，瞬间墙壁就在一片扬起的灰色尘土中倒地，成为一片瓦砾。

她曾经在特拉斯提弗列区他的家里住了一个月，有一天早上她被弄醒了，他正在用手指头拨弄着她的头皮。他看着她，好像他在现场抓住的她一样。你原来是浅色头发嘛，他说。

她自己的头发颜色开始重新冒出来，取代着她顶了几个月的黑头发。我不是你以为的那个黑头发女人，她神秘地微笑着，告诉他为什么在西班牙遇到的是一个黑头发的女人。他感到失望了吗？他用一种戏弄的表情瞧着她。在这里他曾梦见了这样一个充满激情的吉卜赛女郎……他甚至从罗马一路赶过来！

她摇了摇头，头发就落到了她的眼睛前面。她可以学习跳弗拉门戈舞，这会是覆在伤口上的一块胶布吗？他吻着她说，不值得去费事。几个星期之后她的头发长了起来，开始真正成为两种颜色。她走进特拉斯提弗列一家男士理发师的店里，要求剪成平头。一开始理发师用一种被冒犯的手势拒绝了她，但当她从那里离开时，她就是一个像阿拉伯男孩一样的短头发了。她以前从没有经历过空气对着头顶和太阳穴的感觉，当她走过大街，享受着人们的目光时，感觉好像她的头部没有重量，且时时刻刻都能像一只气球飞到罗马的屋顶上。

这幢巴黎的公寓位于通往雷恩街的一条狭窄而寂静的小街上。这是一间两层的顶层公寓，里面有一个跟整个房间一样高的窗户对着狭窄的院子。楼梯从工作室通向一间带有法式双门的卧室，法式门可通往阳台。在那里可以看到镀锌的斜屋顶和一排排相距很近的烟囱。一切都是灰色的调子，天空、屋顶和墙壁都是如此。晚上的时候从熏黑的防火墙后面，可以看到远处蒙帕纳斯大厦灯光明亮的窗户。这是在这个巨大城市中间的阳台上唯一能看到的亮光。

她在暮色中躺着，耳中听着远处的交通噪音。对着她裸露肩膀的空气很凉，但她不想起来去关阳台门。她想躺在那里，感受着空气，听着城市的声音，同时等着他回来。他下去买东西了，出去吃饭对她来说太累。为了赶飞机她很早就起来了，埃尔塞带着劳里茨开车送她去火车站。他们站在月台上时他哭了，但埃尔塞说，不要紧，她只管走就是了。她蹲在男孩面前试图安慰他，火车就要开动了。

有一瞬间她考虑要打个电话回家，但还是决定等一下。这样做也许只会让他更加想念她，现在他可能早就又高兴起来了的时候。安德烈亚斯笔记本电脑上的屏幕，在房间的半明半暗中发出光亮。一个发光的白色正方形漂浮在各种东西的模糊轮廓之间。他去机场之前没有关掉它，而当他们进公寓之后，几乎直接就上了床。可是事情进行得并不像她在出租车里想象的那样，他们坐在那里，他的手放在她的大腿之间，同时她用手掌按着他裤子里鼓起来的硬包。她在床上时保留着吊袜带和长袜，以及脚踝上系带的鞋子，就是她知道的，那个他喜欢的样子，也许他在这些星期里已经想象过她了，当他独自一人的时候。早上穿衣服时，她就记着要把内裤穿在吊袜带外面而不要反过来。现在她想起那个被她戏称为玩具的东西似乎有点可笑，她脱掉长袜和鞋子，在毯子下贴着他躺下来的时候，她在想，他是否感到失望。

它并没有变得狂野和充满激情，像她渴望的、应该有的样子。而是像他们曾经有过的那样，两个人都很累，没有真正地做爱，因为他们都对再次彼此亲近有不可抑制的欲望，所以不愿意就那么睡着。他问，她是否真的达到了高潮。她对他充满爱意地微笑着，没关系。她只要躺在这里，感觉到完全靠近他就开心了。当她用头在他的下巴下面钻着的时候，他就在她的头发上抚摸。她问，他的剧本写完没有。他说，差不多了，只缺结尾了。她说，她重新开始工作的时候，很想有一天能在他其中的一个剧本里演一个角色。不必成为主角，她只要享受一个小小的配角就可以了。她可以是上台来递一封信之类的角色！

她需要抽支烟，于是下了床。蒙帕纳斯大厦在蓝色的黑暗里，只不过是一堆小小的、发光的骰子。她打开写字台上的灯，从机场的塑料袋中拿出那条香烟。她找不到自己的打火机，写字台上也没有。她走下楼梯，香烟叼在她的双唇之间，依然裸着身子，她想如果此刻她能得到一个现场跟拍追光的话，她就像一个脱衣舞女郎，下来向观众中的一个男人讨火，从而成为表演的一部分一样。某个地方一定有打火机。像他那样除了专心工作之外诸事马虎的人，安德烈亚斯总是同时拥有两三个塑料打火机。她发现了他的花呢外衣挂在前门背后的衣架上。他偶尔会穿上它，当他要摆脱年轻的叛逆者形象时。他的亚瑟·米勒外衣，平时她这样叫它。事实上，他有一点像亚瑟·米勒，当他穿上它时，如果忽略那副角框眼镜的话。应该是那个突出的下巴，是他们共同拥有的。当她在口袋里翻找时，听到了一种沙啦啦的声音。有一个信封从内口袋里伸了出来。

她本来完全可以不那么做的，她后来想。她之前从未翻过他的口袋，也从未读过他的信。她知道，这是错误的，但她还是那样做了。是一种直觉，让她从他的口袋里掏出信来的呢，还是出于一般非理性的好奇心？这是一个贴了瑞典邮票的，并在一个多星期以前加盖了斯德哥尔摩邮戳的航空信封。她还来得及改变主意，当她站在那里拿着信封的时候。信封上没有寄信人，但是信封上的字迹是女人的，她还能看出是一个年轻女子的。安德烈亚斯的名字和在巴黎的地址，是用毡笔和带建筑风格的印刷体字母写就的，规则而清晰且带着一种书法的意趣。

当她把信看了三遍之后，她把它折起来放回信封，然后放进花呢外衣的内口袋中。因为她记得，印着瑞典国王卡尔·古斯塔夫笨拙的花花公子脸的邮票是从口袋的左边露出来的。她走进洗手间，跪在抽水马桶的前面吐了起来，一直吐到再也吐不出为止。来自地板的寒气和胃部的收缩让她颤抖起来。她锁上门坐到浴缸里，蜷曲着身子，双膝抵着下巴，一只脚放到另一只脚上面。她打开热水，拿起淋浴蓬头压在头皮上，直到发烫的热水让她痛得尖叫起来。这时候她才开始哭泣。她又把那只冷水龙头打开，但只开到她必需的程度，然后坐到像热气腾腾的斗篷一样包围着她的热水喷射下抽泣。她闭着眼睛，脑子里浮现出在去巴黎的路上看见的那栋被拆掉的房子。一个被拆除的郊区楼房的最后残留物，带着敞开的窗户开口，飘扬着的壁纸碎屑，以及破损的楼层隔板，无声地沉入碎砖的粉末中，成为一片灰色的灰尘瀑布。

她仍然还坐在浴缸里，还在那滚烫的水帘下哭泣，当她听到前门"砰"的关门声和安德烈亚斯叫她的时候。她停止抽泣。过了一会儿，他拉着门把手对着门说，他要开始做饭了。她关掉水，慢慢地站起来，关节因为同一个姿势坐得太久而僵硬。蒸汽带着细水珠蒙在洗手池上面的镜子上。她用手揩干镜子，看着她放声哭过的脸。她的眼睑又红又肿。她用一条浴巾裹着身子，然后走进厨房。他从平底锅里煎着的牛排上抬起头，担心地看着她。她说，她刚刚吐了。那一定是她在飞机上吃了什么的缘故。他同情地在她的脸颊上抚摸着，先是这一边，接着是另一边，之后再次专注在牛排上面。为了摆脱焦糊味她打开了窗子。他讲了一个日本厨师剖腹自杀的故事，因为厨师用发炎的手指做饭，让飞机上的乘客生病了。他向她展示他的双手，笑了起来。没有炎症！她走上去穿衣服。

她决定什么都不说。当她听到他进门的时候，这个决定几乎是自动做出的。她想等等看，还会发生些什么。他给她弄好的牛排，她一口都吃不下。她只要了一点沙拉，但当他再一次把她的杯子倒满的时候，她很快就喝掉了。红酒让她冷静下来，并且麻醉了胃里的紧缩感。她很佩服他的冷血。他说，他想第二天去贝尔维尔，在那里的阿拉伯区拍照片。如果她感觉好些了的话，他又体贴地补充说。她点点头。他们可以的，她现在就好了。排空的肚子帮了忙。他甚至还抚摸着，她搁在盛着冷掉牛排盘子旁边的手。

他们在电视上看了一部电影，在电影快结束之前她就走上去了。她脱了衣服，裸身躺到床上。她听到他在浴室扯动绳子，听到水在洗手池里流动，过了一会儿她听到了他在楼梯上的脚步声。她闭上眼睛。脚步声在门口停住了。她对他说，他必须用那条蓝色围巾遮住她的脸。他在这样做之前犹豫了一下。从写字台上的台灯发出的光，通过密织的丝线变得柔和起来，而且抓住了它们的颜色。她听着雷恩街上救护车的警笛声，和有人在下面街上的叫喊声。她就这样躺着，没有把脸送到他的目光之下，带着空洞的眼窝和双唇之间的深色缝隙，每次她呼吸的时候，丝绸就在那里被吸进去。

她第二天上午醒来的时候，安德烈亚斯正坐在饭桌前工作，那个地方曾经做过工作室，现在装修成了起居室。她做了咖啡，在他的电脑旁边放了一杯。他心不在焉地抚摸着她的大腿，并没有从屏幕上抬起头来。她端着自己的咖啡到了阳台上。她俯身在栏杆上看着那些三三两两的行人。离地面那么远。也许在下落的路上就昏迷了？阳光灿烂，当她把外套围在肩膀上时，天气就暖和得可以坐在外面了。她闭上眼睛把身子向后靠回去。

可能他想象不到，她会想出掏他口袋的主意。这样一来，他们之间所有的突然改变看起来都是她自己的原因。但是对于他来说，它可能还只是一个无害的外遇，否则他会说出来。她还不能确定。至少在这封信里面，听起来不像是什么出轨，一个为了让事情变得新鲜的一夜欢愉。她吃惊于那些用建筑风格的印刷体字母写就的词语，是那么的多情。甚至用一些小小的、优美的图画，做成装饰以证明发信者的女性魅力，一只星星上的鸟儿和一个裸体女人，有一点马蒂斯的意味。她写道，自从遇见他之后，围绕着她的颜色变得更加浓烈了。她躺在那里夜不能寐，她害怕她会变成疯子。有太长时间她都像一个呆子一样，生活在一种感觉不到被看到的状态中。就像他一样，如果她理解得正确的话。当她站在镜子前面时，就好像镜子带着他的目光在看她。就像她第一次看见自己一样。

露卡在那里坐了很久，一直看着她，在安德烈亚斯下去买东西的时候。当她看到那张从信封里掉出来的拍立得照片时就理解他了。写信者面色苍白，蓝眼睛，一头卷曲的黑色头发。一个蓝眼睛的吉卜赛人，这自然让人难以把持得住。他又偏爱黑头发。她坐在一张双人床上，头发在早晨的阳光下闪闪发光，且刚好遮盖着她的乳房。照片不太可能是安德烈亚斯拍的，因此他才想保留它。她寄给他的这张照片必须是另外一个人拍的。但是谁在那没整理的床上给她拍的裸照呢？对此安德烈亚斯也一定会推测的。

虽然信中缺少一些实际的细节，比如在现实生活中这是谁或者是怎样的妻子，但露卡都能推算得出来，他们必定是安德烈亚斯的作品在马尔默排演期间相遇的，因为这部作品太重要了，他一周有好几次去那里跟进。也许她是个演员。一个瑞典同事！露卡还记得早上他出门前，答应先送劳里茨去幼儿园时的不耐烦。如果男孩坐在那里对着燕麦片打瞌睡时，他会变得多么的生气。这封信中有几处提示，安德烈亚斯对她说过或者写过些什么。有一处她还直接引述了他的话。她写道，他是对的，有时候必须相信自己的眼睛。否则就会有一种风险，周围的一切都变得像电影中那样短暂而虚幻。她也想再次见到她。遗憾的是复活节后的那一周她不能来巴黎。

露卡用一只手做成遮挡太阳的阴影，看着蒙帕纳斯大厦，它像一只大而笨拙的烟熏色玻璃阳具，矗立在倾斜的锌皮屋顶和林立的烟囱管道之间。她心碎了吗？她这样提问题，就像她俯身在阳台栏杆上，看见自己躺在下面大街上的血泊中一样。她迷失了。她从来都没有产生过这样的感觉，它掩盖的不仅是从流汗的伤口冒出来的悲伤，它也使她几乎无法呼吸。她已经完全迷失了，还因为她坐在那里像一个局外人在注视着她自己。

她认出了安德烈亚斯关于相信自己的眼睛的话。他说的几乎都是同样的话，当他匆忙地从罗马赶来，在哥本哈根哈里的公寓里时，以及稍后在特拉斯提弗列她告诉他怀孕了的时候。原来这些词语，都是他在庄严的时刻使用的。但他为什么还要重蹈覆辙呢？当这些话现在都应验了时候。他自己手工制作版的爱情咒语，显然像自我实现的预言，造就了这些词语的效力。也许不是这相同的词语让他们一直到坐在这里为止，她在阳台，他在工作室里弯腰对着他的戏剧，而他们的小儿子也许正和他的外婆一起，在家里用复活节的雪堆雪人？

当然除了词语之外还有别的。有过模糊的感觉和神秘的目光，一种特别的不安，一种不期而至的轻松，以及身体那充满诱惑的吸引力。但是，真正起作用的却是这些词语，使得她有勇气再一次听任着自己的情感。他说的，关于相信看到的，以代替怀疑和保守，因为已不再年轻，而且毕竟以前也做过了尝试。再说词语也不会比目光、感觉、身体的紧张以及令人陶醉的晕眩，更有分量、更有意义。词语都是一样的，就像目光和感觉一次又一次地出现一样。一路上只有面孔在不断地替换。相信自己看到的，像安德烈亚斯所说的，它本身就不可信。可以相信很多东西，也可以相信很多人。他说的时候可能认为那是真诚的。

她想起那个黑色卷发在信中写的东西，尽管她满心欢喜，很遗憾复活节之后她无法来巴黎。有些事情显然比再次见到安德烈亚斯的美妙眼睛更重要。是什么让他在那一刻犹豫，并想到了在家里挥动刷子和瓦刀的那个她呢？是他想起了他们一起有个孩子吗？她曾经希望过，岁月能获得词语所缺乏的那种分量。劳里茨就是一个活生生的证明，他们之间除了词语和感觉之外还有别的。他是那样的吗？他们的孩子和他们的家，不足以妨碍安德烈亚斯去对一个认识只有几个星期的人，去说那些岁月让其如此珍贵的相同的话。

当他们下午在那个阿拉伯区闲逛时，天气变得暖和了，像春天的样子。香料的气味、录放机里发出的刺耳音乐，以及那些沙哑的阿拉伯语嗓音，几乎让他们忘记了，他们身处巴黎。他们谈到了这一点。好像是在一个北非的城市中漫步一样。杂色布料、录像带和廉价厨具都在出售。安德烈亚斯给人拍照，只限于肖像。女人们咯咯地笑着，或者转身走开，男人们站在那里，双手紧贴裤缝，肚皮挺了出来。她和他保持一段距离，但又不让他从视线中消失。到处都是做买卖的人，钞票在棕色和黑色的手之间周转。女人们的手掌上有用指甲花染的颜色，她们的银首饰在曚昽的阳光下闪烁着白光。她们身着长袍，其中一些脸上有文身。大多数男人都穿着欧式服装。他们看着她，有的用眼角余光看，其他的用直接的、不尊重的表情看，让她有被抚摸的感觉。她后悔穿了件齐大腿的短连衣裙。人声、目光、音乐和拥挤让她出汗了，她对安德烈亚斯说，想回到林荫大道上去，在他们经过的一家咖啡厅里等他。

她在那个有玻璃顶棚的露台上坐了下来，点了一杯咖啡。咖啡座里和外面的人行道上都只有几个人。她看着法国梧桐树上像迷彩服图案般的斑驳树皮。每当她呼吸时就感觉好像被锁在了盔甲里一样。她很想哭,可是如果她允许自己这样做的话,她不能确定是否能哭得出来。大道的另一边停着一辆搬家的卡车。搬运工们抬着家具从楼道里出来放到卡车上。这是一个整家,按照随意的顺序在人行道上招摇而过。他们曾经选择搬了进去,这些曾经住在那边其中的一层楼里的陌生人。其中的两个搬运工互相照应地抬着一个巨大的描金框的镜子,他们移动着镜子,镜子一会儿转向这个方向,一会儿转向另一个方向,云层、汽车、树木和百叶窗的碎片,在突然变化的闪光中旋转着穿过金框。当镜子捕捉到太阳的那一瞬间,一个强烈的光点在暴怒的抽动中跳过沥青地面,使得她眼花缭乱,于是她不得不闭上眼睛。

一个昼夜之前,当她出现时,他站在戴高乐机场向她挥手和微笑。那一瞬间他一定是忘记了他的瑞典女友的,你不可能在如此温柔和亲热地微笑的时候,同时还想着另一个女人。她摇了摇装糖的小袋子,从顶部把纸撕下来,看着糖的颗粒落在咖啡的米色泡沫上,通过表层慢慢往下沉。也许他真的能够发出指令去记忆和忘却,就像他的内心是一台电视机一样,他的意志就是一个遥控器,可以在不同的频道之间互不干扰地来回切换。妻子和孩子在一个频道,瑞典的浪漫在另一个频道。他自己在两个频道上是一样的吗?

也许人真的可以那么轻易地改变自己,就像词语能更改含义一样,一切取决于谁对谁说的,以及什么时候被说出来的。你拥有着相同的面孔、相同的身体,但你的心里可能是另外的那一个，这取决于对面的那个女人是黑头发还是红金发。他那个有着异国情调的公主在她的信里写的是什么？她生活在一种不被当成她看待的混沌中。就像他……直到遇见了他，才感觉到是他用目光唤醒了她，提示她就是她内心最深处的那个人。露卡拿起小勺，在那个小咖啡杯子里搅动。她一直在不停地搅动，即使糖早就溶化了。那些词语不仅仅是他情妇的和他自己的，它们也是她的，露卡的。在他们刚开始互相学着认识的时候，她也对他说过几乎相同的话。

有一天，他作为一种可能性出现了，而她并没有这样看。她原本以为，和她在一起的应该是哈里。那个吉卜赛国王，在他那令人生畏的安全面具上，开了一条脆弱的缝隙，甚至看到了她未知的一面，并且在舞台上将其释放。她曾经设想，他在舞台上对她做的那些事情，在现实的生活中也可以发生，在那几个月里，它看起来也确实如此。她回想起过去与奥托在一起的两年时，不禁摇头，她曾经那么天真地把奥托混同于自己的梦想图画，奥托是如此无痛地把她拉进他自己的生活，然后再把她从那里扔出去。哈里玩世不恭的诚实似乎有解放的作用，尽管他的经历和地位有时会让她感受到压力，但是当他们单独在一起的时候，这种不平衡就消失了。在床上的时候她再次看到了他眼中的脆弱，这种脆弱，第一次是在他的梅赛德斯车里，他试图引诱她的时候看到的，第二次是在他的阳台上，当闪电在港口上空划过的时候。

安德烈亚斯是用他男孩般的微笑、岩石上突如其来的亲吻，和几个月之后的匆忙造访打扰了她。她突然明白了，她一定是过度解读了自己对传说中的哈里·维纳的吸引。

当安德烈亚斯一路从罗马过来只为再见她一面时，这本身就是一个问题，她不仅必须要用词语来回答，还要用她所是和所有的一切来回答。当她两周之后鲁莽地飞到他身边时，她开始相信，正是他的眼睛能够在她年轻时困惑的东游西荡之后将她牢牢抓住。那样子就像当时她相信，奥托的眼睛足够严厉，足够蓝，能让它们对她的印象，比太阳下镜子里迷幻的反光，要来得深刻和坚定，而那反光只不过是一只日光下到处飞来飞去的萤火虫。

但是她自己除了是一面镜子外也没有别的。一面无家可归的镜子，就像那两个气喘吁吁的、困惑的搬运工抬着的，沿路走下去却不知道要在何处安放的镜子。他们在腓特烈斯贝的别墅里接到镜子，却没有得到有关镜子要去哪里的更为详细的说明。有一位女士打来电话。很遗憾他们来的时候，她不在家，她必须去电台。钥匙放在垫子下面。搬运工们出发时天真地相信，当一个路人对着镜子里的自己投下虚荣或者害怕的一瞥时，他们终于可以摆脱这个沉重的、镶金边的负担了。但是没有，每次那个陌生人只是朝着相反的方向继续走，如果他不是简单地消失在视线之外的话。因为镜子的重量让他们摇摆不定，或者因为那个走在前面的人认为，最好是向左或向右走。新的面孔和新的图景，不断地从那发亮的表面飘过，没有人，也没有什么东西，能够留下持久的痕迹。

他们发现将它像床一样横着抬要容易一些，而这样抬着它能走一段很长的路，于是那镜子也只反射了天上的云彩。其中一个抬的男人说，白得像一张床单。另一个说，像雪，像新落下来的雪。为了打发时间，他们一起谈论着冬天的早晨，如果晚上下了雪，走出家门有多美，还谈起几乎都不忍心在没有人踩过的雪地上去踩踏。他们停下来休息了一会儿,在那一刻,好像他们是站在自家房子的门口,看着那场处女雪。但是那样他们就不能一直站在既像床又像雪景的镜子前。搬运工们开始失去勇气了,但他们竭尽所能互相鼓励。无论如何,这面镜子最终都会得到一个家。他们不再真正相信那个情境了,但他们一直还在说着它。

露卡……

当听到安德烈亚斯叫她的时候,她从咖啡杯上抬起头来。他举着相机站在咖啡台子中间,因此她看不到他的眼睛。咔嚓,相机说。

飞机在哥本哈根交织着路灯蜘蛛网的上空盘旋。一个小时之后她就可以坐在回家的火车上了。埃尔塞和劳里茨会像约好的那样,站在火车站等她。她不知道怎样完成这个过程而不崩溃。她已经可以听到埃尔塞会怎样安慰她。安德烈亚斯有了外遇,那又怎样呢?他们之中迟早有一个会发生的。也许她憧憬过他们一起白头到老,而不会有这一个或那一个的婚外情吗?这是很普通的,埃尔塞会说,当人们一起生活一些年之后。她如果聪明的话,就不动声色,等一段时间,看情况是否变好。他很快就会厌倦他的那个瑞典童话的。

露卡无法向她解释,安德烈亚斯爱上了别人,她在痛苦、侮辱,以及受伤的虚荣心背后的感受。她甚至无法对自己解释,在那些任何人都预料得到的情感之下,她感受到的是什么。她通过正常的、预期的疼痛,知道有一条黑色的深渊,但她不知道有多深,也不知道在底部还隐藏着什么，如果它有底的话。有一瞬间她想象着，身下光亮之间的黑暗，隐藏的不是这座城市的房屋，而是人会不断落下去的无底深渊。要怎样才能让她母亲明白，她害怕失去的，不仅仅是安德烈亚斯？

他们在玛黑区漫步，看那些犹太人的商店，去毕加索博物馆待了几个小时。晚上他们去了电影院，之后他们去一家越南餐馆用餐。接下来的那天下雨，他工作，她看书。她确定他没有怀疑。她表现得像平时一样，像她想象的，如果她不想抽烟并到他的花呢外衣的口袋里去找打火机那样。想象并不难。难的是她要置身局外去扮演这个角色，这样他才不会发现太多像一条进入虚空的裂缝，在那里她已被突然之间，从远处来看待这一切的疼痛、苦涩和晕眩弄得不能自已了。她感受到的这段距离，同时再加上遭受的痛苦，使得她更是痛上加痛，不是因为安德烈亚斯，而是因为她自己。

她独自一人去戴高乐机场。她不能确定自己能够在同一个地方，完成一个敏感的告别场景，在那里三天之前，当她看到他微笑和挥手时，她才褪去了所有的担心。他坚持要把她送到从星星广场开往机场的公共汽车上。他一直在问，他是否应该跟着她上去，但此举根本不能让她看出，内疚怎样在爱心关照之下对他的撕扯与折磨。当她最后一次通过公共汽车的窗子向他挥手时，她看他就像看其他任何人一样了。同时他转身朝着凯旋门走回去，她看着他，就像几年之前她举着写有他名字的纸板，站在阿尔梅里亚机场上做的那样。他面带微笑出现在旅客人群中，像他们一样的未知和陌生。

她不得不在卡斯特鲁普机场的行李传送带旁，站着等了很长时间。她一想到她到家后把箱子放到厨房里，就要与埃尔塞和劳里茨坐到桌子旁边，就会肚子疼。她考虑打电话回家，说她晚点了。但是她要把自己放到什么地方去呢？她不想去米利亚姆那里，和她坐在一起轮流哭泣。她一边等一边抽了一支烟。她对自己说，我曾经是如此爱他。她用过去式这样说的时候，并没有报复的意思。她曾经是快乐的，那时候并不去想那些发生的事，也不去考虑，那些时时刻刻追随着她的想法和感受。

来自斯德哥尔摩的那封信唤醒了她，好像她与安德烈亚斯在一起的这些年，只不过是个梦。当有人问她，是否真的像看上去那样快乐时，这个问题好像让她大吃一惊。她的吃惊告诉她，她终于为自己解放了。但那是在当时。现在她又回到新的、自己锁住的脑子里，并对她一直所在的地方感到惊讶。

露卡……

她转过身来。她没有马上认出这个说出她名字的男人。

他变了。他留起了络腮胡，他的前额也变得更高了，在他的胡须和卷发中出现了灰色，但他还像以前一样驼背和瘦弱，他又戴上了眼镜，一副椭圆的无框眼镜。在他们坐到出租车的后座上时，她注意到了这一点。你不戴隐形眼镜了，她说道。他微笑着，对她评论他的外貌有点害羞。是芭芭拉让他戴隐形眼镜的。他说这话的时候，用了一种能让她明白他们已经不在一起了的方式，但她还是问了。他碰到了她的目光，同时他耸耸肩，试着微笑着，像一个尽管遭受了打击，但还是挺过来了的人所做的一样。她向后靠回去，透过挡风玻璃看着外面。

他刚从雷克雅未克回来。他的一部作品在一个为年轻人举办的北欧音乐节上上演。尽管我真的认为，我已经不再那么年轻了，他补充道。在这一点上他是对的，他坐在那里，蓄着修剪过的胡须，戴着无框眼镜，须发斑白，穿着人字呢外套。这是那个丹尼尔吗？那个近视的、曾经让她那么不快乐的、遥不可及的丹尼尔。她看到了记忆中的他，在他的小公寓的三角钢琴前，当时她站在窗户旁要结束他们的关系。

她说起安德烈亚斯和劳里茨，说起关于他们修整的房子，以及她从城里搬出来是多么轻松，说起她一度忘记了关于她职业生涯的一切想法，完全沉湎于她儿子的成长，看着他们的家逐渐成形……确实，这些听起来也许很乏味……他摇了摇头。他不是这样认为的。顺便说一下，他在《父亲》的舞台上看到了她。他为自己跟着她而有点不好意思。她借了他的手机，给埃尔塞打电话。她说，她晚点了。他们沿着运河走着，他坚持要拿着她的箱子。那些古老的路灯倒映在黑色的涟漪上。开始起风了，船只们沿着码头上下摇动，扯动系泊缆绳，发出吱嘎的声音。

她看着那些铺路石，路灯的光圈照在上面，让她打滑。可能是我对你不是特别好，她说道。他不想谈这个话题，那是很久以前的事了。他们无言地走了一段路。多么奇怪，他又说道，我们刚才会遇见！是啊，她答道，我遇到你，每次都是我被遗弃的时候。她脱口而出。他看着她，那种看法让她低头避免看他。她告诉他，奥托怎样甩掉了她，就在那天晚上，在酒吧里碰到他和芭芭拉几个小时之后。不然他还以为，她是那样一个自己主动走开的人。她耸耸肩。她也是这样想的。他反讽地微笑了起来。要是他第二天遇见她就好了！她也笑着回应。当时他并没有空档。寒冷让他打了一个寒战。每次……他很小心地说。这么说……他探询地看着她。她简短地讲了关于巴黎和信的事情。她嫁的是一个什么样的蠢货？她看着他。对不起，他只是认为……

丹尼尔的船屋泊在码头的尽头。他预先走过跳板，把箱子放到甲板上，然后很勇敢地去牵她的手。这是一艘旧驳船。这里没有电，他下楼梯的时候说。她一直站在那里，在他点煤油灯和立在地板中间的燃气炉时。三角钢琴放在一端的高处，那里曾经做过货仓。另一端是一个厨房的角落和一扇通往他睡觉的船舱的门。她在灶台上面的架子上认出了,他祖母的那些有着月光下划艇和浪漫情侣的茶杯。其中有一个杯子缺了把手。整个房间都衬着在烛光下闪闪发光的油漆过的木板,墙上有小小的圆窗,从那里可以看到外面的运河和码头。他开了一瓶酒,然后各自坐在一把折叠椅子上,他们中间的一只木箱,权且当了桌子。

他很坦诚。自从芭芭拉离开之后,他又有过几次短暂的关系,但这些关系从来都没有稳定过,他可能做不到这一点。他给他俩的杯子倒上酒。渐渐地,他也做好了独自一人生活的打算。这也有它的好处,他可以做任何他想做的事。她告诉他,她有多么惊讶,看到他和芭芭拉在一起的时候。那她应该知道,他本人也有多惊讶!她脱掉鞋子,把双脚放到椅子上。红酒和她身下微弱的摇摆,似乎让她平静了下来。

芭芭拉找了个股票经纪人。他微笑着,但没有痛苦。这可能更适合她……但他并不后悔他们的相识,她曾经确实很可爱,是她帮助他往前走的。她让他相信,他并不是一无所长,但当时他确实如此,他看得很清楚……露卡微笑着。他抬起头来,当她看到他眼中的那种表情时,她就后悔自己的那个微笑了。现在他也不得不微笑了。它就像一种病,他说,不快乐地去恋爱。都快要发疯了,他接着说,因为他无论怎样冥思苦想也不明白,这种病为什么不传染。

持续了很长时间吗?他耸耸肩。一年半,两年,直到他遇到芭芭拉。她治好了他。他一边笑着对自己摇摇头,一边重新举起了酒杯。露卡试着去回忆那个有着很大的红色双唇和耸立双乳的女孩。这些正是他所必需的。但是两年……这也正好与她和奥托在一起的时间一样长。丹尼尔一直在想她,尽管他知道,自己没有希望。她正要再一次微笑时,她让自己忍住了。他的样子看上去好像觉得有点可笑,当他回想起青年时代的心碎时。但是,有谁曾经如此忠诚地爱过她呢,在明知他的爱情不可能得到回报的情况下?

很奇怪会坐在丹尼尔的船屋里喝红酒。他们的不期而遇和陌生的环境,适合她从外部来看待自己生活的感觉,好像她是另一个人。她对巴黎发生的事情感到奇怪的无动于衷,就像她已被一分为二了。她的双胞胎姐妹承担了她所有的痛苦,并回答所有的问题,诸如如果安德烈亚斯现在离开了她会发生什么,以及自从他爱上了一个有着黑色卷发与蓝眼睛的瑞典人后,她出了什么问题。

他们是多么不一样,她和丹尼尔。他还一直爱着她,在他们的关系结束很久之后,在明知道她遇到了另一个人的情况下。他的爱并不因为不再有她在面前而减少。他的爱变得愈加强烈和忠诚,在她离去,遥不可及之后。失去她让他把爱升华到最高境界,因为她不再在那里接受它。爱的感觉变得愈来愈多,他几近爆炸,因为他无法摆脱它。而她则一旦明白,不能再指望他的爱,就开始用过去时来思考对安德烈亚斯的爱。

丹尼尔爱过她,那是不顾一切的爱,不顾他自己,也不顾她,直到他几乎疯掉,因为他的爱已经变成一种病。她不是那样的。导致她的双胞胎姐妹受苦的,并不是情感的狂热,而是嫉妒,想到那张拍立得照片上,那个在晨光里坐在没有整理的大床上,头发凌乱的苍白而美丽的女人的嫉妒。让她疼痛的,也不是她身上的某些部分,而是有些东西被切除、被截肢之后，只剩下流血伤口的感觉。

当她读那封可怕的信时，像是被一把斧头劈开，斧头是那样锋利，砍得是如此快，如此猝不及防，以至于过了几分钟之后她才感到疼痛，并发觉她身上的一部分已经消失了。她花了更长时间才意识到，这并不像只是失去一只胳膊或者一条腿。直到第二天的上午，她坐在阳台上晒日光浴，并且试图想象，自己如果跳下去是怎样的情景时，在许多小时之后，她才意识到斧头已将她一分为二了。其中一个发现只要抬腿越过栏杆就可以了，而对另一个来说，这只是个虚幻的想法。现在是其中的一个已经坐在回家的火车上，一边把额头靠在车窗上，一边在黑暗中显示出绝望的样子。另一个坐在丹尼尔船屋的折叠椅子上喝红酒。

她站起身来，看了看她的手表，这让她想起，如果她在起身之前看表，就似乎更有说服力。她说，她想试着赶最后一班火车。他拿来她的外套，为她举在那里，她把手臂伸进去。他轻轻地把她的马尾辫拉起来，让它落到领子外面。她转过身来时，他表现出一副被自己亲密手势吓坏的样子。这很好，她说，再次见到他。他微笑着，看着她的眼睛。我也一样……她朝楼梯走去，他跟在后面。他说那句话时，她已经上了几级楼梯了。她停下来，转过身子。她不确定，她听真切了那句话。他恳求她不要走。他看着她的时候没有眨眼睛。勇敢，她想。与此同时他摊开双手做成道歉的手势。现在已经说出来了。他迅速地抓住了她，毫不动摇。她不得不承认这是一个她熟悉的戏剧桥段，于是让自己落进了他的怀抱。

她仰面躺在床上，身上还穿着外套。他亲吻她的时候，她闭上眼睛。这是一种不习惯的感觉，因为她从来没有过留着络腮胡子的情人。他的手指娴熟地解开她的衣扣。她记得,当它们准确地奏出最大限度的和弦时,她是如何地欣赏这双手。他褪下她的内裤和连裤袜。他亲吻她的乳头时,她后悔没有走掉。她感到自己是在用回顾的力量,奖励他如此忠诚而徒劳的爱。

随着船体的摇晃,床也在一上一下地起伏着,她感觉到了,他的胡须紧贴她大腿处的薄皮肤时,那种粗糙、刺痛的感觉。在一秒钟的撕裂碎片里,她看到了一簇簇摆动着的松针。她在他的脖子上夹紧大腿,即刻就感觉到了,他来回摩擦的胡须和紧抓她脚踝的双手,她再一次在同样摇摆的节奏里,被一对宽阔的肩膀抬起来,通过树干,走向沙丘和大海。

从哥本哈根开始一路上都下着雨。雨滴顺着窗玻璃的侧面爬过去,房子、树木和田野都在低垂的云层下快速闪过。她下火车时,注意到了一个拖着旅行袋的半大女孩。女孩小跑起来,当她看到一个40来岁的向着她走过来的高个子男人时。他们有着相同的头发颜色,栗褐色。那个男子有点笨拙地拥抱着她,同时接过了她的旅行袋。离了婚的父亲,露卡这样想着,跟在他们后面走到车站大楼前,在那里他们坐进了一辆汽车。她试着自己想象了一下,如果安德烈亚斯和她,要轮流拥有劳里茨的话,会是什么样子。她无法想象一个人住在别墅里。但又能怎样呢?她回想起自己提着包和塑料袋先从奥托那里,然后又从哈里那里搬走时的样子。那里没有出租车。她打电话要了一辆,然后在屋檐下站了很久,她感觉很冷,凝视着那片有着寂静商店和泊着汽车的,死气沉沉、一成不变的广场。

埃尔塞坐在厨房里看报纸。早餐之后她就没有收拾过。劳里茨像平常一样，吃不完他舀的玉米片。那些橙色薄片在黄色的牛奶中变软了。埃尔塞歪着头，眼睛里流露出担心的神色。露卡放下箱子，背靠着冰箱门，滑坐到地板上，哭起来。她的母亲站起身，在她旁边单膝着地弯下腰来。发生了什么事？露卡攒着劲，站起来，走进客厅里。一路上她翻脱着外套，让它掉到地板上。埃尔塞跟在她的后面，她们在沙发上坐下来。露卡弯着腰。哭泣再次从她抽搐的嗓子里爆发出来，好像她正在呕吐一样。埃尔塞放一只手臂在她身上，抚摸着她的背。

露卡用断断续续的句子讲述着，不时因吸鼻子而中断。埃尔塞把她拉过去。我知道，她说，抚摸着她的头发。露卡用一种愤怒的动作拂开了她的手，站起来，走向一个对着花园的窗子。她说的她知道是什么意思？埃尔塞没有回答。雨停了。劳里茨的那辆小塑料拖拉机翻倒在泥泞的草坪上。雨滴从李子树的树枝上滴下来。她转过身来。埃尔塞站在铁炉子旁边，弯腰从地板上捡起外套。你是什么意思？露卡重复了一遍，她自己都惊讶，听起来有多么重的指控意味。埃尔塞把外套搭在一只手臂上，用另一只手慢慢地抚弄着外套。说出来！露卡喊着，走回沙发，坐了下来。埃尔塞在沙发相对的角落坐到她的旁边。

现在她必须试着让自己冷静一点。并不是说她能预见到这件事的发生，但是这些年来她一直在想着这件事，这一点她不得不承认。你可能会生我的气，她说，停顿了一会儿。她用手掌拂掉一点炉子上面的灰尘。从某种意义上说，是她自己造成的。是的，这样说很难听，但是……她盯着露卡。现在我是诚实的,她说。露卡再次看着窗户外面。她能看到邻居的那匹马站在车道旁的草地上,一动不动,只有尾巴像面三角旗一样在悠闲地摆动。她太崇拜他了。埃尔塞的声音确定而冷漠,就像她在收音机里对所有人,也不对任何人说话一样。雨停了。一只小鸟飞过黑色的田野,那黑色也衬托着灰色的天空。它呈弧形飞升和下降,仿佛在模仿着犁沟的曲线。

她对他佩服得五体投地。她可以想象一下,以这种方式去崇拜会是什么结果?她为了他和男孩,完全忽视了她自己。露卡眯起了眼睛。雨水聚集在草坪的低洼处。草们在平静的水面上映照出黑色的影子,反衬出灰白的天空镜像。她又能平稳地呼吸了。是的,会有十足的傻瓜认为,只要有一个可爱的居家女人站在那里随时准备着就很好了。可安德烈亚斯不是傻瓜,他是个聪明而敏感的人,此外还是艺术家。他需要挑战,甚至抵抗,而她却忽略了去给他这些。归根结底,他只是一个男人,而男人们最终都会厌倦那些拖住他们的女人和那些只知道渴望和迫切需要确认的女人。如果他是受到诱惑,那没有什么可说的。露卡看着她。那你想让我做什么?她问道。埃尔塞沉默着看了她很久,好像要在她的脸上寻找答案。给自己找一个情人,她说。

露卡把双腿放到沙发上,伸手拿起一个枕头,双臂交叉抱着它按到肚子上。她看着地板。遮着太阳的云层变薄了,淡淡的阳光在地板上逐渐形成清晰的、有着柔软边缘的四边形。那么你自己呢?露卡问。埃尔塞笑了起来。她什么意思?露卡犹豫了片刻,然后继续说下去。怎么解释当年她和伊万在一起的时候,突然之间就完全改变了服饰的风格,并换掉了所有家具?然后她所有的朋友都换成了伊万的广告业朋友。埃尔塞的目光经过铁炉子,转向厨房。她甚至还要求教堂婚礼,尽管伊万根本不想。她总是嘲笑公民结婚的传统,说婚姻是卖淫的一种形式。但这并不妨碍她在50岁的时候,还穿着白色的婚纱和性感内衣去做新娘。

谁说伊万不想举行婚礼?埃尔塞优美的声音突然听起来干巴巴的。露卡用指甲轻轻地拨着枕套的边缘。他自己这样说的……埃尔塞清了清嗓子,看着她。什么时候?露卡放下枕头,双脚放到地板上,把一条腿搭到另一条腿上。她吞了一下口水,遇到了她母亲的目光。她讲了怎样在一个夏日突如其来地去了乡下,因为她不知道埃尔塞在城里。她描绘了怎样和伊万一起用晚餐,与他的交谈比以往任何时候都更好,以及她如何第一次了解了埃尔塞在他身上看到的东西。直到她上床的时候,她已被他给倒的那些白葡萄酒灌醉了。是他肥胖的大肚子在她背上蹭,把坚硬的淫根塞进她的大腿之间时,才把她弄醒。

她还在继续说着,尽管眼泪从埃尔塞的脸颊上流下来了。她已经注意到,早上她去洗澡时他怎样看着她,但她还是要承认,她是何等吃惊于醒来时,看到她的继父在她的床上,并且继父的那个东西到了她的大腿之间。这就是她突然去意大利找乔治的原因。也许这才是导致伊万最后溜走的最主要的原因,而不仅仅是因为他找到了另一个又紧致又美妙的20岁的,也是因为害怕她有一天会把这件事说出来。

埃尔塞站起身来。她手扶着冰冷的炉子的管子,一动不动地在那里站了一会儿，然后走进了卧室。过了一会儿，她提着她的包走了回来。她走到过道里，穿上外套。露卡说，要一个小时之后才有火车。埃尔塞想立刻动身。在汽车里她们谁也没说话。露卡送到站台上。

也许，她说，也许是你自找的。也许是你太崇拜他了……埃尔塞转过身来，抽了她一个耳光。露卡站立不稳，趔趄了一下。当她向出口走去的时候，她的脸颊还在发热。她在车站大楼的门口转过身来。她的母亲坐在长凳上，双腿交叉，头朝后仰。外省火车站上一个优雅而孤独的女人身姿。露卡看不出她的眼睛是睁开的还是闭着的。

一个星期之后，她牵着劳里茨站在对面的站台上，等着从哥本哈根开来的火车。天气是干燥的，但风刮得很厉害，云层在太阳前面掠过，使得阴影交替地出现又消失。劳里茨在他们等待的时候，和那顶棚的阴影玩耍着。他站在那里，让脚尖跟随着阴影和阳光照射的沥青交错的边缘。每当一朵云彩遮住太阳时，他都会变得很兴奋，像杂技演员一样站在那里，用脚尖在光与影的边界之间保持平衡。

那种被一分为二的感觉还没有完全消退。其中的一个害怕着安德烈亚斯正在离开她远去，而另一个，自从她读了来自他情妇的信之后，已经开始解脱了。但是它们，她的那两个半边，不再并肩生活了，它们交替地驾驭着她的情感和思想。从巴黎回家以来，她几乎没睡过，当站在那里等安德烈亚斯的时候，她因缺少力气而头晕。

劳里茨不明白，她为什么会在床上哭泣，而当他想安慰她的时候，又为什么要把他赶开。她被他不由分说的接触尝试所触怒，她的反应是恶狠狠地将他推开，并加以严厉的训斥。其他时候则完全忽略他，只为了一连几个小时坐在那里，无助地看着外面的花园和田野，同时绘声绘色地描摹出安德烈亚斯和那个黑头发写信人之间的幻象来折磨自己。当她处在这种状态之中时，有关这个男孩的一切，都变得无法忍受，他的存在本身就是一个障碍，一个消耗她精力和生命的寄生体。她开始把他理解成一个可怕的错误，因为让安德烈亚斯厌倦她的一切，都集中在这个孩子身上。所有的日常程序，每天的麻木和反复咀嚼，世故的、褪色磨损的、软弱无力的无聊。

但是，劳里茨现在更加困惑了，她几分钟之后又把他放在膝盖上拥抱他，或者坐在地板上，用他的乐高积木搭房子，完全进入玩的境界。这不仅仅是对他意想不到的憎恨导致的罪恶感，让她如此的关注和亲近。她对他重新变得和善，还因为她又在用过去时想起安德烈亚斯。她怀疑自己对安德烈亚斯的爱只是一个充满渴望、一厢情愿的梦。当她拥抱儿子的时候，也把自己拉了进来，进入那个安德烈亚斯留下的空白之中，当他把爱从她那里拉出来交给另一个人之后。现在那里什么都没有了，甚至连爱的影子也不见了，也许因为她的爱曾经只是成了他的影子而已。当她几乎埋在她儿子柔软的脖子里，舔着那脖子上的浅色绒毛时，她就幻想自己在另一个地方过着另一种生活，单独和劳里茨一起。他是那个唯一的人，如果还有爱让她不必怀疑的话，这是她唯一知道的，爱他胜过爱自己。

她对丹尼尔和在他的船屋发生的事情的想法，和对男孩的感受一样，也都经历了波动。当她在劳里茨面前摔门并躺到床上哭泣的时候，她又想起了埃尔塞的话，好像感染了那种有毒的女性策略。去找一个情人！她鄙视自己，因为她屈服于丹尼尔苦恼眼神中的乞求表情。他们偶然的重逢,让可怜的旧伤又跳了出来。她在他渴望的孤独中为他服务,只是为了报复安德烈亚斯,在他们彼此的账目中制造平衡,但这只是让她成为一个更大的叛徒。她觉得不仅背叛了安德烈亚斯,也背叛了自己。

丹尼尔有个晚上打来了电话,那时她刚把男孩放到床上。她可以自由讲话吗?这种参与阴谋的、压抑着的亲密和秘密同盟,让她受到了侮辱。她全然忘了问他,是从哪里得到了她的号码。她对发生的事情感到非常难过吗?没有……她只希望他自己不要难过。他不难过。他依然非常喜欢她,所以为什么他要难过呢?因为……露卡说,但她没有说完这句话。他明白。她千万不要认为,他在任何意义上……现在是他自己中断了句子。她也不会这样做,她回答说。他把手机号码给了她,可她没有把它写下来。他希望,有一天她会给他打电话。他不要有这样的指望,她冷冷地回答。

她放下听筒,立马就后悔没有把他的号码记下来。劳里茨在他的房间里叫她。他问,是不是安德烈亚斯?是的,她说。她从巴黎回家以后,安德烈亚斯没有给她打过电话。这本身就是一个证明,她想着亲吻了男孩的脸颊。后来她坐在炉子前呆呆地看着里面燃烧的余烬,又一次想象着没有安德烈亚斯的生活,但并不是独自一人。这只是一个愚蠢而一闪而过的白日梦,但有那么一瞬间,她想象着自己和劳里茨,在船屋与丹尼尔在一起。她站在甲板上,在一根绳子上晾洗好的衣服。男孩在用钓竿钓鱼,丹尼尔坐在后舱弹他的三角钢琴。她出于对自己的愤怒踢了一下炉门,于是里面烧焦的木柴塌了下来。

劳里茨又在叫她。她走到他那里。他问，为什么她要弄出噪音。那是因为我想爸爸，她说。他也很想他。他也想弄出噪音。那就弄一点儿声音吧，她说道。劳里茨爬下床来，举起装乐高积木的箱子，把它底朝天翻了过来。她问这样做是否有帮助。他现在还不知道。她给他周围掖好被子，温柔地说，他应该试着睡觉了。当她听出他已经入睡的时候，她便走到外面去。那里几乎是满月，青白色的月光朦胧地洒落在草地和李子树的树枝上。

没有一个地方，她想，这个世界上没有一个地方是她所归属的。她没有因为这个想法而感到痛心。她只是这样想想罢了，这样慢慢地、确定地想着，当她看到砂石路尽头的汽车灯光时。一只狗在远处吠了起来。森林里传来一阵低低的沙沙风声。可是不远处就有一个人依然爱她，不论他自己怎样，她又怎样。经过这么多年之后他还是那么喜欢她，不怕承受再一次的羞辱。

她记起了哈里说的话，那是在一个晚上当他躺着时告诉她的，关于他作为诱惑者的事业。他怎样早就看透了自己，但还是要去追逐那一个又一个未知的美人。好像他的知识和欲望无法沟通似的。但也许不仅仅是欲望让他一次又一次地伸手去获取一张新的陌生面孔。也许对他来说，这也是一个拒绝放弃的希望，尽管经验告诉他，不断地希望能够改变一切的邂逅，其实是无济于事的。她愿意相信，当她在那个小圣诞夜意外出现的时候，他伸手获得了她，就是这样一种情形。

她站在房子前面，在寒冷中抱着肩膀，她想，当她遇到安德烈亚斯时，哈里就成了他自己希望的牺牲品，也是她的牺牲品。丹尼尔的电话会让她重新燃起希望吗？无论如何她已经把自己奉献给他了，尽管她知道自己的希望，有多少次因为一个又一个的男人而变成失望。她想到丹尼尔，尽管可能是因为她自己，但也是因为安德烈亚斯在她身上留下的空洞。让她痛苦的是那个空虚，与其说痛苦是因为他，还不如说是因为她那个打哈欠一样的空洞。那里不仅是有人缺席的虚空，那里也是另一个人想要露脸的洞口。继续保持希望让她痛苦，但是她可曾有过别的想法吗？

她躺在床上，把手伸出去，在床单上触到了安德烈亚斯平常睡觉时穿的T恤。她把它拿起来放到脸上，吸着那微弱的汗味，他的气味。她又开始哭了起来。她无法向自己解释，为什么会那样确定地感觉，他们的关系已经结束了。她一点都不知道接下来会发生什么。既没有什么可想象的，也没有什么可希望的。

他脸色苍白，避免去看她的眼睛，当他下了火车，迎接向他跑去的劳里茨的时候。回家的一路上都是男孩重见父亲的快乐和所提的无数问题。他们进屋时，安德烈亚斯说，吃饭之前他需要休息一下。他们除了一般的询问外还没有进行过任何交流。她做饭的时候开了一瓶红酒。劳里茨伏在客厅的地板上玩消防车，那是安德烈亚斯带回来的。警笛微弱但持续的声音，让她想大声叫喊和砸掉点什么，但她意外地控制住了自己。饭做好了的时候，那瓶酒也让她喝掉了一大半。她走进卧室去叫醒安德烈亚斯。他坐在床边上，在暮色中看着外面，他没有听到她的声音。他吃惊地转过身来，试图微笑。

一切都像平常安德烈亚斯旅行回家时一样。男孩问东问西，安德烈亚斯讲了他所经历过的事情。他问，他离开之后谁来过电话，发生过些什么事情。他的剧本完成了。全部完成了，他说着，显出一副筋疲力尽的样子。饭后他给劳里茨刷了牙，让他躺到床上。她收拾桌子，然后再次坐了下来，这时他在给男孩读故事。

她的目光落在记事板上，他们在那里悬挂着彼此的照片和劳里茨的照片。她看着他在巴黎一家咖啡厅给她照的那张。他把胶卷给了她带回家，并让她拿去冲洗。她在那里坐了很久，遇到了她自己那惊讶而搜寻的目光，那目光本身看上去似乎无法穿透的样子，好像那不是她一样。她已经喝掉了一瓶半的酒，当他终于出来走到她面前的时候。她走进去吻了劳里茨，跟他道了晚安。他抚摸着她的脸颊问她现在是否高兴。高兴，她说，感觉眼睛周围一阵灼热。我现在很高兴……她快速地关了灯，在黑暗的房间里站了片刻，直到她确定自己没有哭。客厅里的电话铃响了起来。安德烈亚斯已经起了身，但她赶过去拿起了听筒。她知道他是丹尼尔吗？她猜是他。打扰了吗？他问。是的，她说。关于她，他想了很多，他们能见面吗？她问，他从哪里打来的。船屋，他答。她在说再见时提高了声音，在他来得及说更多之前放下了听筒。

她走进厨房的时候，安德烈亚斯抬起头来。是谁？他点了一支烟。我的母亲，她说，在他对面坐下来。香烟的烟雾让她恶心。他看着窗外。外面已经完全黑下来了。怎么啦？她问。她的声音听起来单薄而不真实。他转过来面对她。他瘦了，额头上有一个疙瘩，又红又肿。我想一个人住,他说。她现在完全平静下来了。另外有人了吗?他掉开了目光。没有,他说。她没有放过他的视线。那他为什么想一个人住?他看着烟头上的烟雾在灯光里兀自缭绕。因为他已经不再爱她了。

她从桌旁站起来,走到过道里,穿上外套,并且确保汽车钥匙在口袋里。他跟着她到了外面。她不能就这样走了,他们必须谈这个问题。他已经考虑了很多,这里……她在他的句子中"砰"的一声关上车门,发动了车子。当她开出车道时他叫喊着她的名字。天上阴云密布,路上一片漆黑。她考虑从电话亭打电话给丹尼尔,但又决定要让他惊讶一下。她看了一眼车速表旁边的钟。她能在一个小时后到哥本哈根。

尾　声

十月的一个早晨，罗伯特醒来的时候，天还是黑的。为了看清闹钟上的指针他眯起了眼睛。5点20分。他倒回到枕头上，感觉睡意又从下面重新涌了上来。他看着水分别从他们雨靴下面草叶之间的泥土里冒出来，当他们沿着地峡向远处的芦苇林继续走下去时。天开始下起毛毛细雨。他牵着她的手，带她走在湖和被水淹没的草地之间的窄路上。她头朝后仰，感受着落到额上和脸颊上的细细雨珠。墨镜上布满突起的雨点。那根白色的拐杖让她折起来塞进了外套的口袋里。

她从来没有来过这个海角。她很奇怪，他们居然从没有到过这里，她和安德烈亚斯。他们平常在海滩洗浴时，应该能够看到那个沙洲和那片芦苇。听，她说着，停了下来，现在罗伯特也听到了那带风的、翅膀扇动发出的断断续续哨声。他抬起头，转动着身子，但是，直到有东西朝着地平线远去的时候，他才发现迁徙的鸟群，地平线那里的平静水面和多云的天空，正沿着反射的模糊边缘相遇。

他刚刚要再次睡过去时，闹钟开始发出哗哗的响声。5点半。他一定是把闹钟调错了。他平时从来没有在7点以前起来过。他正要重新调闹钟的时候，看到了放在衣柜前面的、装好了的旅行袋。他们计划6点出发，以便能赶上一班早点的轮渡。他站起来穿上浴袍，拉开窗帘。整晚都在下雨，树木因雨水而变得沉重。他在走道里遇到了露卡。她戴着墨镜，没有墨镜她从来不出现在他面前。虽然莱亚的房间在房子的另一端，她还是听到了他闹钟的响声。他问，她是否要先洗澡。她做了一个疲倦的拨开的手势，然后穿过走道往回走，同时她用一只手沿着墙壁摸索。她逐渐能够像他一样，在房子里熟悉地走动了。

经常发生的情形是，她听到了他还没有注意到的声音。当她接受盲人培训时，她的听觉变得敏锐了。这是她自己的表述。他值夜班，这样就可以每周有几次接送她去盲人研究所。她是一个聪明的学生，到目前为止，唯一的障碍是她不想和狗有任何关系。她根本就不喜欢狗，尤其是牧羊犬，她无法想象去和这样的一条狗建立友谊。但她已开始学习盲文。一天早上她坐在厨房里，用指肚在桌子的面包屑上移动。写的是什么？他问。她神秘地微笑着，我不说！

他走进浴室，脱下浴袍。他刷牙的时候，靠在洗手池上，不时偷眼看着镜子里的自己。一个满嘴泡沫，比较结实而有点马虎的40岁男人。他觉得自己像天气一样沉重，但在身体的重量里他有一种轻松，一种久违了的体验。是旅行的前景让他感觉轻快，想到无尽的高速公路将他们引向南部，离开。如果他开车去，午夜之前就能通过德国的大部分地区，也许可以直达斯图加特附近。

自从与莫妮卡离婚以来，他几乎没有出去旅行过，相反最近两年他工作得那么多，以至通常有假期剩下。有一次他带着莱亚去了葡萄牙南部的阿尔加维。那里真是相当糟糕，但莱亚可能很开心。一般都是莫妮卡和扬带着她去旅行，他也不想单独去旅行。他无法让自己在某个风景如画的城市里到处乱逛，然后晚上坐在餐馆里，当一个坐在那里悄悄地偷看当地人的孤独游客，并且为有人竟然会对他微笑而感激不尽。

他们去旅行是他出的主意，露卡不假思索就表示赞成。他想象着，旅行也许会让她心里的某些东西松弛下来。有些东西坚定不移地扎在那里，让她最近几个月的生活看起来好像是在一个封闭的圈子里打转。自从那个夏日，他在一个昼夜之间第二次去骨科医院探视，她就一直住在他家里。他看到她那么绝望，就提出住到他家里时，他曾经惊讶于自己突然而来的举动。她问为什么他会想出如此令人吃惊的提议时，他不知道该怎样回答。家里空地方太多。这是他给出的简单理由。他是一个有太多空地方的人。但这也是他能想出来的最好的解释。

幸好她没有再问过他。他不认为，这是因为她已经开始视他为理所当然了。她的表现更像是害怕提问会让事情节外生枝，惹出一些麻烦。她经常让自己待在莱亚的房间里，或者坐在露台上，直到外面太冷了为止。当天色开始很早就暗下来以后，他好几次发现她穿着外套或者裹着毯子坐在外面。有时候他会问她，是否不想进来。他不喜欢那种想法，她黄昏时坐在外面是为了不要闯进来。其他时候他放任她自便，不让她觉得自己有社交的义务。

他漱去嘴里的牙膏时，目光落到了她摆放在浴室架子上的那些东西上，香水瓶、护肤液、指甲锉、发刷、浴帽以及装有卫生巾的袋子。找不出任何名字来称呼他们贞洁的共同生活。可以说她是他的客人。事故以来他一点点地参与到她的生活中，直到发现自己的活动远远超出了医疗的行动半径。这个表述让他微笑了起来，同时他拾起一些她掉在垃圾桶旁边的、用过的棉签。

自从安德烈亚斯从巴黎回到家，并且确认了她已经知道的事情之后，她就没有和他在一起了，甚至也没有在电话里和他交谈过。罗伯特继续充当信使的角色，他不得不多次请求安德烈亚斯保持耐心，不要给她打电话。让时间去疗愈，他一直对这个悲哀的男人如此说，可是他能感觉到，安德烈亚斯想到自己的后悔和善意可能来得太迟，而变得越发气馁。甚至连罗伯特也不知道未来会带来些什么。他为露卡的决定辩护，为除了她儿子之外，不与任何人往来的不可理解的决绝辩护，并且不强迫她去进行解释。车祸让她在原有的生活轨道上刹车，没有人知道这种瘫痪要延续多久。这一点也许连她自己也不知道。

有时，他觉得自己像一个活的堡垒，抵御着一定是被她所视的围困。安德烈亚斯一直在不断地用他的内疚和不耐烦来进攻，让她至少见他，听他如何动情地讲述他的错误来解放他。罗伯特转达他被请求要说的话之后，她没有任何表示。她也从来不问，他是否知道安德烈亚斯的斯德哥尔摩之行。她也没有让他回答，来自她的母亲和米利亚姆要他转达的问候。

罗伯特有过一次与埃尔塞的电话长谈，她打电话为的是想听听露卡的情况怎样了，打听露卡是否确实不想接电话。他只能微笑起来，这个女人在用她圆润的嗓音，在他身上测试其成熟的魅力，以期希望他通过语气或者不经意的词语，透露出他和她的女儿之间究竟是一种什么关系。他也与米利亚姆谈过话，听到了她的孩子在背景里的哭闹。她甚至更加搞不懂，为什么女友不需要她，现在她生活中的一切都崩溃了。埃尔塞拐弯抹角地告诉他，她们之间有过某种冲突，但如今一切都无关紧要了。他假装不知道她在说什么。他对安德烈亚斯也隐瞒了自己所知道的东西，当他去到森林边上的房子里，接劳里茨或者再次将他送回去时，几次差点儿忍不住要打断他的伤心独白。

他们一般都是坐在厨房里，露卡的那些照片还挂在那里的记事板上。照片上，视力正常的露卡在改建房子，或者给他的儿子荡秋千，或者坐在巴黎的咖啡座里，抬起交织着惊讶与会心目光的脸。安德烈亚斯是那样地充满悔恨和自怜，以至于让罗伯特很难保持沉默。罗伯特还记得一种耻辱，那是在她告诉他，在丹尼尔的船屋发生的事时，从她的声音里听到和在她脸上读出来的。他看出和听出，这种羞耻感里不仅涉及她对于安德烈亚斯的不忠，还有对于丹尼尔的滥用。在她开车把自己撞成碎片前一周的那个晚上，有些事情爆发了，罗伯特是唯一对此有所了解的人。因此，每次他开车回家时都会因为自己没有出卖她的隐私而感到轻松，尽管他看到了安德烈亚斯所有真诚和虚假的悲惨。

一天晚上，来电话的是丹尼尔。他自我介绍是个老朋友，还说他是从埃尔塞那里得到罗伯特电话号码的。他问起她怎么样了。他不说露卡，而是说她。对于之前从没有交谈过的他们来说，他的那种私密语气让罗伯特大吃一惊。丹尼尔该有多少次打电话去森林边上的小屋，因为是安德烈亚斯接电话而摔掉听筒？或者因为无人接听一直等到连接中断？丹尼尔停顿了一下。你是……他问道，他在再次尝试之前又打断了自己。我的意思是……你和露卡……这让罗伯特因对方欲言又止，语无伦次之下不屈不挠的渴求，几乎产生出了同情。

露卡戴着耳机坐在扶手椅上。他向她走过去，轻轻地把一只手放到她的肩膀上。她吓了一跳，因为这一次她居然没有听到他的声音，否则她是能听到一切的。他略微感觉出她在听勃拉姆斯第三交响曲中最后乐章的渐强部分。他说，这次是丹尼尔。他在说这话的时候，奇怪自己没有像往常一样回答说，露卡不想与任何人说话。她起身之前犹豫了一下，然后向电话走去，与此同时，她像平时一样，一路用双手摸索家具来确认方向。他在打扫卫生的时候，非常小心不去改变它们的位置。她举起听筒等着，直到他走出客厅，并且在身后关上了门。

他走进厨房，开始了晚餐之后的收拾。他把盘子放进洗碗机的时候，其中有一只盘子咣当响了一下，与此同时，他听到客厅的另一端也传来了好似回音一样的咣当之声。她蹲在客厅中间，周围是玻璃碎片、水和郁金香花。她用一只手搜索着碎片，然后把它们聚集到卷成杯状的另一只手上。血从她的两根手指上流出来，他把她带进浴室。她的一根手指尖上拉了一道很深的口子。对不起，她说，我只是需要砸东西……当他在包扎她的那根手指，把胶布贴在另一根手指上时，她跌坐在抽水马桶的盖子上。我该怎么办？她喃喃地说，我该怎么办？她弯下腰，开始哭了起来。他看了她一会儿，然后到杂物间去拿扫帚和簸箕。

他站了很久，然后在淋浴下清醒过来。好像热水慢慢地让疲劳破碎，像看不见的污垢一样从他身上跌落。他自己的生活几乎一成不变。每天早上去医院，再到下午回家，不过，以前他用来听音乐的那些闲散的空余时间，现在他要用来帮助露卡去适应新的生活。他还停止了打网球，原因不仅仅是他没有时间。他与雅各布的关系在那次事件之后变得冷淡了，一个夏日，他让雅各布在网球场徒劳地等待，一个小时后雅各布站在他的花园里，透过窗户看到他在跟露卡打电话。有一天他们在医院的食堂里站在一起排队时，雅各布问，他和他的前病人正在做什么。尽管露卡因为害怕遇到安德烈亚斯很少出门，但一定还是有人在城里看到了他们在一起。

为了照顾她的骄傲，他试着尽可能地少去帮助她。在她出了一些小状况之后，他也是悄悄地收拾，并假装自己并没有注意到它们。在她还没有熟悉这座房子之前，有时在她过门槛，或者她头上有柜门的时候，他会轻轻地拉住她的手臂。至于与花瓶的插曲，也不是他给她贴胶布的唯一一次。像一个笨拙的孩子。这是她自己说的。一切都像孩子一样要重新学习。最初的那些早上，他不得不帮她洗澡。他把她带到淋浴下面，拉着她的手向她展示如何调节冷热水混合器。她的裸体让他们都感到害羞和非常拘谨。

他关掉淋浴，打开窗户，让蒸汽散发出去。那情景像一堆篝火上的烟雾在寒冷潮湿的半暗中膨胀和吹散。他们第一次到他家时天已经黑下来了。他请她站在走道里，他走在前面去开灯。她问，是否愿意带她在房子里转转。他拉着她的手臂带着她走了一圈。她想知道，每一个房间的样子。他描绘着家具、墙上的画以及其他东西。他来到那间原来做饭厅，现在放着乒乓球台子的房间时，她微笑了起来。当他描述着房子里的细节时,突然,他认为将自己视为家里的一个陌生人了。

那天晚上晚些的时候,她饿了,他才想起来没有买东西。于是他提出给她做一个煎蛋卷。她坚持要敲蛋和打蛋。在吃了几个月淡而无味的医院餐后,她需要自己重新做饭。他在厨房的台子上放了一只碗和一盒鸡蛋,再把一个搅蛋器递到她手里。她在碗边上敲第一颗鸡蛋的时候,蛋黄滑到了厨房桌板上,然后她就一直这样敲下去。最后她几乎敲掉了盒子里所有的鸡蛋,一半的蛋壳都掉在碗里,和那些有幸没有落到桌板上的蛋黄搅在了一起。她瞬间崩溃了,抽泣得浑身颤抖,向前弯着腰,她的头发尖浸到了桌板上的那摊蛋黄中。他在她后面整理着,清理好了碗,然后建议她重新开始。这一次做成功了。她搅鸡蛋,他摊蛋卷。你不要担心,他说,我不会去同情你。她把她的黑色镜片对准他。那就好,她压低声音说。

他不知道,她是怎样让时间过去的,当只有她一人在屋子里的时候。他问过她,有一天下午他回家,发现她坐在对着露台的门槛上时。我在记忆,她说。他教她操作立体声音响,她把他收集的众多唱片按照她记忆的分类堆放在地板上,然后逐一听过去,把她喜欢的音乐选出来。她继续回到肖邦。但是有一个下午他回家时,盲歌手何塞·菲利西亚诺那充满激情的声音,和着清脆的吉他声,就向还在车道上的他扑面而来。他已经忘记了这张唱片。它充满了童年的回忆,她说道。她的母亲曾经对何塞·菲利西亚诺非常着迷,现在他又成了一种同事。当她第五遍放《未来会如何》时,他建议她可以尝试改用他的耳机,听听效果怎样。

他值夜班时，有时他会给她打电话。他们没有谈论什么特别的事情，但是当夜班护士在走廊经过时他还是放低了声音。他问她在做什么，说些刚想到的事情。大概这就是最大的变化。当他本人不在时，家里有人。他可以打电话回家。不管怎样，他考虑最多的是他们夜间电话谈话之下的变化。他们一起在家里时，似乎一切都是理所当然的。可每次他们结束谈话时，她都会说，谢谢，因为他打来了电话。她的礼貌让他很沮丧。好像他只是因为知道她坐在那里很孤独，才给她打电话一样。

他开车把她送到盲人研究所接受培训时，自己就在哥本哈根市内走动，去唱片店或者到一家咖啡馆里去坐坐。他有时也会去看望他的母亲，其他时候就去学校门口等莱亚。暑假之后他第一次去火车站接她，在车子里他解释不再是一个人住了的时候，她用一种取笑的眼神看着他。开始时她拒绝相信露卡不是他的新女友。直到她在自己的床头柜上发现了一只扎头发的橡皮筋的时候，她才开始相信。莱亚来访，露卡就住到以前做储藏室的一间空房间里。他清理了那些破旧没用的东西，把纸箱子码到房间的一头，把理好了的床垫放到另一头。

她们被互相介绍时，莱亚对露卡犹疑不定。以前她从来没有和盲人在一起过，露卡的墨镜和把脸转向说话人方向的探寻方式，都让莱亚尴尬。她努力保持自然，并且表现得举止适度，但对实际情况并没有直接的帮助，她是残障人士，这个陌生的女人已经搬进她父亲的家里，尽管他们不是恋人。好像这些还不够古怪似的。晚餐桌上的谈话进行得很吃力，莱亚只用单音节的词回答，露卡则不参与谈话。罗伯特感觉，自己像个失败的小丑，徒劳地在场子里绝望地转圈，试图逗观众发笑。

　　第二天他接来了劳里茨之后就有了改善。男孩重逢的快乐感染了莱亚，她也开始在露卡面前放松下来。莱亚、劳里茨和她在花园里做瞎子抓人的游戏。他站在客厅里听到他们的笑声，看到她跌跌撞撞地寻找孩子们，他惊讶于她自然而然的轻松。她被触动了，他能看出来，她感觉到了莱亚对待小男孩就像对自己的弟弟一样。她成功地赢得了莱亚的信任，他不知道她是怎样做到的。看到他们在草地上坐在一起时，他不想去打搅他们。

　　那是八月里最后几个炎热日子里的一天，午餐之后他们去了海滩。莱亚拉着露卡的手，把她带到礁石的另一边，那里的水深到足可以游泳。他一直和劳里茨留在水边。当男孩在拍岸的波浪里打闹时，他看着露卡抱着双臂站在齐腰深的水里。莱亚正在那里鼓励着她，最后她服从了，朝前伸开双臂，同时双脚离开站立的地方。她们并排慢慢朝着捕鱼网桩游去。罗伯特很佩服她的勇敢。她笑了起来，紧张的同时又感觉得到了解放。甚至他自己都不能确定，敢不敢在看不见的情况下扑进海水里。

已经能看见天空了，但天肯定还没有完全亮。这是十月里一个阴云低垂的日子，黏滑的枯叶落在潮湿的沥青路面上。罗伯特穿好衣服，走进厨房，让咖啡机开始工作。露卡大概又睡着了，她喜欢久睡。他把面包和奶酪找出来，之后走进去叫醒她。通往莱亚卧室的门虚掩着。他轻轻打开门，没有一点声音。灰色的日光掠过墙壁，在床铺上方光滑的海报上闪闪发光，于是就只有迈克尔·杰克逊那张不可一世的小脸在乳白色的光晕下显现了出来。露卡的头发散落在有着燕子图案和靓丽云彩的枕套上。她眼睑闭合，双唇微分，平静地呼吸着。

她胖了一点，住到他这里之后，她的脸也不再那么骨感和凹陷了，她还留有一点点夏天的颜色。他看见她不戴墨镜已经是很久以前的事了。一条长长的、越过左眉的白色疤痕看起来是车祸给她留下的唯一印迹。脸上的严肃表情让他想起了，安德烈亚斯在巴黎露天咖啡座给她拍的那张照片，那是她已经知道了他们的关系即将结束的时候。她嘴唇分开时的样子，和在一个单词中间吃惊的方式相同，但是现在不是因为摄影师而是因为睡眠。

她的嘴角动了起来。我没有睡着，她说，你进来的时候我就醒了。他抗议。他没有穿鞋子，门打开的时候也没有声音。我听到的不是你,她说,是咖啡机。你自己听听……现在他也听到了那远远的、吸鼻子似的汩汩之声。他走进车道,从信箱里拿了报纸。他再走进来的时候,听到了浴室里水溅到瓷砖上的声音。他喝着咖啡,看着报纸,但是当他放下报纸时,他已经忘记了,上面有什么。

她走进厨房,在他对面坐下来。她把上衣扣子扣歪了,但他没有把它说出来。她的一只手在桌子上来回摸索着,直到她找到面包筐和黄油盒。她问,他们什么时候能到意大利。她那潮湿的、用浴巾擦过的头发落在墨镜前面。明天下午,他答道,注意到她多么确定地用餐刀把黄油刮起来再涂到面包上。明天下午我们至少应该在米兰,他继续道。她又开始用手寻找,找到了一片奶酪放到面包上,在她咬下去一口之前,把头发从一边的脸颊上拂开。米兰,她一边喃喃自语着,一边嚼着面包。

那么露卡呢?当他锁前门的时候,她问。也许明天深夜,他说着,提着旅行袋向后备厢走去。也许起码要半夜时分……他已经提议,他们应该开车去露卡,因为这是他突然想出来的主意,为了不仅仅是建议来一次没有目标的旅行。也许这就是为什么她未加评论就对他的建议表示赞成。当他得到这个主意的时候,他想,如果让她稍微离开一段时间,也许对她考虑将来要容易一些。她至少不要花费那么多的精力去进行防范。但是他自己也想去旅行,他因捍卫她的与世隔绝被弄得精疲力竭。他曾向安德烈亚斯解释,她必须完全在他的影响范围之外,在感觉不到压力的情况下来考虑他。她是这样说的吗?不是的,罗伯特说。这只是他自己想到的。安德烈亚斯认为他是对的。

他发动汽车的时候,他们都没有说话。他开车穿过工业区，经过医院，然后上了通往有北向和南向高速公路的高架桥。我从没有见过露卡，她终于说话了。她说得干巴巴地，颇有强调意味。他回答道，他们可以不去那里，如果她没有兴趣。她把靠背拉出来，这样她就可以靠上去。要去，她说，我一定要去那里。

他们往南开了几公里之后，天又开始下雨了。雨水在轮胎下发出咻咻之声，汽车的红色尾灯在水淋淋的沥青上面闪闪发光。我并不紧张，她说。她为什么这么说呢？他笑了起来。她想了一下。因为我应该紧张的，她回答。为了开那么远的路，为了和某个从某种方式来说根本不认识的人一起开那么远的路。他把车开到了超车车道上。真是太奇怪了，她说，会如此了解一个我从未看见过的人。他回答说，他也只对她讲了那么多关于自己的情况，因为她看不见他。她点点头。这也就是为什么她敢于讲述她自己的原因。因为她无法看见他，所以也就阻断了形成他会怎样去看她的印象。

不久之前，她就想到了这一点，当他打开莱亚卧室的门去叫醒她的时候。那时他站在那里看着她，因为他以为，她睡着了。她有被监视的感觉吗？没有，它不是那种感觉。相反，这对她来说，已经没有什么了，她已经不再在乎她是否被人看见。她的脸已经变成了不相关的、与她本身分离的东西。这也许就是我不紧张的原因，她笑了起来。因为你没有爱上我。如果我认为，你会爱我的话，我永远都不会告诉你我的故事，如果你爱我的话，你也可能不会告诉我你的故事。她停下来休息了一下。故事，她继续道，故事散发出太多的光亮。你无法把它们隐藏起来。他微笑了。她经常让他微笑，这一点每次都在打击着他，是他独自一人在那里微笑。你是对的,他说,他们最终结束的时候总有一个会追上来。是的,她停了一会儿说,他们没有逃生路线……尽管我自己的故事是一个漫长的逃生故事。

她沉默下来时,他想了很久她所说的那些话。他们已经习惯了在彼此的陪伴中,当其中一个在讲述中停顿下来时,和对方一起保持沉默。这不会再困扰他们了,但是此刻,在车里,他们之间的沉默还是有点特别。当他们坐在这些高速公路上的其他汽车之间时,他们就处在一切之外,连他们所经过的那些城市,也只不过是一些蓝色标牌上的白色名字而已。他认为,这不失为一个待在一起的合适地方,在一条高速公路上的一辆汽车里,因为他们的相遇,就像路上相遇的汽车一样彼此陌生,处在所有关系之外。也许她是对的,也许这就是他们不必紧张的原因。渐渐地,他们比其他人要更深入地渗透到彼此的生活里了,但与此同时,他又感到他们好像是通过卫星谈话一样,相隔着无法估量的距离。他们彼此接近却又彼此分离,也许他们之所以能够如此接近,是因为他们只是单独地求助于词语。

他们各自都比那么多的其他人更了解对方,可是她的失明却保护了他们两个。特别是他们讲述的是那样私密的事情,他们从未想过,要把那些故事告诉任何人。她避免了去看他对于她的故事会有怎样的反应,他也可以自由讲述而不被那些搜查的、同情的或者指责的目光所干扰。他们感觉自由,因为他们只管讲述,而不必担心或者希望,他们讲述之后留下来的印象。然而他们还是像两个刚刚认识的人一样行事,体贴而谨慎。她表现得像那个她曾经做过的客人,她是尴尬的,因为她可以感觉到,他不喜欢她表达出对他强烈的感激之情。他也是尴尬地用他自己的方式去帮助她，害怕夸大他的帮助，让她感觉欠他的情。

他们的尴尬并没有因为他们互相了解得很多而减少。到目前为止，他们谁都没有对自己的或者对方的故事发表评论，也没有谈到，他们各自对陌生人讲了那么多，又是多么奇怪。他们只是享受着这种倾听，并对具体的细节进行提问。这几乎成了他们之间的一个规则，虽说他们并没有这样约定过。他可以肯定，她也正在想着这一点，她正在汽车里坐在他的旁边，把头靠到靠枕上休息。她正要违反这个规则，那是几个月来，让他们有可能讲述，而不必害怕遭受对方的谴责或者怜悯的规则。

他们的夜晚就是在这个或那个人的讲述中过去的。她躺在沙发上，他坐在扶手椅上。有时候他甚至都没有看着她。他只是在夏天或者初秋的晚上坐在那里看着外面，他听着她的声音或者他自己的讲述。他们坐在那里，像两个在安静的、半明半暗的酒店大堂里相遇的陌生人一样进入谈话。两个陌生人考虑到，对方事先一无所知，因此必须对所有的问题进行解释。这两位有着乡愁的游客，一直住在酒店而没有加入卢克索或者胡夫金字塔的游览，因为他们更愿意坐下来，聆听并将注意力集中于他们本来非常普通的故事之间的巧合和偏差。

她的故事是通过一些事件和想法、她认识的人和她曾经到过的地方的平滑运动中涌现出来的。开始的时候，他能感觉到，当她谈到那些她从来没有对人讲过的私密事情和之前从未用词语表达过的情感的时候，她会不好意思。她可能会在一个句子中间脸红，或者在继续讲下去之前犹豫不决，但同时他能感觉到，她那些还没有讲出来的事情的压力，已经被她的声音唤醒，在不耐烦地等着被讲出来，要在她的描述中占有一席之地。渐渐地，随着那呼之欲出的故事进展，在一个又一个夜晚之后，她完全忘了去区分它们究竟是可以信赖的、揭发隐私的或者是令人反感的了。随着事件或者情感一个接一个地被牵扯出来，她的语调变得越来越平和与私密，他发现，自己也不再吃惊，或者感觉聆听她的私密的倾诉越过了边界。只有在他们陷入沉默的停顿时，他才能看到，她是怎样突然地将其内在的目光转向她的故事，困惑地、悲伤地或者反讽地，好像她是一个陌生人，正在那一刻沉思冥想，她的弯路、死路和迷路，情感的动荡与不安的渴望。

他也发生过类似的情形，当他听到自己的声音讲述时。在他的讲述中他看不到他自己，但看到另一个人，他从背后看到的、无法理解他更深层动机的另一个人。那些他曾经认为是那样隐秘和独有的秘密情感，对他直接变得神秘了。而她，好像已经读出了他的想法。你不知道，那些事情为什么会发生，它们为什么会变成那个样子，一天晚上，在他停顿了很久之后，她如此说。不知道，他回答。但知道是怎样发生的。

逃跑……她的故事可以集中在这个词上吗？那也是一个试图的逃跑吗，四月的那个晚上，她被那辆荷兰卡车拦住的时候？当他坐着，跟随交通的平和节奏时，他认为这听上去好像是一个回答，对他前一天去海角时讲过的一些话的回答。那天他们尽可能地走了下去，一直走到了芦苇丛的尽头。她请求他描述那里是什么模样。他描述了那些高高的芦苇、草屋和泊在湖中的划艇，那划艇拴在湖中的一根柱子上，倒映在静静的水里。他们也经过了他平常坐过的那根腐烂的木桩。她在上面保持平衡，用一只手扶着他的肩膀。那只褪色的吉尼坦斯烟盒消失不见了。他给她讲了那只烟盒的事，说，安德烈亚斯一定在某一天也到过那里。

他除了会把那些谦卑和实用的信息传达给她之外，很少对她提及安德烈亚斯，但有时他会问，是不是到了他们可以在一起谈谈的时候。每次他得到的都是同样的回答。还不到时候……他在海角又问了一次。她停了下来。他厌倦了她住在那里吗？不是的，他说道，但是我认为，你在逃跑……雨下得大起来，他建议他们往回走。他们在那所高大的、有柏油木板的木棚里寻找避雨的地方，木屋是这片平坦景观上的唯一凸起。灰色的光线透过木板空隙，穿透半暗处、湖泊和沙洲水平地伸展开去，被垂直条纹中的黑暗所打断。他看到一只巨大的海鸥飞过沙洲，交替地消失又重新出现在缝隙中。不会了，她说，我不会再逃跑了。但是回家……那将是一次逃跑。

他很快地瞥了她一眼。那他们的旅行是什么呢？她转过那副墨镜对着他。他打开雨刷，再次把目光集中在车道上。雨像雾一样蒙在他前面的卡车轮子上。这不也是一种逃跑吗？她和他一起坐在汽车里往南开？她等了一下才回答。不是的，她说。那他们要怎么称呼它呢？回归，她说，彻底回归。回到开始……他超过了卡车，然后再次开进车道。对，他回答道，这可能是前进的唯一途径。

穿过德国的大部分地区时都下着雨。风景雷同，森林、田野、工厂，然后又是森林，它们模糊在雨雾中，显出蓝灰色。那些城市的名字告诉他们开了多远。他们每经过一个标牌时，他都大声地为她读出城市的名字。她从烟盒里取出一支香烟，那烟盒躺在前面挡风玻璃下面，她把它放到双唇之间。他们刚刚经过汉诺威。天气预报中的卫星录音说，昨天晚上有一团巨大的云层，以缓慢的嘀嗒声进入北欧。所以，今晚宇航员看不到城市的灯光。她微笑着，唇间夹着香烟，再揿动打火机。她点烟的时候他总是很紧张。最初的几个星期里，她好多次不幸烧焦了她的头发梢，或者点燃了过滤嘴，但他却习惯了不干涉。

她点着了香烟，吸了一口，再慢慢地把烟雾吐出来。宇航员？是的，他说，然后给她讲他在报纸上看到的一张图片。那是在一个晴朗的夜晚从太空拍摄的，人们可以清楚地分辨出，被深蓝色围绕的欧洲轮廓，陆地上的每个大城市都有发亮的斑点。图片配了一篇关于光污染的文章。他不理解这个词。光怎么会污染？她同意这个看法。她也看过那张图片。那是她见过的最漂亮的图片之一。像一张星空的镜像，她说，就像每座城市都是一颗星一样。是的，他回答着，同时把手从变速杆上抬起来，再把烟灰缸拉出来。想一想，如果有一天城市的亮光，在城市和它们的居民消失很久之后，到达了一个遥远的、有人居住的星球。她点点头。她说，如果他们发现那不是星星而是城市，可怜的他们。他们会去相信，在宇宙之中并不是只有他们。

罗伯特并不同意。他说，如果我们以为星星是城市，那对我们来说可能是可惜的，是吗？相反，生活对于他们来说会感觉更轻松，想到在那么远的地方生活着一些像他们一样的傻瓜，他们也可能会感到同样的困惑。她笑了起来。他怎能确定，他们会有同样的困惑呢？他耸耸肩。他无法想象没有困惑的生活。除非你不知道自己活着，她答道。那样的话当然一切都无所谓了。是的，他说，如果他们以为自己活着，而且他们的想法只是从一颗熄灭的恒星发出的延迟之光，那就更糟了。哎呀，医生先生！她惊呼起来，原来她把烟灰弹到了烟灰缸旁边，于是烟灰落到了她的左膝上面。她不知道他会如此富有哲理。这一点连他自己也不知道。

当他们经过那些工厂和通往大城市的引道环路时，他放了一盘贝多芬晚期的弦乐四重奏磁带，并沉浸于音乐之中。他想，所有的感受，都在音乐的振动之中，时而粗犷，时而平滑，时而沙哑颤抖，时而在乐器发热的共鸣箱中歌唱，就像薄薄的水晶玻璃杯在一根潮湿的手指下震颤一样。这个音乐中有太多的情感，但是它们已经失去了它们的面孔，它们已不再被任何东西所触发，或者针对任何人，它们完全被音乐的改变力量所吞噬。它们给他带来匿名的奖赏，就是他可以坐在他的汽车里，包围在陌生的车辆和路牌、工厂和城市之中，依然能感觉被认出和表露。他们静静地坐着，倾听着音乐把城市互相联结在一起，就像那无尽的沥青路面一样。这同一个音乐，振动他们头部的音乐，对他们来说意味着不同的东西，其所以能如此，因为它本身并不意味着任何东西。

早上他面对即将出发的前景而感觉的轻松，此刻被昏昏欲睡的疲惫所代替，但他并没有平时疲惫时所感觉到的沉重，也不尽是那单调的驾驶让他精疲力竭。他的轻松滑向了一种奇特的、失重的感觉，那是一种时而慷慨激越、时而缠绵悱恻的弦乐器带给他内心的回音，就像处在一个被多孔壁所包围的空腔之中。他坐在自己的汽车里，身边坐着他的前病人，正在通向她所命名的那个城市的路上，这一切好像都是不现实的。最近的几个月他没有时间像平时那样去胡思乱想和无所事事。他下班回来，她就在那儿，不是他们坐在一起谈话，就是她独自坐在外面的露台上。一到周末，劳里茨的到来，房子里充满了他的玩具以及他制造的响亮而叽叽喳喳的声音。他对她儿子的关注比自己的女儿还要多，男孩则开始以一种不由自主的方式依恋他。

他们在维尔茨堡城外的一个休息区下车给车子加了油，喝了咖啡之后，她打开了收音机，在他来得及再次放贝多芬之前。她在频道之间来回调着，直到决定停在一个播放流行音乐的电台为止。他从来不听这类音乐，但他想，这次应该轮到她来选择了。当他们开了上百公里之后，这种无思无虑的流行音乐与他奇怪的、既放松又忧郁的心情倒是颇为契合。他们有时聊一下。她问了一些他告诉她的事情的有关细节，当他请她讲她认识的那些男人的更多情况时，则由她来回答。

他在那种柔和而令人沉醉的流行音乐中听自己的声音，并聆听她的声音时，他认出了那种曾经触动过他的感觉，那是在暑假前的最后一个星期日，他站在沙滩上看莱亚沿着礁石游泳的时候。这种同样的感觉在几个星期后又让他不知所措，那是劳里茨第一次在他家过夜之后。那次他开车送男孩回家，回来后没有进自己的房子。他坐在车子里想着安德烈亚斯告诉他的，有关斯德哥尔摩之行的事情。他现在如此神圣地讲述着的，关于他生命里失败的逃脱尝试，几乎让人无法忍受。当罗伯特交替地滑入超车道和返回向南穿越德国的车流里时，又一次记起了，露卡在巴黎拍摄的那张照片上的眼睛和她目光里唤起的、模糊而不可捉摸的回忆。好像是在无声地提示着一些没有实施的东西，但那是什么呢？一些被忽视了的东西，他想，是一种未兑现的承诺之类。但那是关于什么的承诺，又是对谁的承诺呢？

他没有想太多，安德烈亚斯如何抽烟和贪吃李子，他把自己从一种眩光中解脱出来，只是为了投身到另一种眩光之中。让他瘫痪的，并不是这个，那让他坐在自己的汽车里，一边倾听着别人寂静花园里的洒水装置，一边盯着自己那些映照在露台窗玻璃上的弱智塑料椅子的，并不是这个。这种瘫痪也不是因为突然而伤心地意识到，莱亚将很快成为不再需要他的年轻女人。因此不是这个原因，他感觉自己留在了次要的位置上，当他向在网桩旁边的她挥手时，还有后来当火车开始启动，他沿着站台跟随，只为了在她的脸上多看几秒钟时。

在车厢里的莱亚的脸后面和露天咖啡座里露卡的脸后面，另外的一些面孔浮现了出来。他又一次看到了莫妮卡的脸，那是他们离婚前几年的一个傍晚，在沙滩上，莫妮卡一边看着水面，一边抽着烟的时候。他看到了他的母亲坐在阳台上，双眼越过轨道望着发电厂那空荡荡的、聚集着夕阳之光的红砖墙面。他还看到了在阿尔卑斯山的毛毯下，对着他把头低下去的另一个红着脸的莫妮卡，而在莫妮卡的脸后，他看到了索尼娅那张年轻而激动的脸，她用骑机械玩具马一样的方式，弓身骑在他的身上。而在她们的后面，他再次看到了安娜的眼神，她那深黯的眼眸透过所有其他人看着他，她在那个冬日的夜晚，披散着头发躺在深红色地毯的朦胧图案上，当时，他们是那样年轻，以至于当她终于把他渴望太久的东西给了他之后，他居然忘记了，为什么他会如此激动，对他永不满足的饥饿而言，所得太少了。

当他失去安娜时，他太年轻了，年轻得让他那样快就失去了，他曾经渴望得如此强烈的东西。他曾经远远地退到自己内心深处的洞穴里。他惊恐地看着，自己的身体怎样无所顾忌地与那些自愿奉献的人取乐。他开始走出来，是当莫妮卡把毛毯盖在头上，阻挡那雪山的丑陋光线，用以保护他们的初吻的时候。那时候他才学会了更多的耐心，减少无所不包的愿望，但也许是他的身体已经习惯了处于平和之中。但它至少靠自己又逃脱了，当时索尼娅出现在最高法院律师的花园里，在打太极拳的时候，显示她强劲的小腿和隆起的乳房，这样一直到他被完全迷惑。

那些没有意义的东西，不幸吞噬了那些应该有全部意义的东西，不是通过欲望，而是沉默的永不满足。事实上与其他许多人相比，他并不那么贪婪，但是已经成为他的这点东西，又总是以再一次从他手上溜走而告终，因为他松手了，或者因为他再也无法坚持同样的信念。他在脑海中看见自己故事中的那些面孔时，她们都变得单薄而透明，安娜、莫妮卡、索尼娅，甚至他的母亲和莱亚都在他内心深处的凝视中变得苍白起来。最后，她们都像倒影一样滑行并逐渐消失，当一阵风在突然而至的涟漪中，撕破那面水镜的时候。他再一次想象着，在他经常出没的地方的平坦风景，沙洲和芦苇，孤独的柏油木板棚屋，天空中鸟们变换着的队形，湖中的草丛以及它们被水淹没的草茎。

午夜之后，他把车开进位于斯图加特与图宾根之间的一家汽车旅馆前的停车场。露卡在最后的一个小时里坐着睡着了。这实在是很傻，在他们两人都很疲惫的情况下，他还开那么远的路程，但他被驾驶的催眠似的单调所俘获，不断地屈服于再多开一百公里的诱惑。熄火之后,他在座位上伸展四肢时,疲倦便向他袭来。他坐了一会儿,透过挡风玻璃上的雨滴,懒懒地看着从汽车旅馆的黄色亮牌上发出的闪光。白色窗帘后面的餐厅里漆黑一片,蓝色霓虹灯管的光从上方照下来。他多次反复地叫着她的名字,从低声开始,然后更加坚持。最后他只得把一只手放到她的肩上温柔地摇着。她蓦然惊醒,带着惊恐与困惑。他告诉她他们到了哪里。开了那么远……她的声音因睡眠而嘶哑。她为自己用睡觉代替陪他而道歉,那样的话他就不会那么累。他们快速穿过雨幕的时候,他用一只手提着他们的旅行袋,另一只手拉着她的手臂。

汽车旅馆的装饰充满虚假的浪漫气息,仿佛想让客人们相信,他们同时身处猎人小屋,赌场和虔信的基督教之家。他们登记之后,他说,她应该为看不到此处有多么丑陋而高兴。她没有反应,这样说也并不是特别有趣,但对她残疾的那些轻微玩世不恭的涉及,已经成为他们之间的一种风格。她站在那里微微摇晃着身子,好像她正在站着入睡一样。他们得到了互相挨着的两间房间。他给她指明了床和通往洗手间门的位置,然后走进自己的房间,和着所有的衣服倒下去。

他甚至连鞋都没有脱,他一定是立马就睡着了。最初他一点也不知道,自己身在何处,他侧身躺着,穿着的鞋子纠结在毯子里,同时他看着过往卡车上的远光灯。他能记住一个梦,已经是很久以前的事了。通常他一醒来,梦就逐渐消失了,他只能记得一些互无关联的单个细节,与此同时它们也都消失了。这个梦他完全清楚地记得。他把枕头拉到耳朵下面,闻着凉爽而光滑的枕套上发出的洗衣粉香味。

这是一个只有灰白黑细微差别的无色之梦。他从没有去过非洲，但他就是身处那里，他不知道为什么，也不知道他站在一个什么样的房间里。他单脚跪在一个有着卷曲的、机剪短发的男孩面前。一个4岁，也许5岁的男孩，不是深褐色，而是灰色，就像梦中的其他一切一样。男孩没有眼睛。眼睛应该在的地方除了薄薄的灰色皮肤外什么也没有。有人在他背后跟他说话，他不知道是谁。他看不到那个说话的人，也听不出讲话的是一个男人还是一个女人。那个声音告诉他该怎么办。那个声音说，他要把双手伸出来，在那个男孩应该长眼睛的地方的皮肤上抹擦。他用指关节轻轻地擦着，并且注意到那紧绷的薄膜如何在轻轻触摸之下破裂，同时断裂的皮肤卷曲在一起，于是就出现了两只深色的男孩眼睛。然后他就醒了。

起初他不知道，那种隔膜里使得他额头向着膝盖弯下去的挤压感是什么。他不能呼吸，有几秒钟，体内的一切被锁在一种瘫痪的夹钳中，直到一种抽搐袭来，才松开了对他的钳制，然后变成一种在剧烈的、有节奏的碰撞下击打他的强大力量。最后他感觉哭声从双肺和喉咙爆发出来，空洞、深沉，而且无法停止。

过了一会儿，他的肌肉松弛下来，哭泣渐渐地止住，他也能坐起来了。他擦去眼泪，看着那些泊着的汽车轮廓。他的手表上显示刚过3点半。他找出一支烟，点起来。窗户旁的那扇门可以通到停车场。他走了出去。雨停了，冷风穿透了衬衫，但他还是一直沿着那排卡车和拖车走来走去。汽车旅馆坐落在森林边缘。他们到达的时候，他没有留意到这一点。那些高大松树的树梢，微弱地显现出来，向着黑暗建筑物窗户上方的夜空。

  他醒来已是9点半了。他敲她房门的时候，露卡马上应了声。她穿着外套坐在打开的窗子旁。她的包已经整理好放在床上。他们坐在餐厅里的时候都沉默着。餐厅一端的墙上装饰着鹿角，从那些看不见的扬声器里传来轻轻的维也纳华尔兹。他从自助餐台上拿来他们的早餐。其他的桌子上没有客人，停车场也几乎是空的。他问她睡好了没有。当她把脸转向他的时候，他能在她的墨镜里看到他自己和一片森林。我听到你的声音了，她平静地说。他把目光转向用毛茸茸的松树树干搭成的，渐渐消失在黑暗中的走廊。她的杯子碰到了下面的碟子，发出了"哒哒"的响声，过了一会儿，他感受到了来自她手上的热量。我是你的朋友，她说。他看着她。我的朋友？她点点头。是的，她带着轻轻的笑容说。你的盲人朋友……

  他们坐进汽车后，他把地图在方向盘上打开，跟随路线图向南开至瑞士边境，再越过苏黎世、圣哥达和米兰。她放上贝多芬弦乐四重奏的磁带。他问他们能不能听点别的。听什么呢？他用手指搜索了一条通往热那亚，再沿着海岸线越过拉斯佩齐亚到维亚雷焦的下一步的路线，维亚雷焦是他们要再一次停留的地方。什么都可以，他一边说，一边把地图叠起来。时代的旋律，他补充道，同时发动了车子。她沿着调频－波段旋动着红色的指针，直到找到一个直通的电台。他很感激她什么也没说。她的沉默既不尴尬又不令人恐惧，她只是让他自便。她沉默着，像坐在一个处于深度集中注意力状态的人旁边所做的那样。

  现在他还没有专注于驾驶上，因为他在想驾驶之外的事情。思绪像鸟儿一样穿过他的头脑,他也没有试图去抓住它们,但他是完全清醒的。一个小时之后他们将穿过阿尔卑斯山。昨天的疲惫被一种清晰而尖锐的感觉所取代,就像让他眼花缭乱的白光反射一样,当他们从一条隧道驶出来时,于是,他不得不眯起了眼睛。

傍晚的时候他们到达了维亚雷焦。天上阴云密布，风从海上吹来。当滔天的海浪崩塌时，海水的蓝灰颜色在磨碎的泡沫下变成石灰绿。她在他前面一点点远的地方走着，用她的白色手杖在沙上点击着。他为了系鞋带停了下来。宽阔的海滩一片荒凉。一条黑狗在四处乱跑，伸出嘴的舌头晃来晃去，露出牙齿，仿佛它在咬着风。在这遥远的北方，在她飘动外套里的单独身影之后，他能看到拉斯佩齐亚旁边的岩石岛和海角，海角向上倾斜并与阿普安阿尔卑斯山脉一起成长。那最高的峰尖是白色的，不是雪似的白，而是大理石一样的白。他站了起来，赶上她。她的墨镜蒙上了一层细细的咸水珠子。像大理石粉末，他想。他们往回走，沿着海滨大道，经过那些关闭酒店的华丽外墙、海滨长廊和海滩之间的新艺术运动风格的亭子。那里几乎没人。只有背景上冲浪发出的低沉的隆隆声，他们鞋跟发出的声音以及她细手杖的点击声。

　　这附近的某个地方，露卡说，在这个距离之内的某处地方是她第一次见到他的地方。罗伯特试着想象一个有着成熟、文化气息声音的年轻版女性，那个声音是他每周在电话里要通话几次的。一个年轻的埃尔塞站在好奇的人群边缘，穿着休闲服，看着有马塞洛·马斯特洛安尼参加的电影拍摄。摄影仪器后面可能还会有聚光灯，尽管阳光灿烂。他们彼此为对方描绘出了一个场景，当他们沿着一排被风吹过的棕榈树行走时。后来这个场景演变成一个游戏，他们交替着在对方的幻想上继续编织。

埃尔塞可能是着迷于那个阳光与白色聚光灯灯光的混合，如何将演员们包围在一个不可思议的魔力范围内，像一个梦一样。就在那里，有个人扛着长长的麦克风杆，沿着轨道敏捷地跟着摄像机移动。突然她发现了那个年轻的黑发男子，也许在这之前，也许在两次拍摄之间的休息时，在魔术圈白光的另一侧，看着这位优雅的北欧女孩。她看到的不再是马斯特洛安尼，而是乔治，但她却不知道。此时她还不知道他的名字，同样不知道他要成为她女儿的父亲。只因为她在维亚雷焦的海滨大道漫步，出于纯粹的好奇心，被拥挤的观众周围的人造白光所吸引。

在那儿，罗伯特说，指着那里，好像这样可以帮助似的，在其中一个关闭的百叶窗后面，她第一次在她的爱人面前脱衣服，与此同时，她的丈夫躺在另一层楼里呕吐，因为他吃了一些他不应该吃的生蚝。是的，露卡说。你可以想象，那是在下午，从百叶窗里流出来的斜条光线，爱抚着他们年轻而好奇的身体，就像在电影中一样。切换！就这样她的生活成了另一个样子，然后她所爱的是另一个人，她的故事做了一个完全另样的转折，比他们最疯狂的想象中的任何人想象的都要多。只因一个偶然，罗伯特说。正是如此，她回答，我就是一个完全偶然的女孩！

光线开始暗下来了，当他们离开维亚雷焦，在松树林和橄榄树林的山丘之间往东行驶的时候。黄昏中一个山坡出现在另一个山坡后面。那些山坡就像一出木偶剧中的一些活动背景，有着宽阔的松树树冠和柏树尖顶的精美剪影轮廓。他们到达露卡城时，天已经黑了下来。他开车沿着环城围墙绕了一圈，穿过其中一个城门进入老城区。他们把车停在一个教堂前的广场上。大理石外墙在路灯的光照中发出黄色的光。她沉默着。他在想，是否乔治就是坐在这个教堂前面，在他年轻时的一天，快乐而无知地被拍下照片，那些低飞的燕子还把它们迷茫的阴影，投射在墙面的大理石上。他们继续步行，穿过没有汽车的狭窄街道。街上行人很多，商店还开着门。石灰石的墙面回响着他们的脚步声和其他的声音，在他们的喃喃细语中，他听到了她的细手杖尖在路面上轻轻点击的声音。他问，是否要给她描述这座城市。不要，她说，有点恼火的样子。也许我曾经请求你描述过你自己？

他们坐在一家咖啡馆里，她点了意式浓咖啡和格拉帕酒。听到她说意大利语的时候，他着实吃了一惊。他要了一杯啤酒。他们已经坐了一阵子了，什么也没说，然后她站起身来。我去走走，她说。他不要跟着去吗？最好不要。如果她走丢了呢？她耸了耸肩。那就要看，他能否找到她。他独自坐在那里，看着这座城市里那些穿着外套的市民，当他们走进来站在吧台边的时候，他开始理解了，为什么她不想知道，这里是什么样子。

他本来可以为她描述那座四方形的塔，塔的顶上长着树木，或者由许多柱子组成的教堂门面，它们之中没有一根柱子与其他柱子有相似之处，有的带有动物浮雕或者几何图案，有的或是蜿蜒，或是切割，于是看起来好像在它们的上面打了一个结似的。他本可以描述教堂山墙上的天使,带着嘲弄的笑容低头看着路人。他本可以描述山墙背后狭窄的楼梯,看起来完全没有动力,除非那是天使爬上去的路,因为她不喜欢她飞来的样子吓到人们。但这一切对她来说都只是一些图片,他的图片,对此她只能做一些有关的、模糊不清的想象。

为什么她要对这座城市如何美丽感兴趣呢?她仍然还是看不见它。他想起,她说过的话。她确实从来没有问过,他长什么样子。只有他第一次脱掉工作服走进她病房的时候,她想知道,他穿的是什么。她对他的脸一无所知。对她来说他是一个声音,声音告诉她,那个等待的、倾听的、沉默的声音,她自己可以对之讲述的声音。她对她的城市也应是这样的。对她来说,它是一个名字、一个脚步与声音的回响,这些回响与她对于名字的无形围墙之间的想法融为一体。他记起了前一天他怎样站在莱亚房间的门口看她,因为他以为她睡着了。她自己的脸已不再让她考虑了。她已经把它看作自己之外的东西。像一张面具,他想,一旦戴上它就看不到脸了。如果此时没有其他人,那为什么还要担心脸呢?他想象着她如何持着拐杖,在那些老旧狭窄街道上的行人之间走来走去,如何去感受每个街角,把它绘制在她记忆的蓝图上。他等了半个小时之后开始担心起来。他付账后走出来去找她。商店开始打烊,店主们在橱窗前往下拉百叶窗。他想,她应该在某个地方也听到了同样的吱嘎之声,也许只走出了几条街。月亮出来了,几乎是满月。它停在一个中世纪塔的上方,一个白色大理石表盘,算是此处唯一的装饰。月亮和时钟看起来像彼此的图像。他很想为她描述它们的相似之处,一想到她的图像禁令,他就瞬时感到难过。

他在纵横交错的街道上走了很久，发现她站在一个古怪的拱形立面的城门里时，他已是更加不安了。城门通向一个被相邻房屋包围着的广场，所有的屋子都刷成黄色，上面有不同高度的小窗子。她抬起脸，完全沉默地站在广场中间的那些路人之中。他仍然站在城门口。他想起在一本旅行指南上读到过这个广场。那个地方曾经是一个罗马竞技场，从那时起人们沿着竞技场的周边建了一圈房子。房子本身没有什么特别有价值的地方。这些都是相当普通的房子，那里晾衣绳上挂着洗好的衣服，敞开的百叶窗一直通向做饭和看电视的公寓。广场的特殊之处在于其拉长的椭圆形状。

他闭上眼睛，听着那些接近或离开的，来去匆匆人物的脚步声。打开的窗子后面的墙壁上响起的声音，尖锐的椅子腿移动声，厨房机器声和嘈杂的电视机声音，各种声音交织在他的头上连成一片嗡嗡之声。大概这就是每天晚上房子里的居民回家之后都能听到的声音。一辆摩托车驶过广场。这是露卡城里寻常的一个晚上，没有发生什么特别的事情。住在这里的人们，无论是幸福的，还是不幸的，或是居于二者之间的，都只是在晚上聚在一起罢了。罗伯特站在那里，直到摩托车消失后才朝着她走去。她转过身来向他微笑着。

哦，你在这里……他拉起她的手。

我能找到路的，她说。我知道，他答。

译后记

无知者无畏，此言信也！

在动手翻译《露卡》之前，我踌躇满志，信心满满。我想，凭借学中文、教中文、写文章的背景，凭借在丹麦居住几十年的经历，再加上从未间断的丹麦文学习，只要努力，我不相信完成不了此书的翻译。

但是我错了。

错在我低估了《露卡》一书的难度和深度，同时高估了自己的能力和耐性。多少次，我被它弄得几乎要疯掉。原文作者学的是哲学与电影导演，这种教育背景赋予了作者智慧大脑的同时，又给予了他场景转换的能力，他好像持着一柄魔杖，随意一指，我就得上穷碧落下黄泉，有时候还真是两处茫茫皆不见。天文地理人文、历史文学哲学、戏剧绘画、音乐电影、英文法文、德文意大利文，还有意识流和蒙太奇，此其一。此外，作者有驾驭语言的魔力，短语俗语信手拈来，时空画面心理交织穿插，稍不小心，就会阴差阳错、南辕北辙。尤其让我抓狂的是，明明每个单词都认得，它们放到一起就是不知所云。最后我被逼得字字查词典、处处找来历。真相告诉我，千万不要望文生义，搞不好就掉进了似是而非的坑里。

一年过去了，我一步三颠，总算完成了初稿。

为了信、达、雅三剑客，我丢开原文，修改译稿。修改完成，中文是顺畅了，可是对照原文，我冷汗淋漓，无奈，只得重新来过。悠悠又是一年，第三稿终于码上了最后一个字。

未曾想，校对才是我噩梦的开始。每发现一处错，两臂就一阵哆嗦。于是，我不得不求助于高手。

先是得到了任凯纯女士的帮助与支持。是她，鼓励我坚持下去，让我看到了希望；也是她，每周两次面对面地指教，让我受益匪浅。

接着，我有机会请教翻译家周一云女士。承蒙周老师不弃，放下她手头的翻译，接受了这个烫手山芋。几个月里，我把译文分段发给她，送出去的时候，白纸上只有黑黄二色，反馈回来，变成了五颜六色：红色是她觉得译得好的地方，蓝色是她做的修改，紫色是要问别人的，绿色是问过后解决的。就是那个紫色，又牵出了一个团队，基本成员是奥勒·丹尼尔森（Ole Danielsen）先生。没想到这位丹尼尔森先生居然尽责尽力、乐此不疲。周老师每周两次与他见面，一碰头，他就主动说，今天有什么要问的。丹尼尔森先生解决不了的问题就要再升一级，由周老师去请教汉学家夏兰（Charlotte Kehlet）女士。周老师手边的那本《露卡》原文，除了边损角翘，更是贴满了一寸见方的小贴条。那层层码起来的三色贴条，像连起来的袖珍版万国旗。

谢天谢地，《露卡》译文终于脱稿，在那一班技艺高超的"助产士"的协助下，这个我孕育了三年的宝宝，终于瓜熟蒂落，来到世间。

在此，我谨向给予我帮助的以上各位表示由衷的谢意，尤其是周一云老师，除了恭敬之外，更要把她当成我翻译路上的楷模。此外，我也要对我因翻译而怠慢了的家人、朋友深表歉意。我潜水三年，才见天日。

昨夜西风凋碧树,独上高楼,望断天涯路。

衣带渐宽终不悔,为伊消得人憔悴。

蓦然回首,那人却在灯火阑珊处。

我的"那人"啊,就是译文《露卡》。

但愿获得过丹麦"金桂冠"奖并成为畅销书的《露卡》,没有因为我的误译而受辱。

"北欧文学译丛"已出版书目

(按出版顺序依次列出)

［挪威］《神秘》(克努特·汉姆生 著 石琴娥 译)

［丹麦］《慢性天真》(克劳斯·里夫比耶 著 王宇辰 于琦 译)

［瑞典］《屋顶上星光闪烁》(乔安娜·瑟戴尔 著 王梦达 译)

［丹麦］《关于同一个男人简单生活的想象》(海勒·海勒 著 郗旌辰 译)

［冰岛］《夜逝之时》(弗丽达·奥·西古尔达多蒂尔 著 张欣彧 译)

［丹麦］《短工》(汉斯·基尔克 著 周永铭 译)

［挪威］《在我焚毁之前》(高乌特·海伊沃尔 著 邹雯燕 译)

［丹麦］《童年的街道》(图凡·狄特莱夫森 著 周一云 译)

［挪威］《冰宫》(塔尔耶·韦索斯 著 张莹冰 译)

［丹麦］《国王之败》(约翰纳斯·威尔海姆·延森 著 京不特 译)

［瑞典］《把孩子抱回家》(希拉·瑙曼 著 徐昕 译)

［瑞典］《独自绽放》（奥萨·林德堡 著 王梦达 译）

［芬兰］《最后的旅程：芬兰短篇小说选集》（阿历克西斯·基维 明娜·康特 等著 余志远 译）

［丹麦］《第七带》（斯文·欧·麦森 著 郗旌辰 译）

［挪威］《神之子》（拉斯·彼得·斯维恩 著 邹雯燕 译）

［芬兰］《牧师的女儿》（尤哈尼·阿霍 著 倪晓京 译）

［瑞典］《幸运派尔的旅行》（奥古斯特·斯特林堡 著 张可 译）

［芬兰］《四道口》（汤米·基诺宁 著 李颖 王紫轩 覃芝榕 译）

［瑞典］《荨麻开花》（哈里·马丁松 著 斯文 石琴娥 译）

［丹麦］《露卡》（耶斯·克里斯汀·格鲁达尔 著 任智群 译）